庫

甦《よみがえ》るロシア帝国

佐藤　優

文藝春秋

甦るロシア帝国［目次］

甦るロシア帝国

〔登場人物リスト〕

● **アレクサンドル・ポポフ**
モスクワ大学哲学部助教授。モスクワ大学での講義を著者に依頼する。
● **ビャチェスラフ・ポローシン**
ロシア正教会の神父。ソ連崩壊後は国会議員に。著者の友人。
● **アレクサンドル・カザコフ（サーシャ）**
ラトビア人民戦線の活動家。モスクワ大学哲学部以来の著者の友人。
● **アルベルト**
モスクワ大学で学ぶアフガニスタン帰還兵。著者のモスクワ大学での教え子。
● **ビクトル・アルクスニス**
「黒い大佐」（空軍予備役大佐）として知られるラトビア出身の政治家。著者の親しい友人。
● **イーゴリ・ラズモフスキー**
モスクワ大学国際ジャーナリスト学科出身の記者。著者の情報収集に協力する。ナターシャの紹介者。
● **ナターリヤ・ツベトコワ（ナターシャ）**
モスクワ大学言語学部で学ぶ閉鎖核秘密都市出身の女子学生。神学書の翻訳を手伝う。
● **セルゲイ・チェシュコ（セリョージャ）**
ソ連科学アカデミー民族学研究所副所長兼学術書記。著者の親しい友人となり、ソ連崩壊についての対話を重ねる。
● **ワレーリー・チシュコフ**
ソ連科学アカデミー民族学研究所所長。ソ連崩壊後、エリツィン大統領のもとで民族関係国家委員会の委員会議長（閣僚）となる。
● **セルゲイ・アルチューノフ**
ソ連科学アカデミー民族学研究所コーカサス部長。著者にグルジア情勢や民族問題について教える。

はじめに

本書で、私は思想的自叙伝の形で、ソ連崩壊について考察することにした。

私は一九八七年八月から一九九五年三月までの七年八カ月間をモスクワで過ごした。最初の九カ月間がモスクワ国立大学言語学部でのロシア語研修で、その後、日本大使館の政務班でソ連内政（ソ連崩壊後はロシア内政）を担当した。年齢で言うと、二十七歳から三十五歳の間、青春期の後半をロシアの風土の中で暮らした。その間に、一九九一年十二月二十五日のソ連崩壊があった。正確に言うと、このソ連崩壊の瞬間に私は立ち会っていない。

一九九一年八月のソ連共産党守旧派によるクーデター事件以後の情報収集、沿バルト三国（エストニア、ラトビア、リトアニア）と日本の国交樹立、北方領土交渉の活性化などで走り回っているうちに体調を崩し、その年の十一月末から翌一九九二年一月末まで一時帰国し、病院に通いながら静養していた。床に伏しながら、ソ連が崩壊した原因について、いろいろ考えを巡らした。

二つの原因がすぐに思い浮かんだ。

第一は、経済政策の失敗だ。ゴルバチョフ・ソ連共産党書記長兼大統領は、ソ連国家を強化するためにペレストロイカ（改革）を始めた。当初、規律強化によって改革が可能、とゴルバチョフは考えた。しかし、ソ連社会は構造的に疲弊しているので、土台から立て直さなくてはならないという作業仮説をゴルバチョフは立てた。そのために、グラースノスチ（公開性）を強化し、デモクラッツィザツィヤ（民主化）によって、ソ連国民を動員し、社会を活性化し、生産性を向上させ、その結果としてソ連国家を強化することを考えた。

しかし、このシナリオは思惑通りに進まなかった。公開性が強化されることによって、国民は西側の大量消費文明の現実を知った。そして、それに憧れたのである。民主化によって表明された民意は、共産全体主義体制からの離脱だった。

ソ連解体のもう一つの原因は民族政策の失敗である。学問的に考察すれば、民族(nation）とは、十八世紀末以降、流行になった近代的現象だ。それにもかかわらず、民族主義者には、民族が数百年あるいは数千年の昔から存在してきたと観念される。民族主義（nationalism）は、近代人にとって宗教的信仰の役割を果たす。「不合理故にわれ信ず」というのが信仰の特徴だ。それだから、人は民族のために自らの命を差し出すことに躊躇《ちゅうちょ》しなくなる。ソ連で、リトアニア人、ラトビア人、エストニア人、アゼルバイジャン人が自らの民族独立のために、文字通り生命を賭して、ソ連当局と闘う姿を見て、私は心の底から感銘を受けた。

しかし、その感銘は次の瞬間に、何とも形容しがたい恐怖に変わった。母鳥が雛を守ろうとするような例外的な場合を除いて、動物は自らの命をもっともたいせつにする。人間も動物だ。ただし、表象能力をもつ動物である。そのために、自らが表象する至高の価値のために、人間は自らの命を捨て去ることができる。その至高の価値が、神、共産主義イデオロギーとなる場合もあるが、現代においてそれは例外的だ。民族、もしくは民族と国家が結びついた国民国家（nation-state）のためにならば、現代人は比較的容易に自らの命を投げ出すことができる。この場合、その人が、学問として民族が近代的な現象で、国民国家が「想像の政治的共同体」であることを認識している知識人であっても、実証的には否定される民族の悠久の大義のために命を差し出すのだ。ひとたびこのような気構えができた人は、自民族の敵を殺害することに対して何の抵抗感もなくなる。その結果、血で血を洗う民族間紛争が起きる。

ペレストロイカ体制で、言論の自由が保障されたため、各民族のエリートは民族主義カードを最大限に活用した。突き放して見るならば、共産主義イデオロギーが人々を動かす力を失いつつあることが明白だったので、先見の明のある地方の共産党官僚が、自らの暖かい椅子を維持（もしくは新たに確保）するために民族主義カードを用いたのである。

従来、共産党体制でエリートの階段をつき進むためには、党の支部組織から活動を積み重ねていなくてはならなかった。党官僚としての実績と能力が評価されなくては、出世することもなかった。これに対して、民族主義カードは、実績がなくても簡単に手に入れることができる。「俺は誰よりも民族同胞を愛している」、「私は、わが民族が他民族になめられない毅然たる民族になるようにしたい」と大きな声をだして騒げば、愛国者としての切符を入手することができる。煽動能力さえあれば、学識や党活動の実績がなくてもエリートに登用される。価値観が揺らぎ、社会が流動的になると、政治エリートを志向する人々にとって、キャリアまでの距離を短縮（ショートカット）する力を民族主義がもつようになる。民族主義に感染した人々は、自民族が巻き込まれた民族紛争に関して、反省能力が働かなくなる。当該民族主義者が高等教育を受け、民族主義の危険性について知識を有していても、自らの命を同胞のために投げ出す覚悟をした民族主義者は、自民族が巻き込まれる紛争について、冷静な立場を取ることができなくなる。この姿をアゼルバイジャン・アルメニア紛争、リトアニア・ロシア紛争で私は目の当たりにした。この経験が、私の心に、民族や民族主義に対する根源的な警戒感を刷り込むことになった。

ただ、経済政策と民族政策の失敗ということだけで、ソ連の崩壊を説明することはできない。そこに欠けている「何か」があると私は思った。

一九九二年一月半ば、私が久しぶりに日本に帰ってきたので、同志社大学時代の友人たちと集まることにした。寒い冬の日の夕刻、私の記憶では午後五時に同志社大学今出川キャンパスの神学館二階のアザーワールドに集まることにした。かつての神学部自治会の活動家で、本書の前作『私のマルクス』（文藝春秋、二〇〇七年／文春文庫、二〇一〇年）に頻繁に登場した大山修司君（現日本基督教団膳所教会牧師）、滝田敏幸君（現千葉県議会議員［自民党］）、米岡敬司君（現民間会社員）が久しぶりに集まった。それに神学部自治会の現役メンバーたちも加わった。大山君、滝田君、米岡君は、私よりも一年先輩なので、大学卒業は一九八二年だ。魚の絵の腹にギリシア語でキリスト（Χριστος）という文字を白ペンキで描いた黒旗を振り、走り回っていた頃から十年を経たが、不法占拠部屋のアザーワールドは依然として残っている。黒旗も健在で、学生大会のときは掲げるということだった。ただし、黒ヘルメットは、アザーワールドのズダ袋に入れたままで、使うことはないという。一九九二年になっても、大陸から早い時期に切り離され、独自の生態系が発達した東太平洋の赤道直下にあるガラパゴス諸島のように、新左翼系の学生運動が独自の深化をとげている「同志社ガラパゴス」が健在なことを私たちはうれしく思った。

　私たちは、後輩たちを連れてロシア・バーの「キエフ」に出かけた。マスターの中西眞一郎さん（現「ウオッカバー・ナカニシ」店主）も久しぶりの再会を喜んでくれた。昔の思い出話が三分の二くらいだったが、ソ連の崩壊についても話題になった。大山君が、

「結局、ソ連とはどういう意味をもったのだろう」と私に問いかけた。

「トロツキーの腐敗した労働者国家ということではないと思う。官僚制国家で、帝政ロシアとの連続性が高い帝国だった」

「佐藤、ソ連では労働力の商品化は克服されていたのだろうか」と滝田君が尋ねた。

「そうだな。マルクスや宇野弘蔵が言うところの労働力商品は存在しなかった。しかし、国家が国民全員を恫喝して、無理矢理働かされていた」

「奴隷労働のようなものか」と大山君が言った。

「そう思う。奴隷労働だから効率もあがらない。しかし、ある時期まで、あの国は強かった」

「ある時期って、いつまでか」と滝田君が尋ねた。

「一九七〇年代半ばまでだ。第二次世界大戦でソ連のヨーロッパ地域は破壊され尽くした。戦争犠牲者も三千万人になると見られてる。もっともその中にはスターリンによって殺された人々もかなりいるけどね。どのようなことがあろうとも、戦争はもう嫌だとロシア人もウクライナ人もベラルーシ人も思っていた。それだから、帝国主義者が再び戦争を引き起こして、ソ連が巻き込まれる、という危機感を当局が煽れば、誰もがソ連国家を支持した。しかし、一九七〇年代にデタント（緊張緩和）政策を進めるうちに、ソ連国民はもはや戦争の危機が遠のいたと感じるようになった。ここから、ソ連人の関心は、私的領域に集中するようになった」

「マルクス主義は人間の心にどういう影響を与えたのか」と大山君が尋ねた。

「ほとんど影響を与えなかったように思う。モスクワ大学に留学したときに唯物論的弁証法や史的弁証法の講義を聞いた。日本との比較で言うと高校の古文や漢文の授業の雰囲気だった。卒業単位のために勉強するという感じで、マルクス主義から影響を受けた学生は、ほとんどいなかった」

そこで、いちばん無口な米岡君が話し始めた。

「佐藤の話を聞いていると、モスクワ大学やラトビア、リトアニアで経験したことは、同志社で僕たちがやっていたことの反復のような感じがする。反共を掲げていたモスクワ大学の学生たちは、日本の新左翼系学生運動活動家と同じような雰囲気がする。僕の印象は間違っているだろうか」

私は、少し考えてから、こう答えた。

「確かに米岡の言うとおりだと思う。ソ連の反体制派やリトアニア、ラトビア、アゼルバイジャンの異論派（ディシデント）たちとの付き合いで、僕は既視感を覚えていた。いま米岡に言われてその既視感が何であるかがわかった。同志社で経験した、神学館のアザーワールドで話していたことが、言葉をロシア語に変えただけで繰り返されていたのだと思う。十年ちょっと前、僕たちは閉塞した神学部の状況を何とかして打破したいと思っていた。あの神学部の状況は、日本社会の縮図だった。そして、あのときの類比（アナロギア）で、僕はソ連を理解しようとしていたのだと思う。そのアプローチは多分、間違えていない」

このときに私は、もう一度、マルクスをきちんと読んでみようと思ったのである。

一九九二年一月末にモスクワに戻ると、まったく予期せぬことであったが、モスクワ国立大学哲学部宗教史宗教哲学科のポポフ助教授から連絡があり、同年九月からプロテスタント神学について講義することを依頼された。宗教史宗教哲学科は、人文系学部棟の十一階にある。この学科が科学的無神論学科と呼ばれていた一九八七年に私は黒板の方を向いて、教室に座って科学的無神論の講義を聞いていた。その五年後に、同じ教室で、今度は黒板を背にして、私が神学について講義をする運命にあることなど、夢にも思わなかった。

この教室で、私は、マルクスと三度目の出会いをする。第一回目の出会いは、一九七五年の夏、ハンガリー人民共和国のバラトン湖畔のキャンプ場においてであった。そこに描かれたやぶにらみのマルクスの肖像画が、私にとってマルクスとの初めての出会いだった。第二回目は、一九七九年、同志社大学神学部に入学した年に、先ほど述べたアザーワールドでマルクスと出会った。

この二回の出会いは、もっぱら受け身の形でマルクスのテキストと対話し、徹底的に考えた。その過程を前作『私のマルクス』に記している。その結論は次の通りだった。〈大学、大学院の六年間を通じ、私は高校時代を含め、過去に自分がマルクス主義者であったことは、実は一度もなかったのだということを確信した。同時に、資本主義の内在的論理についてマルクスが『資本論』で解明した論理は、超克不能であるということも納得した。しかし、私にとってマルクス主義は行動の規範にならない。行動の規範は、あくまでもイエス・キリストである。なぜなら、イエス・キリストを救済主と信じる者は、誰よりも現実をより精確かつ深く理解できるからであるという信念をもつようになったからだ。〉（佐藤優『私のマルクス』文春文庫、二〇一〇年、三五七頁）

第三回目のマルクスとの出会いは、過去二回と本質的に異なった。ソ連帝国の自壊によって生まれた新生ロシアは急速に資本主義化への道を歩むことになった。一九九二年一月に二カ月ぶりに私はモスクワに戻った。家に帰ると、雄のシベリア猫のチーコが私に懐かしそうに擦り寄ってきた。家政婦から話を聞くと、「物価統制が解除されて、国営商店に物が豊富に出るようになった」と喜んでいた。この前、出国したときにはパスポートに「ＣＣＣＰ《エスエスエスエル》（ソビエト社会主義共和国連邦）」というスタンプが押されていたが、モスクワに戻ってきたときには「Россия（ロシア）」というスタンプに変わっていた。私は別の国に帰ってきたのである。早速、近所の商店を回ってみた。これまで闇市にしか出ていなかったバナナ、パイナップルなどの輸入果物、アメリカ製チョコレートが各商店に山のように並んでいた。ただし、値段も国際価格である。

確かにソ連時代のモスクワ名物だった行列はきれいになくなった。ロシア人は、これまで「カネはあっても物がない」という状態に慣れていた。しかし、今度は「物はあってもカネがない」というこれまで経験したことがない事態に直面したのである。

ロシアにおける市場経済への移行は、東欧や沿バルト諸国と比較して、困難をきわめた。チェコスロバキア、ハンガリー、ポーランドの場合、市場経済への移行は容易だった。これらの諸国は第二次世界大戦後、社会主義化したが、その過程は緩慢で、一九五〇年代初頭までは、資本主義経済が部分的に生き残っていた。また、一九八〇年代に入るとドイツからの投資がこれら諸国にはかなりなされ、合弁企業もできたので、資本主義的経営についての感覚をこれら諸国の経済エリートは体得していた。

沿バルト三国の場合、ソ連に併合されたのは一九四〇年だ。当時、二十歳の少年が一九九一年の沿バルト三国独立の時点で七十一歳である。高齢ではあるが、資本主義時代を皮膚感覚で理解している人々が現存する。その場合、その子供たち世代も資本主義がどういうものであったかということについては、両親や大人たちの話を聞いて、耳学問で知っている。そのことによって、市場経済への移行に対する心構えができていた。

これに対して、ロシアでは一九一七年に社会主義革命が起きている。一九二〇年代前半に「ネップ（НЭП）」が行われた。ネップとは、新経済政策（Новая экономическая политика）の頭文字をつなげた略語だ。市場原理の部分的導入で、戦時共産主義経済で疲弊した社会主義国家を立て直そうとする動きだった。しかし、この動きは数年で終息し、スターリンの指導で五カ年計画による重工業偏重と農業集団化が行われた。一九三〇年代に資本主義的生産様式はソ連から一掃された。一九九一年のソ連崩壊時点で、資本主義時代のロシアを知る人は、生き残っているとしても、九十歳代だ。その子供の世代でも七十歳代なので、市場経済への移行を皮膚感覚で理解できる人々がソ連にはほとんどいなかった。

一九九二年一月二日付で、「ショック療法」と呼ばれた急速な自由化が実施された。

その結果、この年のインフレ率は公式統計でも二千五百パーセントに達した。国民の貯蓄は、ほとんど無になった。旧国営企業が立ち行かなくなり、給与の遅配や未払いが常態化した。

ソ連社会では、贅沢な生活はできなかったが、普通に働いていれば、衣食住は保証されていた。年金生活に入ってからも、生活や医療について不安を感じることはなかった。少なくとも、第二次世界大戦後は、安定した安心社会にロシア人は慣れていた。その前提が突然崩れ去ってしまったのである。そのしわ寄せは、社会的に弱い人々を襲った。年金生活者と病人である。もっとも、ロシア人の間では、ソ連時代から備蓄と助け合いの伝統が一般国民の間にはある。ソ連時代には商品経済以外の経済、すなわちノメンクラトゥーラ（特権階層）によるばらまき（贈与）と一般国民の相互扶助が機能していた。それだから急速な市場経済への移行にもかかわらず、大量の餓死者が発生したり、暴動が起きることはなかったのである。

年金生活者や病人に次いで、市場経済の深刻な影響を被ったのが学生である。モスクワ大学はロシアの超エリートを集めた最高学府だ。両親がソ連体制のエリートだった者も多い。相当数の共産党エリートが新生ロシアにおいても国家官僚の地位を得た。しかし、ソ連時代と比較して実質給与が著しく下がり、特権も失った。モスクワ大学に通う子供たちを経済的に支援することができる親はほとんどいなくなった。両親がソ連体制のエリートではなく、労働者、農民の子弟でもソ連時代は奨学金が整っていたので、経済的な不安を抱かずに学業に専心することができた。しかし、ハイパーインフレにより、奨学金の価値がほとんどなくなり、しかも遅配されるようになった。経済的理由で、多くの優秀な学生が学業を断念した。それ以外の学生も、アルバイトを行わなければ学業の継続がむずかしくなった。女子学生では、てっとり早く、外国人や新興実業家の愛人になったり、援助交際で学費をかせぐ事例が珍しくなかった。男子学生では、マフィア系企業の英語通訳であるとか、用心棒のアルバイトで学費をかせぐ者もでてきた。そういう生活をしていると、どうしても環境の影響を受けやすくなる。そして学業を中断するようになる。

私が教えていた学生たちは、いずれも知的好奇心が強く、優秀だった。外交官には本俸とは別に在外勤務手当という第二給与がある。これは、外交官としての職務を遂行するために必要な交際費や体面をたもつための支出に充当する経費という建前になっている。ただし、経費であるにもかかわらず精算義務がない。また、所得税法の例外として在外勤務手当は課税から免れている。いわば外交官一人ひとりに与えられた機密費のようなものである。三十歳代前半の職員でも、モスクワに三年勤務すれば二千万円は貯蓄できると言われていた。私の在外勤務手当は月六十万円くらいだった。そのうち千ドルを私は学生たちのために使うことにした。講義の記録作成、学術書の要約、翻訳、新聞の切り抜きなどの仕事をあえてつくって、学生たちの生活を支援した。学生たちはもとより、教授たちからもとても感謝された。もっともここには日本の外交官としての打算もあった。私のもとで学んでいる学生は、いずれロシアを背負うことになるエリートだ。若く苦しいときに日本の外交官に援助してもらったという記憶が残れば、この学生たちが親日感情を抱き、私の陰徳が日本の国益増進のために貢献するのではないかと考えた。

急速な資本主義化がもたらす弊害がモスクワにいると手に取るようにわかる。マルクスが『資本論』第一巻で描いた資本の原始的蓄積が、「国有財産の分捕り合戦」という形で展開された。利権抗争で、請負殺人が横行した。私が親しくしていた企業家も二人、カラシニコフ銃で蜂の巣のようにされてしまった。

学生たちから、「なぜ格差は発生するのか」、「カネがこれほどの力をもつのはどうしてか」という質問がよくなされた。私は『資本論』や宇野経済学に即して、状況を説明した。学生たちは、真剣に『資本論』を読み始め、ヘーゲル弁証法に取り組んだ。もちろん、私が講義する弁証法神学についても、難解な内容であるにもかかわらず、よくついてきた。

モスクワ大学の学生たちは、エリートとしての自負を強くもっていた。そして、自らの能力を、自己の栄達のためだけではなく、世のため、人のために使いたいという意欲を強くもっていた。

私は教師として、優れた学生たちに恵まれたことを感謝するとともに、空恐ろしさを感じた。私の学生時代と比較しても、熾烈な競争試験に勝って外務省に入り、現在、モスクワで勉強している研修生たちと比較しても、この劣悪な環境で勉強しているロシア人学生たちの吸収力と洞察力、応用力は優れているのだ。そして、ロシア国家にとって有為な人材になりたいと心底思っている。モスクワ大学に入学する以前の初等・中等教育の時点で、成績が卓越している者たちは、自己の能力を国家と社会のために使うべきであるという「高貴な義務（ノブレス・オブリージュ）」を叩き込まれているのだ。ソ連帝国は自壊したが、ロシアがいずれ甦り、怪物のような帝国になるのではないかという恐れを抱いた。

この恐れは、二〇〇〇年にプーチン大統領が選出され、現実となった。二〇〇八年にメドベージェフ大統領とプーチン首相の「タンデム（双頭支配）」体制が成立したことにより、怪物が新たな動きを始めている。二〇〇八年八月のロシア・グルジア戦争、同年九月の米国投資銀行兼証券会社リーマン・ブラザーズの破綻以後、ロシアは露骨に帝国主義政策を推進するようになっている。

二〇〇九年五月十一～十三日、プーチン首相が訪日した。訪日直前にマスメディアを通じてシグナルを流すというのがインテリジェンス（諜報）専門家であるプーチンの流儀だ。今回は、五月七日にモスクワで共同通信、日本経済新聞、NHKの記者たちと会見した。そのときの記録全文がロシア政府のホームページに同十日付で掲載されている。プーチン首相は以下のような露骨な帝国主義的シグナルを発している。

〈「ダボス会議（世界経済フォーラム）」における私の演説を注意深く聴いていたならば、可能な限り保護主義を避けることが重要だと私が述べていることに気づいたはずだ。あなたは「可能な限り」という言葉に気づかなかったようだ。そして、この発言で、百パーセント市場を閉ざすような措置をとることはできないと言った。日本の基本的な貿易・経済の相手である米国のやっていることを聞いて、見てみなさい。私が理解するところでは、「アメリカ製品だけを買え」という法律が採択されているはずだ。事実上、現在、すべての国において、市場を閉ざす措置がとられている。もちろんこれがもっともよい手段とは思わない。しかし、国内経済のある部門、ある分野を救うために、これは不可欠だ。〉

主要国の首脳が保護主義を積極的に評価したのは初めてのことだ。ロシアは自国の利益をあくまでも追求するので、その際、保護主義を採用して他国を犠牲にすることはやむをえないという「帝国主義宣言」をプーチン首相は行ったのだ。これに対する日本政府の反応はあまりに鈍い。

ところで、プーチン首相やメドベージェフ大統領が推進する帝国主義的政策を下支えしているのが、私がモスクワ大学で教えた世代の、現在三十代後半の官僚や知識人だ。この世代の人々が、ソ連崩壊後、新生ロシア国家の混乱期にどのような経験をし、どのような思想をもったかを明らかにすることが、現下、甦る怪物となったロシア帝国を理解するために重要と考え、本書における観測点をモスクワ大学に定めた。

それとともに副次的観測点として、ロシア科学アカデミー民族学人類学研究所（旧ソ連科学アカデミー民族学研究所）を据えた。ここを観測点にすることで、マルクス・レーニン主義に基づく民族政策が何故に破綻したかを、描くことができると考えたからだ。ロシアは多民族国家であり、チェチェン問題が紛糾しているように、民族問題はロシア国家体制を内側から崩す危険性を依然としてはらんでいる。メドベージェフ・プーチン二重王朝が体制を長期間維持できるか否かも民族問題をどう封じ込めるかにかかっている。

マルクスは、資本主義体制の基本問題は、労働力の商品化にあると考えた。しかし、労働力の商品化を止揚した後の社会については、積極的モデルを提示しなかった。また、マルクスは、民族問題を正面から扱うことを避けた。そして、遠い将来に階級とともに民族もなくなる共産主義共同体（アソシエーション）を夢想した。

結局、マルクスが考察しなかった資本主義後の社会、民族問題について、マルクス主義者やマルクス・レーニン主義者（スターリン主義者）はマルクスの内在的論理と関係のない物語をつくり、それをマルクスの理論であると僭称した。ソ連崩壊によっても、マルクスが『資本論』で解き明かした、労働力が商品化されることによって、資本主義は定期的に恐慌を繰り返しながら生き残るという分析は正しいのである。そして、疎外された社会から、原罪をもつ人間が抜け出すことはできない。この私の作業仮説が正しいかどうか、これからソ連崩壊直後の世界に読者を誘いたい。

1　モスクワ大学哲学部

一九九二年一月末のことである。大使館の電話交換手が「モスクワ国立大学からです」と言って、私に電話をつないだ。

「サトウマサルさんですか」

「はいそうです」

「アレクサンドル・セルゲービッチ・ポポフと申します。私はモスクワ国立大学哲学部の宗教史宗教哲学科の助教授をつとめております。一九八七年に何度か大学で佐藤さんとお会いしたことがあります。覚えておられるでしょうか」

「ポポフ先生、もちろん覚えています。懐かしい」

†

私は一九八七年九月から一九八八年五月まで日本外務省の研修生としてモスクワ国立大学言語学部に留学した。レーニンは資本主義国の外交官は潜在的スパイであると言った。私の経験からしても、レーニンの認識はかなり正しい。モスクワの西側外交官は、外交特権を隠《かく》れ蓑《みの》にして、反体制派に対する支援を行うなど、ソ連体制にとって好ましくない活動にもかなり関与していた。ソ連政府は、最高学府であるモスクワ大学に、〝スパイの卵〟である資本主義国の外交官も一応、留学生として受け入れた。なぜなら、ソ連も資本主義諸国の大学に〝スパイの卵〟である外務省留学生を送りたかったからだ。ソ連外務省の留学生は東京外国語大学に留学していた。ソ連外務省は、日本外務省の留学生をモスクワ大学で受け入れており、相互主義で、東京大学への留学生受け入れを要望していたが、日本外務省は「大学側の受け入れ態勢が整っていない」と言って断っていた。真相は、ソ連側が、東京大学への留学を利用して人脈を作って工作を行うことを警戒していたからである。

ソ連側が最高学府のモスクワ大学で資本主義国外務省からの留学生を受け入れても、そこにはさまざまなカラクリがあった。モスクワ大学は、日本外務省からの留学生用に〝ロシア語が上達しない〟特別のコースを作っていた。まず、系統的に基本文法を教える授業がモスクワ大学にはない。それでは、モスクワ大学に留学する外国人はどうやってロシア語を勉強するのであろうか。実は、モスクワ大学にはキャンパスもまったく別の予科が設置されており、外国人へのロシア語教授法に通暁した講師陣がいた。そこにはロシア語を基礎から徹底的に叩き込むコースがある。大学本科の専門科目の授業についていくことができるように、専門分野別に語彙や基本知識もあわせて叩き込む。日本共産党中央委員会機関紙『赤旗』からの留学生や今はなき労働組合「総評」(日本労働組合総評議会)の留学生は予科で学ぶことが認められていたが、日本外務省からの留学生に対しては門が閉ざされていた。

さらにモスクワ大学言語学部でも日本外務省からの留学生が聴講できる課目は、言語学部人文系外国人留学生学科の課目だけだった。その課目は、「運動の動詞の用法に関する事例研究」であるとか「ロシア語における副詞の文法的位置づけ」といった類のレベルが相当高いロシア語文法の講義か、中級レベルの会話教材を用いたゼミで、私の知的関心とはほとんど合致しなかった。その中で、唯一関心をもてそうなゼミが、「国際政治に関する自由会話」という演習（ゼミナール）だった。登録してみたが、これが大失敗だった。クラスメートは、東ドイツ、ブルガリア、シリアなどソ連の友好国からの留学生で、資本主義国からの留学生は私以外にもノルウェー人がいたが、彼女はノルウェー共産党員だったので、ゼミでは私ひとりだけが吊し上げられることになった。

一九八七年十月初めのことだ。自由討論のテーマは、ＣＩＡ（米中央情報局）が国交を断絶しているイランに密かに武器を売却して、ニカラグアの親米反政府組織「コントラ」に資金援助を行っていたという事件に設定された。全員がアメリカの二重基準について激しく批判した後に、講師が私に質問した。

「マサル、日本はアメリカと軍事同盟を結んでいます。イラン・コントラ疑惑についてどう思いますか」

私は、「驚くには値しない現象です。中南米はアメリカの庭です。帝国主義国の本性を剝き出しにしたアメリカが、ラテンアメリカにおける自らの植民地支配に貢献する勢力を支援することは当然ありうるシナリオです」と応えた。講師は満足そうにうなずいた。ここでやめておけばよかったのであるが、私のあまのじゃく性が頭をもたげた。それに付け加え、私は「ソ連が一九五六年にハンガリーで、カーダールを支持してナジ政権を潰《つぶ》し、一九六八年にチェコスロバキアで、フサークを支持し、ドプチェク政権を潰したのと一緒なので、驚くには値しません」と言った。講師は眉を吊り上げてこう言った。

「あなたの言うことは完全に間違っています。ソ連が兄弟国を支援することと、アメリカ帝国主義の侵略はまったく異なります」

「先生、どうも御指摘に感謝します。ただ、私が期待しているのは、私が話すロシア語の文法的間違いについて指摘していただくことで、私の思想的間違いを矯正していただくことではありません」

ユーモアのセンスがある東ドイツ・ライプチヒ大学からの留学生が、微笑んで私にウインクをした。講師もそれ以上、私を深追いしなかった。ゼミの終わりに次週のテーマが与えられた。資本主義国の社会問題である。講師は私に対して、以下の課題を与えた。

「山谷の状況について紹介せよ。日本では何故にこのような社会問題が発生するのか。日本政府は山谷の労働者のためにどのような政策をとっているか。その政策は十分か。日本で労働者階級の利益を擁護するための共産党の闘いについて説明せよ」

ソ連では、日本事情について、東京の山谷や大阪の釜ケ崎（あいりん地区）などの状況、沖縄の基地問題、アイヌ民族問題、被差別部落問題など社会問題に関しては、報道も多く、書籍も出版されていた。ソ連共産党中央委員会の指導で、資本主義国に関しては否定的側面を中心に報道することが慫慂《しょうよう》されていたからである。アメリカについては黒人問題、イギリスに関してはアイルランド問題が詳しく報道されていた。

私は、「はい。きちんと調べてきます」と答えたが、腹の中では「金輪際このような不愉快な授業には出ない」と決めた。外務省留学生は聴講生の資格なので、そもそも単位取得は求められていない。授業に出なくても制度上、問題はなかった。ソ連側としては、〝スパイの卵〟である日本外務省からの留学生がロシア嫌いになり、大学に寄りつかなくなれば、語学も上達しないし、人脈もできないので、あえてこのような状況を作り出したのである。事実、日本外務省の先輩で、モスクワ大学にきちんと通ったという話を聞いたことがなかった。

†

この演習の後、不愉快極まりないので、私はいらいらして大学の中を歩き回った。モスクワ大学人文系学部棟には、言語学部、歴史学部、哲学部、社会学部、法学部、経済学部が入っている。八階に言語学部があり、十一階が哲学部だ。哲学部には、科学的無神論学科という資本主義国では馴染みのない名前の学科がある。マルクスは「宗教は人民の阿片である」と言い、レーニンは戦闘的無神論を提唱した。ソ連国家は無神論を国是としていた。

他方、スターリンは神学校出身で、神学的素養をもっていた。一九四一年六月、独ソ戦が始まると、スターリンは「同志諸君!」という呼びかけをやめ、「兄弟姉妹のみなさん!」と言うようになった。これは教会で神父が信者に呼びかけるときの言い回しだ。スターリンは独ソ戦を「大祖国戦争」と名づけた。一八一二年のナポレオン戦争をロシアでは「祖国戦争」と呼ぶので、それに〝ベリーカヤ(偉大な)〟という形容詞をつけて大祖国戦争としたのだ。スターリンは、マルクス・レーニン主義に訴えることだけではナチス・ドイツに勝利することはできないと考え、ロシア人の宗教感情と愛国感情を最大限に活用したのである。そして、ソ連は大祖国戦争に勝利した。

ソ連共産党は、表面的には科学的無神論を掲げながらも、宗教研究を重視していた。そこで最高学府のモスクワ大学でも神学や宗教史、宗教事情に関する研究がなされていた。後に知るのだが、学生のほとんどは、ロシア正教の「隠れ信者」で、教師たちもそれを黙認していた。

十一階の哲学部掲示板を見ていると科学的無神論学科の講義カリキュラムが貼ってあった。具体的には以下のテーマだ。

〈キリスト教終末論の諸類型とその階級的特質〉
〈啓蒙主義思想に対するプロテスタント神学者の批判とその問題点についての検討〉
〈ニコラス・クザーヌスの全一性概念に対する批判的検討〉
〈ブルトマンによる聖書の脱神話化仮説の学説史的意義とその批判〉

〈解放の神学とカトリック教会の教権制度の矛盾〉

同志社大学神学部で私が学んだ科目とかなりかさなる部分があった。私は好奇心を抑えることができなくなって、十一階西端にある科学的無神論学科事務室の扉を叩いた。そのとき出てきたのがポポフだった。当時の肩書きは専任講師だった。ポポフは身長百七十五センチくらいで、少し痩せていた。立派なあごひげが印象に残っている。父親は既に退官しているが、弁証法的唯物論を専門にするモスクワ大学の哲学教授で、大学の共産党組織の幹部を長い間つとめていたということだ。

ポポフは資本主義国の外交官であるがプロテスタント神学教育を受けている私に関心を示し、科学的無神論学科の授業の聴講を許可するとともに、課外で行われているロシア宗教哲学思想に関するシンポジウムやキリスト教とマルクス主義の対話に関する学術会議に誘ってくれた。このモスクワ大学で培った知識人との人脈が、後に外交官としての私が情報活動を行う基盤になるのであるが、科学的無神論学科事務室の扉を叩いたときは、そのようなことなど私は夢にも思っていなかった。

私は科学的無神論学科に毎日のように足を運ぶようになった。今でもよく覚えているが、一九八七年十一月十一日午後のことである。どんよりと曇った肌寒い日だった。トロリーバスを降りて人文系学部棟の方に向かうとどうも様子がおかしい。この日開かれたソ連共産党中央委員会でエリツィン・ソ連共産党政治局員候補兼モスクワ市共産党第一書記が解任された。それに抗議するために人文系学部棟の前に三千人以上の学生が自然発生的に集まったのである。モスクワ大学でこのような自然発生的集会が行われたのは前代未聞のことだった。

当然、ＫＧＢ（ソ連国家保安委員会＝秘密警察）はこの状況を憂慮した。集会の翌日から人文系学部棟の入口に制服の警官が立つようになった。集会で中心的役割を果たした学生たちの兵役免除が取り消され、召集令状が届いた。モスクワ大学内部でもイデオロギー的な締め付けが強まった。エリツィン解任の翌週、モスクワ大学では科学的無神論学科のゼミにロシア正教会の神父を招いて、共産主義者とキリスト教徒の対話に関する第二回会合が行われることになっていた。演習室に行ったが、鍵がかかっている。誰も集まってこない。場所を間違えたのかと思い、私は科学的無神論学科事務室の隣にある教官室に行った。ノックすると、「どうぞ」という声がしたので、部屋に入るとポポフが窓際の椅子に一人で座っていた。

「何があったのですか」

「大学の共産党委員会から、宗教者との対話プログラムは当面行うなとの指示があった」

「延期ですか、中止ですか」

「延期だ」

「どれくらいの期間ですか」

「わからない」

ポポフは私と目を合わせようとせず、口数も少ない。私と話すことを避けようとしている雰囲気をひしひしと感じた。私は「対話プログラムが再開されるときは電話を下さい」と言って、部屋を出た。「歓迎されない客」であることを自覚した私は、その後、科学的無神論学科に出入りしなくなった。ただし、学生たちとの交遊は続けた。

†

あれから四年あまりが経った。ポポフはなぜ私に連絡をしてきたのだろうか。私は、「イーゴリ・ニコラエビッチはお元気ですか」と尋ねた。ロシア人には、姓（ファミーリヤ）、名（イーミャ）の他に父称（オーチェストボ）がある。父称とは父親の名前からとったもので、この場合、ニコラエビッチがそれにあたる。ここからイーゴリの父はニコライという名であることがわかる。名と父称で呼ぶことが、ロシア語ではもっとも丁寧な表現だ。イーゴリ・ニコラエビッチとは、科学的無神論学科長をつとめていたヤブロコフ教授のことだ。一九八七年当時、ヤブロコフ教授はモスクワ大学共産党委員会の書記をつとめていたソ連共産党幹部でもあった。

「もちろん元気です。現在も学科長にとどまっています。今日はヤブロコフ教授からの依頼を伝えるためにお電話を差し上げました」

「どういうことですか」

「実は、佐藤さんにモスクワ大学で教鞭をとっていただきたいのです。プロテスタント神学の講義を担当して欲しいのです。ついては、一度、打ち合わせのための時間を作っていただけないでしょうか」

その週の土曜日の昼、私はレストラン「クロポトキンスカヤ」にポポフを招待した。このレストランはゴルバチョフのペレストロイカ政策で認められた協同組合第一号のカフェだった。事実上の資本主義的経営の第一号店で、初代経営者はカネをたっぷり稼いでアメリカに移住した。ソ連崩壊後に名称をカフェからレストランに変えた。当時、モスクワの最高級レストランだったが家庭的な雰囲気なので、私は愛用していた。キャビアにサワークリームを塗ってパンケーキ（ブリンヌイ）で包んだ料理、キノコのマリネ、茹でたてのジャガイモの上にバターを落として塩漬けのニシン（セリョートカ）と共に食べるといったウオトカによく合う前菜が名物だった。このレストランに誘ってロシア人から不満を言われたことはない。

これらの前菜をつまみにして、ポポフと私はあっという間にウオトカを二本空けた。ロシア語には、丁寧語の「ナ・ウィ（あなたという表現で）」と友だち言葉の「ナ・ティ（君という表現で）」がある。私たちはすぐに「ナ・ティ」で話すようになった。アレクサンドルの愛称はサーシャであるので、「ナ・ティ」のときはサーシャと呼びかける。

「サーシャ、八七年十一月のことなんだけれど、僕が科学的無神論学科に通っていることが問題視され、迷惑をかけたんじゃないか」

「問題視されたのは確かだ。エリツィン解任反対集会でKGBがひどく神経質になり、マサルがあの集会を煽ったんじゃないかという見方をしていた」

「それは光栄だな。それくらいの度胸と行動力があればよかった」

「ただ、当時の状況じゃ、真相を資本主義国の外交官である君に話すことはできなかった。そこは許して欲しい」

「もちろんわかっている。全然、腹なんか立てていないから、謝る必要はないよ。それよりも学科長のヤブロコフ先生に迷惑をかけたんじゃないかと僕は今でも気になっているんだ」

「むしろヤブロコフの方が君に不快な思いをさせたんじゃないかと、申し訳なく思っている。そのこともあっての提案なんだが」と言って、ポポフは続けた。

ヤブロコフの研究書や論文を私はいくつか読んだが、マルクス・レーニン主義的粉飾をほどこしているが、実際に研究しているテーマはマックス・ウェーバーの影響を強く受けた宗教社会学であることがわかった。ソ連時代に欧米の哲学を研究するためには「科学的共産主義の立場からの批判」という粉飾が不可欠だった。逆説的だがウィトゲンシュタイン、ラッセル、ホワイトヘッドなどの分析哲学系については、現代数学や論理学の枠組みでそのまま紹介することが容易にできたが、ホルクハイマー、アドルノ、ハーバーマスなどのフランクフルト学派については、マルクス主義の影響があるためにかえって紹介が難しかった。モスクワ大学哲学部には「現代ブルジョア哲学批判学科」という不思議な名称の学科があり、そこでフランクフルト学派やデリダやフーコーなどのポスト・モダン系の哲学を扱っていた。

ペレストロイカ政策が進むにつれて、科学的無神論という概念自体が時代に合致しないことが明らかになった。一九八八年にロシアへのキリスト教導入千年祭が行われ、ゴルバチョフ・ソ連共産党書記長がロシア正教会の最高責任者であるピーメン・モスクワ総主教と会見した。ゴルバチョフは、母親が熱心な信者だったので、自らも幼児洗礼を受けていることを明らかにした。ソ連共産党とロシア正教会の和解がなされたことを受けて、科学的無神論学科も「宗教と自由思想研究学科」と改称した。「自由思想」とは、宗教的偏見から自由という意味で、無神論とほぼ同義語だ。ただし、科学的無神論という立場から宗教を批判的に取り扱うという建前が外れたことは画期的な変化だった。

一九九一年十二月のソ連崩壊後、イデオロギー的縛りが全くなくなったので、学科の名称を「宗教史宗教哲学科」に改称し、時代の変化に対応できるようにしたい。そこで、いちばん問題になるのは、プロテスタント神学に関する講義を行うことができる人材がいないことだ。実は、アメリカ人宣教師が講義を担当しているが、ファンダメンタリズム（根本主義）神学で、西欧の知的神学の伝統と断絶されている。特にプロテスタント神学の転換点となる一九一〇年代末から二〇年代初頭の「危機の神学」（いわゆる弁証法神学）についての専門家がいないので、その点について講義してくれないかという依頼であった。

「僕よりも、サーシャの同僚のニコノフ教授の方が弁証法神学についてはよく知っているよ。ニコノフが書いたパネンベルク（ドイツの神学者）のキリスト論に関する論文を読んだけれど、よくできていると思った」

「ニコノフ教授の著作をはじめ個別分野ではいろいろな業績がある。ただ、モスクワ大学のみならずロシアの高等教育機関にはプロテスタント神学を体系的に学んだ専門家が一人もいないんだ。だから宗教哲学の感覚はわかるんだけれど、神学になると勘所がとらえられないんだ。そこでマサルに頼みたい」

「チェコか旧東ドイツの神学部から学者を招聘したらいいんじゃないか。連中ならばロシア語を理解するだろう」

「旧社会主義国の大学教授は、学問的自信を失っている。それから今のモスクワ大学の財政事情では、客員教授を招くカネがない。現実的に考えると、モスクワ在住者でプロテスタント神学教育を受けたのはマサルしかいない。是非、引き受けて欲しい」

　意外な提案に当惑したが、知的好奇心も湧いてきた。私は少し考えてから、「きちんと準備をしないとならないから、三月から始まる夏学期は無理だ。九月の冬学期からにしたい。それから、カール・バルト、エミール・ブルンナー、パウル・ティリッヒなどの弁証法神学の主流だけでなく、ヨゼフ・ルクル・フロマートカ、ヨゼフ・スモリクやミラン・オポチェンスキーなどの現代チェコ・プロテスタント神学者についても取り扱いたい。この機会に中途半端になった自分の研究をもう一度整理したくなった」と言った。

「もちろんフロマートカ神学について講義することも歓迎する。チェコのプロテスタント神学についてはロシアではほとんど紹介されていないので、是非お願いする。モスクワ大学で博士号を取るとか、本を出すならば協力する」

「そこまでの余裕はないと思う。それから、フロマートカ神学を扱う場合には、マルクス主義との対話も重要なテーマになるが、それは問題ないか」

「問題ないどころか、歓迎する。結局、マルクス主義の科学的無神論はキリスト教に敗れたのだけれど、その理由を哲学的にきちんと整理しておくことは重要だ。僕もその問題についてはラテンアメリカの〝解放の神学〟を手掛かりに考えているところだ」

〝解放の神学〟とは、イエス・キリストが説いたのは精神的救済だけでなく、社会的存在であることを含む人間全体の救済であったので、社会的不公正、貧困、圧政からの解放にキリスト教は正面から取り組むべきであるという考え方で、グスタボ・グチエレスなどラテンアメリカのカトリック系神学者からの動きである。私とポポフ助教授は、二人の問題意識をロシア語で共著『対話 教会と平和』（若きロシア社、一九九三年秋）にまとめて公刊した。フロマートカ研究については、博士論文をまとめることはできなかったが、講義に用いたフロマートカの『プロテスタント神学の転換点』をチェコ語に堪能な知り合いに頼んでロシア語に訳してもらい、私が監修して同じ表題でモスクワのプログレス出版所から一九九三年の年末に刊行した。フロマートカの翻訳は好評で、モスクワや沿バルト三国では闇値がついた。

ポポフからの提案について、私は大使館の上司である大島正太郎公使（現WTO上級委員会委員、東京大学公共政策大学院客員教授）に相談した。大島公使は、私の仕事量が更に増えることで、身体を壊すのではないかと心配していたが、私は「授業は土曜日に行い日常業務には影響を与えない。モスクワ大学で教鞭をとっているということは、ロシアの政治エリートに対する人脈構築においても〝売り〟になるので、是非、この仕事をしたい」と頼み込んだ。大島氏は、「わかった」と言って、大使と外務本省の了解を取り付けてくれた。

「モスクワ大学で教鞭をとっているということは、ロシアの政治エリートに対する人脈構築においても〝売り〟になる」というのは、半ば方便として思いついた理由であったが、実際、その後のクレムリン（ロシア大統領府）やロシア議会に対するロビー活動で、思わぬ効果を発揮した。「モスクワ大学の客員講師をつとめている」ということを伝えると、日本大使館の三等書記官という肩書きでは面会に躊躇《ちゅうちょ》していた有力国会議員や各省庁の閣僚や次官、更にクレムリン要人が簡単に会ってくれた。しかも、ソ連時代の無神論政策に対する反動から、宗教事情に通暁しているということにロシアの政治エリートは畏敬の念をもっていたので、「モスクワ国立大学哲学部宗教史宗教哲学科客員講師」の肩書きは、私の本業を大いに助けてくれた。

†

講義準備のため、私はイギリス、スイス、チェコで買いあさった神学書に集中的に目を通すとともに、日本から持ってきた『マルクス・エンゲルス選集』（新潮社、全十六巻)、『資本論』(岩波書店、全三巻［四分冊］)、『宇野弘蔵著作集』(岩波書店、全十巻・別巻一)を丁寧に読み直した。ここで私はもう一度、マルクスと出会うのである。

一九九二年はガイダル首相代行による「ショック療法」と呼ばれる急速な市場経済化がもたらされた年であり、前にも述べたようにインフレが年率二千五百パーセントに達した。貯金はほとんど意味をなさなくなり、年金だけに頼る老人が家財道具を駅の横で立ち売りしたり、貧困者向けの無料飲食施設がモスクワ市内にいくつも開設され、エンゲルスの『イギリスにおける労働者階級の状態』、マルクスが『資本論』第一巻で論じている資本の原始的蓄積過程にきわめて類似した状況を私は間近で観察することになったのである。逆説的であるが、社会主義体制崩壊後のロシアの状況を見て、私は『資本論』の論理に対する信頼を一層強めるようになったのである。

さて、私は久しぶりに神学書を注意深く読みながら、講義ノートを作っていったが、そこでいくつかの基本方針が浮かび上がっていた。

《1．世界史における二十世紀は暦とは一致していない。第一次世界大戦の勃発した一九一四年に始まり、ソ連が崩壊した一九九一年に終わっている。

2．第一次世界大戦の勃発により、啓蒙主義も自由主義神学もすべて基盤を失ってしまった。

3．神学上の二十世紀は、カール・バルトの『ローマ書講解』第二版が刊行された一九二二年に始まる。

4．神学は常に時代を先取りする。第一次世界大戦後、一九一〇年代末から一九三〇年代半ばまでに、カール・バルト、ヨゼフ・ルクル・フロマートカ、エミール・ブルンナー、パウル・ティリッヒ、フリードリヒ・ゴーガルテン、ディートリヒ・ボーンヘッファーなど、弁証法神学とその周辺にいたプロテスタント神学者が提起した問題と、それに対する基本的回答は、二十世紀の思想界が抱える問題を全て先取りしている。

5．カール・バルトの神学については、「近代の完成」、「近代の超克」いずれの形でも読解が可能である。私としては「近代の完成」という読み方をする。》

この大枠のなかで、マルクス主義とロシア共産主義の神学的意義を検討しなくてはならない。モスクワ大学の学生がもつ標準的教養に合わせて、私の問題意識をどう伝えるかについて悩んだ。宗教に関する基本知識については、一九八八年以降は学術的に水準の高い研究書がかなりでているので、問題ない。神学的感覚が理解できるかどうかについては、そもそも学問的研鑽を積み重ねてどうなるものではなく、もって生まれた資質によるところが大きいのでどうしようもない。

むしろ問題はマルクス主義に関する知識である。モスクワ大学の学生は、マルクスのテキストをほとんど読んでいない。

受験勉強では、弁証法的唯物論、史的唯物論、国際共産主義運動史などの知識が不可欠なので、マルクス主義絡みの歴史的出来事やマルクスやレーニンの著書名について学生はよく知っている。しかし、実際にレーニンの著作はいくつか読んでいるが、マルクスに関しては『共産党宣言』くらいしか読んでいない。これには二つの理由がある。

第一の理由は、ソ連では、マルクス主義の現代的に発展した形態がレーニン主義ということになっていることだ。マルクス・レーニン主義という言い方もするが、レーニン主義がわかっていれば、マルクスに関する知識はなくても済むという論理構成になる。これは、スターリンによって公式化されたものだ。

〈レーニン主義は、帝国主義及びプロレタリア革命時代のマルクス主義である。もっと正確にいうならば、レーニン主義とは、一般的にはプロレタリア革命の理論と戦術であり、特殊的にはプロレタリアートの独裁の理論と戦術である。マルクス及びエンゲルスは、発展した帝国主義が未だなかった革命前（吾々はプロレタリア革命のことをいっているのである）の時期に、即ちプロレタリアを革命のために訓練する時期に、プロレタリア革命がまだ直接実践的に必然的なものではなかった時期に、活動したのであった。然るに、マルクス及びエンゲルスの弟子たるレーニンは、発展した帝国主義の時期に、言いかえれば、プロレタリア革命が既に一国において勝利し、ブルジョア民主主義を粉砕し、プロレタリア民主主義の時代、ソヴエト時代を開いたところの、プロレタリア革命の展開期に、活動したのである。

これが、レーニン主義はマルクス主義の一層の発展なりという所以である。〉（スターリン『レーニン主義の諸問題』［モスクワ］外国語図書出版所、一九四八年、一三〜一四頁。

一部表記を改めた）

フルシチョフによるスターリン批判以降、ソ連で出る『マルクス・レーニン主義の基礎』であるとか『科学的共産主義』といった類の本には、スターリンの引用はまったくなされなくなったが、論理構成自体はスターリン時代とまったく変わらない。要するにスターリンなきスターリン主義がソ連の思想界全体を覆《おお》っていたのである。

第二の理由は、第一の理由とも密接に関係するのであるが、ソ連当局が初期マルクスの影響が思想界に広まることを警戒したからだ。初期マルクスが描いた、疎外された近代社会の構造はソ連社会そのものである。マルクスの『経済学・哲学草稿』（一八四三～四五年にかけて執筆）は、一九三二年、スターリン時代のソ連で刊行された。しかし、一九五〇年代後半から一九六〇年代にかけて刊行されたソ連共産党中央委員会付属マルクス・レーニン主義研究所編集の『マルクス・エンゲルス著作集』（全三十九巻）やそれとほぼ同一のドイツ社会主義統一党中央委員会付属マルクス＝レーニン主義研究所編集の『マルクス・エンゲルス著作集』（全三十九巻・大月書店版『マルクス＝エンゲルス全集』の原本）には『経済学・哲学草稿』は当初含まれていなかった。一九六八年になって、ソ連版著作集の第四十巻、東ドイツ版著作集の補巻第一分冊（大月書店版では第四十巻）に収録された。

私はソ連崩壊の深いところで、初期マルクスの疎外革命論が影響を与えたと考えている。ソ連崩壊のシナリオを描いた一人で、エリツィン政権初期の国家政策に強い影響を与えたゲンナジー・ブルブリスは、ソ連時代、ウラル国立大学哲学部で弁証法的唯物論を教えていた。反スターリン主義、反ソ連共産全体主義を掲げ、反共主義者と目されていたが、私はブルブリスの言説を注意深く分析する過程で、そこに初期マルクスの疎外革命論があることに気づいた。それにブルブリスは、レーニンがロシアの選択を誤らせたとはいうが、マルクスを批判したことはない。「人間の自由を全面的に回復する」というのがブルブリスの口癖だったが、その考えをブルブリスは初期マルクスから学んだのだと私は見ている。

モスクワ大学哲学部には、共産党官僚や政治家を志望する学生が多かった。ソ連では、政治学は〝ブルジョア学問〟であると位置づけられていたので、大学に政治学科はなかった。もちろんソ連にも政治はある。それを担当するのは、モスクワ大学の場合、哲学部科学的共産主義学科であった。共産党官僚になったり最高会議（国会）代議員になるためには、マルクス・レーニン主義の知識を身につけることが不可欠だ。特に弁証法の訓練で、「黒を白」、「白を黒」と言いくるめる技法を身につける。この辺は、私が同志社大学神学部で身につけた弁証学、論争学の技法に似ている。さらに、科学的共産主義学科では宣伝（プロパガンダ）と煽動（アギタツィア）について系統的に訓練を受ける。

ソ連では、宣伝と煽動を区別して扱った。

宣伝とは、こちら側の主張を理論的に相手に説得することである。宣伝の主たる対象は政策決定者や知識人で、活字媒体を用いる。これに対して、煽動は、感情に訴えてこちら側の主張に対する相手の共感を得る。煽動の主たる対象は、高度な知的訓練を受けていない一般大衆で、活字媒体よりもテレビや集会での演説を重視する。私はモスクワ大学に留学しているときに大教室で行われた弁証法的唯物論の講義を何度か聴講したが、レーニン『なにをなすべきか?』（一九〇二年）の宣伝・煽動理論に関する講義がとても印象に残った。

〈宣伝家とは、たとえば同じ失業の問題をとりあげるにしても、恐慌の資本主義的な性質を説明し、今日の社会で失業が避けられない原因を示し、この社会が社会主義社会へ改造されてゆく必要性を描きだすなどのことを、しなければならないものと、考えていた。一言でいえば、宣伝家は「多くの思想」を、しかも、それらすべての思想全体をいっぺんにわがものにすることは少数の（比較的にいって）人々にしかできないくらいに多くの思想を、あたえなければならない。これに反して扇動家は、同じ問題を論じるにしても、自分の聞き手全部に最もよく知られた、最もいちじるしい実例――たとえば失業者の家族の餓死とか、乞食の増加などというような――をとりあげ、このだれでも知っている事実を利用して、ただ一つの思想――富の増加と貧困の増大との矛盾がばかげたものであるという思想――を「大衆に」あたえることに全力をつくし、大衆のなかにこのようなはなはだしい不公平にたいする不満と憤激をかきたてることにつとめるが、他方、この矛盾の完全な説明は、宣伝家にまかせるであろう。だから、宣伝家は、主として、印刷されたことばによって、扇動家は生きたことばによって、活動する。宣伝家に要求される資質は、扇動家に要求される資質と同じではない。たとえばわれわれは、カウツキーやラファルグを宣伝家とよび、ベーベルやゲードを扇動家とよぶであろう。しかし、実践活動の第三の分野または第三の機能を別にとりだして、「大衆に一定の具体的活動を呼びかけること」をこの第三の機能にかぞえるのは、このうえなく不条理な話である。なぜなら、単独の行為としての「呼びかけ」は、理論的小冊子であれ、宣伝パンフレットであれ、扇動演説であれ、そのどれにとっても自然の、なくてはならない補足物であるか、それとも純然たる執行的機能をなすものであるか、どちらかであるからだ。じじつ、今日ドイツの社会民主主義者が穀物関税に反対してやっている闘争を例にとってみよう。理論家は関税政策についての研究を書いて、たとえば、通商条約の締結と通商の自由のためにたたかうように「呼びかける」。宣伝家は雑誌のなかで、扇動家は公開演説のなかで、これと同じことをやる。大衆の「具体的行動」とは、この場合には、穀物関税を引き上げるなという国会への請願書に署名することである。この行動の呼びかけは、間接には、理論家、宣伝家および扇動家によってなされ、直接には、署名用紙を工場や各民家にくばる労働者たちによってなされる。〉（レーニン『なにをなすべきか？』国民文庫［大月書店］、一九七一年、一〇二～一〇四頁）

弁証法的唯物論を担当する教授は、この部分を引用して、「煽動では目的さえ正しければ、多少事実と異なったことを言っても、それは弁証法的に認められる」と説明していたが、このことが私の印象に強く残った。後にインテリジェンス（情報）業務に従事するようになってからも、工作活動で宣伝と煽動を区分し、有機的に結合することが効果をあげると実感した。

資本主義国の政治思想についても「ブルジョア政治イデオロギー批判」という課目で勉強するので、社会契約論に始まって、啓蒙主義思想、プラグマティズムの政治哲学、ファシズムやナチズム、福祉国家論についても基本知識は身につく。

モスクワ大学の学生は、マルクス、エンゲルス、レーニンの著作をほとんど読まない。日本の雰囲気で言うと高校の古文や漢文の授業に似ているのである。単位取得をしないと卒業できないから仕方なく勉強するという雰囲気だ。それに、『よくわかるレーニン』、『試験にでる科学的共産主義』といった類の学習参考書が大学の書店で販売されている。模範解答付きの問題集もある。このような知的環境の中で、マルクスの『経済学・哲学草稿』、『資本論』やマルクス／エンゲルスの『ドイツ・イデオロギー』などを読ませることは、日本の平均的大学生に『古事記』や『神皇正統記』を読ませるのと同じくらい難しい。

それから科学的共産主義学科には、女子学生が多い。将来、ソ連社会のエリートとなる男をつかまえるのに格好な場所だからだ。ノメンクラトゥーラ（特権階層）に属する俗物の両親が娘を科学的共産主義学科に送るのだが、純粋培養の女子学生たちは、両親の俗物性に反発し、反共思想や宗教思想に惹かれ異論派（ディシデント）の恋人をつくる例が結構多かった。科学的共産主義学科は、ソ連崩壊後、政治学科と改称した。

旧科学的無神論学科の卒業生は、ソ連共産党中央委員会職員のほか、KGBの宗教担当、KGBや内務省の検閲担当官、地方大学の教官になる例が多かったという。宗教や反共思想に関する一般の学生が触れることのできない文献にアクセスする特権があったので、哲学部の中でも競争率が高い人気学科だった。

基礎教養を異にするロシア人の学生に私が言いたいことが正確に伝わるか、不安をもって私は第一回目の講義に臨んだ。

一九九二年九月五日の第一回講義のときの様子を私は正確に記憶している。講義が十時三十分に始まるので、九時四十五分に宗教史宗教哲学科教官室でポポフと待ち合わせることにした。当時、私が住んでいたドブルイニンスカヤ通り（ドブルイニンは革命家の名前なので、現在はカロービー・バル〔雌牛通り〕に改称）から雀が丘（旧レーニン丘）のモスクワ大学までは約六キロくらい離れていた。当時は渋滞もないので、私は家を九時半に出た。私は白色の日産パルサーに乗っていたが、モスクワではまだ外国車が珍しい時代だったので、人文系学部棟の前に車をとめると学生が二、三人寄ってきて「ドイツ車か日本車か」と聞かれたことを覚えている。秋晴れの涼しい日で、コートを着ないで家を出たが、車から降りたときに、「コートを着てくるんだった」と少し後悔したことを思い出す。一九八七年十一月のエリツィン解任後に設けられた検問所はいまも残っていたが、誰もそこに立っていなかった。ソ連崩壊までは民警が立っていたという。ようやく大学が市民に対しても開かれた「公の場」になったのだ。

教官室の扉を叩くと、ポポフとウラジーミル・ビノクーロフ専任講師が待っていた。ビノクーロフはモスクワ大学生物学部大学院で生化学を研究した後、科学的無神論学科の大学院に移り、そのまま大学に残った秀才で、中世後期から近世ドイツの神秘主義思想が専門である。プロテスタント神学に関する造詣《ぞうけい》が深い教授陣の一人だ。

教室は、教官室から一階下がった十階の定員二十人くらいの小さなところだった。きれいに掃除されているが、黒板の下には小指の先くらいの小さなチョークが二、三個と黒板消しのかわりに汚い雑巾が置かれていた。

教室には十名くらいの学生がすでに着席していた。ポポフが私の略歴を紹介し、その後、私が教壇に立った。学生たちが動物園で物珍しい動物を見るような好奇心で私を見る。

「今日から、通年でプロテスタント神学を担当する佐藤優です。本業は日本の外交官だが、大学と大学院でプロテスタント神学を学んだので、その知識を皆さんと分かち合いたいと思う。

全体を通して、ヒューマニズムの問題を考える。主に一九二〇年代から一九三〇年代前半のドイツ、スイス、チェコにおける『新しい神学』について講義をするが、それだけにとどまらず、プロテスタンティズムの人間観、正教の人間観、カトリシズムの人間観、仏教の人間観、マルクス主義の人間観、キリスト教について検討する。

授業には出てきても、出てこなくてもいい。出席はとらない。評価は、学期末の試験とレポートのみで行う。授業に出てきて、つまらないと思ったら、黙って退室して構わない。ただし、私語や新聞、雑誌を教室で読むことは禁止する。それから、授業中は丁寧語（ナ・ウィ）で話すこと。私に対して、授業中はゴスポジン・サトウ（佐藤先生）と言うこと。ときどき抜き打ち試験をやるので覚悟しておくこと。

わかったか。質問があるか」

目付きの鋭い学生が手をあげた。

「佐藤先生との連絡係は誰がやりますか」

「それじゃ、あなたがやってくれ。あなたの名前は」

「アルベルトです。二年生です」

アルベルトは、アフガニスタンからの帰還兵で、軍出身者用の特別枠で入学してきた学生であるが、この時点でそのような履歴について、私は何も知らなかった。

「他に質問は？」

誰も何も言わなかった。私は黒板に、

〃ДИАЛОГ〃

と書いた。ДИАЛОГ（ジアローグ）とはロシア語で対話の意味である。

2　アフガニスタン帰還兵アルベルト

大学生たちを前に私は講義の目的について述べた。

「私がこの講義を通じて問いかけたいのは、対話の回復という問題です。神と人間の間で、それぞれが別々の、二つのモノローグを行っているという状態をいかにして単一のジアローグ（対話）にしていくかということです。この対話の実現を可能にするのは人間の意志の力ではありません。神の圧倒的恩寵がそれを可能にするのです。神が神であるということに自己満足せずに、そのひとり子であるイエス・キリストをこの世界に派遣したという、上から下への一方的運動だけが対話の根拠になるのです。このイエス・キリストが、この世界で、われわれと同じ人間として、神との関係において、そして他の人間との関係において、どのような対話を行い、どのような（相互）行動（インターアクション）をとったかという《関係の類比》からわれわれの倫理を導き出すのです。イエスの発言や行動は、イエスの信仰に基づいてなされるのですから、《信仰の類比》と言い換えても、その意味するところは同じです」

学生たちは、論理学、哲学史、宗教学の基本的訓練を受けているので、私の言うことにきちんとついてくる。カトリック神学や正教神学においては《存在の類比》が大きな意味をもつ。つまり、神は、自然を創造したのであるから、自然の中に神の意思が含まれているという考え方である。しかし、人間が認識する自然は、既に人間の頭の中で構成された自然で、「ありのままの自然」という仮象で、人間の利害関心が忍び込んでくる危険性を《存在の類比》では排除することができない。人間が恣意的に構成した自然に、神の意思を誤読することが偶像崇拝につながることをカール・バルトやヨゼフ・ルクル・フロマートカなどのプロテスタント神学者は警戒した。この類比（アナロギア）問題を中心に講義することに対して、学生がどう反応するかについて興味があった。

講義の前に、セールギエフ・パサード（旧ザゴルスク）のモスクワ神学大学や、サンクトペテルブルク（旧レニングラード）のサンクトペテルブルク神学大学で用いている神学の教科書を取り寄せて、内容を検討してみた。十九世紀のカトリック神学を基本に教義学が組み立てられている。そうすると、かなり硬直した《存在の類比》の立場が取られていることになる。しかし、私が付き合っているロシア正教会の神父や宗教哲学史の専門家は、トマス・アクィナス流の《存在の類比》とは掛け離れた、むしろ神学的な体系自体を全く無視するような、正統教義の拘束をほとんど受けずに神やイエス・キリストについて考えている。神学と思惟の間のこの極端な乖離をどう理解するかについて、私はとても強い知的好奇心をもっていた。

当時、私が神学について込み入った話をするのは主に二人だった。一人は、モスクワ国立大学哲学部でマックス・ウエーバーの宗教社会学に関する研究をするうちに信仰に目覚め、大学卒業後、ザゴルスクのモスクワ神学大学で学び、正教会の神父になったビャチェスラフ・ポローシンだった。ポローシンは私よりも四歳年上の一九五六年生まれなので、彼の回心は一九七〇年代半ばのことだった。ブレジネフがソ連共産党書記長をつとめ、イデオロギー的にソ連共産党がもっとも柔軟性を失っていた時期だった。科学的無神論を建前とするソ連国家の最高学府であるモスクワ国立大学から宗教人を生み出したということは、当時、大きなスキャンダルだった。ポローシンのモスクワ大学での成績は優秀だったので、内心で信仰を維持し、表面上は共産主義者のように生活していれば、モスクワ大学の教官になることができたはずだが、ポローシンは自己の信仰的良心に忠実な選択をした。ポローシンは、身長百八十五センチくらいで、体重が百六十キロくらいの巨漢であった。ダイエットを心がけ、身長と体重が逆転しない、すなわち体重が百九十キロになったりしないようにいつも気を遣っていた。ポローシンは一九九〇年三月の第一回ロシア人民代議員選挙に立候補して、当選し、ロシア最高会議信教の自由委員会委員長に就任し、エリツィン大統領の側近の一人になった。一九九一年十二月のソ連崩壊後、ロシアはソ連の連邦構成共和国から独立の主権国家となり、地方議会の議員であったポローシンも国会議員になった。それと同時にポローシンはロシア最高会議幹部会員になって強大な権力を手にするようになった。かつて、モスクワ大学哲学部の汚点とされたポローシンが、今では最も尊敬される先輩ということになった。ポローシンはときどきモスクワ大学で講演をしていた。

もう一人は、私より四歳年下だったが、私とモスクワ大学哲学部で机を並べて勉強し、ロシア思想史を勉強する上で私の恩師になったアレクサンドル・カザコフである。ラトビアの首都リガ出身のロシア人だ。ロシア語でアレクサンドルの愛称はサーシャなのであるが、よくある名前なので、他のサーシャと区別するために、「リガのサーシャ」と呼んでいた。サーシャは天才肌で、身長も百八十センチ、ハンサムでスタイルもよいので女子学生たちにもてた。一九八九年頃に大学を中退し、リガに戻り、ラトビア人民戦線の活動家になり、ラトビアのソ連からの分離独立運動を進めた。ラトビア人民戦線は当初、ロシア人知識人を含む幅広い運動だったが、急速に民族主義的純化を遂げたので、サーシャのようなロシア人には居場所がなくなってしまった。一九九〇年頃にサーシャはモスクワに戻ってきて正教原理に基づく非合法政党を創った。「ロシア・キリスト教民主運動」という政党で、創設の二、三カ月後には合法政党としての地位を獲得した。一九九〇年に行われたロシアの人民代議員選挙で、「ロシア・キリスト教民主運動」は三名の当選者を出した。そのうちの一人がポローシン神父だった。サーシャは、黒衣役《くろこ》を好み、代議員になることを忌避した。私はサーシャに「モスクワ大学哲学部の僕の学生たちに話をしてくれ」と何度も頼んだ。サーシャはいつも「時間の都合を付けて必ず行くよ」という返事をしたが、その約束を果たしてくれなかった。結局、退学することになってしまったモスクワ大学にはサーシャの青春の思い出が詰まりすぎていたので、大学を訪れて、過去の出来事を思い出すのが辛かったのだと思う。ただし、サーシャは、私が母校のモスクワ大学哲学部で教鞭をとるようになったことをとても喜んでいた。

前に述べたように私は同志社大学神学部の頃からキリスト教とマルクス主義の対話に関心をもっていた。チェコの神学者ヨゼフ・ルクル・フロマートカ（一八八九―一九六九）は、一九五〇年代後半から一九六〇年代にかけて、プラハでマルクス主義者と「人間とは何か」というテーマで真摯な対話を行い、その結果、マルクス主義者が変容し、「人間の顔をした社会主義」を唱えるようになった。そして、現実に存在する社会主義の民主化を求める「プラハの春」運動が起きる。しかし、この運動は一九六八年八月にソ連軍を中心とするワルシャワ条約機構に参加するうちの五カ国軍（ソ連、ポーランド、ハンガリー、ブルガリア、東ドイツ。ルーマニアは不参加）の侵攻によって叩き潰されてしまった。フロマートカとその門下の神学者、改革派マルクス主義者は、危険分子と見なされるようになった。しかし、ここで培われた対話の精神は、その後も生き続け、チェコスロバキアにおける人権弾圧の解消を求める「憲章77」運動になり、一九八九年十一月に国民の大規模デモで平和裏に共産主義体制を打倒した「ビロード革命」の土壌を作ったのである。当初、異なる世界観をもったキリスト教徒とマルクス主義者が、お互いに少しだけリスクを冒して、その結果、あらたな建設的成果が生まれたこの対話モデルに私は強い関心をもった。そして、この過程にユルゲン・ハーバーマス流のコミュニケーション理論を組み入れることに知的好奇心を抱いた。それだから、対話をモスクワ大学の講義における中心的テーマにしようと考えたのである。

この考えをポローシンとサーシャに話したが、二人ともキリスト教徒とマルクス主義者の対話という発想を入口で拒絶した。異口同音に、「マルクス主義はサタン（悪魔）の思想なので、キリスト教徒は、マルクス主義のいかなる要素も肯定的に評価してはならない。要するに死んだ共産主義者だけが良い共産主義者なのである。対話なんてとんでもないことだ。キリスト教徒はマルクス主義と一切関係をもたないことだ」と述べた。二人からもう少していねいに話を聞いてみると、キリスト教も地上の現実に関与する以上、世界観としての性格を帯びる。マルクス主義は、当然、世界観である。この両者はそれぞれ自己完結したモナド（単子）であり、相互に出入りすることができる窓はないということである。モナドロジー（単子論）の構成をとるから、原理的に対話が不可能になるのである。モスクワ大学で哲学を専攻する若い世代の学生たちも、このような閉ざされた世界観をもっているのかについて、私は知的好奇心を抱いたのである。

†

《関係の類比》について説明し終えたところでアルベルトが不満そうな目をして私の顔を見た。

「アルベルト、何か言いたいことがあるようだね。言ってみなさい」

「佐藤先生、それでは人間の努力の意味が全くなくなってしまうのではないですか。神が人間になったのは、人間が神になるためだったので、『神から人間への道』と同時に

『人間から神への道』が確保されるべきじゃないんでしょうか」

「正教の伝統からすると、神が人間になったというならば、人間が神になるということは自然なんだろう」と呟いた後、「君は正教徒か」と私はアルベルトに尋ねた。

「はい。そうです。ただし、洗礼はつい最近受けました」

「御両親も信者かい」

「はい。父はタタール人でロシア正教徒ですが、母はタタール人でムスリマ（女性のイスラーム教徒）です」

「珍しいね」と私は言った。

イスラーム教の世界では、イスラーム教徒の男性にキリスト教徒やユダヤ教徒の女性が嫁ぐことはごく普通にある。しかし、キリスト教徒やユダヤ教徒の男性にイスラーム教徒の女性が嫁ぐことはタブーである。日本外務省でも、イラン人やアラブ人などのムスリマと男性職員が結婚する例があるが、その場合、男性職員は例外なく、ムスリム（男性のイスラーム教徒）に改宗している。仮にムスリムに改宗していない日本人男性とムスリマが肉体関係をもったということが明らかになったら、二人は捕らえられて石打の刑になるか、あるいは女性の親族が日本人男性を殺しに来る。それくらいイスラーム世界では結婚タブーは厳しいのである。しかし、ソ連時代に世俗化されたロシアのタタール人の場合、アルベルトのような事例もあるという話は聞いていた。父親がキリスト教徒で母親がムスリマであるという実例は、私にとってアルベルトが最初で最後であった。

「アルベルト、とりあえずこういうことにしよう。私はプロテスタントの教理を基本にして講義を進める。正教神学の伝統とどこが相異するのかについては、事実問題として、講義の中で紹介する。君たちの方で気になる部分があれば、遠慮なく指摘してほしい。しかし、どちらが正しいかという議論は後回しにしよう。僕としては、現在ロシアのアカデミズムでは空白地帯になっている十九世紀末から二十世紀のアカデミックな伝統を踏まえたプロテスタント神学についての知識を提供することが主目的だ。特に十九世紀自由主義神学の頂点である歴史主義がどうして崩壊し、カール・バルトたちの弁証法神学に転換したのかという内在的論理を明らかにしたい。更に、バルトによる神の再発見が、歴史的現実とのコンテクストでどういう意味をもつかについて、ディートリヒ・ボーンヘッファーとヨゼフ・ルクル・フロマートカの事例を取り扱ってみたい。フロマートカを取り扱う箇所で、今、アルベルトが指摘した、正教のキリスト論について取り扱うという手続きをとるということで了解してもらえないだろうか」

「佐藤先生、組み立てはよくわかりました。そうしてください」とアルベルトは答えた。

†

私はアルベルトの個人史に関心をもち、授業が終わった後、「コーヒーを飲みに行かないか。あなたのガールフレンドも一緒に連れてきなさい」と誘った。私の授業にやってきた十名くらいの学生のうち、二組がカップルだった。そのうちの一組がアルベルトだった。モスクワ大学で地方出身者は、だいたいが寮住まいである。一年生のうちは四〜八名の大部屋に住んでいるが、二年生以降は大学本館の高層棟にある寮に住むことができる。寮は一部屋八畳くらいで、二部屋が向かい合わせになり、真ん中に共用の洗面所とシャワー室がある。階に何カ所か、ガスコンロがあるので自炊も可能だ。この環境を利用して、学生は当初大学から割り振られた部屋を適宜融通しあって、恋人同士が同棲している。二、三カ月でパートナーを替える連中も結構いるが、大学二年生から五年生（モスクワ大学は五年制）まで一緒に暮らして、その後、結婚するか、あるいは学生結婚をするカップルも多い。一昔前までは結婚をすると、二間に小さなキッチンがついて、風呂がついている夫婦寮に移ることができたが、ソ連崩壊後の混乱で、夫婦寮のほとんどはまた貸しされ、大学生でない人たちが住んでいた。その中には、闇商人やマフィア関係者がかなりいたので、結婚したモスクワ大学生でも夫婦寮には移りたがらないというのが、私が客員講師をつとめていた頃の実状だった。アルベルトには、レーナというウラル地方出身の恋人がいて、二人は同棲していた。

私は二人を車に乗せて、「赤の広場」の横にあるメトロポール・ホテルのカフェ（喫茶店兼軽食堂）に向かった。このカフェは、帝政ロシア時代の作りで、おいしいコーヒーを飲ませる。それから、イギリス風のおいしい紅茶とスコーン（焼菓子）とサンドウィッチを出すので、私は愛用していた。ロシア人も紅茶を好むが、濃い紅茶エキスを朝のうちに作り、それをコップに入れて熱湯を足していくという飲み方なので、香りがほとんどない。このカフェでは、紅茶の葉を入れたポットに熱湯を注いで運んでくるので、香りの良い紅茶を楽しむことができる。それから、ロシアのケーキはメレンゲとバタークリームでできているが、当時、このカフェのケーキだけは生クリームでできていた。平均的ロシア人にとって生クリームのケーキは生まれて初めての味であるが、とても好評だった。その後、モスクワの高級ホテルのカフェでは生クリームのケーキを出すようになったが、一九九二年の秋の時点では、生クリームのケーキは珍しいので、アルベルトとレーナに御馳走しようと思った。こういう場所に入るのは初めてのようで、二人は緊張している。

「緊張することはないよ。授業が終わった後は、ナ・ティ（友だち言葉）で話そう。僕に対する呼びかけもマサルでいい」と私が言った。

「僕たちは、一生懸命、神学を勉強したいんです」

「どうして」

「マサル、僕たちは、特に僕は救われたいんです」

「どういうこと」

「実は、僕はアフガーネッツなんです」とアルベルトは言った。

私が、「君はタタール人以外にアフガン人の血も入っているのか」と尋ねると、アルベルトはきょとんとしている。レーナが笑いながら、「アフガーネッツとはアフガン人という意味ではなくて、アフガニスタンからの帰還兵という意味よ」と言った。

一九七九年にソ連はアフガニスタンに軍事侵攻した。当初、カルマル傀儡《かいらい》政権への梃子入れがうまくいき、アフガニスタンはソ連の衛星国になるように見えた。しかし、アフガン人は侵略者に対して果敢なゲリラ戦を展開した。西側主要国は、ソ連のアフガン侵攻に抗議して一九八〇年のモスクワ・オリンピックをボイコットした。CIA(米中央情報局)は、パキスタンやサウディアラビアからムジャヒディーン(イスラーム戦士)を徴募し、本格的な軍事教練を行った。このときのムジャヒディーンの一人がウサマ・ビン・ラディンである。ゲリラ戦に悩まされたソ連は一九八九年二月にアフガニスタンから撤退する。アフガニスタンからソ連軍を追放したことをムジャヒディーンは共産主義に対するイスラーム教の勝利であると総括した。そして、ウサマ・ビン・ラディンをはじめとする過激派は、共産主義ソ連の次は異教徒の巣窟であるアメリカを打倒し、地上にイスラーム帝国を建設することを本気で考えた。これがアフガニスタンにおけるタリバーン政権の台頭と二〇〇一年九月十一日のアメリカにおける同時多発テロにつながっていく。CIAが反ソ目的でウサマ・ビン・ラディンたちを養成したことが、今度はブーメランのようにアメリカに対する脅威となってかえってきたのである。

アフガニスタン戦争はソ連社会に大きな傷を残した。アメリカにおけるベトナム後遺症と似た現象である。戦場で日常的に残虐な行為に従事していた元兵士が突然錯乱状態になって家族を殺害するような事件がときどき発生した。麻薬中毒患者も激増した。そこまで激しい事態に至らなくても、アフガン帰還兵で無気力症に陥り、定職につかず、何もせずにぼんやりと毎日を送る青年も増えてきた。また、アフガン帰還兵を中心とするマフィア組織もできた。このような状況に政府は危機意識をもった。そして、アフガン帰還兵に対しては、官公庁への優先的な就職斡旋や、大学への推薦入学枠を作った。アルベルトはこの推薦枠によってモスクワ大学に入ってきた。そして、人間の生き死ににについて学びたいと思い、哲学部の宗教史宗教哲学科の扉を叩いたのである。

杏のシロップ漬けがのった生クリームのケーキをアルベルトはあっという間に食べ終え、エスプレッソ・コーヒーを飲みながら続けた。

「アフガニスタンでの出来事が、突然、フラッシュバックしてくるんです。そうするととても不安になるんです。どうしてああいうことが起きたのか、自分できちんと整理してみたいと思っているんです」

私は、「ああいうこととは、具体的にどういうことか」と尋ねた。アルベルトは、しばらく沈黙して、「何を話したらよいのか、まだ整理がつきません」と答えた。

†

大学での講義は順調に進んだ。四、五回の講義で十九世紀のプロテスタント神学史を簡潔に説明し、人間を肯定的に評価する自由主義神学が、結局、第一次世界大戦の大量殺戮を是認する機能を果たしたことにカール・バルトが深く幻滅し、「これまでの神学ではだめだ。すべてをまったく初めからやり直さないとならない」と考え、新約聖書の「ローマの信徒への手紙」を読み直すことによって、神を再発見することに到る思想史的経緯について説明した。学生たちは、マルクス・レーニン主義の弁証法的唯物論の訓練を受けているので、日本人の平均的大学生と比較して、カール・バルトの弁証法神学をそれほど抵抗感をもたずに理解した。私は、バルトの未完の著書である『教会教義学』の抜粋をロシア語で作って、それを学生と読み合わせながら講義を進めた。講義の後は、いつも五、六名の学生が議論をいろいろ吹きかけてくるので、カフェやレストランに学生を誘って、授業の後、二〜三時間話し込むのが常態になった。モスクワ大学客員講師をつとめた頃の私の年齢は、三十二〜三十五歳なので、学生たちとの年齢差もそれほどなく、講義の後は、大学の先輩、後輩のような感じで話をした。次第に私を取り巻く学生たちが固定してきた。同志社大学神学部時代に、神学部の学生運動活動家たちと遊び歩いていた頃の記憶が甦ってきた。アルベルトとレーナも三回に一回くらい参加したが、私を取り巻く学生たちとは距離を置いていた。アルベルトは従軍経験があるので、他の学生よりは二、三歳年上だった。しかし、モスクワ大学には、工場労働を経て、特別推薦枠で二十代半ばで入学してくる学生もときどきいたので、アルベルトが他の学生たちとあまり交わらないのは年齢差よりも性格によるところが大きかった。アフガニスタンにおける戦争の経験が、アルベルトの性格に大きな影を落としているのだと私は考えた。

一九九二年十月の終わり、土曜日の講義終了後にアルベルトが話しかけてきた。

「マサル、ゆっくり相談したいことがあるんだけど、時間を作ってもらえないだろうか」

「いいよ。これから、学生たちとカフェに行くけれど、一緒に行って、その後、話をすることにしようか」と私が言うと、アルベルトは「別の日に時間を作って欲しい」と言う。私は、「わかった」と言って、「来週の水曜日の夜にしよう。韓国料理を食べに行こう」と、レストラン「ソウル・プラザ」の住所を教えた。

レストラン「ソウル・プラザ」は、モスクワの「ルムンバ民族友好大学」を卒業した日本人の元専門商社員が作った本格的な韓国焼き肉レストランで、肉や食材をソウルから飛行機で輸入していた。ロシアには中央アジアやコーカサスの料理が入っている。特にシャシリック（串焼き肉）は人気がある。また、グルジアやアルメニアの料理には、香辛料がよくきいた辛い味付けのものも多い。それだから、韓国料理の辛さにもそれほど抵抗はない（他方、中華料理の甘酢味は苦手である）。「ソウル・プラザ」で、ムルマンドゥ（水餃子）、骨付きカルビ、キムチなどを御馳走すると喜ばれる。日本人店長が、店員をロシアや中央アジアに在住する朝鮮系とアルタイ系の女性だけに限り、フロアマネージャーには韓国の民族衣装（チマチョゴリ）を着せていたので、他のモスクワのレストランにはない異国情緒があった。

アルベルトとレーナは、東洋系料理を食べるのはうまれて初めてとのことだが、カルビ焼き肉はタタール料理と少し近いところがあると言ってよろこんで食べた。レーナは白ワインを飲み、アルベルトと私は最初からウオトカを飲んだ。最初からうち解けたナ・ティで話した。アルベルトとレーナは、学生生活、特に学生寮に得体の知れない闇商人や売春婦が入り込んでいて、マフィアもいるが、同時に真剣に勉強し社会改造を考えている伝統的ロシア・インテリゲンチア型の学生や修道院に入ろうかと悩んでいる学生もいるなど、カオス的状況になっていることを面白おかしく話した。私は一九八七年から一九八八年にかけてモスクワ大学に留学した頃の様子、当時の哲学部科学的無神論学科でのポポフ助教授やサーシャ（カザコフ）との交遊について話した。

アルベルトとレーナは政治的関心も強かった。二人の質問に答えて、私はソ連解体を西側主要国はどう見ているか、また、当時、対立が少しずつ強まっていたエリツィン大統領側とハズブラートフ最高会議議長側の関係について説明した。

一時間くらいで、アルベルトと私の二人でウオトカを三本飲み干した。アルベルトが追加を頼もうとしたらレーナに「それくらいにしておきなさい。肝心な話ができなくなってしまう」と言って止められた。アルベルトは「大丈夫だ。もう一本だけ。これで最後にするから」と言い、私も「もっと飲みたい」と加勢し、レーナを押し切り、ウオトカを一本追加した。

「肝心な話とは何だ」と私は尋ねた。アルベルトは背筋を正し、ナ・ウィ（ていねい言葉）に口調を変え、「佐藤先生、今日は僕のアフガニスタンでの体験について話したいのです。話を聞いてもらえますか」と言った。私は「喜んで」と答えた。その後、アルベルトはアフガニスタンでの経験について、具体的に話し始めた。

「僕の戦友が、装甲車に乗って舗装されていない山道を走っていると、道に物が落ちていました。よく見ると動いている。そこで、戦友は装甲車を降りて近づいて見ると、人間の赤ん坊が、布にくるまれて放置されていたんです。このままでは死んでしまうと思い、友だちは赤ん坊を抱いて、近所のアフガン人の村に連れて行ったそうです」

「それは村人に感謝されただろう」

「佐藤先生、そうじゃないんですよ。これはドゥシュマン（アフガンゲリラ）の工作なんです」

「どういうことだい」

「赤ん坊を餌にしてソ連兵を呼び込むんです。それでソ連兵を捕まえて、裸にしてまず急所を切り取る。それから、耳と鼻を切り、肘のところで両腕を切り、膝のところで両脚を切る。それで、道に放り投げておくんです。あえて目は抉《えぐ》らない。恐怖がいつまでも見えるようにするためです」

「……………」

「佐藤先生、人間の生命力というのは、案外強いんで、それでも生きている人もいるんですよ。芋虫のようになって。しかし、死んでしまう戦友も多い。僕たちは弔い合戦で、アフガン人の集落を襲撃し、下手人を見つけて殺しました。もっとも下手人は逃げているので、捕まらないことがほとんどです。そういうときは『疑わしきは罰する』で、敵性分子は皆殺しにします。こんな戦闘を、二、三回経験すれば、人を殺すことなんて何ことは思わなくなりますよ」

こう言って、アルベルトは水飲みグラスをとって自分の前に置いた。「佐藤先生、これで飲みませんか」

私は彼のグラスに一五〇ccくらいウオトカを注いだ。ロシアでは手酌は厳禁だ。私も目の前にグラスを置く。アルベルトがウオトカをなみなみと二〇〇cc注ぐ。私たちは立ち上がりグラスをあわせずに斜め上の方にあげた。死者たちに捧げる献杯のやり方だ。アルベルトが、「アフガニスタンの土地で死んだ友たちのために」と献杯の口上を述べた。私たちはウオトカを一気に飲み干した。

「それからは、道に赤ん坊が置かれていても、誰も助けはせずに、装甲車で轢《ひ》いていくんです」

†

重苦しい雰囲気になった。二人は、十分くらい、何も話さずにぼんやりしていた。沈黙に耐えきれなくなって、アルベルトが口を開いた。

「佐藤先生、人民代議員大会でのサハロフ・アカデミー会員のアフガニスタンに関する演説を覚えていますか」

「一九八九年春の人民代議員大会のときのことか」

「そうです」

アンドレイ・サハロフ（一九二一～一九八九）は、物理学者で、モスクワ国立大学の卒業生である。一九四八年からクルチャトフ研究所で原子爆弾の開発に従事し、一九四九年にソ連最初の原子爆弾の製造に成功する。更に水素爆弾の研究を進め、一九五三年八月に水素爆弾の開発に成功する。その功績を評価され、同年、三十二歳でソ連科学アカデミー会員に選出され、「ソ連水爆の父」と呼ばれるようになった。サハロフは原子爆弾、水素爆弾による環境汚染を真剣に心配し、フルシチョフ・ソ連共産党第一書記に原水爆禁止を提言する。サハロフの提言が一九六三年の部分的核実験停止条約締結に向けてソ連指導部を動かす過程で大きな役割を果たしたと言われている。一九六四年十月にフルシチョフが失脚した。一九六〇年代後半から、平和運動に精力的に取り組むサハロフとソ連指導部の軋轢が強まり始めた。

一九六八年にサハロフは『進歩、平和共存、知的自由に関する考察』をサムイズダートの形式で出版し、ソ連政府の政策を徹底的に批判した。サムイズダートとは、ロシア語の直訳では「自主出版」の意味であるが、印刷機による出版ではない。タイプライターにカーボン紙をはさんで五枚くらいのコピーをとり、友人に配る。その文書を受け取った人物が、また同じ手作業を繰り返す。こうしてソ連国内に拡がっていく地下文書をサムイズダートと言った。サムイズダートを発行すること自体は違法ではない。しかし、研究所や大学にある謄写版印刷機でこのような文書を刷ると、非合法出版になってKGB（ソ連国家保安委員会＝秘密警察）に逮捕される。また、西側の「YMCA出版」（パリ）や「ポセーフ（ロシア語で〝種まき〟の意）」（フランクフルト・アム・マイン）などのロシア語出版社が、ソ連国内で流通する有名なサムイズダートを入手して、出版することもある。これは、ロシア語で「あちらでの出版」という意味のタムイズダートと呼ばれる出版だが、これらの出版物がソ連に流入することをKGBは阻止しようと腐心していた。これらの出版物を配布していると、KGBに逮捕され、数年間、矯正収容所に送られる危険性があった。

一九七〇年にサハロフは「モスクワ人権委員会」を立ち上げる。その結果、ソ連当局との対立が決定的になり、サハロフは「ディシデント（異論派）」の中心人物になる。異論派とは、ソ連体制を破壊するような政治的活動は行わないが、ソ連当局の政策に対しては批判的立場をとる人々を指す。ソ連においても、憲法で一応、思想信条の自由や信教の自由は保障されていたので、政治的見解の相異のみを理由に刑事告発をすることはできなかった。

一九七二年にサハロフは、エレーナ・ボンネルと結婚する。ボンネルはユダヤ系で、ソ連におけるユダヤ系市民に対する抑圧を厳しく批判し、ユダヤ人のイスラエルへの出国の自由化を求める運動の中心人物になった。サハロフもユダヤ人問題に深く関与するようになる。

一九八九年の春、私の記憶では五月の人民代議員大会で、サハロフ代議員がアフガニスタンでソ連軍の武装ヘリコプターが友軍兵士を銃撃し、皆殺しにしたと告発した。ソ連軍幹部は、事実無根であると激しく反発した。

「佐藤先生、サハロフ・アカデミー会員が言ったことはほんとうです。ただサハロフはほんとうの意味を理解していない。あれは戦友たちへの愛なんです」

「愛だって？　どういうことだ。意味がわからない」

「ソ連兵の乗った装甲車や兵員輸送車がアフガンゲリラに捕らえられてしまうことがあります。捕虜になった将兵は文字通り身体を切り刻まれて惨殺される。あるいは石打にします。大きな石を当てるとすぐに死んでしまうので、握り拳大の石をたくさん集めてきて、できるだけ苦しみを長引かせて、殺すんです。生きて還ることは絶対にできない。それだから、このようなリンチの現場を見つけるとソ連軍の武装ヘリが機関銃やミサイルを撃ち込んで、戦友たちを早く楽にしてあげるのです」

「…………」

「ヘリコプターの操縦手は泣きながら撃つんですよ。それが戦友たちを楽にしてあげることができる現実的な唯一の方策だから」

「…………」

「だから、これは愛なんです。そのことをサハロフや民主派の連中はわかっていない」

「君の部隊でもそういうことがあったか」

「ありましたよ。僕は歩兵だったからヘリコプターに乗ったことはないけれど、友軍の手で楽にされた兵士はいましたよ。それから、両腕、両足と舌を切られ、耳、鼻を削がれた兵士も安楽死させられる場合が多かった。本国に送還されても厄介者とされ、社会復帰できる可能性が皆無だからです」

「そういうことがあった後、アフガン人の集落に対して報復攻撃をするのか」

「はじめの頃は報復攻撃をしました。村を焼き払い、手当たり次第に住民を殺した。しかし、そういうことが何度もあると報復も面倒になる。佐藤先生、アフガニスタンでは時間の流れが違うんですよ。うまく説明できないけれど、すべてが静止して見えるんです。地獄があるとすれば、アフガニスタンなのでしょうが、それが現地にいるとそう思えないのですよ。戦場だということも感じない」

「どういうことだ。よくわからない」

「うまく説明できません。例えばアフガニスタンでは、女には不自由しない」

「ソ連軍の部隊内でフリーセックスをしているということか」

「確かに部隊内でのセックスは乱れていますが、女性下士官や女性看護兵とセックスをすると部隊内での人間関係が面倒になるから、アフガン娘を買いに行きます」

「そういう店があるのか」

「店なんかないですよ。ただ、砂糖があれば何でもできる」

「よくわからない」

「アフガニスタンでは、紙幣は単なる紙切れとしての意味しかありません。石鹼、マッチ、塩、砂糖などの生活必需品が不足している。特に砂糖は貴重品です。砂糖二キロを渡せば、身体を開く娘は多い。だから女には不自由しないんです」

「アルベルト、もうやめよう。そんな話を佐藤先生は聞きたくないはずよ」とレーナが制止した。アルベルトの目から大粒の涙が流れてきた。

「佐藤先生、僕は軍からモスクワ大学への推薦枠をもらってほんとうに幸運でした。大学生になってから、時間が普通に流れるようになりました。ただ、ときどきアフガニスタン時代の夢を見るのです。そうするとその日は一日中憂鬱です。そして、一度、夢を見ると、その夢が翌日も、翌々日も続くのです。戦場に引き戻されたようになって、気が滅入ってくるのです。佐藤先生、夢を見ないで済むようにする方法があったら教えてほしいのです」

「………」

「それから、昼間も、突然、時間が止まるんです。この前もトロリーバスに乗って窓の外の景色を見ていたら、突然、時間が止まったんです。アフガニスタンの戦場にいたときのように。平和なモスクワで生活している現在の方が、実体のない生活のように思えるんです。実は将来の進路のことで悩んでいるんです。大学はきちんと卒業しようと思います。最初、その後、軍隊に戻ろうと考えていました」

「前に軍隊にいたときは将校だったのか」

「いいえ、軍曹でした。大学を出て再入隊すれば少尉になり、すぐに中尉に昇進します。ソ連も崩壊し、多分、これからは平和な時代が続くと思うのです。ただ、もし戦争があって、再び戦場に行くことになった場合、僕は自分がなにをするか、自分でよくわからなくなるのです。最近は、アフガン帰還兵の友だちから一緒にビジネスをしないかと誘われます。軍隊に戻るより、そっちの方がいいのかとも思います。ビジネスの世界に行くのなら、哲学よりも経済学を身につけた方がいいので、転部しようかとも考えています」

「研究者になることは考えていないのか」

「無理でしょう。僕は特別推薦枠で入ってきたので、レーナをはじめ、他の同級生たちのような秀才ではありません。大学にとっての『お客さん』に過ぎません」

その日は閉店の午後十一時まで、アルベルトの話を聞いた。アルベルトの心の中で、相談したい事柄が明確に定まっているわけではなく、誰かに胸の中につかえている話を聞いて欲しかったのであろう。その日は帰宅後もなかなか寝付くことができず、私は何か重い荷物を背負ったような気持ちになった。

†

私には戦場の体験はもとより、軍隊についても、イギリス軍の語学学校に一年間留学したことがあるだけなので、軍人の内在的論理が皮膚感覚としてわからない。アルベルトは本気で私に話しかけてきたのだから、私にはそれを受け止める責任がある。しかし、アルベルトの抱えている荷物は私には重すぎるし、荷物の内容がよくわからない。誰かに相談しなくてはならない。そう考えているうちに一人の友人の顔が浮かんだ。「黒い大佐」、「現代のファシスト」と呼ばれているビクトル・アルクスニス空軍予備役大佐

（元ソ連人民代議員）である。

ビクトル・イマントビッチ・アルクスニス空軍予備役大佐は、私がロシアで親しくしている政治家の一人である。一九八九年三月にアルクスニスは、ラトビアからソ連人民代議員（国会議員）に選出された。当時のソ連の国会は、人民代議員大会と最高会議の二重構成になっていた。人民代議員大会は二千二百五十名によって構成される。七百五十名が小選挙区、七百五十名が民族選挙区から選挙によって選出される。一九八九年の選挙は、複数候補者によるほんものの秘密投票だった。

それまでのソ連の選挙は、候補者は一人で、その名前が最初から投票用紙に印刷されている。もしその候補者を支持しないならば、鉛筆で×印をつけて投票すればよいことになっている。一応、プライバシーを保全するカーテンで仕切られたボックスがあるが、そこに行くには投票用紙が配られる場所から、十数歩脇道にそれなくてはならない。投票用紙が配られる机のすぐ前に投票箱はある。そして、ＫＧＢの要員が、有権者の動向を厳しく監視している。そのような状況でカーテンで仕切られたボックスに入る勇気をもつソ連市民はほとんどいなかった。

それにもかかわらず、ソ連市民は選挙が大好きだった。特に子供たちが選挙になると大喜びである。選挙会場で、その昔、日本の夏祭りで配られたようなお菓子の詰め合わせが無料で配布されるからだ。また、選挙会場には露店が出て、普段手に入らないようなオレンジやバナナ、ココアなどを放出する。大量消費文化が到来していないソ連では、このような贅沢品を入手する機会として、選挙は庶民にとって重要だったのである。ちなみに当日、家でテレビを見ていたり、熱を出して寝ていたりすると、選挙管理委員会が移動投票箱をもって自宅まで投票するよう説得にくる。ここで投票しないと、ソ連体制に対する不満分子というレッテルが貼られる危険性があるので、余程の変わり者か、かなり極端な思想をもつ異論派（ディシデント）でもない限り、投票に参加する。従って、ソ連の投票率は九十九・九パーセントという驚異的に高い数字を保つようになった。

このような状況では政治的無関心が加速する。ソ連体制を立て直すためには、国民の政治意識を高揚させる必要があるとゴルバチョフ・ソ連共産党書記長は考えた。そこで、本当の民主的選挙を実施することにした。複数候補が立候補することを担保し、投票場でも全員が一回、カーテンで仕切られたボックスに入ってから投票用紙を投票箱に入れるようにした。アルクスニスはこのような複数候補の中から、改革派系のラトビア人民戦線に推されて、人民代議員に当選した。

さて、このように選挙を経て当選した代議員は合計千五百名であった。しかし、それ以外に七百五十名の社会団体から推薦された代議員の枠があった。ソ連共産党、レーニン名称全連邦共産青年同盟、ソ連女性同盟、切手愛好者同盟などである。ゴルバチョフもソ連共産党の推薦枠第一位で人民代議員になった。もちろんゴルバチョフが選挙に出ても落選することはない。しかし、秘密投票ならば得票率が九十パーセントを割り込むことが想定された。そうなるとソ連共産党書記長としてのカリスマ性が毀損される。そのことを懸念して、ゴルバチョフは選挙を避けたのである。一九九〇年の改正ソ連憲法で、全有権者の直接選挙によって選出される大統領制を導入することが定められた。ただし、初代大統領のみは人民代議員大会で互選されるものとし、ゴルバチョフが大統領に選出された。このことから明らかなように、ゴルバチョフは国民による選挙の洗礼を一度も受けずにソ連大統領に就任したのである。

これに対してエリツィンは、一九八九年のソ連人民代議員選挙にゴルバチョフ側の選挙妨害のため、モスクワや故郷のスベルドロフスク（現エカテリンブルク）からは出馬できなかったが、改革派の影響力が強いフィンランドと国境を接するカレリア自治共和国（現カレリア共和国）の民族選挙区から立候補し、当選した。ソ連の制度では、一人で国政と地方の議席を二つまで占めることが認められていたので、エリツィンは一九九〇年三月のロシア人民代議員選挙にはモスクワの地方選挙区から立候補し、当選した。ソ連人民代議員選挙からロシア人民代議員選挙までの一年間で、エリツィンの政治的影響力は圧倒的に強化されたのである。そして、一九九一年六月のロシア大統領選挙で、ロシア国民の直接投票によってエリツィンは大統領に選出されたのである。ソ連解体過程における権力闘争で、ソ連人民代議員選挙、ロシア人民代議員選挙、ロシア大統領選挙という国民による直接選挙の洗礼を三回受けたエリツィンが、国民による直接選挙を恐れ、一度も受けていないゴルバチョフよりも正統性を獲得したのは当然のなりゆきだった。

ソ連人民代議員の二千二百五十名から、国会議員活動に一年中専従する最高会議議員を五百四十二名互選し、国家運営に当たることにした。私は、人民代議員大会（シエエーズド・ナロドヌィフ・デプタートフ）や最高会議（ソビエト）を国会と表現したが、ソ連時代の代議機関は欧米の議会よりも憲法上大きな機能をもった。レーニンは「全ての権力をソビエトへ」と呼びかけて、一九一七年十一月（露暦十月）の社会主義革命（ロシアでの名称は十月社会主義大革命）を成功させたが、最高会議は、行政や司法にも直接介入することができる強力な機関であった。しかし、一九三〇年代に権力が共産党書記局に集中し、最終的に書記長であるスターリンに全権が帰属するようになり、最高会議は形式的な機関となった。ゴルバチョフは、「レーニンに還れ」というスローガンの下、最高会議を活性化し、自らの権力基盤を強化することを図った。確かに最高会議は強化されたが、それがゴルバチョフの権力基盤の強化にはつながらず、むしろ最高会議から生まれたエリツィン、ソプチャーク（サンクトペテルブルク市長。プーチン前ロシア大統領［現首相］はソプチャーク市長の下で助役をつとめた）、サハロフなどの政治エリートが、ソ連を解体する方向に政治力を発揮したのである。

アルクスニスは、民主改革派から推され、政治家になった。それまでは、リガの空軍基地に勤務するMiG25戦闘機の整備士だった。アルクスニスの祖父ヤコブ・イワノビッチ・アルクスニス中将は、ソ連空軍の父である。しかし、一九三八年に「人民の敵」として銃殺された。この経緯は若干複雑であるが、アルクスニスが政治家として、ソ連を愛するが、共産主義を憎み、また民主改革派と一線を画す、独自の世界観と政治行動をするようになった背景を理解するために不可欠なので説明する。

†

一九一七年十一月（露暦十月）の社会主義革命が成功したのは、レーニンの政治力、トロツキーの煽動能力、スターリンの少数民族糾合戦略などの政治力と、政治とは位相を異にする近代的な軍事力が合体したからである。この鍵を握る人物がミハイル・トゥハチェフスキー元帥（一八九三〜一九三七）だ。トゥハチェフスキーは、貴族出身で帝政ロシア時代に陸軍幼年学校を首席で卒業し、一九一四年に陸軍少尉に任官し、最精鋭部隊の「セミョノフ連隊」に配属された。一九一五年にドイツ軍の捕虜になるが、一九一七年八月に脱走に成功してパリとロンドンを経由して、秋にロシアに戻る。当時、帝政は崩壊し、ケレンスキーの臨時政府とボリシェビキ（後の共産党）政権が並立している状況だった。トゥハチェフスキーは、ボリシェビキの赤軍においてこそ自らの可能性を伸ばすことができると考えた。レーニンも帝政ロシアの軍人を厚遇し、トゥハチェフスキーは赤軍に中将として迎え入れられた。トゥハチェフスキーは、一九一九年にシベリアでコルチャーク将軍が率いる白軍を撃破し、また、一九二〇年に西側からモスクワに迫ったデニーキン将軍が率いる白軍を粉砕した。さらにポーランドからの干渉軍も撃退し、トゥハチェフスキーはワルシャワを攻略しようとしたが、それには失敗した。一九二一年には、レニングラード郊外のクロンシュタット要塞の兵士反乱やロシアのタンボフ州の農民反乱を鎮圧したりもした。一九二五年から一九二八年まで赤軍（ソ連軍）参謀総長をつとめ、一九三五年にはソ連初の元帥五名のうちの一人になった。空軍の強化、空挺部隊、戦車部隊の創設など、ソ連軍の近代化につとめた。トゥハチェフスキーの傑出した才能にスターリン・ソ連共産党書記長は猜疑心を抱くようになる。この状況に、ナチス・ドイツが目をつけた。戦時中、中国大陸で陸軍の謀略工作に従事した戦史研究家の大橋武夫（終戦時、陸軍中佐）は、トゥハチェフスキーを巡るナチス・ドイツの謀略についてこう記す。

〈トハチェフスキーは軍事的天才であった。彼の戦略戦術論は全世界の兵学界をうならせ、著者らも彼の記事を満載したソ連の軍事雑誌を貪り読んだものである。彼の兵術の特徴は戦車を軍の主兵としたことである。第一次大戦末期のイギリスに現われて、歩兵の補助兵種として使われ、鋭鋒の片鱗を見せた戦車の将来を素早く洞察し、これを大量に造って陸上艦隊を編成し、火力とスピードと装甲を兼備した新しい主兵をもって、ロシアの大平原を縦横に馳駆させようとする、画期的な構想である。

元来ロシアの土地は騎馬遊牧の民族が制覇したところであり、近世になっても、乗馬を得意とするコサック騎兵集団は、ロシア陸軍の主戦兵力として全世界を恐怖させていた。この伝統をもつ彼らが陸上艦隊の構想をもったのは不思議ではないが、トハチェフスキーの兵術はこれに天才的な卓抜さを加えていた。トハチェフスキーらと接触しているうちに、ドイツ軍部は〝これは大変だ〟と気づいた。ロシアと国境を接しているのは他ならぬドイツである。一朝事あるとき、まっさきに彼の矢面に立たされるのは、なんとドイツ自身なのではないか。こんなナポレオンみたいな男に暴れられてはかなわないと、ついにトハチェフスキー一派の抹殺を考えたのである。

ドイツには、彼らとドイツ軍部間の交換文書がたくさんあった。ナチス秘密機関は、これを利用して、左記の書類を偽造した。

1 トハチェフスキーの署名のある偽手形

2 トハチェフスキーの提供したとみせかけた情報に対するドイツ側の多額な偽支払い証

3 ドイツのカナリス情報部長から発せられた偽感謝状

右をまずゲシュタポ（ドイツ秘密警察）出入りのソ連側密偵に耳打ちし、次第に工作をもりあげた後、一九三七年五月、右の書類を二百万ルーブルでソ連側諜報機関に売り渡した。

驚いたのはロシアの御大スターリンである。彼はこの頃保身に汲々とし、反乱やクーデターに対し病的な恐怖心に駆られていたからたまらない。直ちにトハチェフスキー元帥一派を逮捕し、有無をいわさず処刑してしまった。罪なくして軍事法廷に立たされたソ連軍の柱石の消息は、断片的に日本にも伝わってきたが、なんとしても哀れでたまらなかった。ドイツの謀略機関は、スターリンの猜疑心の強いのにつけこんで、スターリン自身にその右腕を切らせてしまったのである。

トハチェフスキーの研究は、そのままそっくりヒットラーがいただいてしまった。機甲兵団と、これに直接協力する急降下爆撃隊をもってする電撃作戦がこれである。ヒットラーはトハチェフスキーの戦法で全欧州を席捲し、さらにスターリンの喉元まで締めあげたのである。〉（大橋武夫『謀略―現代に生きる明石工作とゾルゲ事件』時事通信社、一九六四年、一四六～一四八頁）

ロシアで出版された軍事史の文献と照らし合わせても、大橋の見解は妥当である。ビクトルの祖父、ヤコブ・アルクスニスは、トゥハチェフスキーの親友であった。スターリンは、ヤコブ・アルクスニスを「人民の敵」としてトゥハチェフスキーを裁く軍法会議（軍事裁判所）の裁判官に任命した。ソ連では、誰かを粛清するときに、粛清される者ともっとも近い者に断罪させ、一種の「踏み絵」とする文化がある。

ちなみにこの文化は日本外務省にもある。二〇〇二年二月末に鈴木宗男疑惑の嵐が吹き荒れるようになった。私は外務省幹部から、公式、非公式に何度も呼ばれ「鈴木宗男攻撃に加われ。そうすれば生き残ることができる」と言われた。しかし、私はその誘いを断った。そうすると外務省は秘密裏に「佐藤優の行状を調査する特別チーム」を設け、その責任者に、職種は異なるが、私と同じ一九八五年入省のキャリア職員で、同期で私がもっとも親しくしていた武藤顕氏（現外務省総合外交政策局総務課長）をあてた。武藤氏と私は、文字通り机を並べてソ連課（ロシア課の前身）で勤務し、イギリスの陸軍語学学校でも一緒に研修した経緯がある。その後は、モスクワの日本大使館政務班で一年間勤務が重なっただけであるが、お互いに人間的には強い信頼感をもっていた。外務省は、武藤氏に「踏み絵」を踏ませたのである。日本では銃殺にまでは至らないが、基本構造はスターリン時代のソ連ときわめて類似しているのである。

ヤコブ・アルクスニスは、よき共産党員として、よき赤軍幹部として、国家の命令を忠実に遂行し、トゥハチェフスキーを「人民の敵」と認定し、死刑判決を言い渡した。一九三七年六月十一日にトゥハチェフスキーは銃殺された。

その翌一九三八年、今度はヤコブ・アルクスニスが「人民の敵」として逮捕された。そして、銃殺刑に処せられた。スターリン時代の粛清ではよくあることだった。アルクスニスの家族は、初め、カザフスタンの炭坑に流刑になる。その後、家族は西シベリアの炭坑町、ケメロボ州タシュタゴール市に引っ越し、一九五〇年にビクトルが生まれた。

一九五六年のソ連共産党第二十回大会でニキータ・フルシチョフ第一書記は、スターリン批判の秘密演説を行った。その後、トゥハチェフスキー、ヤコブ・アルクスニスにかけられた嫌疑はすべて事実無根で、冤罪であることが明らかにされ、アルクスニスの係累にも、それまで禁止されていた故郷ラトビアへの帰還とモスクワへの立ち寄りが認められるようになった。ビクトルの父、イマント・アルクスニスはラトビア共和国の首都リガ市に戻る選択をした。そして、ビクトルは、祖父の名を付されたヤコブ・アルクスニス名称リガ高等航空技術学校（大学に相当）を卒業し、戦闘機の整備士になったのである。

名誉回復がなされた者は、原状復帰を要求する権利がある。ヤコブ・アルクスニス一家はクレムリンからそう遠くないモスクワ川沿いのソ連共産党の幹部住宅に住んでいた経緯があるので、モスクワへの移住を要求することができた。ソ連時代も現在も、情報、物資、人脈のすべてがモスクワに集まる。従って、スターリンの大粛清による犠牲者の家族は、ほとんどの場合、モスクワへの移住を望んだ。イマント・アルクスニスが、モスクワではなく、リガを移住先に選んだのには、夫人の宗教に絡む理由がある。

私はこのことを、アルクスニスと親しくなってから相当後に知った。イマントの夫人、つまりビクトルの母親は、ロシア正教の分離派、それも規律がひじょうに厳格な無司祭派（ベスパポーフツィ）に属していた。分離派とは、十七世紀にロシアでニーコン総主教が行った宗教改革に従わなかったグループを指す。分離派という名称は、正統派教会の見方で、分離派から見るならば、ニーコン改革以降のロシア正教会が古《いにしえ》の信仰から分離したのである。改革は何点にもわたったが、特に分離派が反発したのは、これまで親指と人さし指の二本で切っていた十字を、ビザンチン（ギリシア正教会）方式に親指、人さし指、中指の三本で切るようになったことだ。ロシア皇帝とロシア正教会は分離派に対して徹底的な弾圧を加えた。分離派の指導者だった修道士アバクームは火あぶりになった。炎の中でアバクームは、「いいか皆の衆よ、たとえこの世の命を失っても、十字は二本指で切るんじゃ。三本指で切ってはならないぞ!」と叫びながら、息絶えたという伝承がある。

アバクームの火刑後、分離派の信者は、「この世の終わりが近い」、「ピョートル大帝は悪魔の手先だ」との信念を抱き、シベリア、中央アジア、沿バルト地方などに逃げていった。「どうせこの世の終わりが近いのだから、現世で汚れた生活を続けるよりも、早く清い世界に行きたい」という終末論的信念を強くもって、焼身自殺した分離派の信者も多い。

ドストエフスキーが、『罪と罰』で高利貸しの老婆を殺す主人公をラスコーリニコフ(Раскольников)と命名したのも、「ラスコーリニキ(раскольники)」すなわち「分離派」に引っかけてのことだ。ロシア帝国内部で分離派は、五島列島の「隠れキリシタン」のようになり、信者はきわめて強く結束するようになった。

分離派は、そもそもピョートル大帝が行った西欧化に強く反発したのであるが、十八世紀末から十九世紀になると不思議な捻《ねじ》れが生じてくる。分離派信者は、官吏や地主になれないので、商業面で頭角を現すようになる。十九世紀のロシア財閥には、分離派出身者が多い。日本に亡命し、チョコレート菓子で有名になった「モロゾフ財閥」も分離派である。

アバクームの死後、分離派は二つに分かれる。ひとつは司祭を認め、正統派のロシア正教会やロシア国家と折り合いをつけた「司祭派(パポーフツィ)」である。もう一つは、この世の終わりが近いので、悪魔が支配するロシア正教会やロシア国家とは一切関係を絶つべきで、真にイエス・キリストを信じる信者だけで自己充足的な共同体を作ることを主張し、実践してきた「無司祭派（ベスパポーフツィ）」である。ソ連時代になって、一九二〇年代に「戦闘的無神論」という形で反教会政策が徹底的に行われ、その結果、「司祭派」は細々と生き残ることができたが、「無司祭派」はほぼ壊滅してしまった。しかし、リガの周辺には、「無司祭派」が共同生活をする修道院が、一九四〇年にラトビアがソ連に併合された後も残っていたのである。現地当局が、この修道院に手をつけるとたいへんな暴動や焼身自殺などの面倒なことが起きることを懸念し、放置し、モスクワに詳細な報告を行わなかったのではないかと私は推測している。ビクトルの母は、この修道院の出身なのである。

ソ連は帝国なので、権力の疎密がある。モスクワではイデオロギー的に認められない宗教書や哲学書が沿バルト諸国の出版社から現地語で出版されることもよくあった。また、外国から密輸入された反ソ的な「タムイズダート（海外出版）」のロシア語書籍も、リガの古本屋では平気で買うことができた。

一九八九年初頭、私はリガ郊外の分離派修道院を訪ねたことがある。モスクワ大学の科学的無神論学科で知り合った友人のアレクサンドル（サーシャ）・カザコフが、修道院の幹部に、私が神学部出身であることを強調し、「無司祭派」に関心をもっていることを伝えたら、例外的に見学を許可してくれた。

修道院は高い白壁で囲まれていた。修道院と言っても、独身の修道士や修道女が住んでいるわけではない。分離派の家族が住んでいる。もっとも分離派信者の数が増えてきたので、市内の一般住宅に住んでいる人々も多いという。修道院の中から市内の工場に通っている人もいる。ただここに住んでいる信者たちは、近い将来にこの世の終わりがやってくると信じ、祈りを中心に共同生活を営んでいるのである。

確かに、「無司祭派」だから神父はいないのであるが、神父服によく似た黒い服を着た宗教儀式を司る指導者がいる。

モスクワのダニーロフ修道院や、モスクワ郊外のセールギエフ・パサードにあるセールギエフ修道院では、礼拝堂の内部に電気の照明があるが、ここには電気がまったく引かれていない。その代わり、燭台に数え切れないほどの蠟燭が灯されており、礼拝堂全体が橙色の暖かい光に包まれている。礼拝堂の中央がついたてで仕切られていて、右側に女性の信者、左側に男性の信者が集まるようになっている。通常、正教会では男女が混在して立っているのと比較するとここにも「分離派」の特徴があるのだろう。宗教指導者と信者が独特の節回しで祈禱書を詠んでいる。ときどき全員で十字を切るが、確かに二本指で、つまり右手の親指と人さし指をあわせて、右胸から左胸にかけて動かし、その後、胸の中央で上から下に動かし、大きく頭を下げて十字を切る。かつて、この十字の切り方をする者は火あぶりにされた。その伝統を三百五十年以上も守っているのである。

ビクトル・アルクスニスもこの修道院で洗礼を受けた。分離派の人々は、この世は悪魔によって支配されると考えているだけに、天上に神がいて、人間は神の意思に従って生きなくてはならないと考える。アルクスニスも子供の頃から母親によって、「自らの信念を大切にしなさい。強い信念は、あなたの力ではなく、神様から来ています。どんなことがあっても友だちを裏切ってはいけません。それから約束したことは必ず守りなさい」と教えられてきたという。

私は子供の頃からカルバン派の教会で、「天国には神様のノートがある。そこに救われる人の名前が書いてある。そこに自分の名前があることを信じて、人生をただ神様の栄光のためだけに使いなさい」と教えられてきたが、アルクスニスの神観は私に近いのである。ソ連空軍予備役大佐であるアルクスニスは共産党員だったが、マルクス・レーニン主義の世界観は受け入れていなかった。分離派の信仰、ラトビア人としての一族の名誉を守る部族の掟がアルクスニスの世界観の基礎を作っていた。私がアルクスニスと知り合ったのは、一九八九年夏の頃だったが、西側の外交官である私にアルクスニスが強い関心をもったのも、私がプロテスタント神学の教育を受けたことと、民族問題に深い関心があったからだ。

アルクスニスは当時、「赤の広場」向かいの「モスクワ・ホテル」に住んでいた。アルクスニスは、最高会議議員ではなかったが、千名以上の人民代議員が参加する最大の院内会派「人民代議員グループ・ソユーズ（連邦）」の共同代表だったので、モスクワを拠点にして活動していた。最高会議議員はモスクワに住宅を供与されたが、人民代議員は「モスクワ・ホテル」、「ロシア・ホテル」のいずれかを無料で利用することができた。設備は「ロシア・ホテル」の方がよかったが、アルクスニスは「モスクワ・ホテル」を選んだ。「モスクワ・ホテル」は一九三〇年代の建物であるが、左右が非対称である。スターリンが二つの設計図に「裁可する」というサインをしてしまった。誰も怖くて、「どちらの設計図に基づいてホテルを建てたらよいのですか」ということをスターリンに聞くことができなかったので、左右から別々に建て始め、真ん中で辻褄を合わせたという伝説がある。「モスクワ・ホテル」は、天井が高く、スターリン時代の権威主義的なソ連の感じがする。ここは一九三〇年代、ソ連共産党中央委員の定宿であった。そして、スターリンによって、中央委員の過半数が銃殺にされた。「モスクワ・ホテル」から連れ去られ、車で五分ほど行ったところの合同人民内務委員会（NKVD）地下のルビヤンカ監獄（後のKGB本部）に閉じこめられ、そのまま裁判にかけられて銃殺されてしまうのだ。それだから、「モスクワ・ホテル」には、スターリンによって粛清された人々の幽霊がでると噂された。アルクスニスはスターリンを憎んでいる。それだから、政治の世界で、スターリンの悪夢を絶対に忘れることがないように、あえて「モスクワ・ホテル」を定宿に選んだのだ。

アルクスニスは、スターリン批判を全面的に展開するアンドレイ・サハロフ最高会議議員やゲンナジー・ブルブリス最高会議議員がエリツィンを仲間に引き入れて結成した

「地域間代議員グループ」とも激しく対立した。過去の歴史状況で、スターリンがいなければ、ソ連はナチス・ドイツに敗北し、ロシア人は奴隷にされてしまったとアルクスニスは考える。従って、アルクスニスは、スターリンを憎むが、同時にソ連にとって必要だったと考える。

アルクスニスは、ソ連共産党幹部の特権を手厳しく批判した。そして、時代遅れのマルクス・レーニン主義イデオロギーと、ゴルバチョフが唱えるソ連を西欧化するペレストロイカ路線の双方を拒否し、新たな国家イデオロギーを構築することで、ソ連を維持しようと考えた。

そのイデオロギーとは、ソ連領域に住む人々を、民族、宗教、文化の差異にかかわりなく「われわれ」という観念でまとめ上げていくという発想である。ソ連人、ソ連国家という観念は自明のもの、つまり存在概念ではなく、成っていくこと、すなわち生成概念であるとした。従って、ソ連には常に国民を束ねて、まとめていく運動が必要であると考えた。また、民主化の過程で噴き出した民族問題は、国家を崩壊させる危険があるので、国内軍の投入と、民族的憎悪を煽り、国家を崩壊させるような報道については統制を加えるべきであると主張した。第三者的に見るならば、イタリアのムッソリーニが初期に唱えたようなファッショ国家にソ連を転換していくことをアルクスニスは考えたのである。

アルクスニス自身は、清貧な生活を好む。背広も二、三着しかもたず、いつも白いワイシャツの上に黒い革ジャンパーという姿なので、マスメディアでは「黒い大佐」というあだ名がつけられた。それとともに人民代議員の中でアルクスニスは急速に力をつけ、最大の院内会派「ソユーズ」の指導者になったのである。

一九九〇年十二月二十日、人民代議員大会でシェワルナゼ・ソ連外相が「独裁が近づいている。黒い大佐たちの活動は看過できない」と述べて辞任したが、ソ連のファシストとして、アルクスニスは政界で重みをもつようになった。

「ソユーズ」の動向をもっとも警戒したのは、ソ連共産党中央委員会だった。KGBはアルクスニスの動向を徹底的に監視した。

私が本格的にアルクスニスと親しくなったのは、一九九一年八月のクーデター未遂事件直後のことである。クーデターを画策した非常事態国家委員会関係者が逮捕され、ゴルバチョフが幽閉されていたクリミアのフォロスからモスクワに戻った八月二十二日に事件は一段落ついた。その二日後の八月二十四日朝に私は「モスクワ・ホテル」のアルクスニスの部屋に電話をした。

「日本大使館の佐藤優です。ビクトル、どうしていますか」

「マサル、マサルか。もう電話はかかってこないと思った」

「そんなことはありませんよ。御機嫌はいかがですか」

「最高だよ(ルーチュシェ・フセッフ)」

この瞬間から私たちの関係は決定的に変化した。ほんとうの友だちになったのである。

後にアルクスニスは、当時の事情をこう明かした。

「一九九一年八月二十一日の午後十時過ぎから、今まで頻繁に鳴っていた電話がまったく静かになってしまった。家族以外で、初めて電話をかけてきたのがマサルなんだよ。補佐官も逃げて、連絡が取れなくなってしまった」

「ひどいね」

「後でわかったんだけど、あの補佐官はKGBの秘密職員だった。自然に僕に近づいてきたので気づかなかったが、組織からもうアルクスニスの監視はしなくていいと言われたので、去っていったんだ」

「今はもう監視されていないと思っているかい」

「今も監視されている。僕を軽く見ているせいか、監視の手法も露骨だ。特にマサルと会うとMB（保安省。KGB第二総局の後身、FSB〔ロシア連邦保安庁〕の前身）の奴らが、必ず訪ねてくるよ。僕から情報はとれないことはわかっているから、マサルとは付き合うなという嫌がらせだ」

「迷惑をかけて済まない」

「そんなことはないよ。マサルの政局見通しはとても参考になる」

こう言って私の政局分析をアルクスニスは評価してくれた。しかし、実際は私よりもアルクスニスの洞察力の方が数倍も優れている。エリツィンが任期前に辞任することや、KGB出身者が後継大統領になり、ロシアが権威主義的方向に国家路線を転換することについても、事前にきちんと見通していた。

一九九一年十二月のソ連崩壊で、アルクスニスは「失業者」になり、故郷のリガに戻ったが、一九九二年にラトビア政府は、アルクスニスを「国家にとって有害な人物」に指定し、ロシアに強制追放した。モスクワ郊外のドイツや沿バルト諸国からの帰還将校用の住宅にアルクスニス一家は住んだ。インナ夫人が学校教師として働いて家計をまかない、アルクスニスは地方行政府や政治団体で勤務しながら、政治活動を続けた。クーデター未遂計画や要人暗殺計画の噂が流れると、背後にアルクスニスがいるのではないかという憶測が常になされた。一九九三年九月末、エリツィン大統領側と最高会議側が対立したときのことだ。研修上がりの若手外交官が私のところに駆け寄ってきた。

「イタルタス通信に、内務省特殊部隊と最高会議系のデモ隊が衝突し、元ソ連人民代議員のビクトル・アルクスニスが重傷を負ったという記事が流れています」

私は慌ててあちこちに電話し、アルクスニスを探し回った。一時間ほどで収容された病院がわかったが、既に応急処置だけを受けて、どこかに消えたということだった。家に電話をしても誰も出ない。心配していると、翌日、大使館に電話がかかってきた。

「マサル、報道を見て心配していることと思うが、大丈夫だ。まだ生きている」

「ビクトル、冗談じゃない。危ないところには出て行くな。それで様子はどうだ」

「よくない。左腕を叩き折られ、全身を蹴られたせいか、三十八度近く熱がでている」

「炎症を起こしているんだろう。信頼できる医者に診てもらえ」

「わかった。しばらく温和《おとな》しくしているよ」

アルクスニスは二週間近く入院することになった。その間、一九九三年十月三、四日にモスクワは騒擾状態になり、大統領側がホワイトハウス（当時の最高会議ビル、現ロシア政府ビル）に戦車で大砲を撃ち込んで、事態は沈静化した。ホワイトハウスから人間の肉が焼ける嫌な臭いが漂った。退院直後に私はアルクスニスと会った。アルクスニスはこのとき本当に神の存在を実感したという。

「内務省特殊部隊のリンチに遭って、重傷を負っていなければ、僕は絶対にホワイトハウスに籠城していた。そうすれば、確実に殺されていたね」

「そう思うよ。共産党のアレクサンドル・ソコロフ議員を知っているだろう。彼は籠城した。その後、アルファ部隊（特殊部隊）の連中に引き出され、モスクワ郊外の駐車場に連れて行かれ、一晩、徹底的にリンチを受けたということだ。背中を見せてもらったけれど、青あざだらけだった。戦闘服を着て籠城していた連中は半殺しにされ、反抗した二十代の青年が目の前で射殺されたと言っていた。奴らは邪魔者を超法規的に処理している」

「マサル、神は確かにいるよ。入院するように神様が采配してくれたんだ」

「僕もそう思うよ。ビクトルにはこれからすべき大きな仕事が待っているんだよ。それだから神様が助けたんだ」

誰もがアルクスニスは既に終わった政治家と見なしていたが、二〇〇〇年三月の国家院（下院）補欠選挙に当選し、二〇〇三年の国家院選挙でも再選され、二〇〇七年まで議員をつとめた。

二〇〇二年五月十四日、私は外務省関連の国際機関「支援委員会」に不正支出をさせた背任容疑で逮捕された。その数日後、アルクスニスから私の弁護人に「サトウマサルを助け出すためにロシアの国会で署名を集め、日本政府に送ろうと考えている」というファックスが届いた。私は「配慮には感謝するが、僕の事件は日本の中の内輪揉めなので、放っておいてくれ」と返事をした。

保釈になった後、私がアルクスニス以外の国家院議員から聞いた話であるが、アルクスニスは既に数十名の署名を集め、連邦院（上院）にも働きかけて、百名以上にしてから、ロシア外務省を通じて日本に署名を送る準備をしていたという。保釈後、モスクワの日本人記者を通じ、アルクスニスは私に何回か電話をかけてきた。

「マサル、余計なことをして済まなかった。君はどんな状況でも決して自暴自棄にならないもんな。あれだけ日本の国のために仕事をしていたのに、日本政府はあまりに冷たいんじゃないかと思った。でもモスクワの日本大使館にはいい連中がいるね」

そう言って、アルクスニスは、リスクを顧みずに私のために動いてくれた数名の日本人外交官の話をした。

†

話がだいぶ脇道にそれてしまったが、アフガニスタンでアルベルトが体験した出来事を正面から受けとめて、対応することができる人物として、私にはアルクスニスしか思い浮かばなかった。

当時、アルクスニスは、モスクワ郊外の軍産複合体の元閉鎖都市ジューコフスカヤ市の副市長をつとめていた。水道管の修理や、集中給湯用の燃料工場の維持など、これまで慣れ親しんできた国家戦略や地政学とはまったく異なる位相の問題で、政治活動を行っていた。私は、アルクスニスに電話をし、「相談したいことがあるので、モスクワに出てくる日を教えて欲しい」と尋ねた。アルクスニスは、早速、電話の翌日にモスクワに出てきてくれた。私はアルクスニスをモスクワ競馬場の横にある「ベガ（競馬）・ホテル」のレストラン「東京」に誘った。ここはモスクワで唯一の家庭料理風日本レストランで、自分のポケットから出すことができる値段で、もやし炒めや、イカフライ、トンカツ、餃子などを楽しむことができたので、日本食に抵抗をもたないロシア人を誘うことがよくあった。アルクスニスともよく二人でウオトカを二、三本ひっくり返して、議論をした。

私はアルクスニスにアルベルトから聞いたアフガンゲリラ、ソ連軍双方の残虐行為について話をした。アルクスニスは沈痛な顔をして、こう言った。

「それだから侵略戦争は駄目なんだ」

「ビクトルは、アフガン戦争を侵略戦争と考えるか」

「もちろんだ。侵略戦争以外の何ものでもない。そもそもロシアが中央アジアまで拡大したことに無理があった。イスラームとの付き合いは難しい。むしろ貿易や経済協力に限定して、政治的には突き放しておいた方がいい。アフガン戦争は、最初から負けが保証されていたような戦争だ」

「どういうことだ」

「アフガン人は、内部でいつも諍《いさか》いを起こして殺し合っている。お互いに騙し合う。あんなところの問題に首を突っ込めば、うまくいかないのは当たり前だ。そこに若いロシア兵を送る。何が何だか状況がわからなくなって、頭がおかしくなってしまうのは当たり前だ。モスクワに本格的に麻薬が入ってきたのもアフガン戦争以降のことだ」

「ビクトル、僕はほんとうに当惑しているんだ。アルベルトから相談されたことに答える力が僕にはない」

「マサル、それは違うよ。既にマサルは重要な仕事をした」

「重要な仕事とは、なんだい。意味がわからない」

「アルベルトは、話し始めた。そのことが重要だ。自分が戦場で過去に行ったことを話すことができるようになった人間は、既に魂の中で回復能力が生まれているということだ。だから、僕たちがアルベルトの話を最後まで聞いてやることが重要だ。ロシアの軍人の話だ。もちろん付き合う」

「ほんとうに恩に着る。近くアルベルトと恋人を誘って食事に招待する」

「それもいいけれど、アルベルトだけでなく、信頼できる他の学生も何人か誘った方がいいんじゃないか。その方が教育的効果がある」

「確かにビクトルの言うとおりだ。同世代の連中と問題を共有することは意味がある。もっともこの問題は解決が不可能のように思えるが」

「マサル、何年、ロシアの政治を観察しているんだ」

「職業として観察してから、四年半になる」

「その中で、本質的に解決した問題が一つでもあっただろうか」

「共産主義体制がなくなった」

「しかし、全てを社会や政治のせいにする共産主義的精神からロシア人は離れられない。冷たい戦争が終わったら、沿ドニエステル（モルドバ共和国東部）やアブハジア（グルジア共和国西部）では、熱い局地戦争が始まった。どんな問題も解決なんかしない」

「…………」

「それは、人間が性悪な存在だからだ。そうは思わないか」

「確かにそうかも知れない」

「しかし、マサルには本当に感謝するよ。外交官の仕事で忙しいのに、ロシアの未来のエリートを育てるためにこんなに貢献してくれるんだから」

「ビクトル、それは違うよ。モスクワ国立大学哲学部客員講師の名刺があると仕事がしやすくなる。それに僕は怠惰だから、大学の講義を入れておかないと、新しい勉強をしない。それから、大学で講義するとロシア語力が向上する。僕としてはきちんと個人的利益も追求している」

「わかった」

アルクスニスと会った次の土曜日、講義の後に喫茶店に集まってきた学生たちに声をかけた。

「課外講義をしたいと思う。もちろん、出席は任意だ」

「何ですか」

「黒い大佐ことビクトル・イマントビッチ（アルクスニス）を知っているか」

「もちろん知っています」

「実はビクトルは僕の友だちなんだ。エリツィン政権の流れとは違うけれど、立派な政治家だ。一度会って、意見交換をしないか」

学生たちは、全員、よろこんで「是非、出席します」と答えた。

モスクワ川沿いに「メジュドナロードナヤ・ホテル」、直訳するならば「国際ホテル」という灰色の大きな建物がある（現クラウンプラザ・モスクワ・ワールドトレードセンター）。ロシア人はこの建物を「ハマー・センター」と呼ぶ。アメリカの大富豪で、オクシデンタル石油の社主であったアーマンド・ハマー（一八九八〜一九九〇）が、ブレジネフ時代にソ連に寄贈した、ホテル、外国人用住宅、外国企業事務棟の三つの大きな建物からなる施設だ。ソ連時代は外国貿易省直営の国営施設だった。

ハマーは「赤い資本家」と呼ばれた。父親のジュリアス・ハマーが熱心な共産主義者で、アメリカ共産党の母体の一つとなったアメリカ社会主義労働党の創設者である。アーマンド・ハマーという命名自体が、農民階級を象徴する鎌（アーム）と労働者階級を象徴するハンマーである。ハマーは、ソ連建国の父、レーニンの信頼を得て、アメリカ、カナダとソ連の貿易を一手に引き受けた。レーニンの死後は、スターリン、フルシチョフ、ブレジネフ、ゴルバチョフと歴代ソ連の全指導者の信頼を得た。政治的には、共産党を離れ、ハマーは共和党の熱心な支持者になった。共和党は、反ソ、反共であるが、同時に、外交政策においては「棲み分け」を重視する。表面上、激しい非難の応酬をしながらも、共和党政権下のアメリカ政府とソ連政府はいつも裏で手を握っていた。そういうときにハマーが政商として常に暗躍していた。

ソ連時代に「ハマー・センター」は、徳川時代の長崎出島のような場所であった。まず、ソ連製の地図にこの施設に関する記述がない。近所に地下鉄やバスなどの公共交通機関の駅や停留所もまったくない。ホテルの入口では、守衛と民警（警察官）が厳重に警備していて、一般のロシア人は中に入ることができない。もっとも一階の「外貨バー」にたむろしているロシア娘たちは、守衛と民警に袖の下を渡すことで中に入ることができる。ソ連時代、袖の下は一回五十ドルだったという。その分、彼女たちは夜の荒稼ぎをするわけである。ソ連では売春は厳重に禁止されていたが、「ハマー・センター」で行われていることは、金銭を伴う自由恋愛であるとして、当局からお目こぼしされていた。KGBは、「外貨バー」の女性から、お客さんに関する情報収集を行い、工作に用いていたので、ここで遊ぶことは、外国人にとって大きなリスクも伴っていた。

ここには温水プール、ボウリング場、ゲームセンターもあり、確かにソ連とは異なる腐敗した資本主義の臭いがぷんぷんした。どういうわけか、ソ連共産党中央委員会の高官が、この腐臭を好んだので、私はここにソ連の政治エリートをよく招待した。一階に「サクラ」という日本食レストランがあった。天ざる蕎麦が五千円、幕の内弁当が八千円、にぎり鮨がやはり八千円くらい、しゃぶしゃぶ、すき焼きは一人二万円、更に日本酒の熱燗一合が千円もするので、ちょっと飲むと一人五万円くらいの出費を余儀なくされたが、ソ連の政治エリートにとても人気があるレストランなので、私もよく使った。

この「サクラ」の隣がいわく付きの「外貨バー」で、その隣に「コンチネンタル」というレストランがある。赤じゅうたんが敷き詰めてあり、照明が薄暗く、欧米のナイトクラブのような雰囲気であるが、高級なロシア・レストランである。しかも安いのだ。

ソ連崩壊後、「ハマー・センター」へのロシア人のアクセス条件はだいぶ緩和された。外国人に招待された場合、ロシア人もこの施設を使えるようになった。他のホテルがマフィアに仕切られるようになったのに対し、「ハマー・センター」は民間施設になった後も、民警がきちんと警備して秩序が保たれていた。混乱期のモスクワにおいて、外国人にとって数少ない安全な場になった。

モスクワ大学の客員講師をつとめている頃、私は大学の同僚や学生を「コンチネンタル」によく誘った。「サクラ」が外貨（米ドル、日本円、独マルク）での支払いを要求したのに対し、「コンチネンタル」では、ルーブル、外貨のいずれでも支払うことができた。どういうからくりになっているかわからないが、ルーブル払いだと外貨の二十分の一くらいの値段だった。当然、店側は外貨での支払いを外国人には求める。私は外貨で支払うときはクレジットカードで、チップをまったく置かないが、ルーブルで支払うときは、請求書の額面と同額のチップを置くようにした。そうすると外国人でも私に関しては、いつも請求書がルーブルで回ってくるようになった。「コンチネンタル」には洒落た丸テーブルがあるので、アルクスニスとアルベルトたちを引き合わせるのには、ここが最適であると私は考えた。

学生たちにアルクスニスとの会見を告知した翌週土曜日の午後五時に「コンチネンタル」に集合することにした。ロシアで本格的な夕食をするときは、午後五〜六時に開始して、午後十一時の看板ぎりぎりまで続ける。日本人の旅行者から、「モスクワのレストランではサーブが遅くて、夕食に二時間もかかった」という不平をときどき耳にするが、それはレストランがどういう場所か理解していない旅行者の方が悪い。標準的ロシア人は、一年に一、二回しかレストランで食事をしない。レストランに行くときは、思いっきり着飾って、前日は夕食を控えめに、当日の朝食、昼食は抜いて、「さあ、晩は思いっきり食べるぞ」と気合いを入れて、出撃するのだ。酒飲みの場合は、レストランに行った翌日が、労働日の場合、あらかじめ年次休暇届けを出しておく。重い二日酔いになることは大前提なのだ。それくらい本気でレストランで飲み食いするのだ。急いで食事をしたい場合は、「スタローバヤ」か「カフェ」と書かれた食堂に行けばよい。だいたいがセルフサービスで、二十〜三十分で食事を済ませることができる。もちろんモスクワ大学でもレストランを使った経験をもつ学生はほとんどいなかった。そこで、私はレストランに政治家や有識者を招いて、学生たちと懇談する機会をときどき設けた。その目的は二つあった。

第一の目的、ロシアの将来を背負って立つことになるモスクワ大学の学生たちに、政治の現実について考えさせる材料を与え、哲学や神学が現実に役に立つということを、体感として理解させることだ。

第二の目的は、第一の目的と矛盾しないが、将来、ロシアのエリートとなる学生たちに、このような機会を設けた私を通じ、日本に対する好感をもたせることだ。学生時代の教師との関係、そこでの体験や一緒に読んだ本に関する記憶はいつまでも残る。私が教えているロシア人、ウクライナ人、ラトビア人、アルメニア人、タタール人の学生が、そう遠くない将来、社会で活躍するようになったときに、日本人に対して好感をもつようになっていることが日本の国益に資すると考えたからである。

幸い、私には、本給と別に外交官としての在外勤務手当が一カ月に六十万円くらいついていた。これは経費であるが、精算の必要がない。外交官としての体面を維持したり、休暇でリフレッシュするために使う経費であった。他の同僚は、メルセデスやＢＭＷを買って外交官としての体面を維持し、ときどきヨーロッパや地中海周辺に旅行してリフレッシュしていた。これに対し、私は九三年に日産パルサーが壊れた後、ロシア車のラーダ5型に乗り、国外旅行はほとんどしないが、モスクワ大学で教鞭をとり、ロシアの未来を担うことになる若きエリートたちに、学術書を買い与えたり、ちょっとした資金援助をすることで、自己満足していた。毎月、十数万円くらいを学生たちのために使っていたと思う。それで十名近くの学生が、経済的不安を感じずに勉学を続けることができたので、金が惜しいとは思わなかった。有能な若い学生たちが私の話すことに真剣に耳を傾け、私の言説を懸命に咀嚼《そしやく》する姿を見ることが、私にとって何よりのリフレッシュになったのである。

当日、アルベルトは、スーツにネクタイ姿、同棲相手のレーナは青色のドレスに花をつけてレストランにやってきた。ラトビアのリガ出身のワロージャだけが、ジーンズとセーター姿でやってきたが、それ以外の学生はみんな着飾ってきた。学生は全員で六〜七名だったと記憶している。学生たちには午後五時に集合するようにと言っておいたが、アルクスニスには午後五時十五分に「コンチネンタル」に来るように頼んだ。学生たちに事前にレストランの使い方と、アルクスニスとのやりとりについて留意すべき点を話しておこうと思ったからだ。

「こういう高級レストランに来るのが初めての人もいると思うが緊張する必要はない。ナイフ、フォークがいくつも並べてあるが、外側から使えばよい。万一、ナイフやフォークを床に落としたときは、自分で拾ってはならない。それから、口はこのナプキンで拭けばよい。メニューは、既に冷たい前菜と温かい前菜は頼んである。メインディッシュは好きなものを選べばよい。ちなみに、このレストランでは、ヒレステーキ、蝶鮫（アセトリーナ）の串焼き、羊の串焼き、キエフ風カツレツがおいしい。壺焼きの羊のシチューも悪くない。値段を気にする必要はない。みんなの好きなものをとれ」

冷たい前菜として、私が注文したのは、キャビア、イクラ、蝶鮫の燻製、スモークサーモン、ニシンの塩漬け、ローストビーフ、サラミソーセージ、ハム、チーズ、オリーブ、胡瓜の浅漬け、生胡瓜、生トマト、ニンニクの酢漬け、じゃがいもと蒸し鶏の首都風サラダ、それに白パン、黒パンとブリンヌィ（パンケーキ）だ。ブリンヌィにスメタナ（サワークリーム）を塗って、その上にキャビアかイクラを載せて、包んで食べる。クレムリン（ロシア大統領府）の公式晩餐会でよくでる料理だが、実においしい。これとウオトカがよく合う。それから、ホースラディッシュ（西洋わさび）を細かく刻んで、酢漬けにしてくれと頼んだ。これをつけるとローストビーフの味が引き締まる。

温かい前菜は、普通一つしかとらないのだが、学生たちはよく食べるので、二つ頼んだ。まずは、マッシュルームのグラタンである「ジュリアン」だ。十九世紀にフランス貴族が好んだメニューというが、本国のフランスでは廃《すた》れてしまい、ロシアだけ（正確に言うと旧ソ連諸国）に残っている。十五センチメートルくらいの長い柄のついた小さなステンレス製のカップで焼き上げる。これはモスクワのレストランならば、だいたいどこにでもある。二つめは「コンチネンタル」以外では、あまり目にしないメニューで、「クラブ（蟹）」と呼んでいた。タラバガニのグラタンである。タラバガニは缶詰であるが、ホワイトソースとの調和が実に見事だ。これもウオトカとよく合う。

当時は、ルーブルがきわめて弱かったので、これだけの料理をとって、酒を浴びるほど飲んでも一人あたり千円を超えることはなかった。

冷たい前菜は既にテーブル一杯に並べられている。アルベルトが「結婚式みたいですね」と言ったが、確かにそうかもしれない。

ワロージャが、「僕はこんなみすぼらしい格好で来てしまいましたが、帰った方がいいでしょうか」と聞くので、私は、「気にすることはないよ。このレストランにはジーンズ姿のアメリカ人やドイツ人もよく来る」と答えた。私は、学生たちに、今晩の会合についての心得をひと言述べた。

「アルクスニス先生については、前回、カフェで述べた通りだ。僕のほんとうの友だちだから、何でも遠慮しないで聞けばよい。ただし、アルクスニス先生が話をしているときは、最後まで聞くこと」

この話を終えて、席に座ると、スーツの上にトレードマークの黒い革ジャンパーを着たアルクスニスがやってきた。

「ビクトル、忙しいところをありがとう。ここにいるのが僕がMΓУ《エムゲーウー》（モスクワ国立大学）で教えている学生のうち、もっとも優秀な連中だ。今晩は、ウオトカやワインを飲みながら、ざっくばらんに話をしたいと思う。それで、まずビクトルから、これまでの人生についてざっと話して欲しいんだ」

「いや、マサル、学生たちの前で、僕はまず君について話さなくてはならない。なんで僕がマサルに呼ばれればこういう席にやってくるかについてだ。みんなも聞きたいだろう」

学生たちは、「聞きたいです」と答える。アルクスニスは、続ける。

「そもそもマサルは君たちに自分のことをどれくらい話しているか」

「ほとんど聞いたことがありません」と学生たちは答えた。

そういえば、学生たちに私は自分の過去について話したことがほとんどない。別に隠していたわけではないのだが、学生たちと話すときは神学や哲学の話で盛り上がるので、余計なことを話す時間がなかった。

「みんなよく聞け。マサルはほんとうの日本の愛国者だ。ロシアから北方領土を取り戻すという日本政府からの使命を負わされて、モスクワに派遣されている。だから外交においては、マサルは最も恐るべき敵だ。しかし、日本の愛国者だから、ロシアのほんとうの愛国者たちもみんなマサルを尊敬し、愛している。それからマサルはロシアも愛している。モスクワ大学の君たちが、将来のロシアを背負うことになることを重視して、忙しい中で教育のために時間を割いている。君たちはマサルから学問とともに愛国心とはどういうものかを学ぶのだ」

「ビクトル、いいよ、僕の話は、気恥ずかしい」

「いや、そうじゃない。これはとても重要な話だ」と言って、アルクスニスは私について、概略、こんなことを述べた。

「第二次世界大戦中、日本の沖縄では、スターリングラードの戦闘に匹敵する激しい地上戦が行われた。アメリカ軍はガス弾や火炎放射器を使い、無辜《むこ》の住民を数多く殺害した。スターリングラードのナチス・ドイツ軍と沖縄の米軍は変わらない。ロシアの少年兵が地雷を背負って、ドイツ軍の戦車に飛び込んでいったように、日本の少年兵も地雷を背負ってアメリカ軍の戦車に飛び込んだ。また、日本の戦闘機や爆撃機もカミカゼ攻撃を行った。第二次世界大戦でカミカゼ攻撃を行ったのはソ連と日本だけだ。日本はカミカゼ攻撃を行った事実を認め、その人たちの勇気を讃えたが、ソ連はカミカゼ攻撃の事実すら隠した。死ぬことによってしか達成できない任務を軍は命令することはできない。しかし、ソ連軍と日本軍だけはそのような命令をした。敗戦国である日本が、戦後も生き残ったのは、カミカゼ攻撃をする日本人をアメリカ人が恐れたからだ。マサルのお母さんは十四歳で軍属として戦争に参加した。マサルのお父さんは、中国で空軍（著者註＊正確には陸軍航空隊）にいた。もう少し、戦争が続いていたら、カミカゼ攻撃にマサルのお父さんも加わっていただろう（著者註＊私の父はパイロットではなく、無線通信兵だった。もっとも通信兵も戦況報告のために爆撃機で特攻する際に同乗することはあったので、戦争が長引けば父もそのような運命に巻き込まれたかもしれない）。マサルには、お父さん、お母さんの双方からカミカゼ精神が叩き込まれている。このカミカゼ精神からわれわれが学ぶことは大きい。ひと言で言えば、個人の命を超えるより大きく貴重な価値が国家にあるということをカミカゼ精神は極限状況で教えてくれる」

私は、過去に雑談で断片的に両親について話したことをアルクスニスがよく記憶していることに驚いた。それにアルクスニスが私についてこのような認識をもっていることも初めて知った。更にアルクスニスはこう続けた。

「ソ連人民代議員時代、各国の大使や公使が私のところにやってきた。しかし、一九九一年八月二十一日に非常事態国家委員会によるプッチ（クーデター）が失敗することが明らかになった後、外交官は誰も寄りつかなくなった。外交官だけではない。ロシア人も誰も電話をかけてこなかった。諸君、家族以外でいちばん初めに電話をかけてきたのは誰だと思うか」

「ＫＧＢですか」と学生の一人が言った。アルクスニスは声をたてて笑った。

「ＫＧＢからも電話があったが、それは最初の電話じゃなかった。最初の電話はマサルからだった。外交官としては、相当リスクを負う行為だったと思うよ。僕がクーデター派として逮捕されることになれば、その僕を支援していたという言いがかりをつけられて、マサルは国外追放になる危険性があった。それでもマサルは友情を重視した。ここにもカミカゼ精神がある」

こう言って、アルクスニスは男子学生のショットグラスにはウオトカ、女子学生のワイングラスにグルジアのドライワイン「ツィナンダーリ」を注いで、乾杯の音頭をとった。

「日本人のカミカゼ精神のために」

アルクスニスは、私や日本人を揶揄《やゆ》しているのではない。心底、特攻隊を尊敬しているのである。そして、特攻という命を捨てることによってしか遂行できない無理な任務を与えたことを認めた日本軍は正直であると考えたのだ。裏返して言うならば、実際は特攻であるにもかかわらず、あたかも生存の可能性があるが如く欺瞞したソ連軍上層部に対して怒りをもっているのだ。

アルベルトが口を開いた。

「ビクトルは、非常事態国家委員会のクーデターが成功したらよかったと思いますか」

「思わない。思わないというよりも、成功する可能性はまったくなかった」

「なぜですか」

「あの連中は、ソ連共産党中央委員会の特権階層を生き残らせることしか考えていなかったからだ。その意味ではゴルバチョフと同じだ。エリツィンは、あいつなりにロシア国家と国民のことを考えていた。革命家エリツィンの精神性の高さと意志に、ソ連共産党中央委員会の官僚どもは敗れたんだよ」

「ビクトルはエリツィンを評価しているのですか」

「それは評価しているよ。エリツィンは権力の亡者だ。自らが権力を奪取し、いったん握った権力を決して放そうとしないことから見習うべきことは多い。ただし、エリツィンには思想がない」

　ここで私が、「いや、ビクトル、エリツィンは民主改革、市場経済という明確な思想をもっているんじゃないか」と尋ねた。

「マサル、それは違う。国務長官のブルブリスには思想がある。民主改革派の思想を組み立てているのはブルブリスだ。エリツィンはブルブリスの戦略が権力奪取とその後の政権基盤を維持するのに役に立つと思うから利用しているだけだ」

「ビクトル、それは違うと思う。エリツィンは本気でロシアを資本主義国に転換しようとしている。それだから、ガイダルを首相代行に任命し、ショック療法を導入したんだと思う。エリツィンの国際協調路線にブレはない」。

「それは違う。ガイダルなどエリツィンはいつでも切り捨てる。ブルブリスに言われたからエリツィンはガイダルを登用したに過ぎない。ショック療法でもハイパーインフレに直面して『こんなはずじゃなかった』とエリツィンは後悔している。本気でロシアを資本主義化しようとするならば、社会主義体制時代にできたロシア人民代議員大会をただちに解体し、憲法制定評議会の選挙を行うはずだ。事実、ブルブリスはそのシナリオを考えている。しかし、エリツィンはこのシナリオを採用していない。ブルブリスの戦略に踏み切る勇気がないのだ」

「エリツィンがブルブリスを切るだろうか」

「それはできない。ブルブリスを切るということは、エリツィンが頭脳を半分失うことに等しい。ブルブリスを切った後、エリツィンは、しっかりした国家戦略を立てられなくなることを十分自覚している。国家戦略が立てられなくなったら、エリツィン政権は漂流し、国民の反発が強まり、権力の座から追われる。それくらいの見通しは、エリツィンももっている」

アルクスニスの予測は、半分外れ、半分当たった。一九九二年十二月にエリツィンは国務長官職を廃止するという形で、権力中枢からブルブリスを遠ざけた。この点はアルクスニスの見通しが外れた。しかし、ブルブリスを政権中枢から遠ざけた後にエリツィンは迷走を始める。そして、強力で保守的な与党を作って、党を権力基盤に大統領となるというシナリオを捨て、全ての政党、社会団体を超克した「民族の父」として君臨するという「ボリス皇帝」への道を進んでいくのである。一九九六年初頭、クレムリンが密かに行った世論調査では、エリツィンの支持率は何と二パーセントまで下がった。寡占資本家（オリガルヒヤ）の強力な梃子入れで、一九九六年に大統領再選は果たしたものの、その後、求心力は衰える一方で、任期満了の半年前、一九九九年十二月三十一日にエリツィンは大統領職から退いた。

私とアルクスニスのやりとりを聞いていて、ワロージャが質問した。

「ビクトルは、ソ連は維持したいが、共産党体制は崩したかったということですか」

鋭い質問だ。ワロージャは、アルクスニスと同郷のリガ出身だが、民族的にはロシア人である。ドイツ語に堪能で、フッサールとハイデッガーをよく読み込んでいる。

「今はじめて気づいたが、そういう整理をすれば、わかりやすい。ワロージャの言うとおりだ」

「それでは、非共産化したソ連、あるいはソ連解体後のロシアでもいいのですが、それをどうやって維持していくことができると考えますか」

「それは私にもよくわからないが、神話が必要だと思う。ロシア人を束ねていく神話だ。ロシア人は〝ここにある〟という存在概念ではなく、〝成っていく〟という生成概念でとらえるべきだと思う」

「ビクトルがおっしゃることはわかります。しかし、それはイタリア・ファシズムや、初期ナチズムの、例えばSA（突撃隊）の思想に近いんじゃないでしょうか」

アルベルトが、「ワロージャ、大佐殿に対して、ファシストやナチスと呼ぶのは失礼だぞ」と少しウオトカが回っているせいか、大声で言った。

私はすかさず、「黙れ、アルベルト！ それは政治的レッテル貼りの話じゃない。真面目な思想の話だから、最後まできちんと聞きなさい」と少し大きな声で言った。

アルクスニスが、「確かにファシズムやナチズムに近い発想なのかもしれない。ただし、私は地政学にはとても大きな魅力を感じる。地政学を基本に誰もが〝ロシア人になっていく〟という意識をもたなくては、ロシアは内側から壊れてくると思う。それに私たちは、ナチズム、ファシズムに関する知識があまりに欠如している。それは君たちインテリに期待したいんだけれど、共産主義時代の偏見を抜きにして、ナチズムとファシズムの姿について、きちんと調べて本にして欲しい。そこからロシアが生き残るために必要な思想を摑みたいのだ」と言った。

冷たい前菜、温かい前菜をたいらげ、ウオトカも相当飲んだ。メインには、私とアルクスニスは蝶鮫の串焼きをとったが、学生たちは、キエフ風カツレツをとった。キエフ風カツレツは、鶏の胸肉を叩いて伸ばし、真ん中にバターを詰め込んで、パン粉をつけて揚げたチキンカツだ。ソ連時代、牛肉と豚肉はほぼ同額だったが、鶏肉の値段は約二倍だった。従って、鶏は高級食材であるという意識が一九九二年頃のロシア人には強かったのである。私の隣には、MB（保安省。KGB第二総局の後身、FSB［ロシア連邦保安庁］の前身）将校の娘であるナターシャ・タイガチョワが座っていた。ナターシャがキエフ風カツレツにナイフを入れると、内側からバターが飛び出してきて、私のワイシャツにかかった。ナターシャが「御免なさい」と言って恐縮している。私は「気にしないでよい。よい食事の席でこういう出来事が起きるから」と、ロシア人が間違えて酒が入っているグラスを倒したときに使うフレーズを繰り返した。ナターシャは、筆記試験の成績から見ると理解力は相当優れているのだが、いつも無口で、微笑んでいる。私は、「あなたもひと言、乾杯の口上を述べなさい」と言った。ロシアでは手酌は厳禁だ。乾杯の前には必ず誰かが口上を述べる。女性が口上を述べるときは、男は全員起立して、ウオトカを一気に飲み干すというのが礼儀だ。

「実は、私の父は、KGB第二総局につとめていました。今はMBに勤めています。階級はビクトルと同じ大佐です」

ナターシャの父がKGB将校であるということは、ここで初めて知った。第二総局は、国内反体制派監視や検閲などを行う部局である。

「父はかつて共産党員でしたが、今は党を抜けています。父は昔から共産党は好きではありませんでした。しかし、ソ連国家は愛していました。そして、今もロシア国家を愛しています。エリツィンはMBを憎んでいます。それだから、頻繁に人事異動があって、父は落ち着いて仕事ができないと言います。KGBの元同僚で、いまは政界や経済界に転じた人が、父にも転職しろと勧めるのですが、父は転職するつもりはないと言っています。今日、ビクトルの話を聞いて、父の話を聞いているような気がしました。ビクトルのために乾杯」

よい乾杯の音頭だった。私たち男性陣は、ウオトカを飲み干した。

アルクスニスがナターシャに「将来は何になるつもりだ」と質《ただ》した。

ナターシャは、「はじめはお嫁さん（専業主婦）になるつもりでしたが、佐藤先生の授業を聞いてから、今は大学か科学アカデミーの研究者になりたいと思っています」と答えた。ソ連時代、「働かざる者は食うべからず」という大原則があったので、専業主婦はほとんどいなかったが、ソ連共産党中央委員会のノメンクラトゥーラ（特権階層）の夫人にはときどき専業主婦がいた。ソ連社会において、家事と子育てに専心できる専業主婦に憧れる女子学生は多かった。事実、モスクワ大学哲学部の女子学生で、ノメンクラトゥーラと結婚し、専業主婦か、科学アカデミーの研究員のように週二回、半日だけ職場にでればよい職業を選ぶ者が多かった。私は、ナターシャは要領がいいので、追従で、佐藤先生の授業を聞いてから研究者になりたいと思ったなどと言ったのだと思ったが、そうではなかった。その後、フォイエルバッハの無神論と十九世紀のプロテスタント神学の関係について卒業論文を書き、啓蒙主義思想の研究をテーマにして、モスクワ大学大学院哲学研究科に進学するとともに、大学の助手になった。ナターシャの父は、国内反体制派の監視を担当していたが、同時に反体制派の庇護者であったという話を後に聞いた。

ウオトカが相当回った後で、アルベルトは本題であるアフガニスタン戦争に関する話をした。それを受けて、アルクスニスは、トゥハチェフスキー裁判における祖父の関与、更に、祖父の粛清、流刑先の炭鉱町での生活、名誉回復後のラトビアでの生活、そしてどうして当初、民主派の政治家であったのが、ソ連維持派に変わったのかについて説明した。

アルベルトが「僕はどうしたらいいのでしょうか」と尋ねた。アルクスニスは少し考えてからこう答えた。

「そういう甘えた質問をしてはいけない。君は自分の中で自分の道を既に選択しているはずだ。その確認を他人に求めているだけなのだと思う。君の中には、将校になって軍隊に戻りたいという思いと、大学の教育者になりたいという思いが混在しているように僕には見える。君自身の心に聞いて、いちばんやりたいことをすればいいと思う。君の人生なんだから、あまり他人を煩わせずに君自身で決めるんだ」

私は、「ビクトル、それはちょっともの言いがきついんじゃないかい。ビクトルとしては、アルベルトが大学の先生になるのと、将校になるのと、どちらがいいと思うか」と尋ねた。

アルクスニスは、「当然、アルベルトのような人材が軍に戻って活躍することを望んでいるよ」と答えた。

アルベルトは、「わかりました」と言って、しばらく沈黙した後にアルクスニスに質問した。

「ビクトル、自分の気持ちを見つめるためにはどうすればいいんでしょうか」

「それは書いてみることだよ。そうすれば、自分の気持ちを文章に正確に表現することがいかに難しいかがわかる。そこから更に書き進め、これ以上、進めないというところまで書いたら、それが自分の意思に近いのだと思う」

「ビクトルは、そういう風にして文章を書いたことがありますか」

「努力はしてみた。僕はインテリじゃないから、文章で自分の気持ちを表すことはできなかった。だから〝ソユーズ（ソ連維持運動）〟という運動の形態で提示した。結果から言うと、この運動は失敗だったがね」

そろそろ午後十一時の閉店時間なので、私たちはデザートのアイスクリームを慌てて搔き込んで、濃いトルコ風コーヒーを飲んで外に出た。話は中途半端だったが、アルクスニスも学生たちも満足した様子だった。

それから半年くらい経って、アルベルトから電話があった。「会って相談したいことがある」ということなので、「メトロポール・ホテル」のカフェで落ち合った。「回想録を書きたいので、タイプライターを買いたいが、カネがないので、アルバイトを紹介してほしい」という話だった。私は、「それでは僕のタイプライターを貸してやる」と言って、アルベルトを乗せて、ロシア外務省前のスモレンスク広場をモスクワ川の方に下っていって、右折したところにあるタイプ用品の店に連れて行った。

「この店で好きなタイプライターを買いなさい。遠慮なくよい物を買いなさい」

「マサル、僕はタイプライターをねだっているんじゃありません。自分で買いたいので、仕事を紹介してほしいと言っているのです」

「アルベルト、僕は手配師じゃない。仕事の斡旋はしない。タイプライターは、君にあげるんじゃなくて、貸すんだ」

「しかし、先生は二、三年後にはモスクワを離れるでしょうが、その後も僕はタイプライターを使いたいのです」

「わかった。それじゃ、九十九年後に返してくれればいい。香港と同じだ」

「ありがとうございます」

店内をくまなく見たが、アルベルトが気に入ったタイプライターはなかった。店の外にタイプライターをもった闇屋がいる。そのうちの一人が、使いやすそうなユーゴスラビア製のタイプライターをもっている。アルベルトが羨ましそうに見ていた。

「あれが欲しいのか」

「そうです。友だちがもっているのですが、とてもよいタイプライターです」

「交渉してこい。幾らでも出す。ルーブルとドルの両方の値段を聞いてこい」

アルベルトは、五分くらい値切り交渉をして、私のところに戻ってきた。

「マサル、諦めます。二百ドルよりは下がりません」

「いいよ。買ってこい」

そう言って、私は二十ドル札を十枚渡した。私は、嬉しそうにタイプライターを抱えているアルベルトを車でモスクワ大学の寮まで送った。

三カ月後に、アルベルトはA4判で二百枚くらいのタイプ打ちの回想録をもってきた。かつて、私に対して語った残虐行為に関する描写は薄められているが、アフガニスタンの乾いた土地の中で、時間が止まっていく雰囲気はよくでていた。

それから、アルベルトに将来の進路について、相談を受けることはなかった。その代わり、カール・バルトやヨゼフ・ルクル・フロマートカの神学をどのように学んだらよいかという質問や、ヘーゲルの弁証法理解についてよく聞かれるようになった。レーナは、英語がよくできるので、アルベルトに課題を与え、大学院入試に向けて、英語の勉強をさせていた。

アルクスニスとアルベルトたちの夕食会から二年後、一九九四年十二月のことだ。アルベルトとレーナから、相談があると言われたので、二人を連れてメトロポール・ホテルのカフェに行った。

「僕たち、結婚しようと思います。とりあえず早い時期に籍を入れて、少しカネを貯めてから、教会での結婚式と披露宴をしたいと思います。来年の秋くらいになるのですが、マサルは結婚式に来てもらえるでしょうか」

「残念ながら出席できない」

「どうしてですか」

「まだここだけの話にして欲しいんだが、僕は来年三月までに日本に帰ることになる。外交官という仕事は、過去を振り向かない」

「どういうことですか」

「僕がもっていた人脈は大使館の後任者に引き継ぎ、日本から連絡を取ることはなくなる。そういう仕事なんだ。僕がモスクワの日本大使館にいれば、もちろん結婚式に行くが、帰国してしまえば無理だと思う」

「そうですか。服務規律は軍人と同じなんですね」

「確かに外交官は仕事柄、軍人に似たところがある」

「佐藤先生がいなくなると宗教史宗教哲学科のみんなは淋しがりますね。佐藤先生は、外交官をやめて大学教授に転出することは考えないのですか」

「僕は、几帳面じゃないから、アカデミズムには向かないと思うんだ。こういう風に現実と関わり合っている方が、人生の真理をつかむことができるように思う」

「フロマートカが言う『フィールドはこの世界である』ということですね。これがマサルが考える神学的真理なのですね」

「その辺は僕にもよくわからない。ただし、現実はこの世にあると思う」

「僕は、軍隊に戻るという考えを捨てました」

「どうして」

「それはチェチェンで戦争が始まったからです。あの戦争は侵略戦争だ。チェチェン人が本気でロシアから出て行きたいならば、勝手に出て行けばいい。あれは第二のアフガニスタン戦争になります」

一九九四年十二月に第一次チェチェン戦争が勃発した。その後、この戦争は一九九六年五月に小休止をした後、一九九九年九月に第二次チェチェン戦争が再開し、現在に至っている。アフガニスタンで地獄を見たアルベルトには、チェチェン戦争の先行きが皮膚感覚でわかったのである。

「それでどうする」

「大学院に進学して、研究者になります。レーナを連れてタタールスタンに戻って、地元の教育大学で教鞭をとりたいと思っています」

「いい選択だと思うよ」

「それで、ビクトル・アルクスニス大佐に、『将校になって軍隊に戻るという期待に添えなくて済みません』とマサルから伝えてもらえませんか」

「いいよ。一席設けようか」

「いや、そうしないで下さい。アルクスニス大佐と話すと再び軍隊に戻らなくてはいけないと思ってしまいますから」とアルベルトは答えた。

3　閉鎖核秘密都市出身の女子学生

モスクワ国立大学哲学部宗教史宗教哲学科での授業は、週一回であったが、外交官としての仕事をするかたわら講義準備をすることは、思ったよりもたいへんだった。哲学部の学生たちと話していて、ソ連教育特有の癖が見えてきた。例えば、語学についてである。一般論として、共産圏の語学教育システムはよく整っていた。外国に留学する可能性はまずないという前提で、外国語教育のカリキュラムを策定しているからである。モスクワ大学付属アジアアフリカ研究所で日本語を専攻した学生は、日本留学の経験がない者も結構上手に日本語を話す。

ソ連の義務教育では、学校ごとに英語、ドイツ語、フランス語、スペイン語が割り振られている。初年度に私が教えた学生のほとんどが英語かドイツ語学校の出身で、アルメニア人のディーマだけがフランス語学校の出身だった。ディーマは父親がトルクメニスタンで大病院の院長をつとめるノメンクラトゥーラ（特権階層）の出身なので、子供時代から家庭教師をつけて英語の勉強もしていたので、英語学校出身の学生と同等の英語ができる。いずれの学生も語学がよくできる。ただし、英語学校出身の学生はドイツ語がまったく理解できず、また、ドイツ語学校出身の学生は英語がまったくできない。私は、「プロテスタント神学を勉強するのに英語とドイツ語は必修だから、未習の人は、別途、授業を聴講して習得しなさい」と指導したが、学生たちは「それは無理だ」と答える。どうしてかという理由を聞いて、私も納得した。

モスクワ大学には、私が同志社大学でドイツ語を学んだような、週二回、一回一時間半というような、中途半端な第二外国語のコースは存在しないのである。語学を習得するには、最低、毎日四時間半の授業を二年受けることが基本になっている。それくらいの時間をかけないと外国語の知識はモノにならないというのが、モスクワ大学教授陣の結論なのである。

語学教育に対する厳しい姿勢は古典語の授業についても同様だ。私が同志社大学で古典ギリシア語やラテン語を学んだときは、週一回、一時間半の講義だった。これだけの時間では一年間で文法の練習問題をすべて消化することができず、結局、二年目の中級の授業でも最初の半年間は文法をやっていた。その後、講読は、古典語のコピーを十枚くらい読む程度で終わってしまった。幸い、キリスト教神学で使うコイネー（共通）・ギリシア語と呼ばれる新約聖書で用いられているギリシア語は、文法が古典ギリシア語よりも易しい。しかも、新約聖書については精度の高いコイネー・ギリシア語と日本語の対訳参考書がいくつもある。従って、コイネー・ギリシア語の文法知識があやふやな牧師でも、結構、すらすらとギリシア語の聖書を読むことができる。

しかし、モスクワ大学においては、古典語のコースは哲学部にはなく言語学部に置かれている。英語やドイツ語のような現代語ほど厳しいカリキュラムではないが、週三回、一回三時間の授業を行うというのが標準だ。哲学を専攻している学生でも古典ギリシア語、ラテン語の知識が欠如している者が結構多いことを知って、私は驚いた。私は哲学部宗教史宗教哲学科のイーゴリ・ヤブロコフ学科長やアレクサンドル・ポポフ助教授に「言語学部と相談して、古典ギリシア語とラテン語の基礎については、哲学部の一〜二年生の間に教えるようにしてほしい。古典語軽視はソ連時代の負の遺産なので、早急に改善しないと、ロシアの知力が衰える」と進言した。二人とも私の進言を重く受け止め、翌年からカリキュラムが改正されてこれらの古典語の授業が設けられるようになった。私の学生たちも古典語を一生懸命、勉強し、一年くらいで新約聖書をコイネー・ギリシア語で読むことができるようになった。

　日本の大学における語学教育は、外交官や新聞記者などの実務的見地からするとスカスカで意味がないが、最短時間で外国語の骨格だけを押さえ、テキストを正確に読むことができる知識を身につけるという観点ではなかなかよくできているというのが私の実感である。外国で生活したり、外国人と交渉したりするごく一部の人々を除いては、外国語はテキストを読んで、その意味が理解できればよいのである。その観点からすると日本の大学で用いられている薄っぺらい外国語教科書は実に良くできた教材なのである。学生たちに、「プロテスタント神学を本気で勉強したいならば、独学で、とにかく英語、ドイツ語、古典ギリシア語、ラテン語の文法と読解だけはマスターせよ」と言ったのだが、「よい教科書や参考書がない」と学生たちは不満を述べる。事実、当時、モスクワで購入が可能なロシア語で書かれた英語とドイツ語の教材は、いずれも七百～一千頁の分厚いもので、教授者がいることを前提に作られたものだった。悩んだ末に、私自身がイギリスに留学したときのサマースクールで使った教科書とカセットテープをロンドンの書店から取り寄せて、ドイツ語学校出身の学生に与えた。文法書はオックスフォード大学出版局から出ている外国人用の標準的参考書であるA. J. ThomsonとA.V.Martinetの"A Practical English Grammar"（A・J・トムソン、A・V・マーティネット共著『実例英文法』）を英語学校出身の学生を含め、全員に配った。

ドイツ語と古典語の教材としては、これもロンドンの書店から"Teach Yourself（自習）"シリーズのドイツ語、コイネー・ギリシア語、ラテン語の教科書を取り寄せて学生に配った。

半年もすると、授業でドイツ語、英語の神学書のコピーを配布しても、学生たちはきちんと読解できるようになった。ギリシア語とラテン語も、重要な引用句についてはいちいち説明しないでも学生が理解するようになった。この吸収力の早さに私は驚いた。とにかくモスクワ大学の学生たちは、文字通り必死に勉強する。もっともこれは、私が知っているイギリスのオックスフォード大学やケンブリッジ大学、チェコのカレル（プラハ）大学の学生にも共通して言えることだった。

当時、私の授業に出ると、教材を無料でもらえ、成績優秀者にはアルバイトが回ってくるという噂がたった。事実、経済的に問題を抱えている学生が三分の二くらいいた。前に述べたように私はこれらの学生に学術書の要約や私が口述する講義用ノートのタイプ打ちなどの仕事をあえて作って、学生たちの生活を支えた。他の学科の学生から、「アルバイトがあったら是非、回して欲しい」と陳情を受けたこともあるが、際限がなくなるので、ここは心を鬼にして、経済的支援を行うのは私が直接教えている学生に限定することにした。それでも常時、十名近くの学生の生活の面倒を私は見ていた。それが可能だったのは、ソ連崩壊後の混乱期で、ルーブルの対米ドル・レートが極端に低落していたため、私の可処分所得が極めて多かったからだ。モスクワ大学の教官や学生のために一カ月千ドルくらい「浪費」する余裕があった。一九九二〜一九九五年にかけて公務員の一カ月の給与が五〜三十米ドル程度まで下落していた。当時でも、モスクワでごく標準的な三人家族が生活していくためには一カ月に百五十〜二百米ドルが必要だった。両親が公務員だとすると少なくとも月百ドルはどこかから融通してこなくてはならない。従って、優秀な人材が官庁を退職し、外国企業の単純な事務や清掃や警備など、これまでの専門と関係のない職業に高給目当てで就くようになった。

宗教史宗教哲学科で私の同僚であるポポフ助教授は、ときどき英語通訳のアルバイトをしていた。ビノクーロフ専任講師は夫人が科学アカデミーの研究所をやめてドイツの通信社につとめ、その給与で生活していた。

さて、モスクワ大学には、ジャーナリスト学部がある。この学部は、モスクワ大学本部が雀が丘にあるのに対し、モスクワ大学の旧校舎があったクレムリンのすぐ側のマネージュナヤ広場に面したところにある。他の学部と切り離して、特殊な教育をしている。大学の三年生頃から、通信社や新聞社で、見習い記者としての実践的な訓練を受ける。この学部に入学すれば、エリート記者になる道が保証されていた。この学部には、ジャーナリスト学科と国際ジャーナリスト学科という二つの学科があった。このうち国際ジャーナリスト学科は、「スパイ学科」と呼ばれていた。この呼び名には誇張がある。この学科出身の記者が全員インテリジェンス・オフィサー（諜報機関員）になるわけではない。しかし、国際ジャーナリスト学科が、モスクワ大学の他学部や学科と比較してKGBとの関係が深いことは事実だった。

ソ連時代、ソ連人は、ジャーナリストであっても外国人との接触は、極めて限られた人々にしか認められていなかった。また、外国人と接触するソ連人は、誰もがKGBに対する報告義務を負っていた。従って、国際ジャーナリスト学科の学生は、在学中からカウンター・インテリジェンス（防諜）の知識を叩き込まれる。更に、国際ジャーナリスト学科の卒業生の中にジャーナリストを擬装したKGB職員が相当数いたことも確かだった。従って、「国際ジャーナリスト学科出身者が近寄ってきたら、警戒せよ」というのがモスクワに勤務する西側外交官の間での常識だった。

私に接近してきた国際ジャーナリスト学科出身の新聞記者が一人だけいた。正確に言うと、そのときこの記者は大学四年生で、『ラトビア青年』紙の記者をしていた。この記者と初めて会ったのは、一九八九年九月のよく晴れた、少し肌寒い日の午後のことと記憶している。民族問題に関するソ連共産党中央委員会総会が行われた後、地下鉄「パルク・クリトゥーリ（文化公園）」駅側のソ連外務省プレスセンターで、この総会に関する記者会見が行われるという情報をタス通信によって知って、私も会見場にかけつけた。そこで、見知らぬ青年から「日本の方ですか」と日本語で話しかけられた。私が、「はいそうです。ただし、ジャーナリストではありません。日本大使館に勤務していま す」と日本語で答えた。相手は、私が言うことの意味がよくわからないようなので、ロシア語で同じ内容を繰り返した。そうすると相手は「僕はモスクワ国立大学ジャーナリスト学部の学生でイーゴリと申します。実は、日ソ学生会議という学生団体を組織していて、日本に対する関心があります」と言った。

情報を担当する外交官の職業的習性として、偶然にアプローチしてくる相手を警戒する習慣が私には身についている。イーゴリから話しかけられて、私の警戒心のスイッチが入った。

「そうですか。私は佐藤優と申します。日本大使館の三等書記官です。学生のあなたが、どうして外務省プレスセンターに出入りできるのですか」

「実は、『ラトビア青年』という新聞のモスクワ特派員をしているのです」

「確か、『ラトビア青年』はラトビア共産青年同盟の機関紙ですが、現在はソ連からの独立を主張する独立派共産党に近い立場を表明していますね」

「そうです。よく御存知ですね」

そう言って、イーゴリは私に名刺を渡した。名刺には、「『ラトビア青年』記者　イーゴリ・ラズモフスキー」と記され、モスクワ郊外の自宅の住所と電話番号が書かれていた。

「イーゴリは、ジャーナリスト学科に在学していますか、それとも国際ジャーナリスト学科ですか」

私はさりげなく探りを入れた。

「国際ジャーナリスト学科です。しかし、マサルさんは、モスクワ大学の機構についてもよく御存知ですね」

いきなり「マサルさん」と名前で呼ばれ、私はとても嫌な気持ちがした。

「私もモスクワ大学に留学しましたから、自分の出身大学について少しだけ知識があってもおかしくないでしょう」

私は、「気味の悪い奴だ。多分、ＫＧＢと関係があるのだろう。しかし、ラトビア情勢について情報をとることはできる。さて、どうするか。ラトビアなら僕の親友のサーシャ（アレクサンドル・カザコフ）からこいつの言うことの裏をとることができる。来る者は拒まずで、とりあえず付き合ってみることにするか」と自問自答した後、イーゴリにこう言った。

「少し時間がありますか。上でコーヒーでも飲みませんか」

イーゴリは、「よろこんで」と答えた。外務省プレスセンター三階には、カフェとレストランがある。市内は物資不足で、コーヒーも大豆で増量した代用コーヒーがほとんどだった。代用コーヒーは、ブラックではほとんどかおりがなく、飲めた代物ではないが、牛乳を大量に入れてカフェオレにすると、温かければそこそこおいしい。外務省プレスセンターには、特別の配給がなされているので、いつも新鮮なコーヒー豆のよいかおりがする。カフェはセルフサービス方式になっている。このカフェに来るとたいていの記者は、トルコ風のブラックコーヒーをとるのだが、イーゴリはコーヒーも紅茶も飲まないという。

「いったい何を飲むのかい」

「牛乳かジュースがいいです。僕はカフェインに弱いので、コーヒー、紅茶は飲みません」

「変わった奴だ」と私は思ったが、口には出さず、店員に「コーヒー一つとグレープフルーツジュースを一つ。それから、キャビア、ハム、チーズのオープンサンドウィッチを二つずつ」と言った。

飲み物とサンドウィッチをテーブルに運んできて、話を始めたが、イーゴリはチーズのサンドウィッチにしか手を付けない。この日は、特に気にしなかったが、その後、イーゴリは絶対に豚肉、鱗がない魚、コーヒー、紅茶などの刺激物をとらないことに気づいた。これは、非常に厳格なユダヤ教徒の食事の戒律に似ている。要するに、旧約聖書で認められている食物以外は食べないのである。ラズモフスキーという名字はユダヤ人によくあるので、あるとき私は、「君はユダヤ系じゃないのか」と尋ねると、イーゴリは「僕はユダヤ人じゃない」と懸命に否定した。しかし、民族籍が書いてある国内パスポートをイーゴリは絶対私に見せなかった。何か見知らぬ肉製品が出るとイーゴリはいつも「スビニーナ（豚肉）が入っていないか」と聞く。私が「入っていない」と答えない限り、絶対にその食品を口にしない。私が尋ねていないにもかかわらず、イーゴリは、いつも「豚肉を食べないのは宗教上の理由ではありません。徴兵でバトゥーミ（グルジア南部）の部隊に駐留したとき、炊事係を命じられ豚を処理したが、そのときに豚の悲しそうな眼を見てから豚肉を食べることができなくなりました」という説明を繰り返していた。

一九八九年九月の外務省プレスセンターのカフェに話を戻す。イーゴリは、ラトビアのリガ出身で、両親は医師ということだった。高校卒業後、労働者として働き、兵役に行った後にモスクワ大学に合格したので、高校からストレートで進学した学生たちよりは四歳年上ということだった。イーゴリは、いつか日本に留学することを夢見ているので、『ラトビア青年』の特派員をやりながら、モスクワにある日本の新聞社でもアルバイトをしているということだった。私は、ラトビア情勢についてイーゴリにいくつか質問をしたが、いずれも的を射た答えだった。そこで少し複雑な引っかけ質問をした。

「ラトガリア地方（ラトビア東部）の人々も、確か、宗教はルター派で他のラトビア人と一緒だけれど、言葉が少し違っていたんだったのかな。リガの政府とは少し緊張した関係にあるんだよね」

どこが引っかけかというと、ラトガリアの人々はカトリック教徒である。それ以外は全て事実だ。ただこの辺の事情については、ラトビアに在住する普通のロシア人は知らない。この質問に答えるには民族学とラトビア史の知識がなくてはできない。

「マサルさんは、ラトビア事情についても詳しいのですね。ほとんど正解ですが、一カ所だけ間違えています。ラトガリア人は、基本的にカトリック教徒で、農民です。確かにラトガリア人でルター派もいますが、それは都市に出て、他のラトビア人と結婚した人に限られます」

この答えを聞いた瞬間に、イーゴリと真面目に付き合うことを決めた。

サーシャからイーゴリの履歴について、リガで裏をとってもらった。イーゴリの父親はもともとソ連軍の軍医で、現在は市民病院の著名な内科医ということだった。『ラトビア青年』がイーゴリを特派員にしているのも事実で、イーゴリが送る記事は独立派寄りのものが多いということだった。

ラトビア、リトアニア情勢やモスクワの政局動向についてイーゴリにはいろいろなことを教えてもらった。その中で、いちばん役立ったのは、一九九一年八月十九日にソ連共産党守旧派によるクーデター事件が起きたときである。早朝、私はイーゴリと接触し、公衆電話用のコインを大量に渡した。当時、モスクワではインフレが進行し始めていた。公衆電話は一回二コペイカで、二コペイカ硬貨一枚か一コペイカ硬貨二枚でしか通話ができない。クーデターに関する情報を得た直後に、私は公衆電話に使うことができるコインをあちこちのキオスクを走り回って闇値で大量に買った。当時、モスクワでは携帯電話はなかったので、私は協力者に電話用のコインを渡して、何か動きがあればどんなに小さな情報でもよいから、日本大使館に伝えて欲しいと依頼した。そして、私は大使館の机からできるだけ動かずに電話で情報を収集したのである。イーゴリは、エリツィン露大統領が立て籠もったホワイトハウスの中から十九日午前中に十数本の電話をよこした。それによって、外部には伝わってこないエリツィン陣営の動向が手に取るようにわかり、情勢を判断する上でとても役に立った。他の日本人記者や外国人記者もロシア人の協力者をホワイトハウスに送り込んだが、公衆電話の硬貨がないので、適時に情報が得られなかったという話を聞いた。

ソ連崩壊後、イーゴリは、モスクワ郊外の地方紙編集長をつとめながらロシア科学アカデミー東洋学研究所の非常勤研究員になり、念願の日本留学を果たした。北海道大学大学院法学研究科で修士学位をとったイーゴリの論文を見て、私は驚いた。「日本の対外宣伝活動」がテーマだ。日本外務省の対ソ・対露宣伝活動についての体系的な分析で、私が作成した日本外務省の北方領土問題に関するロシア語パンフレットが取りあげられ、

「日本外務省が北方領土問題を解決することを本気で考え始めたため、対露宣伝の方法を従来の対決路線から対話と戦略的提携路線に転換した重要なシグナル」であるという評価が与えられていた。イーゴリは、研究対象として私を観察していたのである。

†

一九九三年三月のことである。当時、エリツィン大統領とハズブラートフ最高会議議長の対立は、非和解的段階にまで達しているということで、ロシア政治専門家の見解は一致していた。表面上、ここで軍人出身のルツコイ副大統領がどのような態度をとるかが注目されていた。表面上、ルツコイはエリツィンに対して忠誠を誓っていた。しかし、ルツコイの政務担当秘書官であるアンドレイ・フョードロフは、裏で、「ルツコイは、反エリツィン、親ハズブラートフの姿勢に転じた」という情報を流していた。フョードロフはGRU（ロシア連邦軍参謀本部諜報総局）に近いので、軍がエリツィン政権に対してどのような姿勢を取るかについて、私は注意深く情報を収集していた。イーゴリとも頻繁に会って、意見交換をしていた。

私の記憶では、「ハマー・センター」のレストラン「コンチネンタル」で食事をしながら雑談していたときのことである。イーゴリの趣味に合わせて、前菜はエッグ・マヨネーズ、スープは牛肉と塩漬け野菜のスープ（サリヤンカ）、メインは牛ヒレステーキにした。ステーキを食べているときにイーゴリから、「モスクワ大学でのプロテスタント神学の講義はうまくいっていますか」と聞かれた。私は、「必死になって取り組んだので、一九九二年九月から九三年二月までの前学期は何とかなったが、正直に言って、今学期の講義準備は不安である」と答えた。その背景には次のような事情があった。

†

私が悩んでいたのは、ソ連時代のイデオロギー教育の「負の遺産」で、キリスト教神学を学ぶ場合、学生にいくつかの障害があることだった。まず、聖書神学に関する知識が決定的に欠落している。そこのところにソ連崩壊後、知的営為をあまり重視しないアメリカの宗教右派を形成するファンダメンタリスト（根本主義者）の神学が入ってきてしまったために、混乱が生じていた。聖書が文字通り神の言葉を自動筆記したのだという逐語霊感説を頑強に主張する学生がときどきいた。

「わかった。それじゃ、神は何語で語ったのだい」

「ヘブライ語です」

「それじゃどうして新約聖書はギリシア語で書かれているんだい」

「それは、そのときはギリシア語で語ったからです」

「しかし、イエスはギリシア語を理解できなかったよ」

「そうなんですか」

「イエスは、アラム語を話していたというのが通説だ。君は聖書は神の言葉の自動筆記だという話をどこで聞いたのか」

「アメリカ人の宣教師から聞きました」

「それじゃ、その宣教師に聞いてくれ。神は何語で啓示したのかと」

それから一カ月くらい経って、その学生がやってきて、私にこう報告した。

「佐藤先生、あの教会に行くのはやめました」

「僕は教会に行くのをやめろなんて言わなかったよ」

「それはそうです。ただし、アメリカ人宣教師の話を聞いていて、途中から、ここには神はいないと思うようになりました。僕が『神は何語で聖書に記されている神の言葉を語ったのか』と尋ねたら、アメリカ人宣教師は、『神は英語で聖書について語ったので、英語で聖書を勉強すれば、すべてがわかる』と答えました」

「それを聞いて、君はどう思ったかい」

「とんでもないと思いました。こんな宣教師の話を聞いていたら、キリスト教がわからなくなってしまうと思いました」

「ほんとうにその通りだよ。ロシアはキリスト教の伝統を長くもつ国だ。ロシアのプロテスタンティズムだって百年以上の歴史をもつ。ファンダメンタリスト系の学問的神学を無視した宣教師たちは、自分たちの言説が、近代知の汚染を受けていない〝純粋なキリスト教〟であるという自己意識をもっているが、このような発想自体が実は近代になってから出てきたものなんだ」

「それはよくわかります。ファンダメンタリストの神学は、超越的な神という前提を認めてしまえば、あとは形式論理によって議論が進められていきますよね」

「ロシア正教の神秘主義と論理構成が似ていると思わないかい」

「佐藤先生、確かにそう言われればそうですね。似ています。神学を勉強するためにはどういう本を読んだらいいのでしょうか」

「ロシア語でならば二種類だ。第一は、十九世紀の終わりから一九二〇年代までにロシアで出た、神学書や宗教哲学書だ。十月革命（一九一七年十一月［露暦十月］の社会主義革命）後も一九二〇年代までは、結構いい神学書が出ている。特にプロテスタンティズムに関しては、ボリシェビキ（共産）政権が帝政ロシアと結びついたロシア正教を圧迫する政策をとったので、その反射的利益としてプロテスタント教会の活動が活発化した。もっともプロテスタンティズムにとっての春もそう長く続かなかった。一九三〇年代にスターリン主義体制が確立すると、圧迫はプロテスタント教会にも及んできたからね。いずれにせよ、一九二〇年代までの神学書や宗教哲学書は、レーニン図書館（現ロシア国立中央図書館）に所蔵されているので、それをきちんと読んだ方がよい」

「わかりました。ソ連時代になってからのモスクワ神学大学やレニングラード神学大学の神学的成果を佐藤先生はどう評価しますか」

「一九六〇年代にモスクワ総主教庁が年一回刊行している紀要『ボゴスローフスキエ・トゥルディ（Богословские труды、神学著作集）』のバックナンバーは、半分くらい入手して読んだが、水準は結構高い。ソ連では禁書になっていたニューヨークのセント・ウラジーミル神学校出版局やパリのＹＭＣＡ出版から出ている神学書もよく消化している。

神学の分野では、東西冷戦の壁による影響もそれほど大きくなかったという印象をもったね。ただこれらのかなり高度な神学的議論は神学大学の壁の中にとどまっていて、現場の教会にはほとんど生かされていないというのが実状だと思う。もっともこの点については西側の神学も本質的に同様の問題を抱えているけれど」

「ソ連のプロテスタンティズムについてはどうですか」

「信者を維持し、教会の建物を確保することで手一杯で、神学どころではなかったというのが実状だろう。そもそも十九世紀にロシアに入ってきたバプテスト派やペンテコステ派を中心とするプロテスタンティズム自体がアメリカや北欧の信仰復興運動の影響を受けた反知性主義的性格が強いので、学問的神学の必要性をあまり感じないのだと思う。僕は、『福音主義キリスト教徒とバプテスト教徒の全連邦同盟』から年六回発行されている『ブラーツキー・ベースニク（Братский вестник、同胞通信）』は、レーニン図書館でバックナンバーの全てに目を通し、いまも購読しているけれど、知的刺激を受けたことは一度もない」

「それでは、プロテスタント神学についてはどうやって勉強すればいいんですか」

「そこで第二種類目の文献が重要になる。ソ連時代の科学的無神論分野で出されたプロテスタンティズム批判の本や論文を批判的に読むことだ。宗教史宗教哲学科が科学的無神論学科と呼ばれていた時期にニコノフ教授やポポフ助教授が書いた本や論文の質は十分高い。一九八七年に僕が科学的無神論学科に顔を出していた頃に用いられていた教科書『科学的無神論の理論と歴史』のプロテスタント神学に関する部分は実によくまとまっているよ。ソ連時代のものだからと言って、読みもせずにダメだと決め付けてはいけない」

「わかりました」

†

アメリカや北欧のファンダメンタリズム系の宣教団は、ソ連崩壊を、悪魔の手先である無神論的共産主義に対する欧米キリスト教国家の勝利と受け止め、自由になったロシアの地にキリスト教の福音を広めるという時代錯誤の目標を掲げて、モスクワにも多数の宣教師を送り込んできた。これらの宣教師は、ロシア語も上手でなく、ロシア正教に対する知識をまったく持ち合わせていない。ロシア正教に対しては、古代の「異端」の残滓というような接し方をした。当初、宣教師は無料の英語教室を開くことによって、ロシアの大学生を集め、そこからファンダメンタリスト教団の影響力を拡大しようとした。十九世紀から二十世紀初頭に英米の宣教団が植民地で行った典型的な伝道手法である。モスクワ大学の大学生たちも、初めは実地に英語を勉強することができ、しかもキリスト教に関する知識を得ることができると思い宣教師が行う集会に通ったが、宣教師たちがロシア正教や思想史に関して、あまりに無知なことに驚くとともに反発し、ファンダメンタリストの影響はモスクワ大学にはほとんど広まらなかった。

このような状況にロシア正教会が反発し、正教会の神父や神学者のプロテスタンティズムに対する姿勢が硬化した。そこから、一種のロシア正教原理主義のような潮流が出てきた。その中心になったのが、アナトリー・クラーエフ神父（長司祭）である。長司祭とは、結婚が認められた在俗司祭である。クラーエフ神父は、確か私より四、五歳年下で、モスクワ大学の科学的共産主義学科で史的唯物論を専攻していたコムソモール（共産青年同盟）の活動家だった。私がモスクワ大学に留学したのは一九八七年九月〜八八年五月なので、クラーエフとも重なっているはずだが記憶にない。リガのサーシャに「アナトリー・クラーエフ神父を知っているか」と尋ねてみた。するとサーシャは嫌な顔をしてこう答えた。

「典型的な出世主義者で嫌な奴だったよ。本来ならばコムソモールからソ連共産党中央委員会のイデオロギー官僚というキャリアを歩んだのだろうけれど、あいつは頭がいいから、共産党には未来がないことを察知した。そこでモスクワ大学を卒業した後、ザゴルスク（現セールギエフ・パサード）のモスクワ神学大学に進み、神父の資格をとることにした」

「正教会で出世しようとするならば、在俗司祭よりも、生涯独身の修道士を選んだ方がいいじゃないか」

「そこがあいつらしいところだ。修道士の世界には優秀な神学者が多いから、そこで競争をしても頭角を現すことは難しいと考え、あえて在俗司祭を選んだ。それからクラーエフはたいへんな女好きだ。独身生活を貫けるはずがない。万一、セックスをした相手の女が暴れたら、修道士にとって致命的な傷になる」

「女癖が悪いんじゃ正教会での出世は難しいな」

「そうだ。あいつは正教会での出世を諦めている」

「それでどうしようとしているんだ」

「モスクワ大学の教授になろうとしている。モスクワ大学哲学部出身で正規の神学教育を受けた人物ということを〝売り〟にして、アカデミズムで生き残ることを考えている。今は政治学科で『キリスト教と政治』というテーマを扱っている。確か政治学科の非常勤講師になっているはずだ」

ソ連崩壊後、モスクワ大学でも脱共産主義化が進められ、哲学部科学的共産主義学科は、哲学部政治学科となった。そして史的唯物論は政治史、弁証法的唯物論は政治理論と改称された。

「クラーエフに宗教史宗教哲学科の教授になる考えはないのだろうか」

「無理だと思う。ヤブロコフ教授、タジュリージナ教授、ニコノフ教授、ポポフ助教授、ビノクーロフ専任講師など学科のほとんどの教官がクラーエフを毛嫌いしているからだ」

「しかし、宗教史宗教哲学科ではクラーエフも講義を担当しているよ」

「それは学生の間でクラーエフの人気が高いからだ。クラーエフにはカリスマ性があるので、数十名の崇拝者のような学生がいるよ。もっとも底が浅いので、神学や哲学を本気で勉強する学生はクラーエフには惹きつけられないけどね。僕は、宗教史宗教哲学科がマサルを客員講師にしたのは、クラーエフに対抗させようとする意図があるからだと思う」

「どういうことだい」

「アメリカのファンダメンタリストの神学もクラーエフのロシア正教原理主義も、宗教や神学に対する自由な知的営為に障害をもたらすと教授陣は考えているんだよ。マサルが教える弁証法神学ならば、ソ連時代の科学的無神論とポスト・ソビエト時代の神学や宗教哲学の連続性を学生に納得させることができるとヤブロコフ教授やポポフ助教授は考えているんだよ」

「それは大任だ。僕には背負いきれないな」

「やってみればいいよ。それにマサルは、マルクス主義についても通暁している。マルクスの宗教批判の現代的意義について、教授たちは西側の知識人に語らせたいんだよ。(宗教史宗教哲学科の前身だった)科学的無神論学科はモスクワ大学の中でもマルクス・レーニン主義哲学の牙城だったからね。マルクスをきちんと読んでいるマサルを教授たちは信頼しているんだよ」

確かにクラーエフ・ゼミの学生と私の授業をとっている学生は、仲が悪かった。ときどきクラーエフ・ゼミの学生が、私の授業を偵察に来た。ワロージャ、アルベルト、ナターシャたちが「こいつらは佐藤先生の講義を虚心坦懐に聞こうとするのではなく、あら探しのために来ているので、聴講を認めない方がいい」と進言してきたが、私は、「いや、モスクワ大学生ならば来る者は拒まずという姿勢で僕は臨む。実は、僕が一九八七〜八八年にモスクワ大学に留学した頃、僕には科学的無神論学科の授業を聴講する資格がなかったんだ。それをポポフ先生やヤブロコフ先生が特別に許してくれた。当時、資本主義国の外交官に便宜を図るということは、リスクを負うことだった。しかし、そのおかげで僕には、重要な友だちが何人かできた。それはいまの僕の仕事にも役立っている。だから僕も、来る者は拒まずという姿勢を貫こうと思っているんだ」と答えた。私の学生たちは納得してくれた。

確かにクラーエフ・ゼミの学生たちは、ときどき授業中に茶々を入れてきた。私のロシア語の言い回しがおかしいときには、わざと声をあげて笑った。そして、ときどき頓珍漢な質問をしてきた。

「佐藤先生は、新約聖書では、『マルコによる福音書』がいちばん古いと言いましたよね。それは間違えています。クラーエフ先生は、聖書は『マタイによる福音書』が一番古いので、最初に書かれたと言っています」

「クラーエフ先生に伝えておいてくれ。そんな出鱈目を言っていると、恥をかきますよ、と。新約聖書の文献批評で『マルコによる福音書』がもっとも古いということは、既に十九世紀に定説になっています」

「佐藤先生、それはプロテスタントの立場だからそう言うのでしょう。ロシア正教会の伝統では違います」

「文献批評と教会の伝統は別の問題だよ。それに、ロシア正教会でも十九世紀半ばだったらともかく、現代になってそんな間抜けたことを主張しているはずがない。モスクワ総主教庁から出ている『神学著作集』の聖書神学関係の論文を見てごらん。そんなナンセンスなことは書いていないよ」

私がそう言うと、クラーエフ・ゼミの学生は、薄笑いを浮かべて、鞄から青色の表紙の本を出してきた。『新約聖書』と書いてある。

「佐藤先生、ここを見てください」

確かに、「マタイによる福音書」の解説部分に「四福音書のうち最古の福音書が『マタイによる福音書』である」と記されている。奥付を見ると一九八八年にモスクワ総主教庁が発行している。この年は、九八八年に古代キエフ・ルーシのウラジーミル公が正教の洗礼を受けたとされてから千年目の節目にあたる年ということでゴルバチョフ書記長がピーメン・モスクワ総主教と会談し、ソ連は宗教政策を緩和した。恐らく、あわてて新約聖書を発行する必要があったので、十九世紀の解説つき新約聖書の内容をよく吟味せずに活字だけを新字体（ロシア革命前のロシア語は字体が異なっていた）に直しただけのものなのだろう。裏表紙に「ピーメン総主教によって聖別」と書かれているので、確かに教会法的にはこれがロシア正教会の公式の立場ということになる。こんなおかしなことが認められてはならない。

「わかった。次回の授業では特別に新約聖書の成立史について話す」

私はそう言った後、クラーエフ・ゼミの学生に「君は英語学校の出身か、それともドイツ語学校か」と尋ねた。

「ドイツ語学校です」

「わかった。それでは、次回はドイツ語で資料を用意する」

家に帰ってから、ほんとうに腹が立った。神学的に承認された基本的な事実関係を教会の権威によって封じ込めようとするクラーエフの態度は許せなかった。クラーエフ・ゼミの学生に「西側資本主義国の偏見だ」という因縁をつけられないように、私は本棚にあった東ドイツで発行された新約聖書学の資料とたまたま手許にあったレニングラード神学アカデミー（大学院）から発行された聖書研究の論文をコピーして、次回の講義で配り、新約聖書の成立史についてていねいに説明した。クラーエフ・ゼミの学生も納得した。この学生は、しばらくしてからクラーエフ・ゼミを離れ、私の授業を毎週聴講するようになった。

†

モスクワ大学の学生たちの知的水準は高い。そこで、私はプロテスタント神学のなかで最も知的に洗練されたカール・バルトの『教会教義学』を講義で取り扱おうと考えた。しかし、『教会教義学』はロシア語にまったく訳されていない。この時点では日本語版も完訳がなされていなかった。私は同志社大学の神学部と大学院の時代に邦訳された部分についでは一回通読した。しかし、その意味はほとんど理解できなかった。『教会教義学』のドイツ語原本はスイスの本屋で購入して私の手許にある。けれど、私のドイツ語力ではそれを読みこなしてロシア語に翻訳できない。イギリスに留学していた時期に買った英訳版を繙《ひもと》いてみた。ドイツ語のくねくねとした表現がかなりわかりやすい英語に訳されている。更にドイツ語原本では、現代語訳がつけられていなかった古典ギリシア語やラテン語からの引用文についても、英語版では訳されている。英語版を基礎に私は講義ノートを作ろうとしていた。

この辺の事情を私はイーゴリに話した。そして、軽い気持ちで、「誰かこういった難しい神学書を英語からロシア語に訳すことができる知り合いがいないか」と尋ねた。イーゴリは、少し考えた後に「一人だけいる」と答えた。

「モスクワ大学言語学部五年の女子学生で、最近、結婚したけれど、カネに困っているからよろこんで引き受けると思う。ただ、一つだけ問題がある」

「なんだい」

「彼女は閉鎖核秘密都市の出身だから、外国人との接触が認められていないかもしれない」

「イーゴリ、面倒なことに巻き込まれるのは嫌だ。そういう筋の悪い女は断る」

「マサルさん、とにかく会って、英語の試験をしてください。そして、能力があるならば雇ってください」

「信用できる人物だね」

「信用できます」

閉鎖核秘密都市とは、ソ連が核爆弾を製造するために作った存在しないことになっている都市である。「スベルドロフスク44」、「アルザマス16」、「チェリャービンスク65」というような番号がついている。この都市に住んでいる人々は他人に住所を伝えることが禁止されている。郵便は全て「ポチュトーブィー・ヤーシク（私書箱）」を通じてなされる。このような都市があることは以前から噂されていたが、その事実が明らかにされたのはゴルバチョフのペレストロイカ政策が進んだ一九八〇年代末のことだった。

数日後、イーゴリから連絡があった。「女子学生も是非、アルバイトをしたい」ということだった。イーゴリから電話があった翌日の昼、私は「アルレキノ」というイタリア・レストランに二人を誘った。私の方が約束した時間より十分くらい早く着いた。席でカンパリ・ソーダを飲みながら待っていると、イーゴリよりも少し背が高い身長百七十センチ強の女性がやってきた。金髪と銀髪の間くらいの髪の毛をしていて、瞳は灰色だ。かなりの美人でスタイルもいい。容姿端麗な女性を私は想定していなかったので、少し驚いた。イーゴリが「こちらがサトウマサルさんで日本大使館の三等書記官です」と私を紹介した。イーゴリが紹介する前に、女子学生は、「私は、ナターリヤ・リボブナ・ツベトコワと申します。モスクワ国立大学言語学部の五年生で、専攻は国文学（ロシア文学）です。ナターシャと呼んでください」と自己紹介した。

ナターシャの姿を見て、「この人は影が薄い」という第一印象を私はもった。

私はナターシャに、「あなたが閉鎖都市の出身だということについては、イーゴリから聞いています。余計なことは、私に一切話す必要はありません」と言った。私は、あえて、核とか秘密という単語を避け、閉鎖都市と言った。

そうするとナターシャは、笑いながら、「ソ連時代はそうでしたけれども、いまは違いますよ。アメリカからの代表団も来ているくらいです」と答えた。

もっともロシアの閉鎖核秘密都市が外国人に公開されていたのは、ソ連崩壊後のしばらくの間だけだった。一九九六年にエリツィンが大統領に再選された後に、これら都市への外国人のアクセスは制限されるようになった。プーチン政権になってからは、再びソ連時代のように一般のロシア人も閉鎖核秘密都市に立ち入ることができなくなっているという。現在ならば、モスクワに勤務する日本の外交官がナターシャと知り合うことはできないであろう。

もっとも当時、いかにソ連崩壊後の混乱期で、外国人の活動に関するロシアのカウンター・インテリジェンス機関の監視が緩くなっていたといっても、核関連情報の収集をすれば、確実にMB（保安省。KGB第二総局の後身、FSB［ロシア連邦保安庁］の前身）の厳重な監視対象とされることは間違いない。それでは、外交官としての活動に支障がでる。そこで、私からナターシャに閉鎖核秘密都市について尋ねることはなかった。

ただ、ナターシャと雑談をするうちに、閉鎖空間の中での特殊な生活が見えてきた。ナターシャは、「チェリャービンスク65」（現オジョールスク市）の出身だった。ウラル地方にチェリャービンスク州があり、その州都がチェリャービンスクである。「チェリャービンスク65」もチェリャービンスク州にあるが、ソ連時代は地図にも電話帳にも載っていない都市だった。

一九四六年、ソ連は本格的に原爆開発を始めた。責任者は、秘密警察長官のベリヤで、核開発にあたる役所に「軽機械製作省」という偽りの看板を掲げた。チェリャービンスク州の小都市キシュトィムに囚人とドイツ人捕虜を用いて核化学コンビナートを建設した。そして、この閉鎖核秘密都市には、「チェリャービンスク40」という偽装名がつけられた。途中で、その名称が「チェリャービンスク65」に変更された。この都市には「マヤーク（ロシア語で灯台の意）」という科学生産合同（研究機関と工場が一体になった公社）が置かれ、核兵器用のプルトニウムの生産から、核廃棄物の再利用、貯蔵などに従事していた。

都市の周囲は有刺鉄線で囲まれ、ＫＧＢによって厳重に警備されていた。閉鎖核秘密都市に居住している住民は、外部に自分の住所を知らせてはいけないことになっていた。連絡はすべて、職場の私書箱を通じて行われることになっていた。もっともこれは、閉鎖核秘密都市に居住する住民だけでなく、軍事産業や先端技術にかかわる研究所の職員とその家族についても同様だった。ロシア語で「私書箱」のことを「ポチュトーブィー・ヤーシク」と言うが、これは隠語で、国家秘密に関与する仕事を意味した。

ナターシャの父親は、モスクワのバウマン名称国立工科大学（以下、バウマン工科大学と略す）を卒業した一級の核物理学者ということだった。バウマン工科大学は、理科系ではモスクワ国立大学に匹敵する名門校であるが、軍産複合体との関係が深いので、外国人は、その内情についてほとんど知ることができない学校だった。ナターシャの母親は、核関連の研究所の事務員をしている。

ナターシャには、弟がひとりいて、現在、バウマン工科大学の二年生ということだった。将来は、父親のような核物理学者になることを夢見ているそうだ。

その日、私がイーゴリとナターシャを誘った「アルレキノ」というレストランは、映画人協会の建物の三階にある当時モスクワでは珍しい高級イタリア・レストランだった。一九八七年秋に私がモスクワに赴任したとき、モスクワのクツーゾフ通りに「フルスタリ（クリスタル）」という唯一のイタリア・レストランがあった。もちろん国営店だ。モスクワ大学の同級生と好奇心半分で、一時間ほど行列して、ソ連風イタリア料理を食べたことがある。何とも形容しがたい奇怪な料理だった。ミネストローネ・スープは、塩味が少し効き過ぎていたが、そこそこいけた。次にスパゲティーを頼もうとしたが、メニューにない。ソ連時代、スパゲティーやマカロニは保存食で、味はなかなかよいのだが、値段もひじょうに安く、「貧乏人の食品」という印象が強かったので、レストランでは出さないのだ。スタローバヤ（大衆食堂）のカツレツ（ミニハンバーグ）のつけあわせでスパゲティー（正確に言うと細麵だが、中に小さな穴が開いているのでマカロニ）がでるが、ぶよぶよになるまで茹でてある。アルデンテという食感がロシア人にはない。それはそれなりにおいしかった。

「フルスタリ」のメニューを見ると、「キエフ風カツレツ」とか「レニングラード風カツレツ」などロシア料理ばかりが並んでいる。一つだけ、「ピッツァ」というメニューがある。私が注文すると、ウエイトレスが無愛想な顔で「おいしくないわよ」という。私が「どういう料理だ」と尋ねると、「丸いパン生地の上にチーズ、トマト、鶏肉、ハムが載っている」という答えだ。それならば、ピザ・パイだと思ってとったら、出てきたのは、温めたピザ生地の上に、生トマトとチーズとハムの塊に、ロースト・チキンを置いている。ロースト・チキンはスープのだしをとった後、焼いたようで、妙に柔らかく、しかも味がない。確かにピザ・パイの材料は揃っているが、これでは料理とは言えない。

ソ連時代、一般のロシア人が外国に出ることはまずなかった。ロシア人の中にも、特に知識人や大学生には、食に対する関心が強い者も多い。しかし、モスクワのレストランで、得体の知れない外国料理なるものを食べると「やはり、ロシア料理がいちばんおいしい」という印象をもつようになる。

「アルレキノ」で料理を頼む際は、イーゴリが豚肉を食べないので、その点について細心の注意を払った。前菜は、牛肉と羊肉のサラミとシーザーサラダにした。シーザーサラダには豚肉のベーコンではなく、牛肉と羊肉のサラミを入れてもらった。スパゲティーは、トマトソースあえにした。そして、メインは、子羊肉のカツレツにした。

肉製品を見るたびにイーゴリが「豚肉（スビニーナ）が入っていないか」と聞く。私が、「あれ、イーゴリは、いつイスラームに改宗したんだっけ」と軽口を叩くとイーゴリはムキになって、「僕はロシア人だ。ムスリム（イスラーム教徒）じゃない。豚肉を食べないのは宗教上の理由からではなく、軍隊で豚を処理した経験からだ」といつもの説明を繰り返す。ナターシャは、その様子を笑いながら見ていた。なぜ、イーゴリは「僕はユダヤ教の正統派に属するので、豚肉は食べないんだ」と率直に言わないのだろうか。私にはユダヤ人であることを執拗に秘匿しようとするイーゴリの心理がわからない。

後にナターシャから聞いた話だが、イーゴリは、一度だけナターシャに国内パスポートを見せたことがあるという。その民族籍には、「ユダヤ人（エブレイ）」と書いてあった。そして、イーゴリは、冗談半分に「君はユダヤ人と結婚するのは嫌か」と聞いてきたという。

「それは、イーゴリが間接的に君にプロポーズしたんじゃないか」

「そうかも知れないわ」

「それで、どう答えたんだい」

「愛していれば、ユダヤ人であろうが中国人であろうが問題ない。ただ私には好きな人がいて、相手も私のことを愛しているので、もうすぐ結婚する予定なのと答えたわ」

「イーゴリは、どう反応したんだい」

『わかった』とひとこと答えただけだわ」

　食事は、楽しく終わった。

　私はナターシャに「神学書の翻訳をあなたにお願いしようと思うのだけれど、一応、あなたの英語力をチェックしたい」と言って、A４判の紙にコピーした英文を目の前で、ロシア語に訳してもらった。一つは、カール・バルトの『教会教義学』からの抜き出しで、もう一つは新約聖書の「ヨハネによる福音書」の冒頭部分だった。ナターシャのキリスト教に関する基礎知識がどの程度であるか確認したかった。『教会教義学』に関しては、四、五の神学用語が空欄になっていたが、ロシア語で十分意味の通る訳文になっていた。「ヨハネによる福音書」については、十九世紀の宗務院（シノード）訳聖書を正確に復元している。翻訳ではなく、「ヨハネによる福音書」の冒頭をナターシャは暗記しているのだ。

「驚いた。あなたは、『ヨハネによる福音書』を暗記しているのですね。ソ連時代に聖書は簡単に手に入らなかったでしょう。どこで聖書を覚えたのですか」

「父の本棚には、聖書もあったので、借りて読んだわ。聖書って、覚えやすいじゃない」と言って、ナターシャは、「ヨハネによる福音書」の冒頭部分を声に出した。

〈初めに言があった。言は神と共にあった。言は神であった。この言は、初めに神と共にあった。万物は言によって成った。成ったもので、言によらずに成ったものは何一つなかった。言の内に命があった。命は人間を照らす光であった。光は暗闇の中で輝いている。暗闇は光を理解しなかった。〉（ヨハネによる福音書1：1—5節）

そして、「私は、神はいると思う。だから洗礼を受けた」とナターシャは言った。

私は好奇心を抑えられなくなり、「あなたのお父さんは核物理学者で、ノメンクラトゥーラ（特権階層）でしょう。お父さんも神を信じているの」と尋ねた。

ナターシャは、「父とそういう話をしたことはないので、よくわからないわ。ただし、母は信者よ。幼児洗礼を受けていた」と答えた。私は、ナターシャに洗礼を受けた時期については、聞き漏らしてしまったが、秘密警察によって建設された閉鎖核秘密都市に教会はないので、恐らく、モスクワ大学に入ってから洗礼を受けたのであろう。一九八八年にロシアへのキリスト教導入千年祭で、ゴルバチョフ・ソ連共産党書記長が宗教政策を緩和して以後、多くのモスクワ大学生が洗礼を受けたので、ナターシャも恐らくそのうちの一人なのだろうと私は想像した。

更にナターシャは続けた。

「弟は、私には理解できない、難しい理論物理学を専攻しているけれど、そこから神が見えてくると言っているわ」

「弟さんの名前はなんていうの」

「セリョージャ」

セリョージャはセルゲイの愛称である。ちなみにナターシャは、ナターリヤの愛称だ。

「ソ連時代の特権階層の生活はどうだった」

「私の家族は特権階層じゃないわ。特権階層のすぐ下くらいに位置していた。ただし、住宅は広かったわね。八十五平方メートルくらいある3LDKだったわ」

ロシアの計算では、風呂場、トイレ、洗面所、納戸、廊下は住居面積に含まれない。廊下、納戸、風呂場が結構大きいので、日本の基準では百二十平方メートルくらいになる。

「自家用車や別荘（ダーチャ）は持っているかい」

「もちろん持っているわよ。車はラーダ（イタリアのフィアットをコピーした小型車）、別荘は自宅から車で三十分くらい離れたところにあるわ。広さは百五十平方メートルくらいだけど、広い庭がついているの」

「閉鎖都市では、物資も潤沢に供給されていたというけれど、それはほんとうかい」

「一般の商店は、チェリャービンスクの町と変わらないわ。ただし、研究所の中に特別の売店があって、そこでおいしいハムやソーセージを両親が買ってきたわ。メーデー（五月一日）や革命記念日（十一月七日）の前後には、バナナ、オレンジやパイナップルをよく父がもってきたわ。職場で特別に配給になるの。それから、『ミーシュカ（小熊）』や『ラーク（ざりがに）』には、不自由しなかったわ。いつも父か母のいずれかが買ってきた」

『ミーシュカ』とは、三匹の小熊の絵が描いてある包装紙のチョコレート菓子で、『ラーク』とは、包装紙に真っ赤なざりがにの絵が描いてあるキャンディーだ。どちらもソ連時代、共産党中央委員会に行くとお茶うけに出された高級菓子である。現在も、クレムリン（大統領府）に行くとお茶うけに『ミーシュカ』と『ラーク』がでてくる。

ナターシャの家族はとても仲がよいようだ。両親は恋愛結婚で、父親は仕事熱心だが、同時に家庭をとてもたいせつにした。研究所では、残業が多く、帰宅が夜十時過ぎになることもしばしばあったが、父親は土日は必ず休みをとって、雪が積もる季節以外は、車で別荘に行って、週末は庭いじりをしたり、友人を集めて会食をして、楽しく時間を過ごした。両親共にナターシャの勉強をよくみてくれた。

地方から、モスクワ大学に進学してくる学生は超優等生ばかりである。

「ナターシャは、『赤い卒業証書（クラースヌィー・ディプローム）』だったの？」と私は尋ねた。

「赤い卒業証書」とは、主要学科のみならず、体育、音楽を含め、すべてが5（ソ連の学校も5段階評価である）の生徒に対して発行される真っ赤な紙に刷られた卒業証書である。各州に二、三人しかいない。ナターシャは、恥ずかしそうに「そうよ」と答えた。

ソ連時代、モスクワ国立大学の文科系でもっとも難しいのが言語学部であった（逆にもっとも易しいのは法学部だった）。ナターシャは、言語学部の国文学（ロシア文学）科に進み、卒業論文は詩人のマリナ・ツベターエワについて書いたという。当時の政治基準でいうと、体制派と異論派のぎりぎりくらいの境界線に位置するテーマだ。

ナターシャは、大学四年生のときに、ディーマ（ドミトリーの愛称）と結婚した。当時、ディーマはバウマン工科大学大学院の学生だった。ナターシャの父親とディーマの父親が研究所の同僚で、何となく二人が近づくように出会いの機会を作ったということだった。このような「お見合い」型の結婚もロシアのエリート層ではよくある。モスクワ市の中心部から、郊外の「銀の森」に抜ける途中の「１９０５年通り」沿いに１ＬＤＫのマンションをディーマの両親が購入し、新居にしたとのことである。まだ、結婚して、一年にもならない新婚だ。私は「幸せでしょう」と尋ねた。ナターシャは、少し眼を伏せて、「はい（ダー）」とは答えずに、「生活に追われていて、なかなか一緒にいる時間がない」と答えた。

私は、ナターシャに、「報酬はＡ４判の用紙に二十七行の翻訳に対して三ドルということでどうか。一カ月に何枚くらい引き受けてもらえるだろうか」と尋ねた。ナターシャは、「三ドルももらえるんですか。できるだけ多くの仕事をください」と答えた。同程度の翻訳を、例えば、イギリスで依頼すれば、Ａ４判用紙一枚あたり二万五千円くらいになるであろう。それを三百円程度で済ませようというのであるから、客観的に見れば、ずいぶん虫のいい話であるが、ソ連崩壊の混乱で、当時、義務教育学校（ロシアは小中高十一年の一貫教育制）の教師の給与が一カ月に六ドル程度で、しかも二、三カ月遅配されるという状態だった。外国語を解する外交官、大学教授が、本職を捨てて、モスクワに駐在する外国企業の現地職員に就職する時代だった。ロシア外務省でも、将来、駐日大使になると見られていた日本部長をつとめた外交官がNHKモスクワ支局の助手になったことが大きな話題になった。

ある日、アルバート通りにあるレストラン「プラガ（プラハ）」のクロークルームで、「佐藤さん、覚えていますか」と声をかけられた。顔を見て、驚いた。日本大使館の前にある民警（警察）詰め所で、大使館員を監視していたKGBの大尉だ。一年くらい前から姿を見なくなった。KGBの将校といえば、ソ連社会のエリートだ。話を聞いていると「国からの給与では、家族を養っていくことができないので、手っ取り早くカネをかせぐことができる、この職に就いた」という。プラガは、外国人もよく利用する高級レストランだ。ロシア事情をよく知らない観光客ならば、クローク係にチップで一ドルくらいは渡す。一日の収入は、恐らく二十〜三十ドルになるだろう。そのうち、半分をレストランを仕切っているマフィアに上納するとしても、一週間で家族が一カ月間生活していくために十分な資金を稼ぐことができる。もっともKGBの後継組織であるMBには「特別予備役」という制度がある。民間に転出するが、MB職員としての身分も維持し、定期的に報告を組織に対して行う。このクローク係も特別予備役なのだろう。外貨の小銭を稼ぎながら、外国人の動向を観察しているのである。

ナターシャの反応を見て、私は、「可哀想に。そうとう経済的に困窮しているんだ」と思った。

ナターシャは、毎週十〜十五枚の成果物をもってきた。四百字詰め原稿用紙に換算すれば四十〜六十枚になる。いずれも合格点に達している翻訳だが、神学的概念が押さえられていないために、ときどき誤訳がある。例えばHoly conceptionに「聖なる概念」という ロシア語を充てていたが、これは「処女降誕」のことである。conceptionに妊娠という意味があることにナターシャは気づかなかったのである。英語で書かれた神学入門書をナターシャに渡したが、いまひとつ勘所がつかめないという。そして、ナターシャは、「モスクワ大学の佐藤先生の講義を聴講したいのだけど、構わないか」と言うので、私は「君もモスクワ大学の学生だから、どうぞ来なさい」と答えた。

ナターシャは、講義に毎回熱心に出て、丹念にノートをとる。あるとき私が「僕の講義の内容をまとめてレポートにしてくれれば、それも一枚あたり三ドルで買い取る」と言ったら、よろこんでレポートを作成した。このナターシャが作成したメモに更に手を入れて、私は一九九三年にモスクワ大学宗教史宗教哲学科のポポフ助教授との共著『対話 教会と平和』（若きロシア社）をロシア語で出版した。

当時、私の可処分所得は月に八十万円くらいあった。周囲で知識人たちが経済的に苦しんでいる姿を見ることに、耐えられなかった。もちろん個人の力には限界がある。しかし、一カ月に五千円の支援をすれば、一人の知識人が自らの研究を継続し、家族の生活を支えることは可能だった。もっともロシアの知識人は矜持をもっている。ただ、「支援するので受け取ってくれ」と言ってもカネを受け取らない。相手が、納得してカネを受け取ることができるような環境を整える必要がある。英語、ドイツ語、日本語など資本主義国の言語を操ることができる知識人は基本的に生活に困らなかった。一九九二年から九四年にかけて、外国語を知らないロシア思想の専門家、東欧語の専門家たちは困窮をきわめていた。私はそのうち、数人に仕事を作り出した。ロシア思想の専門家からは、私が関心をもつ領域の古本や新本を集めてもらい、それを相手の言い値で買い取った。「いくら高くふっかけてもいい」と言ったが、誰もが「買値の倍以上はとれない」と言った。それでも、これで安心して生活することができると喜んでいた。

更に、話題になった政治家の暴露本が出たりすると、それの要旨をまとめてもらい、原稿料を支払った。チェコ語の専門家には、私が同志社大学の学生時代から研究していたヨゼフ・ルクル・フロマートカの神学書を何冊か、チェコ語からロシア語に訳してもらい謝礼を支払った。この翻訳を私はモスクワ大学の授業で最大限に活用した。

一般に、プロテスタント神学は、カール・バルトの出現によって、新しいパラダイムに入ったと認識されている。しかし、実際には十九世紀の自由主義神学と二十世紀のバルト、ブルンナー、ゴーガルテン等によるいわゆる弁証法神学との間には、断絶性とともに連続性がある。特に日本やロシアなど、プロテスタント文化圏でない諸国で弁証法神学を学ぶ場合には、むしろ自由主義神学と弁証法神学の連続性を押さえておくことが重要になる。この点について、フロマートカは、一九五五年に『プロテスタント神学の転換点（Přelom v protestantské teologii）』という重要な著作を残している。恐らくは、コメンスキー・プロテスタント神学大学（現カレル大学プロテスタント神学部）で行われた講義録にフロマートカが加筆して作られた本である。A4判百頁強の仙花紙にガリ版で刷られた粗末な本だ。発行部数も百部程度だろう。社会主義国においては、紙も印刷機もインクも人民のものである。宗教のような遅れた迷信に人民の財産を浪費することはできない。しかし、温情に溢れ、懐の広い社会主義国家チェコスロバキアは、一部の人民がキリスト教という迷信を信じることを許した。そして、牧師を養成し、神学を研究する学校の存在も許したのである。近未来にキリスト教は死に絶える。そのような迷信に余計な国費を用いてはならない。そこで、神学書の発行にあたっては、質のよくない紙と印刷機材があてがわれたのである。

『プロテスタント神学の転換点』は、外国語に訳されていないので、チェコ語を解する人以外にはその内容がまったく知られていない。欧米の神学界でもロシア語を理解する人々は、チェコ語を理解する人々と比べれば、圧倒的に多い。これをロシア語に翻訳すれば、フロマートカ神学に別の光があたるのではないかと私は考えた。私は、この本のロシア語訳の付録に、フロマートカが一九四四年にアメリカで上梓した『破滅と復活(Doom and Resurrection)』にあるドストエフスキー論を収録しようと考えた。フロマートカは、ドストエフスキーの『カラマーゾフの兄弟』における大審問官を読み解いた。当時、アメリカでは、大審問官をヒトラーと解釈する傾向が強かったが、フロマートカはそれに反対する。ナチズムはニヒリズムに基づく革命なので、そこには人間に対する愛が不在である。フロマートカの理解によれば、大審問官は、地上に、人間が飢えと貧困から解放された平等な世界を建設しようとする「愛」に動機づけられた共産主義者なのである。このような大審問官が生まれたのは、キリスト教徒が、資本主義体制とあまりに自己同一化してしまい、何の権力ももたない貧しい人々と共に生きたイエス・キリストの原点から乖離してしまったからだと考えた。キリスト教神学者は、マルクス主義者の無神論を非難する前に、市民社会の上品なキリスト教徒が、本来、果たすべき社会的責任を果たさなかったことを自己批判すべきであると考えた。その考えを大審問官解釈で提示したのである。

ソ連崩壊後の「ショック療法」と呼ばれた新自由主義的改革で、一九九二年のインフレ率が二千五百パーセントに達した。ソ連時代の貯蓄は何の意味ももたなくなった。また、民営化という名の国有財産の分捕り合戦の結果、オリガルヒヤ（寡占資本家）が出現したが、圧倒的大多数の国民は貧困にあえいでいた。こういう状況で、キリスト教倫理が説く平等の思想にもう一度焦点をあてることに意味があると私は考えた。そこで、この翻訳をナターシャに頼んだ。ナターシャは、見事に翻訳を仕上げ、私が監修し、解説を書いたロシア語版フロマートカ『プロテスタント神学の転換点 付録 ドストエフスキー論』は、一九九三年にモスクワの老舗出版社「プログレス」から上梓され、大きな反響を呼んだ。

モスクワ大学宗教史宗教哲学科のビノクーロフ専任講師は、ナターシャの能力に目をつけ、同科の助手になり、研究者の道を歩まないかと誘ったが、ナターシャは、「私はいま働いて、家族と弟を養わないとならないので、研究に専心できない」と言って断った。

私の記憶では、一九九三年十二月中旬のことだ。夜の七時過ぎにナターシャが突然、大使館に電話をかけてきた。「お願いがある」と言う。だいぶ切羽詰まった感じだ。大使館のコピー機で、ノートをコピーさせて欲しいという話だったので、私は咄嗟に「大使館の内規で、外国人をコピー機がある大使館内部にまで入れることはできないので、それはできない」と断った。ナターシャは、半泣きになって「何とか助けて欲しい」と言う。具体的な内容を聞いてみると、弟が理論物理学の講義ノートを十分にとることができていないため、友人からノートを借りているのだが、試験までに全部を書き写すことができないので、何とかコピーをとらせて欲しいという話だった。そして、ナターシャは、「セリョージャが、十分にノートをとることができなかったのは、私のせいだ」と言った。それが何を意味するかは、よくわからなかったが、私は「どれくらいの量があるのか」と聞いた。ナターシャは「ノート二冊だ」という。ロシアの標準的ノートはだいたい三十二頁くらいなので、たいした作業ではないと思い、私は、「それならば、セリョージャにノートを持たせて、大使館に来させてくれ。入口の民警には僕の方で伝えておくので、国内パスポートを見せれば中に入れる」と答えた。ナターシャは、「ほんとうに感謝します」と涙声で答えた。私はなぜナターシャが感情的になっているのかがわからなかった。

ナターシャの電話から、約一時間後にセリョージャがやってきた。雪がかなり強く降っている日だった。セリョージャの鼻先は、赤くなっていた。

「佐藤さん、御迷惑をかけて済みません」

「いいよ。それでノートは」

セリョージャは、ズック布の鞄からA4判二百枚のノートを二冊取り出した。私は、「引き受けるんじゃなかった。後でカネを払ってやるからメジュドナロードナヤ（国際）・ホテルのサービスセンターでコピーをとればいいとナターシャに伝えればよかった」と思ったが、いまさらセリョージャを追い返すわけにはいかない。仕方なく、ノートを預かり、セリョージャには大使館入口のソファに座って待つように言った。大使館の二階廊下に置いてあるコピーの前に陣取って作業を始めたが、青色のボールペンで筆記がなされているので、うまく写らない。結局、コピーを全部とるのに一時間近くかかった。B4判の大きな封筒にとったコピーを入れて、一階に降りていった。私が「夕食は済ませたか」と尋ねると、セリョージャは、「ずっと図書館で勉強していたので、まだです」と答えた。私は、「それじゃ、軽く食べよう」と言って、大使館から歩いて三分くらいのところにあるカフェに誘った。前菜にキャビアと蝶鮫の燻製、その後、マッシュルームのグラタン（ジュリアン）をとって、メインはヒレステーキにした。ロシア風のヒレステーキで、中まで火がよく通っている。それに、カリカリに炒めたタマネギと目玉焼きが付け合わせについている。

「佐藤さん、ほんとうにありがとうございます。これで試験を乗り切ることができます」

「君は真面目そうだけど、アルバイトで忙しいから授業に出ることができなかったのかい。学費とか生活費が必要なら、僕が効率のいいアルバイトを回すよ」と私は水を向けた。

「僕は全然仕事をしていません。必要なお金は全部、ナターシャが準備してくれます。もっともナターシャの仕事は、すべて佐藤さんから来ているんですけれど。僕も両親もナターシャのおかげで生活することができているんです」

「核関係の研究所は厳しい状態にあるという話は聞いているけれど、生活はたいへんか」

「父は毎日研究所に行っていますが、仕事は何もないです。給与は出ているので、食べて、水道光熱費を払うだけならば、これで何とかなります。母はときどきモスクワにやってきて、缶詰や衣類を買い付けて、地元で転売し、現金収入を得ています。これで二人だけの生活ならば、何とかなります。ナターシャが佐藤さんのところで仕事をするようになってから、生活に余裕ができてきました。ほんとうに感謝しています」

いくら話をしていても、ナターシャの夫ディーマの話が出てこない。なんでだろうか。私は、「セリョージャはディーマとはときどき会うのか」と聞いた。セリョージャの眉がぴくっと震えた。

「佐藤さんに、ナターシャは何も話していないんですか」

「僕は何も聞いていない。それに僕は他人のプライバシーについては尋ねないことにしているんだ」

「ディーマは、ときどき人格が変化してナターシャを殴るんです」

「えっ」私は思わず絶句した。

ディーマは、バウマン工科大学大学院を修了しても、核物理学研究所に就職することはできないので、大学院を中退した。大学時代の仲間と一緒に、中国やトルコから安価な電化製品を輸入して、転売する事業に手を出したが、失敗して、手持ち資金をほとんど失った。現在は、ディーマの親から、食料品や衣類などを現物で供与してもらい生活している。現金が欲しくなると両親がもっている本やカメラなどを委託販売店（コミッシオンヌィー・マガジン、日本の質屋に相当）に持ち込んで、カネに替えている。学生時代は優等生で、決して怠惰ではないのだが、鼻っ柱が強いので、外国企業で小間使いのように使われるのは嫌だと言っている。生活が成り立ちそうになくなったところで、ナターシャが日本人の手伝いをして、そこそこの現金収入を得るようになった。これで、二人の生活は安定するようになったかと思ったが、そうではなかった。ソ連時代に育ったロシア人の男性には、極端な男権主義的発想をする者がときどきいる。ディーマもその一人だった。こういう男性は、女性の方が高いポストについたり、収入がよくなると、精神的に不安定になる。あるとき、ディーマがナターシャに「お前は、俺を馬鹿にしているんだろう。役立たずだと思っているんだろう」と言って、突然、殴りかかってきた。ナターシャは、怯えて、家を飛び出し、セリョージャが住む学生寮に逃げこんだ。そのときは、ディーマが、平謝りに謝ったので、何とかなったが、その後もときどきディーマの暴力が爆発するというのである。

「ディーマは、ウオトカを飲んで暴れるのか」

「佐藤さん、そうじゃないんです。酒乱ならば、まだ理解できます。素面《しらふ》なんですが、ときどき怒りが爆発するんです」とセリョージャは答えた。

「それで、ナターシャは、これからどうするつもりなのかな」

「わかりません。ただ、僕は正直に言いますが、姉には離婚してほしいと思っています。このままでは姉が危険です」

「御両親は実状を知っているのかな」

「母は知っていますが、父は何も知らないと思います。実は、父も少し様子がおかしいんです」

「様子がおかしいって、どういうことなのかな」

「数日間、黙っていたかと思うと、突然、爆発したように怒鳴るんです。ささいなことで、母を三十分も一時間も怒鳴るんです。もっとも僕には父の気持ちもわかります」

「どういうこと」

「父は研究だけが生き甲斐でした。それが、ソ連崩壊とともに、『あなたはもはや国家にとっても社会にとっても必要のない人間だ』と言い渡されたのです。昔、研究所があれだけ忙しかった頃は、父は無理をしてでも時間を作って、土日は別荘に行きました。いまはいくらでも時間があるのですが、父は別荘にまったく行きません。別荘の家庭菜園も荒れ放題になっています。もっとも『チェリャービンスク65』で父のようになってしまった人はたくさんいますけどね」

「それで、これからどうするつもりだい」

「両親は『チェリャービンスク65』を出ることを考えています。放射能で汚染されたあの街に移住したいなどという人はいないので、住宅も別荘も二束三文でしか売れないでしょう。しかし、すべてを整理してモスクワに出てくることを考えています」

「しかし、モスクワに出てきて、生活の目処はあるのかな」

「祖父母がモスクワに住んでいるので、住宅は確保できます。後は、数年経って、僕が大学院を修了して、給与のいい外資系企業に職を見つけて両親をきちんと養います。それまでの数年は、ナターシャに頼るしかありません」

「それまでナターシャはどうやってみんなの生活の面倒を見るつもりなのだろうか。僕のアルバイトじゃ焼け石に水だ」

「そんなことはありません。一カ月に五十ドルあれば、十分生活していくことができます」

ざっと頭の中で計算してみると、私がナターシャに渡しているアルバイト料は一カ月に二百ドル近くになる。もっともこれは、モスクワの日本レストラン「サッポロ」で、二人でビールを一本飲んで、寿司を二人前とれば消えてしまう額でもある。

「今のところ、一カ月五十ドルで暮らしていくことができても、すぐに物価は上がって、一カ月に百ドル、二百ドルかかるような時代が来るよ。僕は、小官僚なので、経済力はあまりない。それにもうモスクワに六年以上もいるので、いつ日本に帰ることになってもおかしくないんだ」

「そうですか」とセリョージャは答えた。

その週の土曜日のモスクワ大学での講義にナターシャはいつものようにやってきた。授業の後、「佐藤先生、ちょっと御相談したいことがあるんです」とナターシャが私を呼び止めた。私はナターシャを車に乗せて、メトロポール・ホテルのカフェに行った。

「実は、セリョージャから、佐藤先生が近く、日本に帰るという話を聞いたのですが、それはほんとうでしょうか。時期はいつ頃なのでしょうか」

「具体的にいつということはないけれど、通常、日本の外交官は、一つのポストに二〜三年しかいない。僕はもうモスクワに六年四カ月もいる。既に二回分の勤務をしているので、いつ帰朝命令がでてもおかしくないということだ」

「そうですか。そうすると、佐藤先生の仕事を四、五年することはできないでしょうね」

「それは無理だ。四、五年というのは、セリョージャがバウマン工科大学の大学院を修了するまでということだね」

「そうです。弟にはきちんと教育をつけて、社会に出してあげたいと思うんです」

「しかし、そのためにあなたの人生をすべて犠牲にすることはないと思う」

「犠牲になんかしていませんよ。ただ、両親にあの子の面倒を見てあげる力がないのですから、私が助けてあげるしかないんです」

「具体的に定期収入の入る職につきたいんだね」

「日本大使館で働くことはできないでしょうか」

「難しいと思う。それから、あなたはモスクワ大学を来年、優秀な成績で卒業するロシアのエリートだ。ロシアには底力がある。ロシア人の教育水準は高いし、忍耐力もある。それにロシアには地下資源もある。今から十年後に、ロシアは大国としての国力を回復し、二十年後にはかつてのソ連に匹敵する地位を占めるようになると思う。だから、率直に言うけれど、外国政府や外国企業のヒエラルキーの中で働くことは避けた方がいいと思う」

「佐藤先生は、どうすればよいと思いますか」

「せっかくビノクーロフ先生が勧めてくれるのだから、モスクワ大学哲学部の助手になればいいじゃないか。それで将来はモスクワ大学の教授になればいい」

「ただ、それでは、両親やセリョージャの生活の面倒を見ることができません。その選択はできません」

「それよりも、あなた自身の生活は大丈夫なのか。ディーマとはうまくいっているのか」

「セリョージャが何か言っていましたか」

「少し心配しているようだ」

「それはセリョージャの取り越し苦労です。ディーマとはうまくいっています。そうだ、今度、佐藤先生と奥様で、うちに遊びに来てください。私とディーマとセリョージャでお茶に招待します」

「お茶に招待する」と言うのは、知識人が食事に招待するときに使う言葉だ。相手が招待を受けることを負担に思わないように、あえて「お茶」と言うのだ。ロシア人はお客を家に呼ぶときに御馳走を作って散財する。いまのナターシャに経済的負担を負わせるわけにはいかない。

「まず、僕の方が年上だから、僕と家内があなたとディーマ、セリョージャをお茶に招待する」と私は言った。

†

私は、ナターシャに「何料理を食べたいか」と聞いた。ナターシャは、「せっかくのチャンスだから日本料理を食べたい」と言う。私は「わかった」と答えた。

私の経験では、ロシア人はイギリス人やチェコ人と比較して、食に対する好奇心が強い。また、中央アジアやコーカサスの料理に慣れているので、エスニック料理に対する抵抗感もあまりない。刺身も、凍らせた生魚をナイフで薄く切って食べる習慣がある。鮨はロシア人の大好物である。ロシア人はもともと米のかゆ（カーシャ）を肉料理の付け合わせにする。また、中央アジアやアゼルバイジャンの焼き飯（プロフ）はロシア人の大好物なので、米に対する抵抗もない。ロシアで売っているおいしい米は、日本と同じ短粒米である。強いて言うならば、納豆には抵抗感をもつロシア人が多い。臭いが嫌だと言う。それから、すき焼きの生卵にも抵抗をもつ人がいる。それ以外の日本食は、ロシア人にだいたい喜ばれる。

ヨーロッパでは、日本食よりも中華料理の方が普及している。しかし、ロシア人は甘酢の味付けに馴染みがない。従って、酢豚や肉団子、白身魚の甘酢あんかけといった料理を敬遠する。ロシア人を誘うときは、中華料理よりも日本料理の方が無難だ。

当時、モスクワの日本レストランは四つあった。一つめが「メジュドナロードナヤ（国際）・ホテル」にある「サクラ」だ。これはソ連時代からある国営レストランだ。食材はアエロフロート機で空輸してくる。更にソ連時代末期に、「赤の広場」西隣のロシア・ホテル一階に「東京」という鉄板焼きレストラン、「平和大通り（プロスペクト・ミーラ）」に「サッポロ」という日本レストランができた。「サッポロ」には鮨カウンターもある。両方とも、「サクラ」同様に食材を日本から空輸している。刺身、鮨、天麩羅にすき焼きかしゃぶしゃぶというのがロシア人の胃袋の大きさからすると標準的なメニューである。それに食前酒に梅酒、食事と一緒に日本酒を飲む。支払いは一人あたり二百ドルくらいになる。従って、モスクワに住む日本人でも、この三つのレストランは仕事の接待で使う。

第四番目の日本レストランは、前述の三つとは違っていた。モスクワには、競馬場が一つある。農業省が運営し、馬の品種改良のために競馬を行っているということであるが、ソ連時代からギャンブラーの集まるところだ。一着、二着、三着の順番を正確にあてる「トロイノイ・エクスプレス」という賭け方をすると数百倍の賞金がでることがざらにある。この競馬場に付属して、「ベガ（競馬）」というホテルがあった。ソ連時代にホテルは、外国人が宿泊することのできるインツーリスト系ホテルと国内用（社会主義国からの観光客は宿泊可能）のホテルがあった。「ベガ」は国内用のホテルだった。私の記憶では、このホテルの確か九階だったが、「東京」という小料理屋のような雰囲気のレストランがあった。ロシア・ホテルの「東京」と区別して「ベガ東京」と呼んでいた。「ベガ東京」のカウンターもテーブルも手作りである。日本の演劇関係者がソ連との独自のコネクションを活かして、一九九一年春から営業を始めたレストランだった。

このレストランの特徴は、モスクワで調達することのできる材料で料理を作っていることだった。味噌、醬油、ソース、酢などの調味料は日本からもってくる。シャケの鮨、餃子、もやし炒め、野菜炒め、イカフライ、ほたてフライ、ししゃもフライ、麻婆豆腐くらいしかメニューがなかった。しかし、一品五ドルくらいの低価格だ。ちなみに豆腐はモスクワ在住の朝鮮人が作っている。沖縄豆腐のように少し固い豆腐だったが、おいしい。日本酒もおいてあるが、これは高いので、ウオトカを飲む。私は大使館の同僚や親しいロシア人と打ち解けた雰囲気で話をするときは、このレストランに誘うことにしていた。私は家内と相談して、ナターシャとディーマ夫妻とセリョージャをこのレストランに誘った。一九九四年の一月半ばの土曜日か日曜日のことだった。昼の一時に待ち合わせた。

ディーマは身長百九十センチくらいで、スポーツで鍛えた筋肉質のハンサムな男だった。ナターシャは百七十センチ、セリョージャが百八十センチくらいなので、百六十八センチの私は立っていると背が低い。ただし、椅子に座ると、セリョージャと私はだいたい同じくらいの座高なのである。

「ベガ東京」にあるメニューはすべてとった。特に、豚肉がたくさん入ったもやし炒め、ほたてフライ、餃子が好評だった。ロシアにもウラル地方やシベリアには水餃子（ペリメニ）がある。シベリアと比較してウラルの餃子は小粒だ。ナターシャとセリョージャが懐かしそうに、母親が冬用のペリメニを大量に作った話をする。「チェリャービンスク65」の冬はマイナス二十度以下だ。窓の外に袋に入れてペリメニを下げておくと、冬の間は腐敗しない。真冬に外気がマイナス十五度よりも下がるとインフルエンザのウイルスが活動しなくなるという。インフルエンザ、風邪の患者が共にひじょうに少なくなる。また、冬の日に晴れるとひどく寒くなる。マイナス三十度近くなることもある。そういうときにナターシャの家族は、あえて車を動かして、郊外のダーチャ（別荘）に行くという。車には、ウオトカ、ジュース、キュウリのピクルス、キャベツと人参の漬け物、黒パン、バター、白チーズ、サラミソーセージ、それに餃子、そしてコーヒーと紅茶を積んでいく。空気中の結晶がダイヤモンドダストになって、輝きながら降りてくる。それを見ながら別荘の庭のベンチに座って、熱湯を沸かす。そこに餃子を入れる。ウオトカを一杯やりながら、極寒のピクニックをするというのだ。ただし、ソ連が崩壊し、この別荘を訪ねることもほとんどなく、両親は自宅も別荘も売り払って、モスクワに出てくるつもりだということだ。

ちなみに、ナターシャとディーマは、有名な核物理学者の別荘に家族で招待されたときに知り合ったという。そのときの思い出をナターシャが懐かしそうに話し、ディーマは照れくさそうに聞いている。その様子を見ながら、セリョージャが私に言った「ディーマはときどき素面でナターシャを殴る」という話は、何かの勘違いではないかという気がしてきた。ナターシャがこの前、私に言った「セリョージャの取り越し苦労です。ディーマとはうまくいっています」というのが真実のように思えてきた。

ディーマの家族も、両親が事実上職を失って厳しい状況にあるという。ただし、ディーマの親戚はモスクワの物理学関係の研究所に勤めている人が多いので、その伝手《つて》を頼って、再就職先を探しているということだった。その話をしながら、ディーマは、「親父は時代の転換がわかっていない。この国で物理なんか研究しても時間の無駄だよ。何の役にも立たないよ」と吐き捨てるように言った。

セリョージャはウオトカをあまり飲まない。ショットグラスに一杯飲んだだけで、後は女性陣と一緒にグルジアの白ワイン〝ツィナンダーリ〟を飲んでいた。ディーマもそれほどウオトカが好きではないようだ。ウオトカ一本は二人であっという間に飲んだが、二本目は半分も飲まなかった。「ベガ東京」にデザートやコーヒーはない。私は、「メトロポール・ホテルのカフェにコーヒーを飲みに行こう」と誘った。そうすると、ナターシャが「家にいいコーヒー豆があるので、うちでコーヒーを飲もう」と言った。ベガ・ホテルからタクシーで五分くらいのところにナターシャとディーマのアパートはある。私たちは招待を受け入れることにした。

いつ停まるかわからない壊れかけたエレベーターで私たち五人は一階に降りた。競馬場の前には白タクがたくさん停まっている。二台の白タクに分乗して、私たちはナターシャとディーマの家に向かった。私がときどき仕事で訪れるロシア国防省機関紙『クラスナヤ・ズベズダ（赤星）』本社の方に車が入っていった。確かこの辺はGRU（ロシア連邦軍参謀本部諜報総局）関係者の住宅が多いところだ。車は「クラスナヤ・ズベズダ」本社の隣のマンションで停まった。十五階の高層住宅である。その九階か十階に二人の部屋はあった。三十五平方メートルくらいの1LDKのマンションだ。ソ連時代の基準では、住宅の一人あたりの割り当ては、玄関、廊下、風呂、トイレ、納戸を除いて九平方メートルである。二人ならば十八平方メートルだ。その約二倍の、それも小綺麗な高級マンションを支給されている。二人がソ連時代のノメンクラトゥーラの子供であることを私は再認識した。

ディーマが、「トルココーヒーをいれるのは男の仕事だ」と台所に入る。私たちはダイニングルームのテーブルに座って待つ。コーヒー豆を碾《ひ》く音がする。しばらくして、いいコーヒーの薫りがただよってきた。ナターシャが、白い地に薄青色の文様が入ったグジェリ焼のカップを出してきた。このカップも一般の商店では購入できない。ナターシャは、ケーキを用意していた。「トルト・プラガ（プラハのケーキ）」というチョコレート・ケーキだ。

ディーマが、「マサルに俺のいまの仕事を見せよう」と言って、寝室に案内した。ナターシャがちょっと曇った顔をしたのに私は気づいた。寝室に入って驚いた。ベッドの横に百個を越えるラジカセが置いてある。ディーマが箱を手渡すので見てみた。製造国が書いてない。それにラジカセの横にハンドルがついている。要はハンドルを回して人力で充電するラジカセ、すなわち電源や乾電池が必要のない製品だ。プラスチックもきゃしゃだし、ラジオをつけてみたが、音質もモノラルでよくない。かつてイギリス、バッキンガムシャー州ベーコンズフィールドの陸軍語学学校で研修していたとき、移動遊園地が街にやってきたことがある。そのときのくじ引きの二等賞か何かで、このラジカセがあったことを思い出した。ロンドンのソーホー地区の中華街で十ポンド（当時のレートで二千五百円）くらいで売っていた子供のおもちゃだ。

「ディーマ、これをいくらで売っているんだ」

「百ドルだ」

「それは高すぎる。誰も買わないだろう。ロンドンだったら三十ドルもしない」

ディーマは少し険しい顔をした。

「俺は七十ドルでこのラジカセを仕入れている」

「高すぎる。誰から仕入れているんだ」

「友人だ」

「騙されているんじゃないか。そうとしか思えない」

ディーマは、少し沈黙してから、「そうかもしれない」と答えた。続いてディーマは、私に話をもちかけてきた。

「外交官は、免税でビデオやラジカセを買えるよね。どれくらい安く買えるんだい」

「そうだな。デンマークのピーター・ヤスティセンから買うならば、送料を含めてもモスクワの価格の半分から三分の二だ」

「一緒に組んで商売ができないだろうか」

「悪いけれどできない。外交関係に関するウイーン条約で、僕たちは商業活動から隔離されている。外交特権を使って商売をしたら、国外追放になる」

「しかし、物品を横流ししている外交官はたくさんいるじゃないか」

「僕は知らない。少なくとも僕の周辺にそういう奴はいない」

「そうか」

私たちは、再びダイニングテーブルに戻った。今度はナターシャが紅茶をいれてくれた。スグリ、ブルーベリーのジャムがでてきた。日本ではロシア紅茶というと紅茶の中にジャムを入れると思われている。確かにシベリアの田舎ではそういう飲み方をする人もいるが、モスクワではジャムを皿に取って、紅茶を飲みながらときどきなめる。食卓で私たちは、ミハイル・ブルガーコフの長編小説『巨匠とマルガリータ』の話を三十分くらいすると外がもう暗くなってきた。一月のモスクワは午後四時になれば陽が完全に沈む。

「そろそろうちに帰る。チーコ（雄のシベリア猫）が一匹で淋しがっている」と私が言った。

ディーマが「マサルは、写真に興味がないか」と言った。一緒に写真を撮ろうという提案かと思ったら、そうではなかった。

「これは戦前のライカのカメラだ。僕の祖父がドイツで買ってきたものだ」

ディーマはカメラをもってきた。年代物のカメラだが、手入れは良さそうだ。Leicaと書いてある。

「幾らで売るつもりだ」

「千ドルでどうだ」

決して法外な値段ではない。しかし、ナターシャに払っている翻訳料がA4判一頁あたり三ドルであることを考えると、骨董品の販売でディーマに千ドルを渡すと均衡を失すると思った。

「この前、チェコに行ったとき、プラハのカメラ屋で、最新式の東独ライカ（プラクチカ）を買ったので、必要ないな」と私は答えた。

ディーマは、「そうか。もし気が変わったら声をかけてくれ」と言った。

ナターシャとディーマは、経済的に相当困窮しているようだ。そこで、私はナターシャに仕事を少し多く与えるようにした。また、書籍の購入を依頼して、実際の購入価格の十倍くらい支払うことにした。もっとも当時はルーブルの暴落で、五百頁から千頁の学術書が一冊五十円程度で出ていたので、十倍支払っても、私の懐に与える影響はほとんどなかった。

私たちが五人で「ベガ東京」で食事をしてから、二カ月くらい経った雪解けの頃、授業の後、ナターシャが私に報告したいことがあると言った。

「実は、ディーマと別れました。正式に離婚の手続きをとりました」

「暴力がひどかったのかい」

「そうです。もう限界だと思いました。あの家は、ディーマの両親に用意してもらったので、近く引っ越します」

「引っ越し先はあるのかい。カネが必要だったら貸すよ」

ロシア人の場合、友人同士の間でカネの貸し借りはない。カネを貸すというのは、もし経済的余裕が将来できたら返してくれ程度の意味である。

「いえ、実は祖母が住んでいる家があるので、そこに同居します。おカネは、毎月いただいているお給料で何とかできると思います」と答えた。

†

それから一カ月くらいして、雪がモスクワの街から消えた四月半ばくらいのことと記憶している。ナターシャから、両親が「チェリャービンスク65」を引き払って、数日前からモスクワに出てきているという電話があった。

私は、是非、御両親をレストランに招待したいと言った。ナターシャは、「両親もとても喜ぶと思います」と答えた。その数日後、私と妻は、ナターシャ、両親、セリョージャを「メジュドナロードナヤ・ホテル」のレストラン「ルスキー」に誘った。このホテルでは、料理はレストラン「コンチネンタル」の方がおいしい。ただし、「ルスキー」はシアターレストランで、毎晩、ジプシーの楽団による歌と踊りがある。これが地方からやってきたロシア人にはたいへんに好評なのである。私は、ナターシャの両親によろこんでもらおうと思って、このレストランを選んだ。

ナターシャの父親は、ストライプの入った上等なスーツを着てきた。ナターシャの母親はピンク色のドレス、ナターシャは青色のドレス、セリョージャだけがジーンズとセーターという姿でやってきた。キャビアを中心に冷たい前菜をふんだんにとった。父親は、自己紹介をした後、「ナターシャがお世話になっています」と一言いったあとまったく口を利かない。ジプシーの歌と踊りを熱心に見ている。音楽に合わせてときどき拍手をしたりする。「この協調性のなさは、いったいどうしたのだろうか。これで、今まで普通の社会生活ができていたのだろうか」と私は不思議に思った。

ナターシャの母親は、途中で涙を流して、「モスクワに出てくることができて、ほんとうによかった。佐藤さん、ナターシャとセリョージャが生活を支えてもらって、ほんとうにありがとうございます。これからもよろしくお願いします」と言った。あまりに深く感謝されるので、かえって怖い感じがした。

結局、ナターシャの両親は、「チェリャービンスク65」の事情について何も述べなかった。私も何も尋ねなかった。単なる好奇心から余計なことを尋ねて、スパイ活動を行っているのではないかという無用な疑惑を招きたくなかったからだ。

もっとも閉鎖核秘密都市がどうなっているかについては、朝日新聞の西村陽一氏（現編成局長、元政治部長）がモスクワ勤務時代の取材をまとめた貴重な記録がある。その中で、ナターシャの父親が置かれていた状況を推察できる部分を紹介したい。

〈一九九六年一〇月三〇日の夜、核閉鎖都市の一つ、スネジンスク（《雪の町》の意味＝旧「チェリャビンスク70」）で、高名な学者が自殺した。

ロシア連邦核センターと全ロシア技術物理科学調査研究所の所長を兼任するウラジミール・ネチャイ氏（六〇歳）である。

ネチャイ氏は、五八年以来、核兵器研究プロジェクトに加わり、八八年に連邦核センターの所長に就任した。新型核兵器の図面を引き、ほとんどすべての核実験に携わり、新型水爆の開発計画にも参加した。ソ連、ロシアを代表する核物理学者だった。

　この日、ネチャイ氏はいったん帰宅し、研究所に戻り、所長室にこもった。夜の一〇時過ぎ、不審に思った守衛が、所長室でピストル自殺したネチャイ氏の遺体を見つけた。〉（西村陽一『プロメテウスの墓場　ロシア軍と核の行方』小学館文庫、一九九八年、一七四頁）

　ナターシャの父親も、自殺を考えるくらい苦しい思いをしていたのだと思う。少し長いが、ネチャイ氏が置かれていた状況について、紹介する。


〈冷戦後、核軍縮時代の到来で民需転換を迫られているロシアの核閉鎖都市は、いずれも経済的な苦境に陥っている。そうしたなかでも、たとえばセベルスクは、プルトニウムやウランの濃縮技術があり、これを活用して外国との取引を広げ、生き残りを図ろうとしている。だが、「アルザマス16」と並ぶソ連の二大核兵器研究拠点に成長した「チエリャビンスク70」にとっては、「売り」である核兵器の製造技術そのものに対する需要がなくなってしまった。最近では、人工の心臓や水晶、隕石《いんせき》衝突防護システムの製造・開発といった民需転換プログラムができていたが、発注額はまだ少ない。

　ネチャイ氏の自殺当時、原子力省によれば、スネジンスクの二つの核機関で働く約一万六〇〇〇人の科学者や技術労働者らに対する給料の未払い額は六〇〇〇億ルーブル（約一二億円）、これを含む債務の全額は一一一〇億ルーブル（約二二億円）にのぼっていた。九三年には、同市で初めての本格的な抗議集会が催された。九六年六月にも市内で、さらに、一〇月には、モスクワの大蔵省ビル前で、科学者たちがピケを張り、「このままでは核惨事の恐れもある」と訴えていた。

この年、スネジンスクの科学者たちは、五月を最後に給料を受け取っていなかった。家族にパンしか食べさせられないある科学者をはじめ、このロシア連邦核センターの学者たちは、自分たちの生活の苦しさをネチャイ氏に訴え、給料の支払いを要求していた。だが、彼にはどうすることもできなかった。しかも、彼が所長を務める二つの機関では、モスクワの意向で人員が半減されるらしいといううわさが流れていた。

ネチャイ氏の遺書は警察当局が押さえ、発表されなかった。だが、ネチャイ氏の同僚で、連邦核センターの幹部のひとりは電話でこう語った。

「彼も我々も、大統領や首相に陳情したのですが、答えはありませんでした。給料の遅配で、我々と労働組合との関係は険悪になっていました。しかし、給料を払えないのはネチャイ氏のせいだと思っている者は、もちろん、ひとりもいませんでした」

いつも陽気な原子力省のカウロフ広報官も、さすがに、このニュースを聞いてからしばらくは沈痛な表情だった。

カウロフ氏は言った。

「ネチャイさんが自殺した日も、いつものように、どうしたら給料を払えるのかについて、幹部たちの間で深刻な議論があったようです。遺書？　ありました。『わたしは大きなストレスに包まれている。こんなことは人生と呼ぶのに値しない』と書かれてあったそうです。そのあとには、レントゲン医師の妻に、自分の埋葬場所を指示するくだりがありました」

「とにかく予算がなかったんですよ。あそこの企業や研究所にかりにカネが振り込まれたとしても、債務が膨大にあるため、すぐ、差し押さえられてしまうのです。もし、なにがしかのカネが残ったとしても、核関連施設の警備にあたっている軍への支払いにいってしまいます」

ネチャイ氏は、自分が設計した防空部隊のミサイル用核弾頭の廃棄処分を自ら指揮したことがある。廃棄処分は、九五年にカザフスタンのセミパラチンスク旧核実験場で行われた。当時、セミパラチンスクでは、そんなネチャイ氏に「自らつくり、自ら殺す」という冗談がささやかれたという。

ソ連の核兵器をつくり、数々の勲章を受けてきたエリート学者は、最後は文字通り、抗議の意思を込めて「自らを殺した」ことになる。〉（前掲書、一七五～一七七頁）

後から考えて見ると、ナターシャの両親も給料が未払いの状況だったはずだ。それでもかろうじて生活ができたのは、ナターシャが仕送りをしていたからだったのだ。

レストラン「ルスキー」は十一時に閉店だ。閉店後、私の愛車のラーダに定員を一人オーバーして六人が乗って、ナターシャ一家の家に送り届けた。

それから二週間もしないうちに、ナターシャから大使館に連絡があった。「至急、頼みたいことがある」という。私は、大使館の裏にあるカフェを指定した。ナターシャの依頼は要領を得ないものだった。

「佐藤先生、毛皮屋の委託販売コーナーに、とてもいいミンクのシューバ（コート）がでているんです。それを買いたいんで、是非、おカネを貸してほしいんです」

「しかし、もうすぐ五月だよ。シューバなんか当分使わないじゃないか」

「あなたは、私が置かれている状況をわかっていないのですね。私の家族の状態は御存知でしょう」

「……」

「父と母は、何もかも失ってしまった」

「モスクワに出てきて、何か展望が立つのか」

「まったく立ちません。食べていくことは、私の働きで何とかなります。うちの中で、何か明るい話が欲しいんです」

「シューバを買うことが明るい話になるのか」

「なります。ロシア人の家では、シューバを買った日はお祭りのような騒ぎになります」

「そのシューバはどこで売っているの」

「ペトロフスキー・パッサージュ二階の毛皮売り場です」

「それで、いくら必要なんだい」

「八百ドルです」

「えらく安いじゃないか。ミンクのシューバならば、最低、二千ドルはするんじゃないかい」

私は、ロシア政府の女性高官にねだられて、ナターシャからこの依頼がなされる少し前に外貨店で二千四百ドルのミンクのシューバを買ったことがある。大使館の工作費からは、贈呈品として千ドルしか出なかったので、千四百ドルは自分で被ることになった。しかし、シューバを贈呈した効果は絶大だった。ロシア人の家庭で、シューバを買った日は「お祭りのような騒ぎになる」というのは、確かにその通りだと思う。

私は、モスクワに在勤している時代、いつどのようなトラブルに巻き込まれてもカネで解決できることは即時にカネで解決できるように、二千ドルくらいの現金をいつも鞄に入れていた。私は鞄の中のカネが入ったビニール製の袋から八百ドルを取り出して、ナターシャに渡した。

ナターシャと別れて一時間くらい経ったところで、大使館のロシア人交換手が電話で私を呼び出した。

「ゴスポジン（ミスター）佐藤、泣いているロシア人のお嬢さんから電話です。ナターリヤ・リボブナさんですがつなぎますか」

「つないでくれ」

「ナターシャです。シューバは売れていました。買えなかったんです。私も、私の家族もついていないんです。これからお金を返しに行きます」

大使館の電話は、秘密警察に盗聴されている。ナターシャは、何という不用心な発言をするんだ。カネのやりとりの話は、秘密警察がいちばんよろこぶ。どんな話をつくられるかわからない。

「その話は、こんど会ったときにしよう」と言って、私は電話を切った。

ナターシャのあの慌てた様子は何なのだろう。こんな電話をすれば私が警戒してすぐに電話を切ることをナターシャはわかっているはずだ。カネに困っているのでつまらない作り話をして、私から「八百ドルは返さなくていい」という言質《げんち》を電話でとって、カネを巻き上げようとしているのだろうか。そういうことをする人間ではないと思う。よくわからない。よくわからないことは気味が悪い。

翌日、私はペトロフスキー・パッサージュの毛皮屋に行った。

「この店に八百ドルのミンクのシューバがあると聞いたんですが、まだありますか」

「いえ、売れてしまいました」

「何で八百ドルなんていう格安価格でシューバが出ているのですか」

実は、ミンクの毛皮で帽子やシューバを作ると端切れが出る。その細かい端切れの毛皮をギリシアに持っていって細かく縫製すると格安のシューバができるとのことだ。八百ドルのシューバは、ギリシア製だったのである。

ナターシャが急に可哀想になった。この店員にちょっと賄賂を渡して頼めば、八百ドルのシューバが入荷したら、取り置いてくれると思う。ただ、ナターシャは、いまシューバが欲しいようだ。それならば、もう少しカネを貸してやってもいい。もっと高いロシア製のミンクのシューバを買えばよい。

次の土曜日に大学で会うだろうから、そのときに話そうと思った。その週も、翌週もナターシャは授業にやってこなかった。そして、その次の週の授業が終わって廊下に出るとセリョージャが、待っていた。

「実は、父が失踪しました」

「エッ！　民警に届けは出したのか」

「出していません。民警に頼んでも何もしてくれません。いま、ナターシャが父が行きそうなところをあちこち歩いて探しています。それで、申し訳ないんですが、しばらくの間、佐藤さんの仕事のお手伝いはできません」

「それは構わない」

「それから、ナターシャから、『お預かりしているおカネは必ず返します』とのことです」

「ナターシャに、『返さないでいい。カネが必要になったとしても、絶対に高利貸しに手を出したらだめだ。何でも相談にきてくれ』と伝えてくれ」

「わかりました。伝えます」

それから、ナターシャが大学にやってくることはなかった。

五月の末、六月の半ばにナターシャの家に電話をした。いつもセリョージャが出た。

「あとで、ナターシャがコールバックする」とセリョージャは言ったが、コールバックはなかった。

九月に電話をしてみると、だみ声の男が出て、「ナターシャとかセリョージャとかいう輩《やから》はここにはいねえぞ」という返事だった。どうやら引っ越したようだ。その後、私が電話をすることもなかった。

†

一九九五年三月三十一日に私はモスクワを離任することになった。三月二十六日に「メジュドナロードナヤ・ホテル」のレストラン「コンチネンタル」でレセプションを行うことになった。ナターシャの住所にも一応招待状を送っておいた。郵便物がナターシャの新住所に転送されるかもしれないと考えたからだ。

レセプションの一週間くらい前にセリョージャから、私の自宅に深夜に電話がかかってきた。

「佐藤さん、日本に帰られるのですか」

「そうだよ」

「もうモスクワには戻ってこないのでしょうか」

「私はロシア語を専門とする外交官だから、いつかは戻ってくると思うよ。ただ、今後、四、五年以内はありえない」

「実は、ナターシャが佐藤さんととても会いたがっているんです。一度、時間を作ってもらえないでしょうか」

「いいよ。それじゃ、レストランに招待する。どのレストランがいいか、遠慮なく言ってくれ」

「いや、実はちょっと事情があって、レストランには行けないんです。家に来てもらえないでしょうか。一晩、あけていただければ、お茶を準備します」

「いいよ。気を遣わなくて。それにもう日程は、昼も夜も一杯だ」

「それじゃ、夜、遅くでもいいから、訪ねてきてもらえないでしょうか」

「夜の十一時過ぎになるけれど、構わないかい」

「ナターシャは、何時でもいいと言っています」

「わかった。明日行くよ」

翌日、大統領府や議会の友人へのあいさつ回りを夜の十時過ぎまで行った後、私はセリョージャに言われたモスクワの中心部から少し外れたマンションを訪れた。外側は何の変哲もないマンションだが、内装がきれいになっていて、外国人住宅のようだ。

扉も強盗を防止する鋼鉄の扉が普通の扉の外側につけられている。呼び鈴を押したら、ナターシャの母親がでてきた。家にはいると、広い玄関のある八十平方メートルくらいの大きな住宅だ。家具やシャンデリアも高価なものだ。以前、送り届けたナターシャ一家の家は、５ＬＤＫくらいの古いマンションに四家族が住み、トイレも風呂も共用だった。ナターシャの家族四人と祖母の五人で、三十五平方メートルくらいの住宅に折り重なるように暮らしていたのとは大きな違いだ。

奥の部屋からナターシャが出てきた。中東風のガウンを羽織っている。少し痩せて、もともと白い顔が蒼白くなっている。影が一層薄くなったようだ。横にセリョージャが立っている。光の関係だろうか、セリョージャの顔も少し蒼白く見える。

「佐藤先生、わざわざ来てくださって、どうもありがとうございます」

「生活はだいぶ楽になったようだね」

「実は、子供ができたんです。先月生まれました」

「再婚したのかい。それはおめでとう」

ナターシャは、私の祝福には反応せずに、「子供の顔を見てください」と言って、ベビーベッドに寝ている子供を見せた。

見ただけでは性別がわからない。「女の子かい」と私は尋ねた。

「いいえ。男の子です。ニキータといいます」

「フルシチョフと一緒だね。オーチェストボ（父称）は」

ロシア人の名前には、父親の名前が必ずつく。

「ニ・スカジュー（Не скажу．言いたくありません）」とナターシャは答えた。婚外婚で生まれた子供なのである。これで、全体構造が見えた。周囲を見渡すとベビーフード、洗剤、コーンフレークなどすべてトルコ語で表記されている。この中東風のガウンや絨毯もトルコから来たのだろう。恐らく、トルコ人の金持ちとナターシャは子供を作り、その見返りに、自分だけでなく母親とセリョージャの生活の安定を確保したのであろう。「チェリャービンスク65」の学校をトップで卒業し、モスクワ国立大学の最難関である言語学部を優秀な成績で卒業し、この大学の哲学部から教官として残ることを勧められた秀才女子学生が、生活のために外国人の愛人となる道を選んだのである。時間にすれば、一秒の四分の一くらいで、以上のことが、頭に巡った。

ナターシャの母親が、「父称はセルゲービッチです。ニキータ・セルゲービッチです」と答えた。弟セリョージャの名を引き継いでほしいと思っているのだろう。

「お父さんは見つかった？」

ナターシャは、黙って、首を横に振った。

「佐藤さん、宗教史宗教哲学科の仕事を手伝っていた、あの頃がいちばん幸せでした」

「ナターシャ、今も幸せなんでしょう？」

ナターシャは、私の質問には答えずに「ニキータは必ず幸せにします。どんなことがあっても」と答えた。

4　ソ連科学アカデミー民族学研究所

一九八九年春のことだった。

モスクワの日本大使館事務棟三階に政務班がある。政務班には秘密文書が多数保管されている。この部屋には、大使館に勤務するロシア人職員が一切、立ち入りができないようになっていた。唯一の例外は、トイレの清掃員で、政務班のトイレを掃除するときにだけ、大使館建物の三階に立ち入ることができる。もっとも、トイレと事務室の入口までは五メートルくらい距離がある。さらに、清掃員には、大使館の庶務を担当する管理班の日本人職員が文字通り張り付いているので、清掃員が隙を見て、秘密書類を盗みとったり、写真に写すことはできない。

大使館もロシア人の秘書を何人か雇っている。しかし、大使館が新聞に「秘書求む。高給保証。委細面談」のような広告を出して、人を雇うことはできない。「ウポデカ（UPODK）」という機関を通じてしか、大使館や外交官は人を雇うことができない。

「ウポデカ」とは、「ウプラブレーニエ・ポ・オブスルージワニユ・ジプロマチーチェスコボ・コルプサ（Управление по обслуживанию дипломатического корпуса）」という、舌を嚙みそうな長い組織名の略称である。直訳すると、「外交団のサービスを担当する局」ということになる。外務省の付属機関ということになっているが、実際はＫＧＢ（ソ連国家保安委員会＝秘密警察）と緊密な関係をもつ組織だ。

ここから派遣されてくる秘書、電話交換手、家庭教師、清掃員などは、全員、ソ連共産党員だ。毎週水曜日には、党員集会があり、そのときに職場の状況について報告することを義務づけられている。もちろん党員集会を仕切るのは、ウポデカ職員を擬装しているＫＧＢ将校だ。大使館に勤務する秘書の「本来の仕事」は、大使館員の動静を観察して、報告することである。

当時、モスクワの日本大使館は、一階にロシア人秘書の部屋をつくり、そこで六人の秘書と電話交換手が一人働いていた。全員が女性である。政務班を担当するのは、マーヤとイーラだった。二人とも日本語はできないが、有能な秘書である。特にマーヤは、元アエロフロート（ソ連国営航空）のスチュワーデスで、モスクワ―東京線で数年間つとめた後に日本大使館で勤務するようになった。もっとも、当時のソ連の制度では、外貨節約と亡命防止のために、アエロフロート機の乗組員は、全員が同一行動で羽田周辺のホテルに泊まることになっていたが、日本の街を自由に歩くことができないので、百回以上の訪日歴がありながら土地勘はない。

実は、外交官として仕事の成果をあげるためには、大使館の現地職員といかにして信頼関係を構築するかが重要である。ウポデカから派遣された職員だから、彼女たちにも公の立場がある。しかし、その立場の中で、当然、裁量権をもっている。

尊大な態度でロシア人現地職員に接する日本の外交官は、必ずどこかでしっぺ返しをされる。秘書や運転手が、雇い主である日本人外交官を罠に陥れることはない。しかし、ロシアの秘密警察（KGB）はいろいろな罠を仕掛けてくる。あるいは、こちらが気づかずに罠に近づいてしまうことがある。信頼関係ができると、現地職員はそういうときにさりげなくシグナルを出してくる。

マーヤの場合には、キーワードがあった。「この人間は危険だから、近寄らない方がいい」などと直截なもの言いはしない。ただ、一言、「ニ・シンパティーチュヌィー（感じが良くないわ）」とさりげなく言う。そうすると、危ない人物だということだ。

ところで、ソ連時代、レストランの値段はそれほど高くなかったが、予約をとるのが至難の業だった。「ナツィオナーリ（国家）」、「スラビャンスキー・バザール（スラブの市場）」、「プラガ（プラハ）」などの一流レストランを予約するためには、大使館のレターヘッドにフロアマネージャー宛に予約をお願いする手紙を書くと、ほぼ確実に席を確保することができた。秘書にはそれこそ毎日のように予約の手紙を書かせるが、彼女らはほとんどレストランを利用することがない。これでは申し訳ないと思い、三カ月に一回くらい私は秘書たちを昼休みにレストランに誘った。もちろん費用は私が支払う。昼で酒を飲まないので、カネもたいしてかからない。

食事のときの話題は、たわいもない話ばかりである。ロシア文学の話であるとか、最近の新聞で話題になっている話だった。この頃、ゴルバチョフのペレストロイカ（立て直し）路線が本格化し、ロシア人の誰もが政治に強く関心をもっていた。グラースノスチ（公開性）政策の結果、歴史の見直しが進められていた。そのうちの重要なテーマがスターリンによる少数民族に対する弾圧の歴史を明らかにすることだった。

それと同時に、民族紛争も深刻化していた。ブレジネフ時代に民族問題は、一応、解決済みということにされていた。しかし、アゼルバイジャン共和国でナゴルノ・カラバフ問題が噴きだして、事態は収拾不能になりつつあった。

ここで、日本人には馴染みのないナゴルノ・カラバフ問題について説明しておきたい。今から振り返ってみると、この問題をソ連政府が首尾良く解決することができなかったため、ソ連各地で民族紛争が発生し、少数民族のソ連からの離脱傾向に歯止めがきかなくなった。その結果、ソ連帝国は自壊したのである。民族問題は、どの時点から話を始めるかによって、まったく異なった絵柄がでてくる。ナゴルノ・カラバフ問題については、とりあえず二百年前にさかのぼることにしよう。

†

十九世紀初頭、ナゴルノ・カラバフ自治州のあるカラバフ地方は、北部はギャンザ（ソ連時代のキロババード）を中心とするガンジャ・ハーン国、南部はハンケンジ（ソ連時代のステパナケルト）を中心とするカラバフ・ハーン国に分かれていた。

十九世紀前半にロシア帝国がアゼルバイジャンを併合した。その結果、住民移動が起きた。キリスト教国であるロシアの庇護を望んで、イランからアルメニア人の農民が多数、旧カラバフ・ハーン国の領域に移住してきたのである。厳密に言うとアルメニア教会は、四五一年のカルケドン公会議で定式化された、「イエス・キリストは真の神で、真の人である」というカルケドン信条を認めなかった異端派である。この異端派は、モノフィジート（単性論派）と言われた。イエス・キリストを偉大な神とする立場である。そうなると、原罪を負った人間にとって、イエス・キリストが遠くなりすぎてしまう。地上に現れたイエスは、われわれと同じ人間で、メシも食べれば、小便も糞もする。そうすることによって、人間との同質性を担保しなければ、救いの確実さが担保されないと主流派の神学者は考えた。

キリスト教の真理は、楕円構造をもっている。イエス・キリストにおける「神性と人性」、救済のための「信仰と行為」など、キリスト教の主要命題は二つの焦点をもっていることが多い。この二つの焦点から楕円を描いていくのである。異端派は、二つの焦点に耐えられない。焦点を一つにして、円を描こうとするのである。

キリスト教の基準は、「イエス・キリストが人間の救いを担保していると考えるか否か」である。アルメニア教会、エジプトのコプト教会など、正統派教会（一〇五四年に、正教会とカトリック教会に分裂する。更にカトリック教会から、一五一七年以降、プロテスタント教会が分裂する）がカルケドン公会議で単性論の異端派であると排除したキリスト教も「イエス・キリストが人間の救いを担保している」と考えるので、客観的に見るならば、立派なキリスト教である。

これら単性論派の教会は、民族と結びつき、国民教会として発展した。アルメニア人は例外なくアルメニア・キリスト教徒である。これは、ユダヤ人とユダヤ教徒の関係に似ている。正統派教会が、激しい異端狩りを行ったので、単性論派教会は、イスラーム地域で生き残った。しかし、時代を経るにつれ、カトリック教会も正教会も、対立図式をキリスト教の「正統派対異端派」という枠組みから、「キリスト教対イスラーム」でとらえるようになり、十八世紀末以降、特にトルコやペルシャのアルメニア人に対してロシア正教会は庇護者としての意識を高めていった。

一九一七年のロシア革命後、一時期、トランスコーカサス、すなわち、アゼルバイジャン、アルメニア、グルジアに独立共和国が成立した。このときアルメニアとアゼルバイジャンは戦争を行っている。このときもナゴルノ・カラバフの帰属が係争問題の一つだった。一九二〇年に赤軍がトランスコーカサスに進出し、同年成立したソビエト政権は、ナゴルノ・カラバフは、アゼルバイジャンに帰属するが、アルメニア人による自治を尊重するということで妥協した。ちなみに一九二〇年時点でナゴルノ・カラバフ自治州の人口の九十四パーセントはアルメニア人だった。

ソ連憲法では、アゼルバイジャンもアルメニアもソ連からの離脱を保障された主権共和国であった。しかし、ソ連は実質的に極端な中央集権制の単一国家だったので、ソ連国内での境界（国境）線には、本質的な意味はなかった。しかし、一九八五年、ゴルバチョフがソ連共産党書記長に就任し、一九八六年にこれまでの規律強化政策「ウソコレーニエ（加速化）」では不十分であるとして、ソ連社会の全面的改革であるペレストロイカを政策に掲げてから、ナゴルノ・カラバフでも変化が生じてきた。

一九八七年にナゴルノ・カラバフ自治州の住民が、同州をアゼルバイジャンからアルメニアに帰属替えすることを要求した。これに応え、アルメニアの首都エレバン市でも大規模集会が行われるようになった。一九八八年に入って局面が大きく変化した。そして、この年二月二十六日に百万人集会を行うとアルメニアの民族主義者は宣言した。実際の集会は、百万人を遥かに超え、百五十万人に達したと言われる。この背後に、フランスやシリアに在住する在外アルメニア人の資金援助があったと見られている。その前年の一九八七年に欧州議会が、第一次世界大戦中のオスマン・トルコ帝国によるアルメニア人に対する抑圧を「大虐殺（ジェノサイド）」であるとする決議を採択し、世界的規模でアルメニア人の民族意識が高まっていた。更に、知識人の間で力をもっていたアルメニアの原子力発電所の撤去を要求する環境運動がナゴルノ・カラバフ自治州の帰属替えを要求する民族主義運動と合流するようになった。ナゴルノ・カラバフ奪還が、わずか数カ月の間にアルメニア民族の悲願になった。ある種の問題が、このようにシンボル化されると冷静な交渉による解決は不可能になる。

ナゴルノ・カラバフ自治州は、アゼルバイジャン・ソビエト社会主義共和国の版図にある。その帰属替えを要求することは、ソ連当局に対する異議申し立て運動だ。従来の基準では、いかなる事由であっても、集会のような圧力によって、国民がソ連当局に政策変更を迫ることは認められなかった。しかし、ゴルバチョフ政権は、大規模集会を黙認した。そして、この模様はソ連共産党中央委員会機関紙『プラウダ（真理）』でもソ連政府機関紙『イズベスチヤ』でも報道された。両紙に掲載された大規模集会の航空写真を見て、ソ連国民は、ペレストロイカは本物だと思ったのである。しかし、ここから想定外の事態が発生した。

その二日後、アゼルバイジャン第三の都市スムガイトで、アルメニア人が襲撃される事件が発生した。高橋清治氏（東京外国語大学大学院教授）はこの事件について、こう記す。

〈スムガイト事件は、この運動（著者註＊ナゴルノ・カラバフ自治州のアゼルバイジャンからアルメニアへの帰属替えを求める運動）の高揚に反発したアゼルバイジャン人との緊張が、不幸なかたちで暴発したものといえる。ソ連検察庁発表によれば、死者32人、負傷者197人を数えた。ロシア帝国時代の残虐なポグロム（著者註＊特定の民族の住民虐殺のこと）を想起させるような事件の勃発は内外に大きな衝撃を与えた。当局側の対応は曖昧をきわめ、少数の被告に対する裁判も、事件の真相究明を深めることなくいたずらに長びいた。ソ連社会は、前時代的な例外的な事件として当惑するのみで、明確に対応しえず、このポグロムを徹底的に批判し克服する声を挙げることができなかった。このことを最大の誤りとして自己批判的にとらえる意見が、のちに非公式組織の中に現れた。スムガイト事件は、ナゴルノ・カラバフ問題をめぐる流血の起点となったばかりではなく、その後のソ連各地での民族的衝突、武装対立のエスカレートの不幸な起点となった。〉（高橋清治「スムガイト事件」『世界民族問題事典』平凡社、一九九五年、五六八頁）

高橋氏の指摘は正しい。更に言うならば、このスムガイト事件こそがソ連崩壊の序章なのである。民族問題については、自民族が他民族から受けた痛みは大きく感じ、いつまでも忘れないという傾向がある。他方、自民族が他民族に与えた痛みについては、それほどひどいものとは思わずに、また、すぐに忘れてしまう。このような人間の認識の非対称性が民族問題の解決を難しくする根本要因なのだ。

スムガイト事件について、アルメニア人は、アゼルバイジャン当局は真相を隠し、ポグロムの犯人を助けようとしていると考えた。これに対して、アゼルバイジャン人は、スムガイト事件がアルメニア人によって引き起こされた謀略であると考えた。この先は都市伝説の世界だ。「マフィアによって雇われたアルメニア人グレゴリヤン某を中心とする連中が、アルメニア人を襲撃し、暴行、殺害した。最後には口封じのためにアルメニア・マフィアによってグレゴリヤン某は殺害された」という話を私は複数のアゼルバイジャン人から聞いた。

スムガイト事件は、私の運命にも大きな影響を与えた。

私は一九八八年五月にモスクワ国立大学でのロシア語研修を終えて、六月からモスクワの日本大使館政務班で勤務していた。当時、モスクワ大使館政務班の勤務環境が劣悪であるという噂が外務省と在外公館に響き渡っていた。政務班で、書類を回したり、コピーをとる庶務担当の女子職員が、私が大使館に勤務を開始するちょうどその時期に結婚して異動になった。その後任がつかないために、私が一年間だけ、政務班で庶務係と他の内政担当官の手伝いをすることになった。二人分の仕事をするので、連日、帰宅は深夜になった。上司からは、「後任がつき次第、君は総務班に回ってもらう」と言われた。総務班は、闇ルーブルを取り扱ったり、大使館員が飲酒運転で交通事故を起こしたときにそれを揉み消すなどの裏仕事を行うところだ。班員も班長（総括担当参事官）を含め、二人しかいない。正直言って、そういう汚れ仕事はやりたくなかった。

モスクワ大使館の評判がよほど悪いせいか、後任はいつになっても見つからなかった。そこで、大使館幹部は、方針を転換した。一九八九年六月に語学研修を終えて館務に就く専門職員（ノンキャリア）のロシア語研修生を政務班で勤務させることにして、庶務の仕事をやらせ、私を総務班に異動するという計画を立てた。

庶務係としての仕事には、地方紙の整理があった。当時、ソ連では、要人名簿を入手することが難しかった。もちろんソ連共産党中央委員会やソ連政府の「執務参考用」と赤字で印刷された電話帳を要人の事務所で見かけることはあったが、コピーをとることは禁じられていた。特に地方の人事については、ほとんど情報がなかった。そこで、大使館では各共和国の共産党機関紙をとり、そこに報じられた人事異動記事をクリッピングして、人事情報を整理していた。大使館は地方紙を二部ずつとっていた。一部をマーヤに渡し、人事関連記事を切り抜いてもらい、もう一部は約一年間保存した後に廃棄していた。

私は、地方紙を整理しているうちにアルメニア共産党兼政府機関紙の『コムニスト（共産主義者）』とアゼルバイジャン共産党兼政府機関紙の『バキンスキー・ラボーチ（バクーの労働者）』がナゴルノ・カラバフ問題を巡って、相互に相手を激しく非難していることに気づいた。それとは別にリトアニア共産党兼政府機関紙の『ソビエツカヤ・リトワ（リトアニア）』、ラトビア共産党兼政府機関紙の『ソビエツカヤ・ラトビア』、エストニア共産党兼政府機関紙の『ソビエツカヤ・エストニア』が、スターリン批判や、ソ連による沿バルト三国の併合が違法であったとの論評記事を多数掲載していることに気づいた。

これらロシア語を母語としていない共和国のロシア語紙は文法的に複雑な表現であるとか、凝ったレトリックがないのでわかりやすい。語学学習を兼ねて、これら五紙を自宅でも購読するようにした。当時、これらの新聞の年間購読料は一紙十ルーブル程度（約二千三百円）だったので、給料で十分まかなうことができた。

エレバンでの百五十万人集会、スムガイト事件が発生したときに、政務班にはその意味を解説できる人がいなかった。そこで、私がアゼルバイジャンとアルメニアの新聞を読んで作成した報告書を提出すると、上司はそれをとても高く評価した。その日から民族問題が私の担当になった。そして、民族問題を契機にソ連内政を担当するようになり、それが要人との人脈構築につながり、結局、私は七年八カ月（そのうち、モスクワ大学での研修期間が九カ月）、大使館で勤務することになったのである。

総務班行きの話はいつのまにか立ち消えになった。そして一年後輩が、当初一年は政務班で私の仕事を引き継いだ。その一年後、庶務担当の女性職員が政務班で勤務するようになってからは、後輩は政務班の補助業務と総務班を兼任することになった。闇ルーブルの管理などの汚れ仕事に嫌気がさした後輩は、数年後に外務省をやめた。

†

ナゴルノ・カラバフ問題については、再びマスコミに対する検閲が行われるようになった。スムガイト事件の真相究明に関する報道も、ナゴルノ・カラバフの帰属替えを求めるアルメニア人の動向についても、モスクワでは、正確な情報を得ることができなくなった。

モスクワでの雰囲気について言うと、ロシア人は、全般的にアルメニア人に同情的だった。これに対して、ウズベク人やタタール人などのイスラーム系の人々はアゼルバイジャン人に同情的だった。無神論を国是に掲げた世俗国家ソ連において、宗教を基準とする国民意識の分裂が生じ始めていた。

ソ連内政で難しい問題が生じると私はいつもモスクワ大学の科学的無神論学科で一緒に勉強したアレクサンドル・カザコフ君（リガのサーシャ）に相談することにしていた。

前にも述べたが、サーシャは、私より四歳年下であったが、早熟の天才だ。その頃、サーシャは、故郷のリガに戻って、ラトビア人民戦線の活動家として、人民戦線機関紙『アトモダ（ラトビア語で〝覚醒〟の意味）』ロシア語版の副編集長をつとめていた。当時は、ラトビアの民族主義者とサーシャのようなロシア人の異論派知識人が手を取り合って、ソ連共産全体主義体制に異議申し立て運動を展開していた牧歌的な時代だった。その後、ラトビアの民族主義者は、ロシア人知識人を人民戦線から排除する。

「サーシャ、いったいどうなっているんだ。ソ連時代に民族問題は基本的に解決していたはずじゃないか。なんでこんなポグロムが発生するんだ」

「僕は南の民族問題について、細かいことはわからない。ただし、基本構造は明らかだ。この問題は、アルメニア側が正しいと思う」

「どうして？　現状でも、ナゴルノ・カラバフでは、アルメニア語の教育が保障されているし、自治州のエリートもアルメニア人じゃないか。それにアルメニア本国とナゴルノ・カラバフの間の交通も遮断されているわけじゃない。それにもかかわらず、何で現状変更をアルメニア人は要求しているんだ」

「マサル、問題はその現状がどうやってできたかだ」

「一九二〇年代にレーニンが、ケマル・アタチュルクに譲歩して、トルコに配慮した国境線を画定したことを意味しているのか」

「それは出来事全体の、ほんの一部に過ぎない」

そういって、サーシャは、ソ連体制を維持するために、レーニンやスターリンがイスラームを利用したツケがきているという見方を披露した。

マルクス主義のドクトリンでは、社会主義革命は資本主義が最高度に発達したところから起きるが、実際の革命は後発資本主義国であるロシアで起きた。レーニン、トロツキー、スターリン、ジノビエフのうち誰も当初はロシア一国で社会主義体制を維持することができるなどと考えなかった。

トロツキーを除くボリシェビキ党（共産党）の指導者は、旧ロシア帝国の版図にいたイスラーム系の少数民族を味方にすることを考え、「ムスリム・コムニスト（イスラーム教徒共産主義者）」という奇妙な概念を発明した。「共産主義者は、ムスリムの仲間で、共に西方の異教徒に対するジハード（聖戦）を戦っているのだ」という宣伝を展開した。

「マサル、考えてみろ。『万国のプロレタリアート団結せよ！』というマルクスとエンゲルスが『共産党宣言』で掲げたスローガンと、レーニンとスターリンが掲げた『万国の被抑圧民族団結せよ！』というスローガンは本質的に異なるじゃないか。階級という切り口ならば、民族に本質的な意味はなくなる」

「それはそうだ」

「逆に『万国の被抑圧民族団結せよ！』ということならば、被抑圧民族の資本家は、ボリシェビキの同盟軍ということになる。ここで階級闘争の意味はなくなる。『プラウダ』や『イズベスチヤ』にこの二つのスローガンが掲げられているのは矛盾していると思わないか」

「確かにサーシャの言うとおりだ。しかし、共産主義者がイスラームを肯定的に評価したなんていう話は初耳だ」

「マサルは『スターリン全集』を読んだことがあるか」

『スターリン全集』は十三巻しかない。当初、全十六巻の予定で刊行が開始されたが、途中でスターリン批判が起きたために、刊行が中止されてしまった。この十三巻は日本語にも翻訳されている。スターリンの文章は、マルクスやレーニンと比較すると、格段にわかりやすい。『マルクス＝エンゲルス全集』、『レーニン全集』と比較すると格段に読みやすいのである。ちなみにエンゲルスの文章はスターリンと似ているところがある。

「日本語でならば、一度通読した」

「『スターリン全集』には、ソ連体制の秘密を解き明かすいろいろなヒントがある。一九一九年から一九二〇年にかけてのスターリンの論文や演説を注意深く読めば、ボリシェビキとムスリムの『結婚』の秘密がわかる」

私は家に帰ってから本棚の日本語版『スターリン全集』を取り出した。学生時代、確か四万数千円出して買った。

一九一九年から一九二〇年までの出来事は、『スターリン全集』第四巻に収録されている。断片的に論文や演説が収録されており、解題も付されていないので、どのような出来事があったのか、とらえにくい。しかし、サーシャに言われてから、注意深くテキストを読むと「東部回教徒」という言葉が目についた。「東方（アジア）のムスリム」という意味だ。特に一九一九年十一月二十二日の「東部諸民族共産主義組織第二回全ロシア大会」における スターリンの開会の辞が私の興味を引いた。それほど長い文章ではないので、全文を引用しておく。

〈東部諸民族共産主義組織第二回全ロシア大会の開会の辞

一九一九年十一月二十二日

同志諸君！

私は、共産党中央委員会の名において、東部回教徒の共産主義組織第二回大会をひらくことを委任された。

第一回大会のときから、一年たった。このあいだに社会主義の歴史には、二つの重要な事件がおこった。第一の事件――それは、西ヨーロッパとアメリカが革命化したこと、また、そこに、すなわち西欧に共産党が生まれたことである。第二の事件は、東洋諸民族がめざめたこと、東洋に、すなわち東洋の被圧迫諸民族のあいだに革命運動が成長したことである。西欧では、プロレタリアは今にも帝国主義諸列強の前衛を粉砕して、その手に権力をにぎろうとしている。東洋では、プロレタリアは帝国主義の背後を、すなわち富の源泉としての東洋を、――というのは東洋は、帝国主義がそのうえに自分の富をきずきあげている土台であり、そこから帝国主義が力をくみとっている源であり、しかも西ヨーロッパで粉砕されたときには、そこに退却しようとのぞんでいるところである――その東洋を破壊しようとしている。

一年まえには、西欧で、全世界の帝国主義が、ソヴェト・ロシアを狭い環のなかにとじこめようとした。今では、帝国主義自体が包囲されているようになった。というのは側面からも背後からも、うちこまれているからである。東部諸民族の第一回回教徒大会の代議員たちは、一年まえに散会するとき、東部諸民族を眠りからさますために、西欧の革命と東洋の被圧迫諸民族とのあいだに橋をかけわたすために、自分たちにかかっているすべての義務をはたすことをちかった。いま、この仕事を概観してみると、この革命的な仕事がむだにおわらなかったということ、すべての被圧迫諸民族の自由を絞殺しようとするものに対抗して、橋がかけられたということを、満足して確認することができる。

最後に、わが軍隊、わが赤軍が、東部にむかってこんなにもすみやかに前進したとしても、もちろん代議員諸君、諸君の仕事は、その最後の役割をはたしてしまったのではない。いまや東部への道がひらけているとしても、革命がこれをえたのは、これまた、今までこの仕事をやってきたわが代議員諸君の、きわめて大きな仕事のおかげなのである。

東部諸民族の、まず第一にタタール人、バシキール人、キルギーズ人、トゥルケスタン諸民族の、回教徒共産主義組織の団結によってのみ、――それらのものの団結によってのみ、われわれが東部で見ているような、諸事件の急速な発展を説明することができる。

同志諸君、この大会、すなわち量の点でも質の点でも、第一回大会より豊かなこの第二回大会は、東部諸民族をよびさまし、西欧と東洋とのあいだにかけわたされた橋を強化するという、すでに着手された仕事を、一世紀にもわたる帝国主義の抑圧から勤労者大衆を解放するという仕事を、つず《ママ》けることができるだろう。私は、それをうたがわない。

第一回大会によってかかげられた旗、東部の勤労者大衆を解放するという旗、帝国主義を粉砕するという旗は、共産主義的回教徒組織の働き手によって、りっぱに最後までもちつず《ママ》けられるだろうことを、期待してやまない。（拍手）

『ジーズニ・ナツィオナーリノスチェイ（引用者註＊「諸民族の生活」を意味する）』第四六号

一九一九年十二月七日〉

（『スターリン全集』第四巻、大月書店、一九五二年、三〇九～三一一頁）

サーシャの言ったことは本当だった。「東部の勤労者大衆を解放するという旗、帝国主義を粉砕するという旗は、共産主義的回教徒組織の働き手によって、りっぱに最後までもちつづけられるだろう」とスターリンは言っているのだ。共産主義的ムスリム、つまり、共産主義的な宗教の信者がいるということを認めている。もちろん、イスラームにおいては、宗教と生活習慣が分離されないので、非宗教的意味でムスリムという言葉を用いたというつじつま合わせを共産主義者はするのであろう。しかし、それならば単に「東方の労働者」と言えばよい。スターリンは、イスラームの宗教的側面に対して明らかに妥協しているのだ。

『スターリン全集』は、開かれたテキストである。同志社大学神学部と大学院で学んだ頃に、ソ連の無神論政策を調べるためにスターリンの著作を私は何度も読んだ。しかし、スターリンがイスラームに対して、このような柔らかい政策をとっているということには気づかなかった。私は自分の注意力不足を情けなく思った。

その次にサーシャに会ったときに、「ソ連の民族問題を本格的に勉強するためには、誰に話を聞けばよいか」と尋ねた。サーシャは、少し考えてから、「ソ連科学アカデミーの民族学研究所の学者たちだと思う。ただし、あの研究所は半ば閉ざされた研究所なので、外交官のアクセスは難しいかもしれない」と言った。

「半ば閉ざされた」というのは、核物理学を研究するような秘密研究所とは異なるが、ソ連体制にとって都合のよくない情報をもっている研究所なので、外国人との接触については、厳しい制限がなされているということだ。例えば、北極圏の諸民族、日本のアイヌ民族、アメリカ先住民の研究であるとか、世界の食文化の研究については、外国の研究機関や学者とも協力する。しかし、ソ連国内の民族問題に関しては、外国人には研究の実状を知らせないという形になっていた。日本大使館は民族学研究所と何の接触ももっていなかった。

民族学研究所の所長は、長い間、ユリアン・ブロムレイ（一九二一～一九九〇）がつとめていた。ブロムレイについて、井上紘一氏（北海道大学名誉教授）はこう記している。

〈ソ連の民族学者。ソ連科学アカデミー民族学研究所長（1966―89）としてソ連民族学の元締めを務めるとともに、1969年以降は科学アカデミーの民族問題学術評議会議長も兼任。国内で民族紛争の激化した87年以降、評議会は行政機関代表も結集する省庁連合評議会へ改組されて、事実上民族問題を審議決裁するソ連で最高の機関となるが、彼は引き続いてその議長を務めた。したがって、結果として失敗に終わった民族問題調整の最高責任者であった。ブロムレイはクロアチアの封建制を専攻する歴史学者として出発したが、民族の概念を究明するため民族学へ転進したといわれる。民族学者としては、ソ連民族学を体制の許容する枠内に収めるべく理論的研鑽に努め、〈エトノスの理論〉、民族学と隣接諸科学の関係を論じた多数の著作がある。論敵グミリョフとの間で交わされた〈エトノス〉をめぐる論争は、結果的にエトノス論を深化させた。〉（井上紘一「ブロムレイ」『世界民族問題事典』平凡社、一九九五年、一〇一六頁）

「エトノス」とは、ギリシア語で民族を意味する。井上氏のブロムレイに関する記述は、行間から否定的評価がにじみ出ている。特に、「民族学者としては、ソ連民族学を体制の許容する枠内に収めるべく理論的研鑽に努め」という部分にその雰囲気を濃厚に感じる。しかし、その後、ブロムレイとブロムレイ学派の薫陶を受けた私は別の評価をするのだが、今は先を急ぐまい。

†

話を一九八九年の春に戻す。ある昼休み、私は、マーヤ、イーラ、ターニャの三人の秘書を、日頃、世話になっているお礼に大使館から歩いて五分くらいのところにあるレストラン「プラガ」に誘った。このレストランは、ロシア料理とチェコ料理が売りである。チェコとの間で、料理人の交換を行っている。

プラハには、「モスクワ」というレストランがあるが、こちらは高級店ではなく、日本のファミリー・レストランのような感じだ。ボルシチやキエフ風カツレツ（鶏の胸肉を伸ばして、中にバターを入れて、パン粉をつけて揚げる。前に述べたようにカツレツを切ったときに熱いバターが飛び出してくることがある）を名物にした店で、値段も安く、おいしいので、いつもにぎわっていた。もちろんキャビアをふんだんに使ったブリンヌィ（パンケーキ）もある。プラハでは食材の入手が容易なので、レストランの水準が全般的に高かった。

モスクワの「プラガ」の場合、食材の入手に難があった。チェコ料理では、ブリオン（コンソメ・スープ）に生卵の黄身を落として食べる。新鮮な卵が熱いブリオンのなかで半熟になって、なかなかおいしい。しかし、モスクワでは、新鮮な卵の入手が難しく、また衛生基準によりレストランで生卵を出すことは禁止されている。従って、チェコ風ブリオンを注文すると、スープの中に固ゆで卵が入ってでてくる。プラハで飲むブリオンとは似て非なるものだ。

それから、チェコのハムは抜群においしい。そのハムを薄切りにして、ホースラディッシュ（西洋わさび）を軽く塗って、ホイップしたサワークリームを包んだ前菜がある。これが実にうまい。ドイツやオーストリアでも似たような前菜があるが、チェコのハムとサワークリームにはかなわない。しかし、モスクワにはこのような良質のハムやサワークリームがない。そこで、ハムにホースラディッシュとクリームチーズのような堅いサワークリームを包んでゼリーで固めた前菜がでてくる。チェコ料理とは掛け離れた雰囲気だが、これはこれで、別の料理としておいしい。ちなみにこのゼリー固めはクレムリンの公式晩餐会ででることもある。

レストラン「プラガ」で、ロシア人の秘書たちは、キャビアとブリンヌィ、きゅうりとトマト、更にキエフ風カツレツを食べる。私はハムのゼリー固め、ビフテキ（ヒレステーキのウエルダン）に揚げたたまねぎと目玉焼きを付け合わせに頼んで、昼なので、飲み物は、ペプシ・コーラとファンタにした。当時まだモスクワには、コカ・コーラが入っていなかった（外交官専用の店「ベリョースカ（白樺）」では、スウェーデン製やドイツ製のコカ・コーラを買うことができた）。一九八〇年から、ファンタ・オレンジが入ってきて、高級レストランのソフトドリンクは、ペプシとファンタということになっていた。

ちょうどメインを食べていたときのことと記憶している。ナゴルノ・カラバフ問題が話題となり、私がさりげなくマーヤに、「民族学研究所の学者と会うことは難しいだろうか」と尋ねた。マーヤは、「いままで接触のない研究所だから、紹介依頼の手紙を（ソ連）外務省に書いてみる。もしかしたら、外務省が研究所に転送してくれるかもしれない。外務省の紹介ならば、あの研究所の学者も面談に応じるかもしれない」と言った。私は、「是非試してほしい。ただし、無理はしないでください」と答えた。マーヤに依頼はしたものの、私は民族学研究所の学者が面会に応じることはないと思っていた。

それから二週間くらい経った午前中にマーヤから電話がかかってきた。

「ソ連科学アカデミーの民族学研究所から、たった今、電話がかかってきて、佐藤さんと面談する用意があると言っています」

「ほんとうかい」

「ほんとうです。日程はどうしますか」

「万障繰り合わせるので、先方にいつでもいいから指定してくれ、と伝えてくれ」

「わかりました」

暫く経って、再びマーヤから電話がかかってきた。面談は、翌週火曜日の午前十一時になった。後に研究所に頻繁に出入りするようになって知るのだが、火曜日は、研究所の職員が、研究所に必ず出てくることが求められる日なのだ。裏返すと、それ以外の日は、自宅やレーニン図書館で研究をしていてもよいのである。

「マーヤ、それで、面会相手は誰なんだい」

「セルゲイ・ビクトロビッチ・チェシュコさんです」

「役職は？」

「副所長兼学術書記です」

学術書記とは、研究所の事務責任者という意味であるが、同時に共産党中央委員会との連絡窓口になる責任者も兼ねている。

「ずいぶん偉いんだね」

「佐藤さん、とても感じがいい（シンパティーチュヌィー）人です」

「それはよかった」

このやりとりをしたとき、私がセリョージャ（セルゲイの愛称）と、その後、親しく、そして深く付き合うことになるとは夢にも思っていなかった。そして、私にマルクスとの三回目の出会いを導いてくれた一人がこのセリョージャなのである。

†

ミクルホ＝マクライ名称ソ連科学アカデミー民族学研究所（現ミクルホ＝マクライ名称ロシア科学アカデミー民族学人類学研究所）は、ホーチミン広場の横にあった。帝政ロシアの時代から、大学や科学アカデミーの研究所には、当該分野の草分け的人物の名前を冠する。モスクワ大学は、正式には、ロモノーソフ名称モスクワ国立大学という。ミハイル・ロモノーソフ（一七一一～一七六五）は、言語学者で自然科学者でもあった知識人で、モスクワ大学の創設者だ。民族学研究所に冠されたニコライ・ミクルホ＝マクライ（一八四六～一八八八）は、帝政ロシアの著名な民族学者である。ミクルホ＝マクライは、ニューギニアで本格的な民族誌調査を行ったことで、国際的にも有名だ。ちなみにミクルホ＝マクライというのは、ロシアではときどきあるが、二重姓である。結婚すると、通常、夫か妻、いずれかの姓をとるが、双方の姓を残すことを特に希望する場合は、このような二重姓になるのだ。帝政時代、民族学研究所は、ロシアの植民地政策のシンクタンクとしての役割を果たした。ソ連時代になってからも、ソ連国内と外国の民族問題について詳細な調査を行っていた。

大使館から民族学研究所に行くためには、まずクレムリンの横を抜けて、レーニン大通りを十分くらい車で走る。するとガガーリン広場に至る。世界初の有人宇宙飛行をし、「地球は青かった」という名文句を残したユーリー・ガガーリンの像が見える。ビルの七、八階くらいの高さの台座の上に巨大な銀色のガガーリン像が建っている。そのすぐ裏手に一九四〇年代末に建てられた立派なレンガ作りの住宅用建物があるが、そこを左に曲がる。それから一～二分走って、右折し、三～四分走るとホーチミン広場で、その隣に研究所がある。当時、ホーチミン広場には「ハノイ」という怪しげなベトナム・レストランがあった。

一九九一年に民族学研究所は、ガガーリン広場の右側に新築された白亜の科学アカデミー・ビルに移った。インターチェンジの関係で、車で行く場合には、いずれにせよガガーリン広場を左折しなくてはならない。この立派な建物を左折するときに、私はサーシャから初めて民族学研究所について知らされたときの情景が頭に浮かんだ。

この建物の裏側に、学術書をたくさん揃えている「アカデミヤ」という本屋があった。一般客とは別に科学アカデミー会員及び準会員専用の売り場が、扉の裏側にあった。ここでは、一般の書店では入手困難な学術書が手に入る。サーシャは、どこでコネをつけたのか、私にはわからなかったが、科学アカデミー会員用の本も自由に買うことができた。私もサーシャとときどきこの本屋を訪れ、学術書を買い漁った。その帰りに、二回に一回くらい立派なレンガ作りの建物の一階にあるカフェでコーヒーを飲んで、二人で「本日の戦果」について総括した。

一九八八年の春先のことだったと記憶している。サーシャは、ラトビア人民戦線の反ソ運動に熱中し、拠点をモスクワからリガに移していた（ただしモスクワ大学に学籍は残していた）。ラトビアの地方文芸誌に政治や思想関係の評論を発表し、現地の知的エリートの間で注目され始めていた。久し振りにモスクワに出てきたので、一緒に本屋を何軒か回った。最後が、「アカデミヤ」だった。少し疲れたので、カフェでコーヒーを飲もうということになった。当時は、物不足の時代で、一般のカフェで出るのはコーヒーといっても、藁と豆を煎って作った代用コーヒーに牛乳を入れたものだ。熱ければカフェオレに味が似ているので、何とか飲むことができる。しかし、カフェインが入っていないので、眠気覚ましにはならない。代用コーヒーを飲みながらサーシャが言った。

「この建物はつくりがいいだろう。その秘密を知っているかい」

「大祖国戦争（前述したように、ソ連では第二次世界大戦のことを大祖国戦争という。ちなみに一八一二年のナポレオン戦争を祖国戦争と呼ぶ）後、ドイツ人捕虜によって建てられたからだ」

「正解だ。よくそんなことを知っているな」

「実は、日本大使館がウポデカ（外交団世話部）から借りている住宅に同じようなドイツ人捕虜によって建てられた住宅がある。プロスペクト・ミーラ（平和大通り）の住宅だ」

「リガ駅の斜め前にある住宅か」

「そうだよ。僕はモスクワ大学に着いた当初、そこに住んでいた。天井が高くて快適だったけど、上司が住むことになったということで、一週間で追い出された。それで、北朝鮮大使館の向かいのフルシチョフ式（フルシチョフ時代に粗製濫造された）集合住宅に引っ越せと言われた」

「黙って引っ越したのか」

「そうだ。僕は素直だから上司の言うことは何でも〝はい〟と言って聞く」

「しかし、腹の中では怒ってる」

「そうでもないよ。まだ僕は外交官見習いで、力がないから、何を言っても意味がない。

今は余計な文句は言わずに、ただひたすら勉強し、力をつけたい」

「それで努力が報われるか。ソ連体制では、いくら知識をつける努力をしても、それは絶対に報われない。日本ではどうか」

「よくわからない」

その日は、本屋で思わぬ収穫があった。十九世紀末に活躍した宗教哲学者ウラジーミル・ソロビヨフ（一八五三～一九〇〇）の二巻本選集を「アカデミヤ」の古本コーナーで手に入れた。アカデミー会員用コーナーでは、電話帳くらいの大きさがある『世界の宗教と神話』という二巻本を手に入れた。この本は、日本の神道についても詳しく「天照大神」もでている。

「マサルは、神学書や学術書は好きだけど、小説は読まないのか」

「小説は、高校生と、大学浪人のときは、熱中して読んだ。だけど今は読まない」

「どうして」

「余裕がないからだ。大学二回生のときに、小説を遠ざけた。シュライエルマッハーも言っているように、神学はその時代の哲学の衣装を着ている。だから神学を勉強するには、同時代の哲学についても勉強しなくてはならない。それに基本的な哲学書は日本語に訳されているが、神学書については、需要が少ないので、翻訳があまりない。だからドイツ語と英語で神学書を読むのに結構時間をとられる。小説を読んでいては、神学がものにならないと思ったから、そういう決断をした」

「でも、少しは小説も読み続けた」

「よくわかったな。隠れて読むことがある」

「自分自身から隠れて読むということか」

「まあそうだ」

「それで、『イワン・デニーソビッチの一日』は読んだか」

「読んだよ。中学校のときにちょうどソルジェニーツィンの国外追放事件があったので、そのときに読んだ。サーシャももちろん読んでいるだろう」

「もちろん。パリのYMCA出版社版で読んだ。『ガン病棟』、『収容所群島』も読んだ」

YMCA出版社とは、パリに本社がある思想系、宗教系に強い出版社だ。亡命ロシア人宗教哲学者のニコライ・ベルジャーエフがこの出版社と深い関係をもっていた。

「そんな本をもっていると捕まるんじゃないか」

「YMCA版だったら大丈夫だ。ただし、同じソルジェニーツィンでも版元が『ポセーフ』だとまずい。捕まる可能性が高くなる」

「どうして」

「HTC《エヌテーエス》との関係があるからだ」

HTC（Народно-Трудовой Союз　ナロードノ・トルドボイ・ソユーズ［国民労働同盟］）とは、西ドイツのフランクフルト・アム・マインに本部を置く反ソ・反共団体で、ソ連体制を転覆する運動を展開していた。『ПОСЕВ（ポセーフ）』とは、ロシア語で「種まき」を意味するが、この団体の機関誌名でもある。同名の出版社をもち、反ソ・反共文献や宗教文献を印刷し、ソ連国内にこれらの出版物を送る工作をしていた。ソ連を転覆する種を播《ま》くということだ。ＹＭＣＡ出版社のロシア語書籍は表紙が印刷されているが、『ポセーフ』の出版物は、表紙に何も印刷されておらず、一見、厚手のノートのように見える本もある。ソ連当局の検閲をくぐりぬけることを意図しているからだ。

「確か、ジョレス・メドベージェフ（イギリスに亡命したソ連の反体制派生物学者）が『ソルジェニーツィンの闘い』（新潮選書）という本の中で、ＫＧＢ（ソ連国家保安委員会）がソ連国内における『国民労働同盟』の活動をあえて泳がせて、異論派（ディシデント）絡みの事件を作るということを書いていた」

「実態とそう離れていないと思うよ。『ムーソル（ロシア語で〝ゴミ〟の意味。民警やＫＧＢ職員を指す）』どもに難癖をつけられないようにしなくてはならない。ところで、マサルは『イワン・デニーソビッチの一日』で、イワン・デニーソビッチ・シューホフ（主人公）が、建設現場で働くところの描写がでていたのを覚えているかい」

「もちろん覚えているよ。囚人労働なのに、なんであんなに一生懸命に仕事をするのか、不思議に思った」

「あの建築現場と、この建物は関係があるんだ」

「どういうことだい」

「この建物を作ったのは、ドイツ人捕虜だけじゃない。ソ連の政治犯もここで働いたんだ。ソルジェニーツィンは、ここでレンガ積みをしたんだよ」

「はじめて知った。その経験を作品に生かしたわけだ」

「そういうことだ。だから、あの場面はシベリアではなく、実はモスクワなんだ」

「モスクワも収容所群島の一部だったわけだ。ところでサーシャ、ソルジェニーツィンは、帰国するだろうか」

「ゴルバチョフ次第だ」

「それは当たり前だ。サーシャ、それじゃ僕の質問に対する答えになっていない」

「ゴルバチョフがどういう国家路線を選ぶかだ。今年(一九八八年)、ロシアへのキリスト教導入千年祭を機に、ゴルバチョフは宗教政策を転換する。共産党とロシア正教会幹部が手を握る。ロシア正教会は、本質において保守的だ。帝政ロシアであれ、スターリン政権であれ、常に体制を支持してきた。しかし、これまでの共産党指導部は、教会の支持を体制強化のために用いることができなかった」

「マルクス・レーニン主義の科学的無神論が障害になるわけだ」

「その通り。しかし、ゴルバチョフは、科学的共産主義から無神論をはずそうとしている」

「宗教批判を抜きにしたマルクス・レーニン主義なんて存在するのか」

サーシャは、にやにやしながら言った。

「弁証法的発展ということだ。マルクス・レーニン主義が発展したものが科学的共産主義だ。発展の結果、共産主義から無神論が抜け落ちた。そして、共産主義とキリスト教が手を握るシナリオが準備された」

「サーシャ、それはマルクス・レーニン主義の原則から逸脱しているんじゃないか」

「逸脱しているよ。だから、この流れを促進するんだ」

「サーシャの言っていることの意味がよくわからない」

サーシャは、不思議な男である。ソ連共産全体主義体制を心の底から嫌っている。ゴルバチョフのことも典型的な共産党官僚で、あんなものはインテリではないと軽蔑している。ゴルバチョフが、社会主義国家ソ連を強化するために進めているペレストロイカ政策も小馬鹿にしている。成功するはずなどないと思っているのだが、熱心にペレストロイカ政策を支持している。

「マサル、ゴルバチョフはほんものの馬鹿だ。ペレストロイカを進めれば進めるほどソ連が弱体化する。ゴルバチョフは生産を重視して、社会を活性化させようとする。共産主義者は、分配にしか関心がない。ここで、生産の哲学を唱えれば、共産主義体制の枠組みが崩れる。宗教やナショナリズムにしてもそうだ。これまでの抑圧政策を改めれば、それはソ連を解体する方向に作用する。だから僕は、ゴルバチョフの個々の政策で、ソ連の弱体化に貢献する政策は支持することにしている。徐々に僕が支持する政策が増えている。これはいいことだ」

「反国家思想じゃないか」

「どの国家に反対するかということだ。人造国家、ソ連に反対しているだけだ。ロシア国家に反逆しているわけではない」

「ロシア国家なんてどこにあるんだ。ロシアはソ連と一体化しているじゃないか」

「それは違う。ロシアとソ連は別の国だよ。見えないロシアがいまここに存在している」

「サーシャ、僕にはそんなロシアは見えない」

「僕には見える。ソルジェニーツィンが戻ってくれば、それが見えるようになる。ソルジェニーツィンは、反ソ・反共だが、ロシア大国主義者だ。だから、民族問題専門家たちは、ゴルバチョフがソルジェニーツィンに傾斜していることに関して、警戒心をもっている」

「ソ連共産党中央委員会に民族問題部はないよね。民族問題については、ブレジネフ時代に解決がなされたことになっているんじゃないか」

「そうだけど、解決なんかしていないことは、沿バルト三国（エストニア、ラトビア、リトアニア）の現実を見れば明白だ」

「それはそうだ。民族問題は、中央委員会のイデオロギー部が担当しているのか」

「そうだ。しかし、実質的には科学アカデミーの民族学研究所が行っている。ソ連の超エリートが集まっている研究所だよ」

そのとき私は、民族学研究所には関心をもっていなかったので、民族問題に関する話はここまでになった。その後、二人で、キリスト教導入千年祭をにらんで、ソ連の今後がどうなるかについて話をした。その一年後に民族学研究所と面識ができて、一九九五年三月にモスクワを離任するまでの間にこの研究所に百回以上も通うことになるとは、サーシャからこの研究所に関する話を初めて聞いたときには思わなかった。

†

私の記憶では、一九八九年五月のことである。私は、私用車ではなく、大使館の黒塗りの公用車を配車してもらい、民族学研究所を訪れた。当時、私は二十九歳だったので、相手から軽く見られないようにするために、共産党組織などの公的機関を初めて訪れるときは、あえて運転手のついた公用車に乗るという小細工をしていた。こういう小細工は案外効果をあげるのだ。

民族学研究所は、戦前に建てられたと思われる黄色の大きな建物だった。民族学研究所のほかにソ連史研究所、考古学研究所も入っている。玄関で、人が二人待っていた。一人は、身長百八十センチくらいの大柄の男性で、もう一人が身長百七十五センチくらいで、ひどく痩せ、あごひげをたくわえた男性だった。大柄の男性はミハイル・グボグロ副所長だった。後に知ったことだが、グボグロ副所長は、ルーマニアと国境を接するモルドバ出身のガガウズ人という特殊な歴史的背景をもった少数民族出身者だ。そして、痩せた男性がセルゲイ・チェシュコ副所長だった。

二人に案内されて、私は三階か四階の所長室に入った。そこでは、ワレーリー・チシユコフ所長が待っていた。隣には、ワレーリー・シャムシューロフ副所長がすわっていた。研究所の幹部四人が対応するというのは、たいへんな歓待だ。私は緊張した。もっとも、後でセリョージャ（チェシュコ副所長。セルゲイの愛称がセリョージャ）から聞いたところによると、研究所側も「これまでまったくアプローチのなかった日本大使館から、いったい何事だ」と身構えたということである。

私は、日本大使館の政務班で、今度、ソ連の民族問題を担当することになったアタッシェ（三等理事官）であると自己紹介した。外務省の専門職員（ノンキャリア）は、二年間の研修を終えて、大使館勤務についてから一年少しは、三等理事官という官職を与えられ、その後、三等書記官（サード・セクレタリー）に昇進する。三等理事官の英訳は「アタッシェ（attaché）」であるが、これは駐在武官や、大使館のラインには所属していないが外交特権をもっている者に付与されることが多い。諜報機関員が外交官を擬装して勤務する場合にもよく用いられる。セリョージャによると、ソ連外務省が発行する外交団名簿を調べてみたところ、私の官職がアタッシェとなっているので、民族学研究所の幹部は、一層、身構えたということだった。

このときの会合は、シャムシューロフ副所長がもっぱら話し、それにときどきチシュコフ所長が補足をするという形で進められた。

「外交官リストによると、あなたはアタッシェという肩書きですが、あなたはもともとの外交官ですか。それともどこかの大学か、研究機関から出向しているのですか」

「出向者ではありません。プロパーの外交官です」

「ロシア語はどこで勉強しましたか」

私は、ロシア語の基礎をイギリスの陸軍学校で学んだ後モスクワ大学に留学した。軍隊の学校で学んだということを話すと、相手に警戒されるのでやめようかとも思った。しかし、その一年十カ月前の一九八七年八月末に、日ソ間で外交官の追放合戦が行われたときに、『イズベスチヤ』（ソ連政府機関紙）に、「日本の外交官はイギリスのベーコンズフィールドにあるスパイ学校で研修を受けてからモスクワに送り込まれる」という記事が出た。イギリス軍の学校でロシア語を勉強したという事実を隠しても、相手がそのことを既に知っているかもしれないので、相手の質問に対しては、聞かれたことに正直に答えることにした。

「ロンドン郊外のイギリス陸軍教育隊の語学学校で勉強しました」

するとチシュコフ所長が流暢な英語で話しかけてきた。

「ベーコンズフィールドの語学学校ですか」

「そうです。よく御存知ですね」

「あの学校は、われわれの間でもとても有名ですよ。イギリスで行われる社会人類学の学会には、ときどき出かけます。ロンドンからオックスフォードに行くときM40（高速道路）を通っていく途中にベーコンズフィールドがありますよね」

「そうです。中間よりは少しロンドンよりです。ハイ・ウィッカムの手前です。所長は英語が上手ですけれど、どこで勉強されたんですか」

「教育大学です」

「レーニン名称モスクワ国立教育（単科）大学ですか」

「そうです。大学院を卒業しました」

教育大学の語学教育には定評がある。しかし、教育大学だけを卒業して、知的トップ・エリート集団である科学アカデミーの研究所に入り、所長職につくことは、考えられない。

「教育大学を卒業した後に、モスクワ大学に入ったのですか」

「逆です。モスクワ大学歴史学部を卒業してから、マガダン国立教育大学の講師になりました」

こういって、チシュコフ所長は略歴について述べた。モスクワ大学の卒業生は超エリートなので、地方の大学に就職すると、助手を経ずに、事実上、助教授扱いの講師に就任する。マガダンは、太平洋沿いの極北にあり、強制収容所が設けられ、囚人による金の採掘が行われたことで有名な場所だ。チシュコフは、自らの教授法が未熟なことを自覚して、モスクワの教育大学大学院で三年間、教授法と英語を学び、ふたたびマガダンに戻った。優秀な知識人は、地方で数年間勤務した後にモスクワに呼び戻される。チシュコフもその一人だった。

ソ連科学アカデミーの世界史研究所の研究員となり、カナダ革命について研究した。

その後、「学術書記」として、科学アカデミー本部に勤務し、そこから民族学研究所に転出した。民族学研究所では、カナダとアメリカの先住民に関する研究で学位をとった。

ここまでの自己紹介を終えたところで、チシュコフは、シャムシューロフ副所長に、「ソ連の民族学とうちの研究所について、簡潔に説明しなさい」とロシア語で言った。

シャムシューロフは私に、「大学で民族学か文化人類学もしくは社会人類学について学んだことがありますか」と尋ねた。私は、「大学ではプロテスタント神学を専攻しました。人類学の講座は開かれていましたが形質（自然）人類学なので、関心がないのでとりませんでした」と答えた。形質人類学とは、霊長類の研究や、人類の化石の調査によって、人間の起源について探究する自然科学の一分野だ。東京の大学では、一般教養での人類学は、文化人類学が主流だ。京都では、京都大学でサルの研究が進んでいる関係で、同志社大学でも一般教養の人類学は、形質人類学だった。

シャムシューロフは、「プロテスタント神学を専攻した人と話をするのは、生まれて初めてです。私たちの研究所でも宗教社会学の専門家がいますから是非、一度、話をしてあげてください」と言ってから、ソ連民族学について述べた。要旨を以下の三点にまとめてみる。
1．帝政ロシア時代に、ドイツ民族学の影響を強く受けた関係があり、ソ連民族学は人文科学系の歴史学の下位分野という整理が一応なされている。これに対して、ソ連の学問区分で人類学というと形質人類学を指す。しかし、このような二分法では、民族問題を正確に反映することができず、アメリカの文化人類学やイギリスの社会人類学のような学際的アプローチがこれから重要になる。アメリカの文化人類学者は、未開部族の研究など現実政治と直接関係のないテーマを選ぶ傾向がある。これに対して、イギリスの社会人類学者は、現実の政治や社会に直接影響を与える問題も取り上げる。われわれの手法もイギリスの社会人類学に近づきつつある。

2．沿バルト問題、ナゴルノ・カラバフ情勢、タジキスタン情勢などは十分緊迫している。この点についてはグボグロ副所長をセンター長とする現代民族問題調査センターが本格的な調査を行っている。

3．民族問題の理論についても、再検討が必要とされる。この点について、スターリンの「民族」、「亜民族」、「部族」などの定義も全面的に見直さなければならない。

私は、メモをとりながら注意深く話を聞いた。途中で頭にいくつも質問が浮かんできた。ただ初回から質問攻めに遭わせるのはよくないと思ったので、一つだけ質問した。

「ブレジネフ時代に、ソ連で民族問題は基本的に解決したことになっていたと思います。それにもかかわらず、この夏に民族問題に関するソ連共産党中央委員会総会が開催されることをどう理解したらよいのでしょうか。過去に民族問題が解決されたというのが間違いだったのでしょうか。それとも、ペレストロイカの進捗《しんちょく》とともに新たな問題が生じたのでしょうか」

今度は、シャムシューロフではなく、グボグロが答えた。

「佐藤さん、ポイントを衝いた質問です。まず、民族問題に関する中央委員会は延期になりました。今年の夏に行われる予定です。もしかすると秋にずれ込むかもしれない。実を言うと、私たちにも、なぜこのような事態が生じているのかがわからないのです。民族問題に関する情報収集も、理論構築も全面的にやり直さなくてはなりません。西側のナショナリズム論やエスニシティー論にも目を向けなくてはなりません。その上で中央委員会総会を行うことが適当と考えています」

「具体的にどの西側専門家の言説を重視しているのですか」と私は尋ねた。

今度は、チシュコフが答えた。

「まずアーネスト・ゲルナー、それにベネディクト・アンダーソンとエリック・ホブズボームです。それから、アンソニー・スミスも重要だ。あと、ミロスラフ・フロホの試みも面白い」

一九八七年に邦訳が出たベネディクト・アンダーソンの『想像の共同体　ナショナリズムの起源と流行』（白石隆／白石さや共訳、リブロポート）を東京から取り寄せて、読んだばかりだった。

「アンダーソンの、ナショナリズムは想像の政治的共同体であるという言説を評価するのですか」と私は質した。

チシュコフは、「評価できるところがたくさんあります。特に出版資本主義とナショナリズムの関係についての指摘は実に面白い。ただ〝エソ〟という発想がない」

「すみません。話についていけません。〝エソ〟とは何ですか」

「エトノ・ソツィアリヌィー・オルガン（Этно-Социальный Орган、民族社会有機体）の略称です」

「マルクスが『経済学批判序説』で言っている人間の意志から独立した生産諸形態の総体から形成される社会・経済的構造のようなものですか」

咄嗟に、同志社大学神学部時代、学生運動活動家たちのたまり場となっていた神学館二階の「アザーワールド研究室」で、友人たちと勉強会を行ったときのマルクス『経済学批判』の内容が甦ってきた。

チシュコフは、「よい着眼です」と言った。

面会時間は一時間ということで要請していたが、時計を見ると、一時間半を過ぎている。私が「そろそろ失礼しないと」と言うと、チシュコフが「ちょっと待ってください。最近、研究所から出た資料を差し上げます」と言って、机の後ろの本棚から、謄写版印刷に粗末な仮とじをした本を二冊取って、私にくれた。ラトビアの民族情勢に関する調査資料と民族学理論の再検討に関する資料だった。部内限定資料の指定はなされていないが、発行部数が二百部程度なので、一般には流通していない。チシュコフは、「ソ連共産党中央委員会に提出している資料です」と言った。

思わぬ収穫を得て、私は驚いた。

チシュコフから、「佐藤さんに対して、研究所の扉はいつも開いています。何か聞きたいことがあったら、いつでも来てください。民族紛争の具体的な事情についてはグボグロ副所長のところへ、理論的問題ならば、チェシュコ副所長のところを訪ねてください。チェシュコ副所長は、アメリカの先住民族研究の本を、いま私と共著で書いているところです。チェシュコ副所長は学術書記でもあるので、図書館や文書庫を使いたいときは相談してください」と言われた。

一九八六年にペレストロイカというスローガンが採用されて三年になるが、これまで半ば閉鎖されていた研究所が資本主義国の外交官である私にこのような厚遇をしてくれるとは夢にも思っていなかった。

帰路、玄関まで、チェシュコが送ってくれた。あごひげで、所長室にいたときは、年齢がよくわからなかったが、近くで見ると若い。「セルゲイ・ビクトロビッチは、何歳ですか」と尋ねると、三十三歳ですという返事が返ってきた。モスクワ大学の歴史学部でアメリカ史を勉強したという。

大使館に帰って上司に研究所でもらった二冊の資料を見せると、「重要な資料だ。ちょっとたいへんな作業になるけれど、要旨を作って、東京に報告しておいてくれ」と言われた。

チェシュコは、実質的な話を一言もしなかったが、チシュコフ、シャムシューロフ、グボグロの話から判断して、この研究所の水準はかなり高い。更にマルクス・レーニン主義で鍛えられているので、ソ連知識人のマルクス主義について実地に知ることができる。私がサーシャを通じて知り合った知識人はいずれも反ソ・反共主義者で、マルクス主義についてまじめに考えていない。今度、民族学研究所で知り合った人々とは、マルクスについて本格的な議論ができると思った。

ちなみにソ連崩壊後、チシュコフは新設された民族関係国家委員会議長（大臣）に就任し、シャムシューロフは、同委員会副議長（次官）に就任した。ソ連崩壊前後、民族学研究所は理論、実務の双方で、強い影響力をもった組織だったのである。

ところで、人脈を作るのには、三という数字が重要だ。「これだ」と思う人に覚えてもらうためには三カ月以内に三回会うことだ。それから、沿バルト諸国情勢、クレムリンの権力闘争、ロシア正教会の動向など、興味をもっている分野には、意見を聞くことができる専門家を三人確保しておくと仕事に役立つ。だいたいの事象について、専門家の見解は一致する。ただし、稀に重要事項について、意見が分かれることがある。例えば、沿バルト諸国が、ソ連から独立する可能性があるかというような問題だ。こういう問題について、専門家の見解が分かれた場合、自分の素人判断を避けて多数派の判断にとりあえず従うようにする。専門家の知人が二人や四人の場合、意見が真っ二つに分かれると、私自身で判断しなくてはならないことになる。そのような面倒な事態に陥ることを避けるために、私は判断に迷うような問題について意見を求めるときは、三人、五人と必ず奇数の専門家に相談することにしている。

人脈構築の観点から考えると、できるだけ早いタイミングでチェシュコかグボグロを食事にでも誘った方がいい。しかし、私は「焦ってはならない」と自分に言い聞かせた。チシュコフが、西側外交官が事実上入手できないような貴重な資料をくれたのは、「この日本人外交官は、われわれの発行する資料をどの程度、読解する能力があるか」試しているのである。だから、まずこの資料をきちんと読み込まなくてはならないと思った。二冊の資料を完全に読了し、外務本省への報告書を作るために約二週間かかった。二冊の資料から、沿バルト三国やナゴルノ・カラバフ自治州、アルメニアにおいては、現地エリートが共産党官僚から民族エリートに転換する過程が深刻に進んでいることがわかった。しかし、その理由が何であるかが、資料にも明確には述べられていなかったし、私自身がいくら考えても納得のいく結論が出なかった。

サーシャはときどきモスクワにやってきた。民族学研究所から得た資料が、「ラトビアの市民運動」という表題だったので、コピーをとって渡した。サーシャは資料にざっと目を通して、「KGBが人民戦線や市民運動の新聞やビラを集めて分析した資料に似ているね」と言った。「ソ連を何とかして維持しようという問題意識から作られている資料だ。現地の不満を正確に把握して、それをソ連システムの中で解決することを考えているのだろう。こういうアプローチが、沿バルト三国がソ連から独立することを妨げる要因になる。僕たちとしてはもっとも警戒しないとならない動きだ」と続けた。

私は気になっていることについて質問した。

「学術書記とはどういう仕事をしているのか」

「実務の統括責任者だ。特に科学アカデミー傘下の研究所の場合、学術書記が、研究所とソ連共産党中央委員会の連絡係を担当する。また、研究活動がソ連共産党の公式路線から著しく外れることがないように監視し、指導をする。科学アカデミー本部かコムソモール（共産青年同盟）中央委員会で勤務した経験がある者が就任することが多い」

「強い権限をもっているのか」

「もってる。所長に次ぐ実力者だ。通常、所長に近い者を据える」

「学術書記は全員共産党員なのか」

「マサル、そんな質問をするなんて、頭がおかしくなったんじゃないか。そんなくだらないポストに就いているのは共産党員に決まっているではないか」

「学術書記にKGB職員がいるか」

「いるかもしれない。ただあまり数は多くないと思う。学術書記と、KGBはラインが違う。国際学術協力課というような、外国の研究者ともっぱら接触する部局には必ず佐官級のKGB職員がいる」

「セルゲイ・ビクトロビッチ・チェシュコという副所長兼学術書記を知っているか」

「知らない。面識ができたのか」

「そうだ」

「向こうはマサルが必要とする情報と学識をもっているんだろう。警戒しながら付き合えばいいじゃないか」

私は「そうする」と答えた。

この頃、リトアニア情勢が急速に緊迫しはじめた。一九八九年三月のソ連人民代議員選挙で、「サユジス（リトアニア語で〝運動〟という意味）」派が圧勝した。ソ連の人民代議員が、リトアニアのソ連からの離脱を要求するという奇妙な状況が生じた。この影響を受け、ラトビアとエストニアの人民戦線もソ連からの分離傾向を強めた。

一九八九年八月二十三日は、一九三九年のこの日にモロトフ（ソ連外相）・リッベントロップ（ドイツ外相）秘密協定によって、沿バルト三国がソ連に併合されてから五十周年にあたる。サユジスと人民戦線が提携して、エストニアの首都タリンからリトアニアの首都ビリニュスまで、「人間の鎖」を作る計画を発表した。これまで一部知識人による異議申し立て運動と見られていた沿バルト三国のソ連からの分離独立運動が現実になるとの危機意識をモスクワがもちはじめた。ゴルバチョフ指導部は、八月のこの運動の動向を見た後に、民族問題に関する中央委員会総会を九月下旬に行うことにした。

ロシア人は、六月から九月までの間に約二カ月間の長期休暇をとる。六月末にチェシュコに電話をして、「休暇前に会いたい」という意向を伝えた。チェシュコは、「今年は夏休みを一カ月返上して仕事をしなくてはならない。中央委員会総会の準備で、むしろ八月は忙しくなりそうなので、七月中に会おう」ということになった。

七月の初めに、私は研究所を訪れた。前回、チェシュコフ所長室で、チェシュコが一旦、火を消して、灰皿に置いた煙草をもう一度とって、火をつけている姿を覚えていたので、私は土産に「マルボロ」と「マイルドセブン」を一カートンずつもっていくことにした。研究所の一階で、チェシュコが待っていて、学術書記の部屋に案内してくれた。私は、紙袋から煙草を二カートン出して、「日本から来た友人にもらったんだけど、僕は煙草を吸わないので、研究所の愛煙家たちで分けてくれ」と言って、渡した。チェシュコは、少しだけ照れくさい顔をした後に、「ありがたくいただく」と言って、煙草を受け取った。そして、「ちょっと失礼」と言って、「マルボロ」のカートンから煙草を取り出して、火をつけ、「三日振りだ、煙草を吸うのは。研究所の愛煙家たちも喜ぶ」と言った。一九八九年夏から秋にかけては煙草不足が深刻だった。その期間は、研究所に行くときはいつも煙草を二、三カートンもっていった。煙草不足の長期化と共に、国民のゴルバチョフ政権に対する不満が極度に高まった。トルコやアメリカから、更に北朝鮮からも安煙草を輸入し、市場に流すことで、政府は国民の不満をなだめようとした。

チェシュコは、「ここにはインスタント・コーヒーしかないけれど」と言って、銀色の缶に入っているソ連製インスタント・コーヒーをいれてくれた。ソ連製のインスタント・コーヒーは、ほんもののコーヒー豆から作ったトルコ・コーヒー風の味がするので、なかなかおいしい。「おいしいですね。街では見ませんが、どこで手に入れるのですか」と私は尋ねた。「科学アカデミーには特別注文の窓口があって、そこでインスタント・コーヒーやハム、サラミソーセージを買うことができるんだ。インテリはコーヒーと煙草なしで生きていくことはできない。しかし、科学アカデミーは研究員に煙草を配給することはもうできなくなってしまった。国家が壊れ始めているんだよ」とチェシュコは言った。

チェシュコは、マルボロをおいしそうに吸いながら続けた。

「今年は、夏休みを返上することになりそうだ」

「どういうことですか」

†

既に新聞では、六月に行われる予定の民族問題に関するソ連共産党中央委員会総会が九月に延期されると報じられていた。その準備のためであることはわかっていたが、私はあえてとぼけて聞いてみた。

「中央委員会総会のためだよ」とチェシュコは吐き捨てるように言った。

「セルゲイ・ビクトロビッチは、中央委員会総会に出席するのですか」

「オブザーバーとして出席する。佐藤さん、格式張った呼び方をしないで、これからはセルゲイでもセリョージャ（セルゲイの愛称）でもいいよ」とチェシュコは言った。この瞬間から、私は友人同士が話すくだけた口調を用いることにした。

「セリョージャ、いったい何が問題になっているんだい」

「わからない。中央委員会の指示を受けても、何がどうなっているのか、全然わからない」

「中央委員会内部で、路線闘争があるのか」

「佐藤さん、それ以前の問題だ。民族問題がどういうものなのか、中央委員会が理解できなくなっている」

「どういうことだ。それから、僕のことはマサルと呼んでほしい」

「マサル、隠しているんじゃない。ほんとうに中央委員会は、思考停止状態に陥っている」

「中央委員会のどの部局が民族問題を扱っているのか」

「今のところは、イデオロギー部と組織・党活動部だ」

民族問題をイデオロギー部が担当しているということは、以前から知っていたが、組織・党活動部が関与しているとは知らなかった。組織・党活動部が関与しているということは、次回の中央委員会総会は、人事や機構改革が絡んだ相当大がかりなものになる。私の情報アンテナが震えた。

「今のところというと、近く改組が行われると理解していいかい」

「勘がいいね。そうだ。民族問題部ができる」

「部長には誰が就任するんだい」

「わからない。現在、民族問題にかんするグループの責任者であるビャチェスラフ・ミハイロフが横滑りするという見方が強い」

「民族は」

「ロシア人だ。ただし、(西ウクライナの) リボフ国立大学を卒業し、その後、母校で教鞭をとっていた知識人だ。ウクライナ情勢に通暁している」

リボフ、イワノ・フランコフスクをはじめとする西ウクライナのガリツィア地方は、もともとロシア帝国ではなく、ハプスブルク（オーストリア・ハンガリー）帝国に属していた。ロシア帝国領ウクライナでは、ウクライナ語の使用が禁止されていたのに対し、ハプスブルク帝国は、スラブ系少数民族の言語を尊重する政策をとっていた。従って、ガリツィア地方では、ウクライナ語の新聞や書籍が出版され、都市部の知識人や政治エリートもウクライナ語を自由に操った。これに対して、ロシア帝国版図のウクライナ人は、ウクライナ人という自己意識をもっていても、ウクライナ語を理解しない者が多い。もっともロシア語とウクライナ語は、日本語で言うならば、標準語と京都弁くらいの差しかないので、ウクライナ語の知識がなくても、大まかな意思疎通は可能だ。

第二次世界大戦後、ガリツィア地方では、ソ連の支配を潔《いさぎよ》しとしないウクライナ民族主義者が、武装反ソ抵抗運動を組織した。この運動は、一九五〇年代半ばまで続いた。また、ガリツィアに住んでいたウクライナ人の一部は、国外に移住した。そして、カナダのエドモントン市とその周辺に集中して居住し、ウクライナ語、ウクライナ文化を保全している。カナダに在住するウクライナ人は五十三万人もいる（出典：“Большой энциклопедический словарь”, 2-ое изд. Москва: Научное издательство 《Большая российская энциклопедия》, 1998, c.1248［『大百科事典』第二版、モスクワ・学術出版《大ロシア百科》、一九九八年、一二四八頁］）

ガリツィア出身者の文化的特徴は宗教にある。ガリツィア出身のウクライナ人の大多数は、「ユニア教会」の信者である。「ユニア教会」の信者は、イコン（聖画像）を崇敬し、下級司祭は妻帯し、ロシア正教に近い宗教儀式を行う。しかし、ローマ教皇（法王）の首位権を認め、神学的には「フィリオクエ（filioque）」という立場をとるカトリック教会なのである。filioqueとはラテン語で〝子からも〟という意味で、三一（三位一体）論の解釈で聖霊が子（イエス・キリスト）からも発出するとする立場を指す。「ユニア教会」の起源は、一五九六年にさかのぼる。当時、ポーランド支配下のウクライナの正教会は、ブレスト（現ベラルーシ領。一時期、ブレスト・リトフスクと呼ばれた）で、カトリック教会との合同（ユニア）を宣言した。儀式や習慣については、カトリック教会が全面的に譲歩したが、教会秩序を維持する上で不可欠のローマ教皇の首位権と、神学的最重要争点であるフィリオクエについては、正教会がカトリックの立場を認めた。神学的には、これは合同教会ではなく、カトリック教会である。バチカン（ローマ教皇庁）は、「肉を切らせて、骨を切る」戦略を採択したのだ。カトリック教会が、ぎりぎりでどうしても譲ることができないローマ教皇の首位権とフィリオクエだけを護ることにし、それ以外は、正教会の要求をすべて呑んだのである。そして、ガリツィア地方では、ユニア教会が民族教会となった。

ソビエト政府は、ローマ教皇に対して宗教的忠誠を誓うユニア教会を警戒した。そして、一九四六年に強制的にユニア教会をロシア正教会に合流させた。ユニア教会は非合法化された。ユニア教会が合法化されるのは一九九〇年になってからのことだ。ちなみにロシアとバチカンの間には、正式の外交関係が存在しなかった（二〇〇九年十二月に外交関係樹立）。その理由の一つに、ユニア教会の浸透を恐れるロシア正教会が政府に対して、バチカンとの外交関係を樹立しないようにと圧力をかけていたからだ。宗教は文化であるので、儀式や祈禱文が完全に異なる教会に転会する際には、抵抗感がでる。しかし、正教会からユニア教会に転会する場合、日常生活における変化はほとんどない。カトリック教会の「肉を切らせて、骨を切る」戦術をいまもロシア正教会は恐れているのだ。

ソ連で禁止されたユニア教会は、カナダで生き残った。これに「遠隔地ナショナリズム」が加わった。遠隔地ナショナリズムとは、自らは住んだことがない民族的故郷に対して、実際に故郷に住んでいる者よりも観念的で、強い愛着を抱くという特徴をもつナショナリズムだ。ナショナリズムはもともと、自民族が他民族から蔑視されたり、差別的取り扱いをされたときに「よくもやりやがったな。今に見ていろ」という負の感情で連帯する傾向が強い。遠隔地ナショナリズムの場合、民族的故郷に現実的生活基盤をもっていないために、極端な思想に走る傾向がある。それと同時に、民族的故郷で、差別や抑圧と戦っている同胞を精神的、物質的に支援したいという気持ちが強まる。北アイルランドのアイルランド共和国（南アイルランド）との統合を求めるＩＲＡ（アイルランド共和国軍）の活動家は、北アイルランドのカトリック教徒の中でもごく少数で、アイルランド共和国の民族主義者もＩＲＡのテロ戦術には批判的で、距離を置いていた。それにもかかわらずＩＲＡが強大な組織基盤をもっていたのは、アメリカのアイルランド系移民からの資金援助があったからである。アメリカのアイルランド人のほとんどは、北アイルランドを訪れたことがない。しかし、遠隔地ナショナリズムが魂を揺るがし、イギリスによって同胞のアイルランド人が差別、抑圧されているという情報に過剰に反応し、ＩＲＡを支援したのである。人間には表象能力がある。遠隔地ナショナリズムは、人間の表象能力を最大限に刺激し、そこから観念の政治を生み出す。しかし、観念の政治であっても、それに資金基盤がつけば、現実の政治に影響を与える。

ゴルバチョフ書記長は、一九八八年のキリスト教導入千年祭を契機に宗教政策を緩和した。しかし、緩和する対象から、ユニア教会は落ちていた。ソ連共産党中央委員会の官僚の論理からすれば、ユニア教会はロシア正教会に吸収され、もはや存在していないので、ソ連に存在する宗教団体というカテゴリーの外側の存在なのである。しかし、ロシア正教会との合同後も、ユニア教会はガリツィアで地下教会、もしくは表面上はロシア正教会に帰順したふりをしながら、実際にはローマ教皇の首位権とフィリオクエを擁護する儀式（一般の信者から見るとロシア正教会との差異はわかりにくい）を守っている神父たちがいた。

一九八八年から、リボフ、イワノ・フランコフスクなど、ガリツィアの主要都市で、ユニア教会の自由化を求める市民と、民警（警察）との衝突が多発した。ゴルバチョフのグラースノスチ（公開性）政策で、このようなニュースも報道された。カナダのウクライナ人たちは、同じ信仰をもつ同胞が、弾圧されているという報道に接し、民族の血が騒いだ。そして、ガリツィアだけでなく全ウクライナをソ連から独立させなくてはならないと考えるようになった。

ウクライナでは、沿バルト三国の人民戦線に相当する「ルフ（ウクライナ語で〝運動〟の意味）」が、影響力を拡大し、水色と黄色の、ソ連では禁止されている民族旗を掲げ、集会を行うようになった。遠隔地ナショナリズムを刺激されたカナダのウクライナ人は、ルフに資金援助を行った。当時、ソ連経済は末期的症状を示しており、モスクワでも学校教員の給与がドル換算で一カ月三十ドル程度になっていた。ガリツィアのような辺境の経済事情は更に厳しい。このような状況で、在外ウクライナ人から送られてくる資金援助で、ルフの幹部は、安楽な生活ができるようになり、また、反ソ、分離独立運動を展開するための専従活動家を多数雇うことができるようになった。

ソ連指導部は、ウクライナで生じている事態がもつ危険性を十分に理解していたとは言い難い。ゴルバチョフはこう回想している。

〈一九八九年二月、私はウクライナを訪問した。モスクワに戻ってから、訪問の模様を政治局会議で報告した。

「ウクライナには民族問題が存在する。ことに、ペトリューラからベンジェルにいたる地域（著者註＊西ウクライナ）では反動的目的の移住が行われている。このことが果たしている役割に注意を払うなら、間違いなく民族問題は存在する。しかし、一般大衆には国際主義（著者註＊интернационализм［インテルナツィオナリズム］は、英語でinternationalismと訳されることが多いが、民族問題で用いられる場合は、労働者階級にとって民族的差異はほとんど意味をもたないというニュアンスで用いられる。事実上、コスモポリタニズムと同じであるが、コスモポリタニズムという言葉には否定的評価が含まれるのに対して、インテルナツィオナリズムは価値中立的な言葉である）をだいじにしなければならないという気持が強い。そのため『ウクライナ独立運動』の指導者たちはバルト地域に出かけ、〝興奮剤〞を入手しなければならない。何とか火事を起こしたいと願うこうした〝火つけ人〞はうまく事を運べずにおり、焚き火にさえ火がつかない有様だ。大衆は独立運動活動家の主張に同意していない。とくに労働者階級はそうだ」

私はそう述べたのだが、私の判断は間違っていたのだろうか。状況を美化していたのだろうか。ウクライナ訪問のあと確かに私はそうした印象を受けた。今考えると、私の印象はウクライナの勤労者の気持を反映していたものと言える。しかし、同時に、過激派勢力は積極的、組織的に活動し、彼らはいかなる犠牲を払っても、さらには国民生活が悪化してでも政権を手にいれたいという自分たちの野望を遂げようとした。彼らは民族愛という感情に付け込んだのだ。どうやら、私はこうしたことを十分、認識できなかったようだ。

とはいえ、脅威は感じとっていた。私は政治局会議の報告で「これ以上何一つ見逃すことも大目に見ることも許されない。われわれの足元にはすでに火がついているのだ」と付け加えた。〉（ミハイル・ゴルバチョフ『ゴルバチョフ回想録』上巻、新潮社、一九九六年、六六二頁）

ソ連崩壊の原因が、経済政策の失敗と民族分離独立運動の高揚であったことは間違いない。ゴルバチョフは、経済と民族問題を理解していなかったと言われる。経済に関しては、確かにこの指摘はあたっている。市場経済を導入すれば社会構造が資本主義に転化することをゴルバチョフは認識していなかった。マルクスの『資本論』の論理を理解していなかったのである。

他方、民族問題に関して、ゴルバチョフの故郷、スタブロポリ地方はコーカサス地域と隣接する民族が複雑に入り込んだ地域である。ゴルバチョフは、民族問題の危険性を皮膚感覚で理解することができた。しかし、ゴルバチョフ周辺の共産党官僚は、民族問題は過去の負の遺産、あるいは経済状態が悪い地域で不満が民族問題という形態で爆発した程度の認識で、ソ連社会の内側から、ナショナリズムのうねりが生じていることに気がつかなかった。また、外国からもたらされる遠隔地ナショナリズムが与える破壊力についても認識が不十分だった。

視察の結果、ゴルバチョフはウクライナに深刻な民族問題が存在することに気づいた。共産党書記長が国内視察をする場合、現地の共産党と行政機関の幹部は、「すべてうまくいっています。問題はありません」という認識を書記長がもつように細心の注意を払う。問題があれば、責任を追及されるからだ。そのような隠蔽や工作がなされても、真実を見抜く洞察力がゴルバチョフにはあった。それだから、政治局会議で、「ウクライナには民族問題が存在する」と明確に指摘したのである。ロシアとウクライナの紐帯は、ソ連国家を維持する最大の鍵だ。この紐帯がほころびはじめているというゴルバチョフの指摘は実に重い。しかし、ウクライナの状況は、ゴルバチョフが考えるよりもずっと深刻だった。

今後の処方箋について、ゴルバチョフを含むソ連共産党中枢の認識は甘かった。ゴルバチョフの「大衆は独立運動活動家の主張に同意していない。とくに労働者階級はそうだ」という現状認識は、正しかったと思う。しかし、問題は、民族運動、特に分離独立運動の鍵を握るのは、大衆ではなくエリートなのである。

それでは、一九八九年七月初めの民族学研究所の学術書記の執務室に戻る。

「ガリツィア事情に通暁した人を民族問題部長に据えなくてはならないほどウクライナ情勢は緊張しているのか」

「沿バルト三国やトランスコーカサス（グルジア、アルメニア、アゼルバイジャン）と比較すれば、情勢は比較的平穏だ。しかし、今後の事態の進捗によっては、ソ連の解体（распад、ラスパード）につながる」

「ラスパード」という言葉を聞いて、私は背筋が震えた。ソ連の版図が縮小するという意味ではない。ソ連がばらばらになって、消滅してしまうことを意味している。そんなことをセリョージャは本気で想定しているのだろうか。

「ほんとうにソ連が解体する可能性があるのだろうか」

「あってはならないと思っている。しかし、ウクライナが離反すれば、ソ連は解体する。それだから僕たちは、ウクライナ情勢分析に全力を投入している」

そういえば、ロシア語で〈―O〉で終わる姓は、ほとんどの場合、ウクライナ系だ。チェシュコという姓だから、セリョージャもウクライナ人なのだろうか。

「君はウクライナ人なのか」と私は尋ねた。

「確かに、僕の祖先はウクライナ系だけど、三百年くらい前にロシアにやってきたようだ。だから自己意識はロシア人で、ウクライナ語も話すことができない」

「どこで生まれたのか」

「あててごらん」

「わからない。モスクワか」

「違う。僕は外国生まれだ。ドイツ民主共和国（東独）のライプチヒ生まれだ」

「驚いた。お母さんがドイツ人なのか」

「違う。僕の父はソ連軍の連絡将校で、ドイツで勤務していた。そのときに僕が生まれた」

「それじゃ、ドイツ語は不自由ないのか」

「幼稚園のときにモスクワに戻ってきたので、ドイツ語は完全に忘れてしまった。義務教育では英語を勉強した。ドイツ語はモスクワ大学に入ってから勉強したが、文献を読むことしかできない。マサルは、確か基礎教育はプロテスタント神学だったよね。語学はだいぶ勉強したのか」

「大学では英語とドイツ語が必修だった。それ以外、(新約聖書が書かれている)コイネー・ギリシア語、古典ギリシア語、ラテン語、ヘブル語を勉強した。それからチェコ語と朝鮮語も勉強した。ロシア語は外務省に入省してから勉強した。ただ、何とか使い物になるのはロシア語と日本語くらいだ」

「まあ、そう謙遜するな。確かに語学の習得は、基礎学力がつくまでは、知的関心を抑えなくてはならないから、それが苦痛だ」とセリョージャは言った。セリョージャは、私と似た感覚をもっていると思った。

「カトリック神学は勉強したか」とセリョージャは尋ねた。

「いや、プロテスタント神学でも幅が相当あるので、それを追いかけるのに精一杯で、カトリック神学にまで手を伸ばす余裕がなかった。ただ比較教理史で勉強したので、基本はおさえている。それから、一九七九年に教皇庁の教理聖省からカトリック神学教授の資格を剝奪されてしまったが、ハンス・キュングの神学書は大学院の演習で使った」

「フィリオクエについては勉強したか」

「教理史と、キリスト論を巡るプロテスタントと正教の神学論争という課程で、勉強したことがある。ユニア教会の関係で関心があるのか」

「そうだ。フィリオクエをとるのと、とらないのとで、政治的にどのような違いがでてくるか、説明してもらえないだろうか」

これは神学上の大難問だ。「よくわからない」と言って逃げてしまおうかとも思ったが、セリョージャのまなざしが真剣なので、答えることにした。

「フィリオクエとは、ラテン語で『子からも』という意味だ。三八一年のニカイア・コンスタンチノポリス信条で、『また、我らは、聖霊、主となり活かし、御父より出て、御父と御子とともに礼拝され崇められ預言者らを通して語り給ふ御方を信ずる』という文言について、西欧の教会が、『御父より出て』を、『御父と御子より出て』と改訂した問題だ。文献的には、五八九年にトレドの教会会議でフィリオクエが付加されたことが裏付けられている。そして、これが一〇五四年のシスマ（カトリック教会と正教会の分裂）の原因になった」

「なぜ、カトリック教会に、ニカイア・コンスタンチノポリス信条を改竄《かいざん》する必要があったのか」

「ちょっと問題設定が違う。カトリック教会側に改竄という意識はなかったと思う」

「どういうことか。マサルの言っていることがよくわからない」

「改竄ではなく、ニカイア・コンスタンチノポリス信条の内容を、より正確にするために、フィリオクエを挿入したのだと思う」

「その論理的組み立てを説明してくれ」と言って、セリョージャはメモをとりはじめた。

「キリスト教は救済宗教だ。イエス・キリストが唯一の救済の根拠と考える。そこのところはわかるか」

「わかる」

「西暦三〇年頃、イエスは十字架上で刑死した。その後、神は聖霊という形で、この世に存在している。この理屈もわかるか」

「わかる」

「問題はここからだ。聖霊が、父と子から出るとする。一見すると、聖霊の発出には、父と子という二つの源泉があるというように見える。しかし、神学的にはそうではない」

「どういうことだ」

「旧約聖書の時代には、人間は預言者を通じて神の意向を直接知ることができた。しかし、イエス・キリストの誕生によって、われわれはイエス・キリストを通じてしか神について知ることができなくなった」

「その理屈もわかる」

「イエス・キリストがこの世を去った後、神の真理については、聖霊によってのみ知られる。聖霊はペンテコステ（五旬節）のときにキリスト教徒の間に降りてきた。『使徒言行録』第二章の冒頭の部分だ」

使徒言行録では、《五旬祭の日が来て、一同が一つになって集まっていると、突然、激しい風が吹いて来るような音が天から聞こえ、彼らが座っていた家中に響いた。そして、炎のような舌が分かれ分かれに現れ、一人一人の上にとどまった。すると、一同は聖霊に満たされ、〝霊〟が語らせるままに、ほかの国々の言葉で話しだした。さて、エルサレムには天下のあらゆる国から帰って来た、信心深いユダヤ人が住んでいたが、この物音に大勢の人が集まって来た。そして、だれもかれも、自分の故郷の言葉が話されているのを聞いて、あっけにとられてしまった。人々は驚き怪しんで言った。「話をしているこの人たちは、皆ガリラヤの人ではないか。どうしてわたしたちは、めいめいが生まれた故郷の言葉を聞くのだろうか。わたしたちの中には、パルティア、メディア、エラムからの者がおり、また、メソポタミア、ユダヤ、カパドキア、ポントス、アジア、フリギア、パンフィリア、エジプト、キレネに接するリビア地方などに住む者もいる。また、ローマから来て滞在中の者、ユダヤ人もいれば、ユダヤ教への改宗者もおり、クレタ、アラビアから来た者もいるのに、彼らがわたしたちの言葉で神の偉大な業を語っているのを聞こうとは。」人々は皆驚き、とまどい、「いったい、これはどういうことなのか」と互いに言った。しかし、「あの人たちは、新しいぶどう酒に酔っているのだ」と言って、あざける者もいた。》（使徒言行録2：1—13節）と記されている。これがキリスト教会の起源である。

私は続けた。

「聖霊は救済の根拠である。フィリオクエを採用すると、聖霊とはイエス・キリストを通してのみ接触できることになる。イエス・キリストの死後は、教会を通してのみ接触可能になる。従って、救済の権能を独占する教会の指令に信者が従うことが、救済のための条件になる」

「要するに教会は世界観の中心であるので、そこから政治的司令塔として機能することになるということか」

「その通りだ。これに対して、フィリオクエを採用しないと、信者の一人一人が、神から直接聖霊を受けることが可能になる。救済を担保する教会の機能が弱くなる。更に、国家や組織に依存しなくても人間は救済されるという考え方なので、宗教的には神秘主義、政治的にはアナーキズムと親和的になる」

「ということは、最近の宗教復興で、ユニア教会が台頭する地域では、政治の組織化が進むのに対し、正教が復興する地域では、アナーキーな傾向が強まるということか」

「神学倫理的にはそうなる」

「マサル、ありがとう。ガリツィアでユニア教会が果たす役割がだいぶ見えてきた」

今度は、私が質問する番だ。

「この前、チシュコフ所長からいただいた『何をなすべきか?』という民族学理論の再検討に関する論文集とラトビアの民族情勢に関する調査資料は注意深く読んだ。これが、今度の中央委員会総会で採択される文書を作成するための基本資料になったわけだね」

「そうだ。ただし、中央委員会総会では、単なる決議文書だけでなく民族政策に関する政治綱領が採択されることになった。そのために、作業が何度もやり直しになり、六月の中央委員会総会が延期になった」

この事情について、ゴルバチョフは、〈当初、われわれはこの緊急テーマを討議するソ連共産党中央委員会総会を一九八九年六月に開催するつもりだった。しかし、準備された文書を検討した結果、もっと内容の濃厚な文書が必要だという結論に達した。書記長傘下の「作業グループ」に文書準備のやり直しを命じ、九月まで総会を延期することにした。〉（前掲書、六六七頁）と述べている。

「そうすると六月二日のゴルバチョフのテレビ演説の内容は深刻に受け止める必要があるということか。セリョージャ、ゴルバチョフは本気で、ソ連の連邦システムの改編を考えているということか」

「それがよくわからないんだ。これは民族問題専門家である僕たちの権限をはるかに超えた世界の話だ」

このテレビ演説で、ゴルバチョフは、〈「平穏な事態、充実した国民生活、ペレストロイカの今後、さらに言えば、わが国家の運命と統一性――こうしたものすべてが相当程度、民族間関係問題を正しく解決できるかどうかにかかっているのだ」〉（前掲書、同頁）と述べた。「民族間関係問題を正しく解決（すること）」が何を意味するか、具体的にはよくわからないが、非ロシア人からの異議申し立てにソ連政府が一定の配慮をするということだ。それと同時に、ゴルバチョフは行き過ぎを戒めて、次のように述べている。

〈「連邦体制のペレストロイカを考慮する時、われわれは、過去数百年に築かれた現実、とくにソ連政権時代に生じた現実を考慮しないわけにはいかない。多くの民族が偉大な発展の道を歩んだ。単一の国民経済コンプレクスが形成された。この関係を壊すことは、〝生身を引き裂く〟ようなものである。より良いものを求める場合に、これまでに築いたものを破壊し、これまでに連邦が与えてくれた成果を拒否し、連邦体制のおかげで何倍にも増えた成果を否定してはならない」〉(前掲書、同頁)

〝生身を引き裂く〟とは、ソ連を解体することである。ソ連の解体は認めないとゴルバチョフは明確な意思を表明している。ソ連憲法では、ロシア、ウクライナからリトアニア、ラトビア、エストニアにいたる十五の連邦構成共和国がソ連から離脱する権利を認めている。しかし、この権利を認めないとゴルバチョフは言うのだ。

ゴルバチョフは明らかにアクセルとブレーキを同時に踏んでいる。それだから、ソ連の連邦システムの改編がどうなるかわからないとセリョージャは言ったのだ。

私たちは二時間くらい話し込んだ。

「君はウオトカを飲むか」と私が尋ねた。

「少しだったら飲むよ。こんど杯を傾けながら話を続けるか」とセリョージャが言った。

「クロポトキンスカヤ三十六番地の協同組合カフェに行ったことがあるか」

「ない。話は新聞で読んでいる」

「一緒に行かないか」

「だいぶ高いんじゃないか」

「そんなことないよ。こっちは給料をスウェーデン・クローネでもらっているから、外貨に換算すれば、モスクワでどんなに高いレストランでもたいしたことはないよ」

「それじゃ、次回は甘えることにする。その次は、僕が招待するから受けてくれよ」

「もちろん、よろこんで」

「マサル、もう少し、時間があるか」

「あるよ。どうしてそんなこと聞くんだい」

「いや、ユリアン・ブロムレイ前所長に君を紹介しておこうと思ったんだ。ユリアンに、君が民族学研究所の図書室と資料室に自由に入ることができるように頼んでおく」

「感謝する。ありがたい」

ブロムレイの研究室は、学術書記の執務室から二つ目のところにあった。受付で十分くらい待って、来訪者が所長室から退出したところで、セリョージャが研究室に私を引き入れた。

「ユリアン・ウラジミロビッチ、日本大使館アタッシェの佐藤優さんです。日本の外交官ですが、民族問題や宗教問題にも通暁しています。先程もガリツィアのユニア教会について、有益な話を聞きました。佐藤さんは、ソ連の民族事情について、強い関心をもっています。図書館の許可証を発行したいと思います」

「いいでしょう」とブロムレイは即答した。

以前、写真で見たブロムレイは太っていたが、目の前で見ると思ったよりも痩せている。握手をすると、骨の感触が手に伝わってきた。私は、「この人は大病を患っているな」と思った。このときブロムレイは進行癌と闘っていた。そして、一九九〇年六月四日に逝去した。

ブロムレイは、「セルゲイ・アルチューノフ博士を知っていますか」と尋ねた。私は「名前は存じ上げております。ナゴルノ・カラバフ問題に関する論文を読みました」と答えた。

「アルチューノフ先生は、もともと日本学者です」

「それは知りませんでした」

「セリョージャ、一度、案内してあげなさい。佐藤さん、また会いましょう」とブロムレイは言った。しかし、次回、私がブロムレイに会うのは、同氏の科学アカデミー幹部会と民族学研究所の合同葬のときだった。

セリョージャとは、九月末にウオトカを飲むことにした。

その間、八月十七日付ソ連共産党中央委員会機関紙『プラウダ（真理）』にソ連共産党政治綱領「現代的条件下における党の民族政策」の草案が掲載された。政治綱領とは、「プラットフォルマ（платформа）」のことだ。共産党の基本情勢分析と大きな目標が「プログラーマ（программа）」、つまり綱領に記されるのに対して、焦眉の具体的な政策課題については政治綱領に記される。新聞の見開き二面の長大な文書で、また、各共和国共産党の利害関係が調整されているので、内容がわかりにくい。草案段階で、文書を『プラウダ』に掲載したのは、共産党の下部組織でこの草案の内容についてよく議論した上で、上級組織に意見をあげろということである。草案の内容に、ソ連共産党指導部が自信をもっていないことがうかがわれた。

後にゴルバチョフはこの草案について、次のようにまとめている。

〈八月十七日にソ連共産党政治綱領「現代的条件下における党の民族政策」の草案が発表された。それにもとづいていくつものテーゼをまとめる作業が行なわれ、八月末に終了した。この綱領の中では、民族政策の抜本的改革を日常的に行なうことの必要性が強調された。民族政策の主な課題として以下の点があげられた。

□ソヴィエト連邦の改編。新しい連邦体制に政治的、経済的に実態のある内容を付与する。

□あらゆる形態、あらゆる種類の民族自治が享受する諸権利と可能性を拡大する。

□各民族は平等な権利を保証される。

□民族文化、民族言語の自由な発展のための条件を整備する。

□民族的特徴を理由に市民が権利を侵害されることのない保証をさらに強化する。

この時初めて新連邦条約の策定と調印の問題が提起された。付け加えれば、綱領草案では、全連邦を結束させる起点としてのロシアの役割が明記され、ロシア連邦の法的地位の問題を確定すべきであると提案された。ソ連共産党中央委九月総会は、いくつかの点を確認したあとこの草案を承認した。私は自信をもって断言する。この綱領は、わが国ならびに世界の経験を踏まえ、民族発展と民族間関係に関する焦眉の諸問題について筋道を立てて述べた、並々ならぬ文書だった。

だが、「復活祭前の卵は価値がある」(著者註＊ロシア正教では、復活祭で、鶏卵をゆで卵にして赤く染める風習がある。当初は受精卵を染めて、石のような卵から雛が孵化することを、イエス・キリストの死からの復活に類比するために、生卵を死の象徴である赤絵の具で着色した。従って、復活祭前に国営商店では鶏卵が品薄になり、自由市場［ルイノック］では鶏卵の価格が高騰する)という諺は正しかった。総会が採択した多くの決定はすべて価値あるものだったが、あまりにも遅すぎたのだ。この遅れは主として、われわれが古いアプローチを踏襲したこと、合議制、それもほとんどが見せかけだけの合議制に固執したことの代価だった。同時に問題を抱え過ぎ、準備に手間取った。こうしてわれわれは貴重な時間を失ったのだ。〉(前掲書、六六七〜六六八頁)

ゴルバチョフによる要約のうち、「ソヴィエト連邦の改編。新しい連邦体制に政治的、経済的に実態のある内容を付与する」、「あらゆる形態、あらゆる種類の民族自治が享受する諸権利と可能性を拡大する」、「民族文化、民族言語の自由な発展のための条件を整備する」という三項目は、ウクライナ人やリトアニア人など、非ロシア人の民族的権利を拡張するベクトルを指向している。

これに対して、「各民族は平等な権利を保証される」、「民族的特徴を理由に市民が権利を侵害されることのない保証をさらに強化する」という二項目は、ロシア共和国以外の連邦構成共和国に居住するロシア人の権利保全を図っている。アクセルとブレーキを同時に踏んでいる政策なのである。こういう政策は、政権の権力基盤が強大であるならば、「バランスがとれたよい政策」という評価を受ける。しかし、権力基盤が弱いときには、ロシア人、少数民族の双方から、「相手側に配慮し過ぎている」と反発を買い、権力基盤の弱体化を一層推し進める。ゴルバチョフは後者の負のスパイラルに入ってしまった。そして、ソ連は自壊していくのである。少し話を急ぎすぎた。

民族問題に関するソ連共産党中央委員会総会は、九月十九、二十日に行われた。十九日に政治綱領は、大きな反対もなく採択された。そして、中央委員会総会の最終日に大規模な人事異動が行われた。

地下鉄「文化公園」駅のそばにあるソ連外務省プレスセンターで、中央委員会総会に関する記者会見が行われた。私は、録音用のマイクロカセットテープレコーダーを持って記者会見を聞きに行った。そこで、司会者が、「一九八九年九月二十日、ソ連共産党中央委員会総会は、ニコノフ、チェブリコフ、シチェルビツキーを政治局員から、ソロビヨフ、タルイジンを政治局員候補から解任し、クリュチコフ、マスリュコフを政治局員に、プリマコフ、プーゴを政治局員候補に選出しました。また、ニコノフ、チェブリコフを書記から解任し、ギレンコ、マナエンコフ、ストロエフ、ウスマノフを書記に選出しました」と発表したとき、会場に「うぉー」という大きな動揺の声が響いた。

ブレジネフ時代からの党幹部が一掃され、クリュチコフKGB議長、マスリュコフ第一副首相兼ゴスプラン（国家計画委員会）議長のようなゴルバチョフ側近の能吏を加えた。更に、ソ連科学アカデミーのIMEMO（世界経済国際関係研究所）所長で日本との関係も深いプリマコフとラトビア人だがソ連体制に忠実なプーゴ内務大臣を政治局員候補に加えた。

セリョージャが述べていたように、中央委員会には民族問題部が新設され、ミハイロフが部長に就任した。ゴルバチョフは、共産党を強化し、機関車としての役割を担わせることで危機を脱出しようとしたのである。

九月末になるとモスクワの気温は日中でも一桁になり、ジャンパーやコートが必要になる。そんな肌寒い秋の日の夕刻、私はセリョージャと「カフェ・クロポトキンスカヤ」で、ウオトカを三本ほど飲んだ。

この店では、他のレストランではあまり見ないヤツメウナギの燻製を前菜にだす。それをつまみにショットグラスで、一気飲みを繰り返す中で、二人はかなり突っ込んだ意見交換をした。

「アーネスト・ゲルナー（イギリスの社会人類学者、民族理論の専門家）が言うように、神様は『目覚めよ』という郵便を、プロレタリアートではなく、民族に誤配したんじゃないだろうか」と私が尋ねた。

「アハハ、『民族とナショナリズム』の中にあるたとえだよね。ただ僕はもっと違う原因があるのだと思う。そもそもマルクス主義の民族理論などというものは、存在しない」

「そんなこと言っていいのか。君は科学アカデミーの幹部党員じゃないか」

「党員だろうが何だろうが真実は真実だ」

「レーニンの民族路線に還ることで、ペレストロイカを成功させよう！」

「くだらない話をするな。ウオトカがまずくなる。問題はエトノクラチヤだ」とセリョージャは吐き捨てるように言った。

「エトノクラチヤ（этнократия）」とは聞き慣れない言葉だ。民族支配という意味なんだろうが、いったいセリョージャは何を言いたいのだろうか。

「セリョージャ、エトノクラチヤとはどういう意味だ」と私は尋ねた。

5 エトノクラチヤ

セリョージャは、「エトノクラチヤについて、説明する前に、まず、エトノスについて説明する必要がある」と言った。

セリョージャの説明を整理するとだいたい次の内容になる。

エトノスとはギリシア語のεθνοςに由来する。エトノスは、近代的な国民国家と結びついた政治的単位であるネーション（民族、nation）とは異なる観念だ。民族は、国家なり、自治区をもつか、これからもっという政治性を帯びている。これに対して、エトノスはそのような政治性を帯びている場合もあるが、帯びていない場合の方がほとんどだ。古代ギリシアのエトノスは、衣食住、宗教、神話、生活習慣などを共有する人々の集団がもつ特徴のことだ。民族が十八世紀末以降の近代的観念であるのに対して、エトノスは、人類史が始まった頃から存在する。

「民族が、近代的観念であるというのは、どういうことだい。ロシアは少なくとも九八八年にキエフ・ルーシが正教（キリスト教）を導入した時点から、民族的に一体であるという意識をもっているじゃないか」と私は尋ねた。

「マサル、それはそうじゃない。近代的視座を過去に移すことによって見える錯認だ」とセリョージャは言った。

私は、その話を聞いて、驚いた。セリョージャの認識がマルクス・レーニン主義の公式の民族理解から明らかに乖離しているからだ。むしろ英米の社会人類学者や文化人類学者の言説に近い。

例えば、イギリスの社会人類学者アーネスト・ゲルナーは、民族について次のように述べている。

〈人は一つの鼻と二つの耳とを持つように、ナショナリティを持たねばならない。それらのうちの個々のものを欠くことは考えられないわけではなく、実際に時折起ることではあるが、それは何らかの災難の結果起るものであり、またそれ自体が一種の災難なのである。こういったことはすべて当たり前のように思えるが、残念ながら真実ではない。しかし、これが、あまりにも明らかな真実であると思われるようになったこと自体が、ナショナリズムの問題の一つの側面、あるいはその中心を占めるものなのである。民族を持つことは、人間性の固有の属性ではないにもかかわらず、今ではそう思われるようになっているのである。

実際、民族は、国家と同じように偶然の産物であって、普遍的に必然的なものではない。民族や国家が、あらゆる時代にあらゆる状況の下で存在するわけではない。さらに、民族と国家とは、同じ偶然から生れるものでもない。ナショナリズムは、民族と国家との結びつきは運命づけられていると主張し、一方が欠けると、他方も不完全なものになり、悲劇が生じると言う。しかし、この二つが互いに不可欠なものとなる前に、それぞれが出現しなければならず、しかもその出現は、相互に独立で偶発的なものであった。国家は明らかに民族の支援なしに現れた。また、ある民族は明らかに自分たちの国家の祝福を受けずに現れている。近代的な意味での民族という規範的な概念が、それに先立つ国家の存在を前提としていなかったのではないかという問題は、さらに議論されなければならない。〉（アーネスト・ゲルナー『民族とナショナリズム』岩波書店、二〇〇〇年、一一～一二頁）

人間は、誰もが、いずれかの民族に帰属していると考えている。それは、人間に、鼻が一つ、目が二つ、耳が二つあるのと同じように理解されている。もちろん、民族が異なる両親から生まれた子供もいる。異民族間結婚がよく見られるソ連においては、十六歳で国内旅券が発行される。ソ連時代の国内旅券には第五項目に民族籍を記入した。そのときに両親のうちのいずれかの民族籍を選ぶ。父がウクライナ人、母がロシア人の子供が十六歳で国内旅券を初めて受領するときには、ウクライナ民族籍を選んだが、後にロシア民族籍に変更したいと思えば、それほど複雑な手続きを経ずに、民族籍を変更することができた。とはいえ、民族籍がないという人間は考えられなかった。

ソ連は、民族的敵意を超克した国家であることを建前にしていた。この建前を、ロシア語で、インテルナツィオナリズム（интернационализм）という。英訳は、インターナショナリズム（internationalism）となるが、国際主義とはニュアンスを異にする。国家の壁ではなく、ソ連という単一国家の中での諸民族・エスニック集団の共存、共栄を図っていくという意味が強い。外務省の公電（公務で使用する電報）では、「民際主義《みんさい》」としていたが、これでは日常言語として、意味が通らないので、「民族間友好主義」と呼ぶことにする。

民族間友好主義を原理原則とするソ連では、日常生活レベルでの差別はなかった。ロシア人、ウクライナ人、ラトビア人、ウズベク人などと書いてあっても、それで差別を受けることはなかった。ただし、例外的な民族籍が二つあった。ツィガン人とユダヤ人である。

ツィガン人（цыган）とは、中東欧でいうロマ人、いわゆるジプシーのことである。移動生活を好み、モスクワでも路上で占いに従事しているツィガン人が多かった。占い師が「豊かにしてやるから、財布からカネを出して、掌に置いてみろ」と言う。好奇心半分で札を何枚か取り出してそうしてみる。占い師が掌の上に手を重ね、取り去る。一番上に置いた札以外は、全部、最小額紙幣の一ルーブル札にすり替わっている。手品師のような見事な業である。

あるいは、「チェンジ・マネー」と言って、ツィガン人の闇両替屋が寄ってくる。当時、百米ドルは公定レートでは六十ルーブルだったが、闇市場は三百ルーブルくらいで取り引きされていた。ところが、ツィガン人の闇両替屋は、「旦那さん、百ドルで五百ルーブルに替えますよ」と言う。欲の皮を張って、取り引きに応じるとひどい目に遭う。闇両替屋は、目の前で札をきちんと数える。確かに五百ルーブルある。納得して百ドルを渡す。闇両替屋は、駆け足で逃げ出す。どうしたことだろうと思って、札束を見ると、一番上に十ルーブル札が一枚あるだけで、残りの四十九枚は一ルーブル札に化けている。それでも五十九ルーブルになるから、公定レートで両替したときとほぼ同じなので、諦めもつく。

もっともロシア人がツィガン人を嫌って排除しているわけではない。ツィガン人劇場は大人気だし、また、どの高級レストランでも、「ジプシー・ダンス」を出し物にしている。また、協同組合カフェで、ツィガン人のバイオリン弾きがやってきて、客の好きな曲をテーブルの横で弾く。これも大人気だ。このクロポトキンスカヤの協同組合カフェにも専属のツィガン人のバイオリン弾きがいる。

マルクスがユダヤ人であるにもかかわらず、ソ連共産党中央委員会には、反ユダヤ主義的雰囲気が漂っていた。ただし、ソ連時代には、アンチ・セミティズム(反セム主義)という、ナチスを彷彿させるような言葉ではなく、アンチ・シオニズムという術語が用いられた。ユダヤ人全体が悪いのではなく、シオンの丘へ帰ろうというシオニズムの信奉者が悪いのだという論理である。当然、政治的には、シオニズムを建国理念にするイスラエルと対決することになる。シオニズムの提唱者の一人であるモーゼス・ヘスは、実はマルクス、エンゲルスの盟友であり、一八四五年から一八四六年にかけて『ドイツ・イデオロギー』を共同執筆している。このことに西欧だけでなく、東ドイツのマルクス主義哲学者も関心をもって、研究していたが、ソ連ではほとんど無視されていた。シオニズムに対する極端な忌避反応は、ソ連独特のものだった。

両親のいずれかが、ユダヤ人である場合、子供は国内旅券の民族籍には、非ユダヤ人を選ぶのが常態だった。ユダヤ人は、母系である。母親がユダヤ人であれば、子供はユダヤ人とみなされる。国内旅券にロシア人、ウクライナ人と書かれていても、ユダヤ人には、陰湿な差別が行われていた。もっとも、ユダヤ人たちは、そのような環境の中で必死に生き残ろうとした。ソ連では、私的な経済活動は禁止されている。そのため、ユダヤ人がビジネスで才能を発揮することはできない。そこで、ユダヤ人たちは、子供の教育に徹底的に力を入れた。日本の学齢期で言えば、小学校五、六年生の頃から、家庭教師をつけて、大学レベルの知識を身につけさせるのである。私の知り合いのユダヤ人が、「金や銀は、戦争になると、国家によって接収されてしまうが、頭の中に入っている知識を国家が切り取って、持ち去ることはできない」と言っていたのが印象に残った。

モスクワ医科大学（ロシアの場合、総合大学に医学部はなく、単科大学として独立している）における教授、学生のユダヤ人比率は高かった。腕のよい医師になれば、政権が反ユダヤ主義的政策をとっても、生き残ることができるからである。同様に、科学アカデミーやモスクワ国立大学で著名な学者にもユダヤ人が多かった。ソ連を代表する学者になれば、弾圧の対象となる可能性も低いからである。

セリョージャは、非ユダヤ人だが、反ユダヤ主義的傾向がない知識人は、他の民族に対しても差別意識がない。従って、日本人に対しても偏見がない。ソ連（ロシア）に勤務する日本外交官の主要任務は北方領土返還を実現することである。その意味で、セリョージャは、私が仕事の相談をして、客観的な見立てを聞くためのよい相手だった。セリョージャは、民族学者として、実地調査（フィールドワーク）の訓練がよくできているので、偏見を極力排するように努力して、調査する対象の内在的論理をつかむことができたのである。私はセリョージャからこの手法を盗んだ。それは、私が外交官として情報収集活動や情勢分析を行う際の役に立った。

†

クロポトキンスカヤの協同組合カフェの場面にもどる。

この店のヤツメウナギの燻製は絶品だ。ロシア料理では、大皿に出てくる前菜を取り分ける。通常、おかわりはしないのであるが、二皿、追加した。ウオトカは、ソ連共産党中央委員会の高官たちが、ノメンクラトゥーラ（特権階層）用の特別店で入手するのと同じクリスタル工場で作った「スタリチナヤ（〝首都のウオトカ〟の意味）」だ。セリョージャと私は乾杯を繰り返した。

「セリョージャは、民族意識は、錯認だというけれども、それじゃ、錯認である民族が、現在のソ連で、なぜこのように大きな力をもっているんだ」

「マサル、それは逆だ。錯認だからこそ、大きな力が湧くんだ」

「どういうことだ。意味がよくわからない」

「人間は観念で動く。マルクス・レーニン主義よりも、民族主義の方が、人間を動かすんだ。ようやく僕たちはその事実に気づいた」

「それじゃ、観念論じゃないか。マルクス・レーニン主義世界観の基本は唯物論じゃないのか」

「物質が観念を作り出すんだ。その意味で、マルクス・レーニン主義は、観念論の一類型と考えてもいい」

セリョージャは奇妙なことを言い出した。

「マサル、口髭は物質か」

「もちろん物質だ」

「しかし、口髭には精神が宿っている」

確かにロシアには、「口髭は立派に見えるが、顎鬚ならば山羊にでも生えている」という諺がある。セリョージャは何を言いたいのだろうか。

「マサル、ここに口髭も顎鬚も生やしていないロシア人の男がいる。あるとき何気なく口髭を生やしてみることにした。立派な口髭が生えた。この姿を鏡に映してみて、この男は『俺は今日からロシア人ではなく、コサックだ』と思った。この瞬間にコサック民族が一人誕生した。こうして、口髭という物質が、精神に転化して、更にコサック民族をうみだすのだ」

「これまでは民族でなかったが、今年から民族と認められた」

「コサックは民族なのか」

コサック（カザーク、казак）とは、トルコ語からの借用語で、そもそもは放浪者や冒険者を意味する。ロシア南部、ウクライナ、シベリアなどで活躍した、騎馬軍団である。もともとはロシアの南、南東の国境地帯に配置されていた。十五世紀後半から、政府や地主の圧政を逃れた逃亡農民が自由コサックと呼ばれるようになった。十六世紀になると、クルーク（全員参加の集会）でアタマン（指導者）が選挙で選ばれる独自のシステムをもつようになった。ロシア型の「民主主義」の源流がここにある。

コサックは当初、農業に従事しなかった。狩猟、漁撈、養蜂に従事し、さらに略奪を繰り返していた。

ところで、十六世紀のポーランドは大国だった。一五六九年、ウクライナを併合したポーランドは、コサックを非正規軍として利用した。ポーランド人の地主とカトリック教会の進出に対して、ウクライナ人が反発し、コサックも頻繁に反乱を起こすようになった。

ウクライナのコサックは、ロシアと提携することを考えた。一六五四年、ロシアのアレクセイ皇帝とアタマンであるボフダン・フメリニツキー（一五九五～一六五七）の間でペレヤスラフ協定が結ばれた。フメリニツキーは、コサックの特権とウクライナの自治を条件にして、ロシア皇帝に従属することを約束した。

ちなみに、ペレヤスラフ協定が結ばれてから三百年後の一九五四年、当時、ソ連共産党の指導者であったニキータ・フルシチョフ第一書記は、気まぐれで、これまでロシアに帰属していたクリミア州をウクライナに移管した。もし、このきまぐれがなかったら、黒海の戦略的要衝であるセバストーポリ要塞を含むクリミア半島は、ソ連崩壊後、ロシアに属していたことであろう。

ロシア政府は、コサックに武器、弾薬を供給して、クリミア汗国に対する国境警備の任務を与えた。また、シベリア進出にもコサックを活用した。鳥山成人はコサック軍団の意義についてこう記す。

〈1750年以降、辺境防備と植民のためカフカス、中央アジア、シベリア・極東に、解体したコサック集団の移駐も含めて次々に新たなコサック軍団を配置した。古くからのドン軍団を含め、20世紀初めには11の軍団が存在し（1916年に兵員数約28万500 0。その3分の2はドンとクバンの軍団。同年のコサックの総人口約443万）、彼らは日露戦争や第1次世界大戦でもロシア騎兵軍の中核として活躍した。コサック軍の最高司令官には1827年から皇太子がつき、軍団の所在地は民政も含めて陸軍省が管轄し、コサックはロシア帝国の特別な軍事身分とされた。男子コサックは18歳から20年（1909年からは18年）の軍役に服したが、火器以外の武器・装備と軍馬を自給し、土地割当で普通の農民より優遇され、教育程度もやや高かった。おそらくこうしたことから、一般民衆に対する差別意識と皇室に対する強い忠誠心が生まれ、コサック騎兵は186

6年から大都市や工場中心地にも駐屯し、ロシア革命まで民衆運動の鎮圧に当たった。革命でコサック社会にも動揺が生まれ、コサック身分も否定されたが、内戦期には多くのコサックが赤軍と戦って戦後に約3万人が亡命し、シベリアでもセミョーノフが活躍した。大祖国戦争には、1936年に再建されたコサック騎兵軍団が参加し、投降兵などからドイツ側にもコサック部隊がつくられた。ゴーゴリの《タラス・ブーリバ》、ショーロホフの《静かなドン》がコサックの生活をえがいている。

なお、1980年代後半のペレストロイカからソ連邦崩壊、各共和国独立にいたる過程で、コサック軍団の再興がみられる。とくに民族紛争の起こっている地域のうち、カフカス地方のチェチェン独立運動や、モルドバ（旧モルダビア）におけるロシア系住民を中心とする〈ドニエストル共和国〉の運動などでは、ドン・コサックやロシア各地のコサックの参加が伝えられているが、コサックがロシア・ナショナリズムと結びついて行動することが少なくない点が注目される。〉（鳥山成人「コサック」『世界大百科事典』平凡社［インターネット版］）

当時、北方領土にコサックが移住する動きがあった。モスクワの日本大使館も、コサックの動向については、関心をもっていた。セリョージャはそのことをわかって、このテーマを取り上げたのだ。

確かに、セリョージャが言うとおり、口髭という物質が、コサックという観念を生み出している。民族とは観念なのである。

「マルクス・レーニン主義の民族理論は全面的に見直さなくてはならない。いや、もっと正直に言おう。そもそもマルクス主義の民族理論などというものは、存在しない。マルクスの発言の断片を、後にレーニンが恣意的につなげたに過ぎない」とセリョージャは言った。

「今回の民族問題に関する中央委員会総会について、どう評価するか」と私は尋ねた。

「疲労困憊したよ」とセリョージャは答えた。そして、「現在起きていることは、エトノクラチヤだ」と繰り返した。

「エトノクラチヤとはどういう意味だ」と私は再度尋ねた。

「一言でいうと、エスニック集団が、政治、経済、文化などのすべての領域を支配しようとする動きだ」

「ナショナリズムと同じ動きなのか」

「ナショナリズムが煮詰まったものと思う」

「煮詰まっているとはどういうことか」

「自民族が、自国の領域を支配することが正常と考える点では、ナショナリズムもエトノクラチヤも同じだ。しかし、エトノクラチヤの場合、主体となる民族の範囲が狭くなる」

「どういうことか」

「例えば、民族間結婚で、リトアニア人とロシア人の間に生まれた男がいるとする。ナショナリズムの世界ならば、この男がリトアニア人という自己意識をもって活動しても、ロシア人という自己意識をもって活動しても、特に問題はない。しかし、エトノクラチヤの世界では、『ゲームのルール』が異なってくる」

「どう異なってくるのか。僕にはよくわからない」

セリョージャは、「どう説明したらよいかな」と言って、沈黙した。

二人でヤツメウナギをたいらげた。ウエイターが、発酵したキャベツの漬け物で作ったスープ「シチー」をもってくる。付け合わせで、ゆでた蕎麦の実がついてくる。これをシチーに入れるのだ。ちょっと酸っぱい香りのするスープと、ざらざらした蕎麦の実のハーモニーがなかなかよい。このカフェでは、ヤツメウナギの燻製や、パンケーキに薄くスメタナ（サワークリーム）を塗ってキャビアを包んだ「ブリンヌィ」のような帝政ロシアの貴族料理とともに、シチーのような農民の料理もでる。国営の高級レストランで、ヤツメウナギの燻製やブリンヌィはメニューにあるが、シチーはない。大衆食堂（スタローバヤ）には、シチーはあるが、キャビアは絶対にでてこない。両方のロシアのおいしい味を楽しむことができるのが、協同組合カフェの醍醐味なのだ。

シチーを食べ終えたところで、セリョージャが説明を再開した。

「エトノクラチヤが始まると、自己意識よりも血筋が問われる。従って、リトアニア人とロシア人の血が混淆《こんこう》していると、エリートのポストを得ることができない」

「それじゃ、人種主義に近いのか」

「確かに、エトノクラチヤは人種主義につながる危険性をもっている」

「しかし、ソ連では民族間結婚が常態化しているので、『純粋な血筋』という指標では、それに該当する人などいなくなってしまうではないか」

「その通りだ。ただし、ここで重要なのは、客観的な『純粋な血筋』ではなく、『純粋な血筋』という表象だ」

「実体がなくてもいいのか」

「極端に言うとそういうことだ。『純粋な血筋』であると認められる者が、そのエスニック集団が居住する地域においては、政治、経済、文化など、すべての領域を排他的に支配するというのがエトノクラチヤの特徴だ」

「それは、近代的人権原理に反する」

「その通りだ」

「ナチズムの人種理論に近いじゃないか」

「それは違う」とセリョージャは、首を横に振った。

セリョージャの説明は以下の内容だった。ナチスは、人種を基幹に設定することによって、民族を超えようとしたのである。例えば、ナチスの人種理論で、ノルウェー人、スウェーデン人などの北欧系諸民族はアーリア人種である。従って、人種はドイツという国民国家の枠組みを超えて、対外拡張を行う根拠になる。これに対して、エトノクラチヤは、アルメニアによるナゴルノ・カラバフのような失地回復事案を除いては、基本的に内向きだ。自国における内輪のエスニック集団による純粋な統治を求めるのである。

私が（一九八九年九月十九～二十日に行われた）ソ連共産党中央委員会総会について、セリョージャに聞きたかったのは、ソ連共産党の基本方針が何を志向しているかということだ。ゴルバチョフ書記長は、十九日の演説で、連邦構成共和国の権限の大幅拡大、政治的自主性、実質的な主権を承認すると述べた。主権とは、文字通り、最高の権力であるので、それならば、理論的にソ連からの離脱も認められることになる。しかし、ゴルバチョフは、連邦構成共和国の境界線の見直しや、ソ連からの離脱は認めないという。これは主権承認と真っ向から対立する。この演説で、ゴルバチョフは明らかにアクセルとブレーキを同時に踏んでいる。

「マサルが言う、ゴルバチョフはアクセルとブレーキを同時に踏んでいるという表現は的確だと思う。中央委員会の民族問題政策のジグザグを、このゴルバチョフ演説は、そのまま反映している。主権承認というのは、リップサービスに過ぎない。ゴルバチョフの本音は現状維持だ」

「どこからそれを判断するのか」

「ゴルバチョフは、連邦構成共和国の国境線の変更は認められないと述べたが、これは、ナゴルノ・カラバフ問題について、現状を維持するということを意味する」

「つまり、ナゴルノ・カラバフ自治州は、アゼルバイジャン共和国にとどまるということか」

「そういうことになる」

「しかし、ゴルバチョフの周辺には、シャフナザーロフ補佐官や改革派経済学者のアガンベギャンのようなアルメニア人が多い。アルメニア・ロビーもそれで納得しているのか」

「もちろん、不満はあるが、現時点では、境界線の変更は不可能と考えている。ソ連共産党中央委員会内のアルメニア・ロビーは、ナゴルノ・カラバフ自治州において、実態として、アルメニア人による支配が既に確立されているので、それが担保されればよいと考えている。もっとも地元のアルメニア人は、それでは生温《なまぬる》いと考え、アルメニアへのナゴルノ・カラバフの帰属替えを要求している」

「それにゴルバチョフが応じる可能性はあるのか」

「ない。ナゴルノ・カラバフの帰属替えを認めると、沿バルト三国（リトアニア、ラトビア、エストニア）の住民の意向にも応えよということになる。沿バルト三国の人民戦線の本音はソ連からの分離、独立だ。ナゴルノ・カラバフ情勢が、沿バルト三国に波及する状態が続いている限り、ゴルバチョフは現状維持に固執する」

　セリョージャの分析は適切だ。ゴルバチョフは、一九四〇年の沿バルト三国のソ連への併合についても、十九日の演説で、「沿バルト三国の国民によって行われた選択であった」とシニカルな発言をした。一九三九年のモロトフ・リッベントロップ条約の秘密協定により、スターリンとヒトラーの取り引きの結果、リトアニア、ラトビア、エストニアがソ連に併合されたという歴史の真実をゴルバチョフは認めようとしないのだ。

「ただし、僕はゴルバチョフのこの立場は正しいと考える」とセリョージャは言った。

「なぜ正しいのかい」

「ここで沿バルト三国の併合が、スターリンの暴力によってなされたことを認めると、この三つの国の分離独立運動は本格化する。そうなると一九五六年のハンガリー動乱、一九六八年の『プラハの春』のときのように、最終的にソ連は軍事介入によって、分離独立運動を阻止せざるを得なくなるからだ」

「ゴルバチョフは、軍隊を出動させるだろうか」

「させる。ゴルバチョフであっても、ソ連の解体を看過することはできない」

結果から見ると、セリョージャの予測は外れた。一九九一年十二月にゴルバチョフは軍隊を出動させることなく、ソ連は解体してしまったからである。

しかし、この年一月に、ゴルバチョフは、沿バルト三国をモスクワの直轄統治にして、ソ連からの分離独立の動きを力で押さえ込もうとした。一月初旬、沿バルト三国に直轄統治の受け皿となる救国委員会ができた。一月十三日、ビリニュスのテレビ塔付近で、住民とソ連軍が衝突し、住民側に十四人の死者と百四十四人の負傷者が発生した。国際世論はソ連軍の行動を非難した。ゴルバチョフはそれに怖じ気づいて、あたかも自分が知らないところで、ソ連軍が勝手に行動したのであるという素振りをした。

ゴルバチョフは、明らかに欧米諸国の反応を読み違えた。一九八九年に、ゴルバチョフは、アメリカやドイツの主張を受け入れて、東欧社会主義国を手放した。その際に、沿バルト三国を含むソ連領については、モスクワが何をしても欧米諸国が黙認するという紳士協定ができたとゴルバチョフは勘違いしたのである。しかし、一九九一年一月十三日、ビリニュスで起きた「血の日曜日」事件に対する欧米諸国の反応を見て、ゴルバチョフは初めて、アメリカ、イギリス、ドイツが、沿バルト三国のソ連からの分離独立を本気で支援していることに気づいた。しかし、時は既に遅かったのである。ソ連としては強硬策を取る余地はなかったのである。ゴルバチョフは身動きがとれなくなった。その様子を見てヤナーエフ・ソ連副大統領、パブロフ・ソ連首相、クリュチコフKGB議長、ルキヤノフ・ソ連最高会議議長などのソ連国家の中枢にいるエリートは、「このままゴルバチョフに国家の運命を委ねているとソ連が崩壊するのではないか」という危惧を強めた。この危惧が危機意識に高まり、この年八月十九日の非常事態国家委員会によるクーデターが勃発するのである。

†

少し先を急ぎすぎた。セリョージャとの会食に話を戻す。

シチーの後は、牛肉、豚肉とじゃがいも、キノコを炒めた「ジャルコエ（〝焼き物〟の意味）」が、鉄板にのって出てきた。ウオトカをショットグラスに注いで乾杯した。

セリョージャは、「マサルが日本国家に対して忠誠を誓っているのと同じくらいに、僕はソ連国家に対して忠誠を誓っている」と前置きしてから、こう続けた。

「結局は支配の問題だと思うんだ。人間には、他者を支配したいという願望がある。ソ連システムは、パルトクラチヤ（共産党支配）という形でそれを実現した。ただし、パルトクラチヤの実態はビューロクラチヤ（官僚支配）でもある。エトノクラチヤは、二流のエリートが、官僚の地位を占めて一流のエリートになろうとする運動なのだと思う」

セリョージャの見解をまとめると次のようになる。

エトノクラチヤを目指す運動は、「草の根の民衆の代表」という表象をとるが、実際はそうではない。ソ連社会の中で、エリートではあるが、中の上くらいの場所を占めていて、実際の政治運営、企業経営にあたっているのではない中堅エリートが、ペレストロイカによる社会の流動化を背景にトップ・エリートの地位をつかもうとするのが、エトノクラチヤを目指す運動の主体である。

共産党のエリートになるためには、職場の共産党支部での活動で認められ、その後、激しい競争の中で、党官僚の階段を上っていく必要がある。企業経営者になるにも、同様の登竜門がある。科学アカデミーで活躍するためには、まず、専門能力を基準とする採用試験に合格しなくてはならない。その後も、激しい競争に勝ち抜いて初めて研究所所長や科学アカデミー会員になれる。

これに対して、民族をカードとして用いるエトノクラチヤの場合は、実績も能力も基本的に問われることがない。民族の代表であるということを声高に主張し、そのパフォーマンスが大衆によって認められるならば、トップ・エリートの地位を獲得することができるのである。ここで必要なのは、大衆煽動能力である。それゆえソ連体制がこのまま続いても、支配する側に回ることはないという認識を抱いている上昇志向の強い連中がエトノクラチヤを最大限に活用している。

セリョージャの話を聞いて、ナゴルノ・カラバフ、グルジア、モルドバ、沿バルト三国で生じている事態が整合的に理解できるようになった。

セリョージャは、「僕がエトノクラチヤに反対するのは、二つの理由からだ。第一は、エトノクラチヤは、排外主義につながりやすいということだ。自らのエスニック集団だけで、純粋な支配エリートを作ろうとするのだから当然のことだ。エトノクラチヤは流血を好む。第二は、エトノクラチヤが官僚の水準を引き下げることだ。この結果、国家が弱体化する。共産党の支配体制ならば、ソ連社会の誰であっても上昇する機会が保証されている。しかし、エトノクラチヤの世界では、上昇の機会があるのは純粋なエスニック集団に帰属する者だけになってしまう。社会が潜在力を十分吸収できないようになる」と言った。

セリョージャは、モスクワ国立大学、コムソモール（共産青年同盟）中央委員会、科学アカデミーというソ連社会のエリートコースの階段を順調に上ってきた人物だ。それだからこそ、二級のエリートがエトノクラチヤ・カードを弄《もてあそ》んでいることに苛立ちを感じているのであろう。しかし、それだけではない。スターリン時代の後、フルシチョフ、ブレジネフ、アンドロポフ、チェルネンコ、ゴルバチョフの時代を通じて、次第に定着してきたソ連型市民社会を発展させていくべきだと考えているのだ。

「君が理想とするのは市民社会のような感じがする」

セリョージャは、少し考えてから「多分、そうなのだろう。ただしソ連型市民社会はいつになっても成立しないと思う。それは、自らの代表を公共圏に送り出して、統治しようという発想がロシア人に稀薄だからだ。統治は上からくるもので、それにどう対応するかという受動的政治文化がロシア人の骨の髄まで浸透している」と答えた。

この日の会食は、知的刺激に富んでとても愉快だった。この日から、セリョージャは私の親しい友人兼教師になった。

カフェからクロポトキンスカヤ通りに出て、別れ際に、私はセリョージャに「ソ連国家体制の維持という観点から、どの地域を重点的に定点観測すればよいか」と尋ねた。

セリョージャは少し考えてからこう言った。

「リトアニアとアゼルバイジャンだ」

「沿バルト三国では、ラトビア、エストニアはそれほど、注意して見る必要はないのか」

「ラトビア人は、過去に長期間、自前の国家をもったことがない。エストニアは、フィンランドとの結びつきを強化することしか考えていない。これに対して、リトアニアは過去にポーランドと二重王国を形成し、ヨーロッパの東半分を支配したことがある大国だった。それから、リトアニアではいまもカトリック教会が国民統合に大きな役割を果たしている。国家が独立するときには、宗教と過去の大国としての記憶が大きな意味をもつ。沿バルト三国でも、去年（一九八八年）までは、エストニアが機関車の役割を果たしていたが、現在、この役割を果たしているのはリトアニアだ。だから、リトアニア情勢を中心に見ていればいいと思う」

「セリョージャ、アゼルバイジャン情勢を重視しろということは、ナゴルノ・カラバフを見ていればよいということか」

「ちょっと違う。アゼルバイジャンはカスピ海の油田をもっている。また、イスラーム原理主義革命を起こしたイランと国境を接している。アゼルバイジャン人もイラン人と同じシーア派十二イマーム派を信じている。アゼルバイジャン人は二十世紀になってから成立した新しい民族だ。部族社会の掟も強い。従って、民族が宗教や部族に分解してしまうかもしれない。アゼルバイジャンの現体制が崩壊すればソ連は油田を失うことになる。アゼルバイジャン人がカスピ海の資源を単独で開発することはできない。従って、アメリカ、ドイツ、イギリスが資本を投下してくる。そうなると再び帝国主義的な資源争奪戦が始まる」

「グレートゲームということか」

「そう言ってもいい」

その後、セリョージャと平均すれば月に二回くらい会うようになった。ブロムレイ前所長の許可も得たので、民族学研究所の図書館や資料室も自由に使うことができた。ブロムレイは、ソ連共産党中央委員会の御用学者で、研究所は守旧派の牙城であるということを聞かされていたが、セリョージャを通じて知り合った研究者は、いずれも優れた知識人で、本心からソ連が解体すれば、国民に大きな不幸を招くと心配していた。

ところで、ユリアン・ブロムレイという名前は、ロシア人の名前ではない。あるときセリョージャにそのことを尋ねた。

「ブロムレイは、民族的にはスコットランド人だ」

「イギリスからの移民なのか」

「ちょっと違う。マサルは、俳優で演出家のコンスタンチン・スタニスラフスキーを知っているか」

「帝政ロシアのアレクセーエフ財閥の次男で、モスクワ芸術座を作った人物だろう」

「そう。ブロムレイは、スタニスラフスキーの婚外児だ」

「エッ。ほんとうか」

「僕はユリアンから直接聞いた。愛人であったスコットランド人の姓をとった。ブロムレイはソ連社会では、マージナルなところにいる人物だ。それだからソ連社会の統合力を強化しようという気持ちが強くなるのだと思う」

このような話を聞くうちに、私の中でブロムレイの民族理論に対する関心が高まっていった。

6 バクー事件

ユリアン・ブロムレイは、作家で、ユニークな民族理論家のレフ・グミリョフ（一九一二～一九九二）とエトノスの性格を巡って、一九六〇年代後半から七〇年代にかけて激しい論争を展開したことがある。レフ・グミリョフは、その数奇な運命から、ロシア知識人の中で特殊な地位を占めていた。

レフの父、ニコライ・グミリョフ（一八八六～一九二一）は、二十世紀初頭の著名な詩人である。反革命陰謀に参加した嫌疑で、一九二一年に銃殺された。一九九〇年には、反革命陰謀に加わった証拠はなかったと名誉回復がなされた。レフの母は、著名な詩人のアンナ・アフマートワ（本名ゴレンコ、一八八九～一九六六）である。

レフ・グミリョフは、一九三四年にレニングラード国立大学歴史学部に入学した。ちょうどスターリン政治体制が確立する時期だった。父親が「人民の敵」として銃殺された関係で、一九三五年にグミリョフは退学処分にされ、逮捕されたが、このときは一時勾留された後、釈放された。そして、一九三七年にはレニングラード国立大学への復学が認められた。

一九三八年初めに再逮捕され、五年の懲役刑を言い渡された。そして、クラスノヤルスク地方のノリリスクに送られた。ノリリスクにはニッケル鉱山があり、そこでニッケル採掘に従事させられた。ここでは、パラジウム、プラチナなどの稀少金属もとれる。ソ連は囚人労働でこれらの金属を採掘していたのである。

ノリリスクは北極圏にある。夏は日が沈まない白夜が続くが、冬は空が一、二時間、白むだけで、暗黒の日々が続く。夏の最高気温は三十二度だが、冬はマイナス六十一度まで下がったことがある。このような劣悪な環境で、多くの政治犯、思想犯が鉱山労働に従事した。グミリョフもその一人だった。

独ソ戦四年目の一九四四年にグミリョフは、従軍を志願した。そして、第三十一砲兵師団第一三八六連隊の兵卒として、ベラルーシ戦線での戦闘に参加する。終戦はベルリンで迎えた。

一九四五年にグミリョフはレニングラード国立大学に復学し、翌一九四六年に卒業した。そして、ソ連科学アカデミー東洋学研究所のレニングラード支部大学院に入学する。一九四八年にレニングラード国立大学で博士候補号を取得し、民族学博物館に勤務する。レニングラードの民族学博物館は、モスクワの民族学研究所とともにソ連でもっとも優秀な民族学者が集まる機関だった。

しかし、一九四九年十一月七日(ロシア革命記念日)に反体制活動の容疑で逮捕され、非公開裁判で十年の懲役刑を言い渡された。一九四八年に東西冷戦構造ができあがり、スターリンによる国内体制締めつけにグミリョフも引っかかってしまったのである。カラガンダ、オムスクなどの矯正収容所で囚人労働に従事した。一九五六年、グミリョフは事実無根の罪を被せられたことが認められ、矯正収容所から釈放された。

グミリョフは通算十二年の収容所生活を強いられた。しかし、運命に流されず、矯正収容所を大学、大学院として活用した。当時、矯正収容所には一級の知識人が数多く収容されていた。そこから耳学問でさまざまな知識を身につけた。さらに矯正収容所には、「反ソ民族主義者」や「対独協力民族」とされた、非ロシア人も数多く収容されていた。グミリョフは矯正収容所を文化人類学でいうところの参与観察の場として独自の理論を構想する。

グミリョフは「監獄の学者」と言われた。矯正収容所から釈放された後、グミリョフはレニングラードのエルミタージュ美術館の図書館で勤務するようになる。その時期からグミリョフは、チェコスロバキアのプラハに在住するピョートル・サビツキー（一八九五〜一九六八）と文通を開始する。

サビツキーはユーラシア主義を代表する思想家である。ユーラシア主義とは、ヨーロッパとアジアにまたがるロシアには、独自の文化と発展法則があり、ロシアはそれ自体として完結した世界であるという思想だ。西欧の一元的な進歩の思想を否定し、普遍主義を拒否し、多元主義を称揚する。お互いに出入りする窓のないモナド（単子）が切磋琢磨して、世界は構成されているとするライプニッツのモナドロジー（単子論）と親和的な考え方だ。狭義のユーラシア主義とは、一九二〇年代から三〇年代にかけて、ロシアから西欧に亡命した知識人たちがかかげた「エブラジストボ（евразийство、ユーラシア主義）」という運動である。サビツキー、ニコライ・トルベツコイ、ゲオルギー・フロロフスキーなどの思想家は、帝政ロシアが西欧型の発展モデルを採用したことが国家の行き詰まりと、一九一七年の社会主義革命という破滅をもたらしたと考える。ユーラシア主義者は、マルクス主義は西欧型の発展史観であるとして拒否する。しかし、ソ連国家にはマルクス主義と異質のものがある。ボリシェビズムは、少数の前衛が大衆を動員して、国家を形成する。ソビエト国民とは、自明の存在概念（英語のbeing、ドイツ語のSein、ロシア語のбытие）ではなく、国家指導者と国民がともに作りあげていく生成概念（英語のbecoming、ドイツ語のWerden、ロシア語のстановление）であるとサビツキーは考えた。ソビエト政権が、国民にスローガンを与え、動員型の政治で、国民を生成し、国家を維持していくという方式に、ユーラシア主義者は好感をもつ。実は、このような動員型政治を展開しているのは、ソ連だけではない。ムッソリーニによって指導されるファッショ・イタリアも同様である。ユーラシア主義者は、ボリシェビズムとファシズムの共通性を強調し、それを肯定的に評価するのである。

マルクス主義は、究極的に国家は廃止されると考える。マルクス主義の国家観は、アナーキズムと親和的で、国家が存在しない人間の社会を想定する。ボリシェビズムの国家観は、根本的にマルクス主義と異なるというのがユーラシア主義者の見解だ。ソ連指導部は、帝国主義に囲まれているため、将来的に国家を廃絶することを主張する共産主義運動を擁護するために、過渡的国家としてソ連が必要であるという理論的整理をしている。しかし、ソ連外交の実態は、自国の安全保障を確保するために勢力圏を極力拡大するという考え方で、帝国主義と親和的だ。なおかつ実際のソ連は、国民生活のあらゆる部分に国家が介入してくる極端な国家主義だ。ユーラシア主義者は、ソ連のこのような帝国主義的体質も肯定的に評価する。一言で整理すると、「ユーラシア主義者は、反共産主義だが、親ソ連」なのである。

ユーラシア主義者のこのようなソ連に対する愛情は、片思いに過ぎなかった。ユーラシア主義者の中でも特に親ソ的だったサビツキーを、ソ連の秘密警察は、プラハで逮捕し、矯正収容所に送り、社会から隔離してしまったのである。

私の理解では、広義のユーラシア主義は、通奏低音として、ロシア史に常に流れているのである。スターリン主義の本質もユーラシア主義であると私は考えている。ブレジネフ時代、ロシアの過去の遺産から宗教的要素を除外して、肯定的に評価する傾向が強かった。民族ボリシェビズムと呼ばれるソ連型愛国主義だが、これもユーラシア主義の一変種である。ウラジーミル・プーチン前大統領（現首相）、ドミトリー・メドベージェフ現大統領のロシアは、欧米とは一線を画した別の国家戦略を推進しているが、これもユーラシア主義と親和的だ。

グミリョフは、矯正収容所の知識人たちと意見交換を重ねるうちにユーラシア主義的な感覚を身につけるようになった。ソ連政権からいくら痛めつけられても、亡命を考えず、ひたすら現実に存在するロシア国家のために尽くす。第二次世界大戦中にグミリョフが志願兵になったことは、文字通り祖国のために命を捨てる準備があったということだ。このようなグミリョフの倫理観は、左右を問わず、広範なロシア人から支持された。

　私の理解では、ソ連時代末期に、グミリョフが国民的支持を受けた理由はもっと深いところにある。マルクス・レーニン主義では、ソ連の国家統合も国民統合もできないことが明白になっている状況で、グミリョフがロシアの通奏低音であるユーラシア主義的言説を提示したことが、ロシア人の潜在意識を揺さぶったのである。ゴルバチョフが掲げた「人類共通の価値」、「欧州共通の家」といったスローガンは、すべて普遍主義的なものである。このような普遍主義を定着させることで、ゴルバチョフをはじめとする当時のソ連共産党指導部はソ連国家を強化しようとしたのである。ゴルバチョフは、言論、表現の自由も普遍的価値であると考えた。そして、グラースノスチ（公開性）を導入した。グラースノスチによって、これまで学会の紀要にしか掲載されなかったグミリョフの論文や、出版ができずに埋もれていた原稿が、一斉に公刊されるようになった。ただし、グミリョフの著作は、ゴルバチョフが進めるような普遍主義がロシアを滅ぼすという言説を展開していた。

　民族学研究所に出入りするようになった後、私は、グミリョフの理論に強い関心をもつようになった。そして、『エトノスの起源と地球の生物圏』、『古代ルーシ（著者註＊

ロシアの古称)からロシアへ』、『古代ルーシと大ステップ』を読んでみた。グミリョフの文体は詩のように韻を踏んでいる。ロシア人の心を打つことは想像できたが、どうも内容がストンと腹に落ちないのである。

エトノスを、グミリョフは、社会的カテゴリーではなく、生物学的カテゴリーでとらえるべきだとする。エトノスが生まれる背景には、激情(пассионарность、パッシオナールノスチ)があるとグミリョフは考える。「パッシオナールノスチ」とは日常的には用いられないグミリョフの造語だ。

宇宙のエネルギーはときどき変化する。例えば、太陽の黒点の変動である。宇宙のエネルギーの変化にともなって、地球の生態系にも変化が生じる。そして、大きな変化が生じた地域の人々は、何となくそわそわしてくる。人間集団に特別のエネルギーが蓄えられ始めたからだ。これがエトノスを形成するための必要条件である。

ただし、新しいエトノスが形成されるためには、このエネルギーをまとめることができる個性豊かな人々が数名でてこなくてはならない。新たな人間集団のエリートである。このエリートが集団に目的意識をもたせることによって、エトノスが生まれるのである。

エトノスは、特定の風景に対応して誕生する。そして、誕生、発展、消滅の過程を必ず経る。特定のエトノスがいつまでも世界の覇権を握ることはできないのである。

マルクス主義の民族理論では、民族は社会・経済的な構造から生み出されるものなので、グミリョフの激情理論は、ソ連体制のイデオロギーと正面から衝突する性格を帯びていた。

私は、民族学研究所のチェシュコ副所長兼学術書記の部屋で、あるいは協同組合カフェやホテルのレストランで激情理論について、さまざまな議論をした。

「セリョージャは、グミリョフの激情理論についてどう考えるか」

「マサル、まさに天才の着想だよ。恐らく、ロシア人が心の中にもっている宇宙観と共鳴現象を起こしているんだ」

「そもそも、激情はどこから起こるのだろうか」

「グミリョフによると、宇宙のエネルギーによって、生化学的変化が起きて、それが過剰集積することによって、エトノスが生まれる。グミリョフは、その大きさを数値で定量化できると考えている」

「似非《えせ》科学だ」

「確かにそうだけれど、多くの知識人がそれを信じている。もっとも十九世紀の終わりまで、宇宙空間にはエーテルが満ちていると誰もが信じていた。一八八七年にマイケルソン＝モーリーの実験で、エーテルが存在しないことが証明されて、ようやくエーテル理論が似非科学だという認識が知識人の間に広がった。しかし、激情理論の場合、激情が存在しないことを実験で証明することはできないから、グミリョフの影響はいつまでも残るよ」

グミリョフによれば、人類史では、激情の波が九回やってきた（以下、Сергей Лавров,

Лев Гумилев: Судьба и идеи, Москва: Айрис-пресс、セルゲイ・ラブロフ『レフ・グミリョフ：運命と理念』モスクワ、アイリス・プレス、二〇〇七年の三八四〜三九八頁の記述をまとめた）。

第一回目は、紀元前十八世紀で、古代エジプト人、ヒクソスが台頭した。

第二回目は、紀元前十一世紀で、周王朝の中国人が台頭した。

第三回目は、紀元前八世紀で、古代ギリシア人、古代ローマ人が台頭した。

第四回目は、紀元前三世紀で、フン族の大移動が起きた。（著者註＊フン族の大移動は紀元四〜五世紀というのが通説だが、グミリョフは紀元前三世紀と考える）

第五回目は、（紀元）一世紀で、ゴート人、スラブ人、ユダヤ人の台頭が起きた。

第六回目は、六世紀で、アラブ人、中国人、韓国人、日本人の台頭が起きた。

第七回目は、八世紀で、スペイン人、フランス人、ドイツ人、スカンジナビア人の台頭が起きた。

第八回目は、十一世紀で、モンゴル人の台頭が起きた。

第九回目は、十三世紀で、リトアニア人、ロシア人、トルコ人の台頭が起きた。

「十一世紀にモンゴル人、十三世紀にリトアニア人が激情を発揮させて以降、どのエトノス集団もあらたな激情を蓄積していないということなのだろうか」と私は尋ねた。

「確かにグミリョフには、時代の経過とともに、人類は衰退していくという下降史観がある」とセリョージャは答えた。

当時のソ連の民族問題を見ると、下降史観が適用されるような事態ばかりが起きた。

民族問題に関するソ連共産党中央委員会総会が行われた三カ月後、一九八九年の十二月にアゼルバイジャン情勢が緊張してきた。アゼルバイジャン共和国には、ナヒチェバン自治共和国という飛び地がある。この地は、イランと国境を接している。アゼルバイジャン本国には約七百六十万人のアゼリー（アゼルバイジャン）人が住んでいるが、イランにはそれを遥かに上回るアゼリー人が住んでいる。イラン在住のアゼリー人については、正確な統計がないので、はっきりした数字は出せないが千五百万人とも二千万人とも言われている。アゼリー人は、アゼリー民族意識とシーア派（十二イマーム派）に所属するという複合アイデンティティーをもっている。一般論として、アゼルバイジャンのアゼリー人は民族意識が強いが、イランのアゼリー人は宗教意識が強い。それから、アゼルバイジャンのアゼリー人にとって、アルメニア人は不倶戴天の敵である。これに対して、イランのアゼリー人には、激しい反アルメニア感情はない。アゼリー人は、民族的にはトルコ系で、アゼルバイジャン語とトルコ語は通訳なしでも基本的な意思疎通ができる。しかし、イランのアゼリー人は民族感情よりも宗教感情を重視するので、同じ十二イマーム派のイラン人との同胞意識が強いのである。宗教的にスンニー派で、しかもケマル・アタチュルク改革以降、世俗主義を採用しているトルコ共和国に対する違和感と対抗意識が、イラン人には強い。トルコとアルメニアは不倶戴天の敵である。そこで、「敵の敵は味方」ということで、イランとアルメニアは友好的なのである。

しかし、イランのアゼリー人も、アゼルバイジャンのアゼリー人を同胞と考えている。ナゴルノ・カラバフ紛争が、事実上の内戦になった状況で、イランのアゼリー人に北の同胞を支援しようという気運が生まれた。一九八九年に市民の力によってベルリンの壁が崩され、東西両ドイツの人々が抱き合う映像が、イランでもアゼルバイジャンでも映された。そこから、イランとアゼルバイジャンのアゼリー人を隔てる国境が存在することがおかしいという気運が強まった。そして、一九八九年十二月三十一日夜、ナヒチェバンとイランの国境が群衆によって破壊され、南北のアゼリー人が交遊する事態が生じた。この模様は当時の日本の新聞でも報じられた。

〈群衆2万人　国境を襲う　ソ連アゼルバイジャン

【モスクワ三日＝新妻特派員】ソ連南部のアゼルバイジャン共和国のイランとの国境地帯で、昨年十二月三十一日から二日までの三日間にわたって、二万人近い群衆が生活苦などを背景に国境警備隊の歩哨所などを襲った。襲撃は総延長、百三十七キロ以上の広範囲に及んだ。

二日夜の国営タス通信は「前例のない野蛮な行動だ。アゼルバイジャン共和国とカフカス地方全体の情勢を悪化させようとするものだ」と指摘した。

民族対立がくすぶり続けている同共和国ナゴルノ・カラバフ自治州でも二日、バスが銃撃や投石を受け一人が死亡、三人がけがをする事件が起こっており、民族騒動の震源地、アゼルバイジャン共和国は新年早々、再び、緊迫し始めた。

二日夜の国営テレビ、タス通信によると、国境襲撃があったのはアゼルバイジャン共和国ナヒチェバン自治共和国。「過激分子」に率いられた群衆が国境警備隊の歩哨所、通信ライン、信号システム、機械施設などを破壊したり、焼き払ったりした。また、国境警備隊とその家族を脅し、対抗措置をとらざるを得ないように追い込んだ、としている。襲撃事件で死傷者が出たかどうかは触れていない。〉（一九九〇年一月四日朝日新聞朝刊）

この状況に対して、ソ連とイランの双方が危機意識を抱いた。

イラン政府の危機意識は一つだった。アゼリー人の民族意識が高揚することによって、イランの宗教原理主義体制に亀裂が入る危険性だ。アゼリー人が民族意識を高揚させると、それにともなってイラン人の民族意識が覚醒される。その結果、イランが分裂する危機感をイラン指導部は強くもった。

ソ連政府の危機意識は二つあった。一つは、アゼリー人の国境を超えるナショナリズムが高揚するとソ連・イラン関係が緊張することである。もう一つは、イランからシーア派原理主義の影響がアゼルバイジャンに及ぶことだ。当時、アゼルバイジャン人民戦線が活動を展開していたが、沿バルト三国やモルドバの人民戦線と異なり、アゼルバイジャン人民戦線はイスラーム原理主義者が無視できない影響力をもっていた。

ナゴルノ・カラバフ問題について、ソ連政府の基本方針は、現状の境界線を維持することだった。すなわち、ナゴルノ・カラバフ自治州をアルメニア共和国に帰属替えせよというアルメニア民族主義者の要求を拒否したのである。これは、結果としてソ連政府がアゼルバイジャンの立場を支持するということになる。しかし、一九八九年の国境での不祥事を機に、ソ連政府はアゼルバイジャンの民族運動も厳しく取り締まることにした。これに対して、アゼルバイジャンの民族主義者は、激しく反発した。

当時、私はアゼルバイジャン常設代表部のルスタムザデ副代表、アガエフ渉外部長と親しくしていた。特にアガエフ渉外部長は、シリアに留学したことがあるアラブ事情に通暁した知識人で、私と波長がとても合ったので、一九八九年の半ば頃から、月に一、二回会って、アゼルバイジャンの政治情勢や、ナゴルノ・カラバフの現状について聞くようにしていた。アゼルバイジャン常設代表部には、付属施設として百名程度が宿泊することができるホテルとレストランがある。アゼルバイジャン選出のソ連共産党中央委員やソ連人民代議員が会議に参加するとき、更にアゼルバイジャンの高官がモスクワに出張するときは、このホテルに泊まるのである。本来、外国人の立ち入りは認められていないのであるが、ルスタムザデは、私に常設代表部付属施設を使用する特別許可を与えてくれた。そして、アゼルバイジャン出身のソ連共産党中央委員やソ連人民代議員と、このホテルのレストランでコニャックのグラスを傾けながら、意見交換をすることが多くなった。ソ連では、アルメニア・コニャックが有名だが、アゼルバイジャンのコニャックもそれに負けないくらいおいしい。それから、アゼルバイジャンはカスピ海に面しているので、常設代表部にはバクーから空輸されたキャビアや蝶鮫の燻製がいつもストックしてある。それらをつまみに話をするのである。

アゼルバイジャンの政治エリートは、アゼリー人が近代化を実現するためにロシア人と手を組んで、ソ連体制に組み込まれたことは正しい選択だったといつも強調していた。そして、ナゴルノ・カラバフ問題に関して、モスクワが現状維持の立場をとっていることにも、基本的に満足していた。しかし、一九九〇年の年頭から、アゼルバイジャン人の気運に変化がでてきた。ナヒチェバンの国境紛争以降、アゼルバイジャン常設代表部は、週二回くらいのペースで記者会見を開くようになった。レーニンの胸像が置かれているホールで会見は行われる。アゼルバイジャン共産党幹部だけでなく人民戦線幹部も情勢について説明するようになった。アゼルバイジャン常設代表部の前には黒塗りの中型車ボルガがいつも停まっていて、その中に私服のKGB職員が三名乗って、わざとはっきりわかるように常設代表部に出入りする人々の写真をとっている。「ここに出入りすることをKGBは面白く思っていない」というシグナルである。私は、別にそのようなことは気にせずに、毎回、記者会見を傍聴した。会見では、アメリカやドイツの外交官をときどき見かけたが、毎回、参加するのは私だけだった。

一九九〇年一月二十日は土曜日だった。朝早く、私の記憶では六時前に電話で起こされた。「何かあったら深夜でも連絡してくれ」と少し小遣い銭を渡して、情報提供を依頼している沿バルトの新聞記者からだった。「佐藤さん、本日未明、バクーにソ連軍が突入した。百人以上の死者が発生している模様だ」という話だった。早速、アガエフの執務室に電話をしてみた。すぐにアガエフが電話をとった。「情報が錯綜していて、どのような事態になっているかよくわからない」という話だった。すぐに大使館に行って、国営タス通信の報道をチェックした。二十日付でソ連最高会議幹部会がバクーに非常事態を導入した。ナヒチェバンからは、数千人の住民がイラン領に逃げ込んだという報道がなされている。アゼルバイジャン全土が騒擾状態になっているようだった。

テレビ・ニュースを見るが、検閲のため、ソ連軍と住民が衝突している実態については、一切報じられない。アゼルバイジャン人によるアルメニア人へのポグロムが行われ、治安を維持し、ソ連の国境を保全するために軍事介入がなされたという解説が繰り返しなされた。

私の記憶では、一月二十五日のことである。アガエフから電話がかかってきた。「今日はひじょうに重要な人物の会見がある。是非来て欲しい」という話だ。私は、「必ず行く」と答えた。会見場には、パネルにソ連軍戦車にひき殺され、内臓が飛び出した女子学生や、銃撃で頭を三分の一くらい吹き飛ばされた少年などのむごたらしい写真や、ソ連軍の戦車を「人間の鎖」でとめようとしている写真が展示されている。

この写真を見て、同志社大学神学部時代、フロマートカが一九六八年の「プラハの春」に対するソ連軍の介入に反対し、抗議活動を行ったときの背景事情を調べた際に見た、プラハ市民の抵抗の姿が二重写しになった。プラハでも死者は発生した。しかし、ソ連軍の戦車が非武装の市民を、公衆の面前でひき殺すようなことはなかった。

リトアニアの人民戦線に相当する「サユジス（著者註＊リトアニア語で〝運動〟の意味）」は、分離独立を綱領に掲げている。「サユジス」の急進派は、実力、すなわち武装蜂起によってソ連からの分離独立を勝ちとるべきだと主張している。これに対して、ソ連当局は、メディアを通じた批判にとどめ、物理的な圧力は加えていない。バルト諸国の「肌の白い人たち」をめぐる出来事とアゼルバイジャンの「肌の浅黒い人たち」をめぐる出来事を見る目付きが違ってきている。嫌な感じがした。

アガエフは、私に「いまモスクワに潜伏しているマフメド同志だ。アゼルバイジャン人民戦線の幹部会員で、最前線でソ連軍に対する抵抗運動を行っている」と一人の青年を紹介した。私と同じ三十歳前後の青年で、かなり訛りのあるロシア語を話す。アガエフとマフメドは、アゼルバイジャン語で話している。記者会見は、いつもと違って非常に緊張していた。人の出入りで扉が開くたびに、マフメドに同席しているルスタムザデやアガエフが浮き足立つ。

マフメドの記者会見は、堂々としていた。アゼルバイジャン人によるアルメニア人に対するポグロムが誇張された話であり、モスクワは、アゼルバイジャンの民族意識と宗教意識の覚醒を弾圧し、アゼリー人をソ連共産党中央に隷属させることが今回の軍事介入の目的であると主張した。それと同時に、モスクワは、カスピ海の石油資源がアゼルバイジャンの支配下に入ることを恐れていると強調した。仮にアゼルバイジャンが石油利権を手にすれば、ソ連から離脱しても、独立国家として存続することができるので、ソ連政府はアゼリー人が民族自決権を行使する可能性をつぶしてしまおうとしていると マフメドは主張した。

ルスタムザデが、「われわれアゼルバイジャン人は、ゴルバチョフのペレストロイカ政策を真面目に支持してきた。それによってソ連が強化され、アゼルバイジャン人が幸せになると思ったからだ。ナゴルノ・カラバフ問題についてももっと言いたいことはあった。しかし、忠実なソ連国民として、自己抑制し、沈黙していた。しかし、このような軍事弾圧が無辜《むこ》の市民に対して行われるようならば、アゼルバイジャンは主権を実質的に獲得する方途を考えなくてはならない」と述べた。

ルスタムザデは、言葉を選んでいたが、アゼルバイジャンのソ連からの分離独立を本気で考えていることがうかがわれた。アガエフがルスタムザデの話を聞きながら、大きくうなずいている。ルスタムザデもアガエフも、どちらかというと保守的な共産党員である。彼らですらも、同胞がソ連軍に殺害される状況に直面し、民族の血が騒いでいるのだ。

この日のマフメドの記者会見は、感銘深いものだった。私は、マフメドに「是非、食事をしながら意見交換をしたい」と誘った。マフメドは、「少し落ち着いたら是非そうしたい」と答えた。その様子を横で見ていたアガエフが、「僕も参加するよ」と言った。

しかし、この食事会は実現しなかった。その日の夜、マフメドが逮捕されたからである。

翌二十六日朝、大使館でチェッカー（受信機）から出てきたタス通信のニュースを読んでいると、「二十五日深夜、何者かによってモスクワのアゼルバイジャン常設代表部が襲撃された」という短いニュースが目に飛び込んできた。心配になって、アガエフに電話をした。何度かけても呼び出し音はするが、誰も電話に出ない。そこで車を運転して、アゼルバイジャン常設代表部に訪ねていった。日本大使館から常設代表部までは八百メートルくらいで、当時は交通渋滞もなかったので、車で一分である。常設代表部の入口を見て驚いた。コンクリートの壁や扉に無数の銃痕が残っている。割れたガラスの代わりに、応急措置として板が張られている。それから、いつも常設代表部の前に停まっているKGBのボルガがない。

常設代表部の扉のノブに手をかけたが、いつも鍵がかかっていない扉に今日は鍵がかかっている。横についているインターフォンを押して、「日本大使館のマサル・サトウだが、アガエフ部長と会いたい」と言った。一旦、インターフォンが切られ、一、二分後に「クト（誰だ?）」というアガエフの低い声が聞こえた。私の声を聞くと、アガエフは、「いま降りていく」と言った。それから一分もしないうちに扉が開いた。アガエフは、徹夜をしていたのであろうか、目が赤く充血していた。

「二十五日から二十六日へと日付が変わる少し前だった。突然、常設代表部の扉が銃撃され、KGBの特殊部隊が突入してきた。捜索令状ももっていないし、官職氏名も名乗らない。『マフメドはどこだ』と言って、部屋を荒らし始めた」

「マフメドはどこにいたのか。逃がそうとしたのか」

「ちょうど会議をやっていた。その場で、拘束、連行された」

常設代表部は、人であふれていた。それも迷彩色の戦闘服を着た青年がほとんどだ。手に自動小銃を持っている者もいる。

「義勇兵を集めているのか」と私はアガエフに尋ねた。

「集めているんじゃない。常設代表部が襲撃されたという話を聞いて、集まってきているんだ」

「しかし、武装抵抗はまずいぞ。こちらが応戦すれば、KGBによって瞬時に叩き潰される」

「佐藤さん、そのことはわかっている。しかし、いま、この青年たちを言葉で説得しようとしても、逆効果だ。少し、時間をかけて頭を冷やさせる。しかし、これでアゼルバイジャンのソ連からの離脱というベクトルは決定的になったと思うよ。僕たちには石油がある。沿バルト三国よりもアゼルバイジャンが早く独立することになるかもしれない」とアガエフは言った。

　バクー事件に関して、ゴルバチョフは公開性を投げ捨て、ブレジネフ時代のような検閲を行った。いまだに真相はよくわからない。アゼルバイジャン人は、ポグロムはアルメニア人の謀略で、アルメニアの民族主義者が同胞を襲い、ソ連軍介入の口実を作ったのだという。アルメニア人は、実際にポグロムがあったと強調する。平均的なロシア人は、「南の民族紛争の影響をモスクワに持ち込まないでほしい」と迷惑顔をしていた。

東京外国語大学の高橋清治教授は、バクー事件をこう総括する。

〈この事件による死者は300名以上といわれる。ポグロムを逃れたアルメニア人がバクーから大量に避難し、アルメニア人襲撃が下火になった時点で、一挙に再び緊張を高めるかたちでバクーの武力制圧が決行された。このことによって、アルメニア人民族組織を含む諸民族の組織からも、バクー事件はアゼルバイジャン人民戦線の壊滅を狙う軍事行動であり、ソ連各地で共産党権力を脅かすほど発展した民族諸組織への見せしめの弾圧であるとの非難を招いた。連邦中央が意図したように、この事件は短期的にはアゼルバイジャン人民戦線に大きな打撃を与えたが、アゼルバイジャン社会には連邦中央への深い不信感を残した。〉（高橋清治「バクー事件」『世界民族問題事典』平凡社、一九九五年、八八八頁）

一月二十七日の昼、私はインツーリスト・ホテル地下一階の外貨ビアホールで、チェシュコと会って、バクー事件についての意見交換をした。土曜日の昼なので、観光客に混じって、ロシア人が結構いた。ロシア人は外貨を所持できない建前になっているので、外国人に同伴しないとこのビアホールは使えない。しかし、周囲を見わたすと、ロシア人だけ、あるいはロシア人とコーカサス系の男たち、いずれにせよソ連国籍の男たちがテーブルを囲んで、おいしそうにビールを飲んでいる。ソ連人の外貨使用禁止が有名無実化していることを感じた。

「マサル、この状況はまずい。コーカサスでソ連軍がこれだけの市民を殺したのに、ソ連共産党中央委員会はまったく責任を感じていない」

「リトアニアにソ連軍が導入され、市民が百人殺されたならば、日本を含む西側諸国は激しい非難声明をだしただろう。アメリカやイギリスは、本国に大使を一時召還して、外交的に不快の念を示すことになったと思う。しかし、各国は、ゴルバチョフ政権のアゼルバイジャンへの軍隊の導入と住民虐殺を事実上黙認している。西側のダブルスタンダードにも問題があると思う」

「マサル、人種主義の臭いを感じないか。ロシア人が、アゼリー人を同胞と感じなくなりはじめている。従って、連中がソ連から離脱しようが、しまいが関係ないという感覚だ。ただし、カスピ海には石油利権がある。それをソ連は手放す気がない」

「まるで、アゼルバイジャンは、植民地じゃないか。確かにセリョージャが言うように、沿バルトとは違う目でロシア人はアゼルバイジャンを見ている。トランスコーカサスでは、アゼルバイジャンだけが非キリスト教国だが、それも関係していると思うか」

「もちろん関係している。それに核の問題がある」

「核の問題だって。どういうことか」

「アゼルバイジャンのソ連軍基地には戦術核がある。それをアゼルバイジャン人民戦線が奪取する危険性をモスクワは心配したのだと思う。バクーの騒擾状態に、モスクワが過剰反応したのは核管理体制が杜撰《ずさん》だったことと関係しているというのが、僕の見立てだ」

確かに核管理という補助線を引けば、一見、過剰反応のように見える今回のモスクワの行動を合理的に説明することができる。

ゴルバチョフは、バクー事件について回想録で次のように述べている。

〈一月十九日、「アゼルバイジャン、アルメニア両民族へ」と題するソ連共産党中央委員会、ソ連最高会議幹部会、ソ連閣僚会議の合同アピールが発表された。ソ連最高会議幹部会令によって、一月二十日からバクーに非常事態令が敷かれた。秩序破壊行為の首謀者たちは幹部会令に従おうとせず、バクーに出動した部隊と真っ向から対決する構えを示した。そのため、犠牲者の数はさらに増えた。

一月二十日、私は、全国テレビで演説を行った。アゼルバイジャン情勢に対する指導部の見解を明らかにし、指導部がとった措置について説明した。さらに「アゼルバイジャン過激派勢力の行動は公然たる反国家主義、憲法違反、反人民の性格をますます強めている。共和国権力を武装奪取するのが彼らの課題であることをほとんど隠そうとしていない」と指摘した。ソ連国内には、アゼルバイジャン過激派の犯罪行為、残酷な暴力と蛮行、法律無視に対し非難の声が高まった。国民は、政府が法治体制と法秩序を回復し、市民の生命の安全を守るために断固たる措置を講じるよう要求した。こうした状況の中で非常事態令が公布され、秩序立て直しのために内務省国内軍、ソ連軍の両部隊が

出動を命じられた。〉（ミハイル・ゴルバチョフ『ゴルバチョフ回想録』上巻、新潮社、一九九六年、六七〇頁）

ここでゴルバチョフは、〈共和国権力を武装奪取〉という言葉を用いているが、アゼルバイジャン共和国の権力が武装したアゼルバイジャン人民戦線に奪取されたならば、同共和国の領域内にあるソ連軍の戦術核も、人民戦線政権の手に入る。

ゴルバチョフの回想をもう少し見てみよう。

〈中央政府のこの行動については賛否両論が出た。また今なお、論議が分かれている。非常事態体制を導入するのが遅すぎたという意見の人もいれば、その導入はまったく必要なかったという意見の人もいる。最初の意見に対しては、連邦政権は共和国政権の頭越しに強行措置の実施はできず、共和国側の同意をとりつけて初めて実施できたのだと指摘したい。非常事態体制の導入は間違いだったと考える意見に対しては、当時の状況下では予想もできないような事態が起こっても不思議ではなく、暴力の拡大を防ぐ必要があったのだと言うことができる。

一九九〇年一月に数多くのバクー市民の命が犠牲になったことは実際、心の痛むことだ。犠牲者がどの民族の出身であるかには関係ない。しかし、あの時、流血の拡大を食い止めなかったとしたら、犠牲者の数はさらに何倍にもなっただろう。われわれは九〇年一月の教訓をその後、生かしただろうか。どうやら教訓を生かしていないのではないか。その証拠に、アゼルバイジャン・アルメニア戦争が発生した。

一月二十日、私は、アゼルバイジャン共産党ビューローの指導者たちと話し合った。アヤズ・ムタリボフ首相、「メーデー」コルホーズのシャママ・ガサノフ議長、ムスリム・マメドフ・バクー市党第一書記、ヴィクトル・ポリャニチコ・アゼルバイジャン党第二書記が顔を揃えた。一方、連邦側からはほとんどの指導者が出席した。双方は、今回の事態が発生した理由は何か、詳細に討議し、今後どのように行動すべきかについて合意をみた。その翌日、全国向けテレビ放送を通じ、アゼルバイジャン、アルメニア両民族間の紛争に関する私の声明が読み上げられた。私はもう一度、陰謀を企てる連中が次々と生み出す民族的反目の渦の中に巻き込まれた人びとの知性と感情を揺さぶろうとしたのだ。

この悲劇的な事件のすべてから私が引き出した教訓は次の通りだ。

権力側は、極限的な事態においては武力行使せずに問題を解決することはできない。しかし、この行動は、絶対的必要性に裏付けられなければならず、きびしくバランスの取れた措置に限定すべきである。長期的問題解決は政治的手段によってのみ達成可能である。〉（前掲書、六七〇〜六七二頁）

ここでゴルバチョフが、バクー事件の教訓として、〈権力側は、極限的な事態においては武力行使せずに問題を解決することはできない〉という結論を引き出したことが重要である。その後、ゴルバチョフは、民族問題を力によって解決することを追求するようになる。それが一九九一年一月のリトアニアの首都ビリニュスにおける「血の日曜日」事件を引き起こし、その後、ソ連は崩壊に向かう坂を転げ落ちていくのである。

7　主権宣言

一九九〇年一月のバクー事件以後、ソ連の連邦構成共和国は次々とソ連からの分離傾向を示した。自国民を戦車で殺害するような中央政府の支配下にはいたくないという気持ちが、ソ連軍によるアゼルバイジャンへの軍事介入を契機に強まったのである。民族問題で何が起きているかを知るために、私は頻繁に民族学研究所を訪ねるようになった。

一九九〇年に入ってからの連邦構成共和国のソ連離脱の動きを時系列的に見てみよう。

三月十一日　リトアニア独立宣言
　　三十日　エストニア独立宣言
五月四日　ラトビア独立宣言

この中で、リトアニアの独立宣言は、一九四〇年のソ連によるリトアニア併合がそもそも違法なのであるから、現時点でリトアニアは既にソ連の連邦構成共和国ではなく独立主権国家であるという内容のものだった。

「サユジス（リトアニア語で〝運動〟という意味）」のランズベルギス代表が議長に就任

したリトアニア最高会議は、三月十一日に「リトアニア国家独立回復に関する宣言」を採択した。そして、「一九四〇年に外国の力によって蹂躙《じゅうりん》されたリトアニア国家の主権が実際に回復され、今後、リトアニアは再び独立国家になる」と宣言した。

この独立回復宣言とともに「一九三八年五月十二日のリトアニア共和国憲法の効力復活に関する法律」が採択された。ソ連による統治が無効とされたが、リトアニアは無法地帯ではないので、第二次世界大戦前のリトアニア共和国憲法が復活するというのだ。法理上の理屈は通っている。

リトアニアの独立宣言が採択された数日後、私はチェシュコ副所長を訪ね、現状に対する評価を聞いた。

「もう滅茶苦茶だ」とセリョージャは溜息をついた。「マサル、『一九三八年五月十二日のリトアニア共和国憲法の効力復活に関する法律』を読んだか」

「読んだよ。要はリトアニアが無法状態になることを避けるため、旧い憲法をとりあえず復活させるということと解釈した」

「その解釈は甘い。リトアニアの民族主義者は、エトノクラチヤ（自民族独裁主義）を考えている」

エトノクラチヤについては、以前に説明したが、自民族だけで、政治、経済、文化などの権利をすべて独占しようとする傾向だ。セリョージャは続けた。

「この法律の第四項の規定を読んだか」

「読んだ。これがどういう意味をもつのか」

第四項には、「一九三八年五月十二日のリトアニア憲法の効力復活は、それ自体として一九四〇年六月十五日までのリトアニア共和国において効力をもっていた法律の効力を復活させるものでないことを確認する」と定めている。この文言のもつ意味を私は正確に理解していなかった。

「リトアニア独立派の連中は、少数民族の権利を認めないつもりだよ」

「セリョージャの言うことの意味がわからない」と私は答えた。

「戦前のリトアニア共和国の法律では、少数民族、特にポーランド系住民の自治と権利保障に関する法律が整備されていたが、こういった少数民族を保護する法律は復活させないとランズベルギス政権は言っているんだ」

一九九〇年時点でリトアニアの人口の約七パーセントがポーランド人だった。歴史的にポーランド系住民は反露感情が強い。一九八八年に「サユジス」が創設された時点では、ポーランド系住民のほとんどが「サユジス」の独立路線を支持した。しかし、一九九〇年三月十一日の独立宣言以降、ランズベルギス政権が極端なリトアニア人優先政策をとりはじめたため、ポーランド人は「サユジス」を離れた。

「マサル、戦前のリトアニアの首都がどこだったか、覚えているか」

「カウナスだ」

「その通り。戦前、ビリニュスは、ビルノというポーランドの都市だった。リトアニア大公国時代の首都ビリニュスを回復するというのは、リトアニア民族主義者の夢だった。ソ連が沿バルト三国を併合する際に、リトアニア民族主義者の意向に配慮して、ビリニュスをリトアニア領にしたのだ」

「そうするとソ連併合によって、リトアニアは領土を拡張したことになる。それについては黙っているというわけだ」

「自分にとって都合が悪いことについては沈黙するというのは、民族主義者の常識だよ。民族主義者が公正な連中だと思ってはいけない」

リトアニア人は、エトノクラチヤという病に完全に取り憑《つ》かれているのだ。ちなみにエストニアとラトビアの独立宣言は、リトアニアとはニュアンスを異にした。エストニアとラトビアは、現状を「独立回復に向かっての過渡期」と規定し、事実として、ソ連政府の統治下にあることは認めた。しかし、リトアニアの場合、事実としてのソ連の支配も認めないという過激なものだった。

当時、私は頻繁に沿バルト三国に出張した。出張するときは、要人との面会希望を「Embassy of Japan, Moscow」というレターヘッドのついた公用箋に書いて、各連邦構成共和国の外務省に送る。外務省という名前がついていても、日本で言えば、小さな県の国際課みたいなもので、職員も十名程度しかいない。リトアニアの公式国名の略称は、ЛССР（Литовская Советская Социалистическая Республика、リトアニア・ソビエト社会主義共和国）である。三月十一日のリトアニア独立宣言以降は、この名前で手紙を書いても、リトアニア外務省の友人が「佐藤さん、申し訳ないけれど、〝リトアニア・ソビエト社会主義共和国〟などという国家は、この地上に存在しない。それだから、РЛ（Республика Литвы、リトアニア共和国）と書き直して欲しい」と言う。心情的に、私はリトアニアの独立を支持しているので、そう書きたいのだが、ソ連政府が「日本政府はリトアニアの独立を承認するつもりか。内政干渉だ」と文句をつけてくる可能性がある。そこで上司に相談してみた。上司は東京の外務本省に問い合わせたが、リトアニア独立派が主張する国名を書くのはまずいという。そこで、私は、単にЛитва（リトアニア）と書くことにした。リトアニア外務省の友人も「佐藤さん、知恵を働かしたね。われわれは独立国家〝リトアニア共和国〟の略として受けとめた。ソ連外務省には、リトアニア・ソビエト社会主義共和国を略してリトアニアとすればよい。他の西側諸国でこの問題で悩んでいる外交官にも、こういう落としどころで処理しようと耳打ちするよ」と言って、了解してくれた。

エストニアやラトビアに出張する場合は、「～ソビエト社会主義共和国」という国名がついていても手紙の受け取りを拒否されることはなかった。ちなみに一九九一年八月十八～二十一日のソ連共産党保守派によるクーデターが失敗し、ソ連体制の崩壊が加速された時期、エストニアは八月二十日に、ラトビアは翌二十一日に完全な独立を宣言を行ったが、リトアニアは何もしなかった。前年の三月十一日に既に完全な独立宣言したから、二度目の独立宣言は必要ないというのがリトアニア政府の立場だった。

その後も、一九九〇年中に主権宣言の嵐が続く。
六月十二日　ロシア主権宣言
　二十日　ウズベキスタン主権宣言
　二十三日　モルドバ主権宣言
七月十六日　ウクライナ主権宣言
　二十七日　ベラルーシ主権宣言
八月二十二日　トルクメニスタン主権宣言
　二十三日　アルメニア主権宣言
　二十三日　タジキスタン主権宣言
十月二十五日　カザフスタン主権宣言
十二月十二日　キルギスタン主権宣言
ちなみに一九八九年以前に主権宣言を行った共和国も記しておこう。
一九八八年十一月十六日　エストニア主権宣言
一九八九年五月十八日　リトアニア主権宣言
　七月二十八日　ラトビア主権宣言
　十月五日　アゼルバイジャン主権宣言
　十一月十八日　グルジア主権宣言
ソ連邦は主権国家の自発的連邦（同盟）ということになっていたので、連邦構成共和国が主権宣言を発表すること自体には、法的問題はない。主権宣言を発表した諸国の中でも、主権を宣言することで、モスクワの連邦政府との交渉の立場を強化しようとするのが、沿バルト三国を除く大多数の共和国の思惑だった。

しかし、そのような交渉上の駆け引きから、本気でソ連からの分離独立を志向する動きが、モルドバ、アルメニアで強まってきた。一九九〇年一月のバクー事件後、アゼルバイジャンも中央から離反する動きを示した。さらに、ウクライナにおいても、第二次世界大戦後、ソ連の版図に編入された西ウクライナのガリツィア地方で分離独立の動きが出てきた。

私は、一〜二週間に一回は、新聞の切り抜きを大量に袋に詰めて、セリョージャと会って意見交換をするようになった。一九九〇年夏の時点で、セリョージャは沿バルト三国がソ連から分離独立するのは時間の問題と見ていた。もっとも時間の問題といっても、その一年後に独立が実現し、一年半後にソ連が崩壊することを予測していたわけではない。モスクワの連邦政府と沿バルト三国の独立派政府が、五年くらいの時間をかけて、「離婚交渉」を行うことを考えていた。当時、セリョージャはしきりに大英帝国の解体過程、とくにイギリスからアイルランド共和国が分離する過程が参考になると言っていた。その場合、ＩＲＡ（アイルランド共和国軍）のようなテロを引き起こさないことが重要と強調していた。セリョージャが警戒していたのは、遠隔地ナショナリズムの問題だった。

前に述べたように遠隔地ナショナリズムとは、移民、とりわけその二世、三世が、自らの故郷である民族に過剰な親近感をもつことだ。当時、ソ連経済は混乱の極みにあった。従って、アメリカやカナダに移住しているリトアニア人やラトビア人が、百米ドルをカンパで送れば、民族運動活動家一人の三カ月分くらいの生活費と活動費にあてることができる。事実、沿バルト三国で、分離独立運動が高揚しているのも、移民からの送金によって、生活の心配をすることなしに政治活動に専心することができる活動家が相当数いるからだった。

遠隔地ナショナリズムの問題で、危険なのはガリツィアだというのがセリョージャの見解だった。七月十六日にウクライナが主権宣言を採択した翌週に私は民族学研究所を訪れ、ウクライナ情勢についてセリョージャとかなり踏み込んだやりとりをしたことを覚えている。

「エストニア、ラトビア、リトアニアの分離独立運動は、武装闘争には発展しにくい。これら沿バルト三国では、共産党の力がかなり強かった。ソ連による強制併合というのは言い過ぎで、それを歓迎する国内勢力があったことも間違いない。しかし、ガリツィアの場合、状況はまったく異なる。この地域での共産党の影響力はそれほどなかった。さらに第二次世界大戦後も反ソ武装闘争が、かなり長期間続けられた」

「戦後に反ソ武装闘争なんてあったのか」

「ガリツィア地方ではあった。ソ連軍と秘密警察が徹底的な掃討作戦を行ったが、一九五〇年代半ばまで、武装ゲリラが活動を続けていた。その流れが再びよみがえろうとしている」

「どういうことだ」

「マサルも知っているようにガリツィアのウクライナ人はユニア教徒だ」

前に述べたようにガリツィアには、儀式はロシア正教とほぼ同様で、イコン（聖画像）を崇敬し、下級司祭は妻帯している「ユニア（東方帰一）教会」というカトリック教会が存在した。見かけは正教会に似ていても、ローマ教皇（法王）の首位権と聖霊の発出において、聖霊が「父と子から発出する」という「フィリオクエ」（filioque、ラテン語で〝子からも〟という意味）の立場をとるカトリック教会だ。

信者以外から見ると、正教会とユニア教会は同じように見えるが、当事者にとっては本質的に異なる。しかも儀式が似ているだけに近親憎悪的感覚が強まる。

ガリツィアのユニア教徒たちは、ソ連の支配を潔しとせずに、海外に移住した。とりわけ、カナダに移住したウクライナ人が、遠隔地ナショナリズムによって、ウクライナ独立運動を牽引した。

〈ウクライナ系カナダ人はカナダ総人口のわずか1・5％（40万6000人、1991。両親ともウクライナ系に限定）を占めるにすぎない少数集団であるが、その民族意識の高さと卓越した組織力ゆえに、カナダではイギリス系・フランス系集団に次ぐ《第3勢力》の中核的存在とみなされることが多い。彼らの民族意識は、ロシアをはじめ周辺諸国による分割と侵略にさらされつづけてきた祖国の悲運の歴史の中で強化された。〉（田村知子「ウクライナ系カナダ人」『世界民族問題事典』平凡社、一九九五年、一九二頁）

セリョージャは続けた。

「十九世紀後半、ロシア帝国はウクライナで、極端なロシア化政策をとった。本来、ナショナリズムとは関係のないロマノフ王朝が、上から、ナショナリズムを押しつけた。ベネディクト・アンダーソンが『想像の共同体』で展開した〝公定ナショナリズム（official nationalism）〟ととらえていい。このとき、ハプスブルク帝国の版図にあったガリツィア地方では、ウクライナ語に対する圧迫もなかった。ユニア教会もすくすくと育っていった」

「なぜ、ハプスブルクは、ロシアと同じ巨大帝国なのに、ウクライナ人に対する緩やかな民族政策がとられたのだろう」

「それは、チェコ人やスロバキア人などのスラブ民族が、ロシアよりもオーストリアに対して共感をもっていたので、ハプスブルクの支配者たちが、ロシアとドイツにはさまれた中東欧のスラブ系諸民族を味方と考えていたからだ」

「ウクライナ人は、ハプスブルク帝国から見て身内ということになるのか」

「必ずしもそうじゃない。ガリツィアのウクライナ人だけはユニア教徒で、カトリックだから身内と感じるんだ」

ここでもカトリックか正教かという線引きが重要になるようだ。

「セリョージャ、ロシア人がカトリックに改宗すると、もはやロシア人ではないということになるのだろうか」

「マサル、いい質問だ。ちょっと考えさせてくれ」とセリョージャは言った。

セリョージャは、煙草に火をつけて、一呼吸置いてから言った。

「結論から言うと、カトリックに改宗すると、ロシア人はロシア人でなくなる。自らのアイデンティティーを失うと思う。カトリック的な普遍主義をロシア人は受け入れることができないからだと思う。それだから、モスクワでもカトリック教徒はポーランド人とリトアニア人を除けば、ほとんどいない」

ソ連時代、モスクワには、実際に活動しているカトリック教会が一つだけあったが、ミサにも人があまり集まらない。信者のほとんどは、セリョージャが言うようにポーランド人かリトアニア人だった。

「ロシア人がプロテスタント教徒になることはできるか」

「それは問題ない。事実、バプテスト教徒や福音主義キリスト教徒（著者註＊ペンテコステ派に近い）などのプロテスタントはソ連全体でも数百万人いると思う。プロテスタンティズムならば、ロシア人のアイデンティティーを崩さなくていい。それは、プロテスタンティズムが国民教会を作ろうとするからだ。プロテスタンティズムは、カトリシズムのように普遍的原理でロシア全体を覆ってしまおうとする悪しき普遍主義からは免れている」

セリョージャだけでない。ロシアの知識人にはカトリシズムに対する忌避反応が強い。これはソ連体制側の反宗教キャンペーンよりもずっと根の深いものである。カトリシズムがもつ普遍性が、ロシアを内側から壊していくと考えるのである。

マルクス主義の目指す共産主義社会においては、国家が消滅し、民族間の差異も解消される。マルクス主義は普遍主義そのものではないだろうか。

「セリョージャ、それじゃマルクス主義はどうなんだい。マルクス主義が志向する共産主義社会においては、国家も階級も存在しない。民族間の差異も解消される。これこそ普遍主義そのものじゃないだろうか。なぜマルクス主義にロシア人は忌避反応をもたないのだろうか」

「マサル、われわれロシア人がマルクス主義をどれだけ理解できているのだろうか。そもそも、マルクス主義に首尾一貫した体系があるのだろうか。『資本論』の第一巻と第三巻の内容は矛盾していないだろうか。唯物史観は、科学ではなく、作業仮説ではないのだろうか。マルクス主義とレーニン主義の間にどれだけ連続性があるのだろうか。実際のところ、マルクス主義とレーニン主義はつながっていないんじゃないだろうか。また、レーニン主義とスターリン主義は連続しているのではないだろうか。いったいこういった問題に、共産党の幹部や知識人が真面目に取り組んだことがあるのだろうか」

「………」

「誰もこんな問題なんか、考えたことがない。大学の受験のためにマルクスとエンゲルスの『共産党宣言』やレーニンの『なにをなすべきか?』『国家と革命』などは、誰もが読み、その内容を暗記した。しかし、それだけのことだ。誰もイデオロギーのことなどまじめに考えていない。ロシアにマルクス主義が受肉したことは一度もないのだと思う。ベルジャーエフが言っているように、ロシア共産主義は、ロシア修道院の禁欲主義、あるいは大衆の受動性を積極的に評価し、国家上層部だけを取り替えることが手っ取り早いと考えたトカチョフの陰謀思想の延長線上にある。マルクス主義が与えた影響は、実に小さい」

「それじゃ、なぜ、ロシア人は、トカチョフの系譜に属するナロードニキや社会革命党の土着の革命思想ではなく、マルクス主義を採用したのだろうか」

「そこには、いくつかの歴史的偶然がある。レーニン、トロツキー、ジノビエフ、ブハーリン、これにスターリンを加えてもいい。革命の技術に長《た》けた人々がボリシェビキにいた。これらの革命家が、マルクス主義に憧れたのは、マルクス主義には、ロシアの革命思想に欠けている普遍性があったからだ。普遍性に対して、ロシア人は、忌避と魅力を同時に感じる」

「よくわからない」

「ゲルツェンやバクーニンなどのロシアの西欧派を見てみればよくわかる。西欧派は普遍的原理にあこがれた。しかし、現実に存在するヨーロッパに対しては、忌避反応を抱き、いずれも、社会主義者となって、西欧を超克した理想的な、普遍的社会をロシアに作ろうとした。ロシア人は、外部から普遍主義を押しつけられるのには強い忌避反応がある。しかし、ロシア人は、自らの個別利益を押しつけようとするときに、それを個別利益とは言わない。あなたたちにとっても利益がある普遍的なものであるという。ロシア人がいう、普遍的なるものには、必ずロシアの個別利益が含まれている。ロシア人はそのことに気づいているのだが、認めようとしない」

「まだよくわからない。なぜ、個別利益をそのまま要求できないのだろうか」

「実は、その点については僕もよく説明できない。ただ、ロシアは道義国家であって、全人類の苦難を背負っているという発想が、ソ連国家にも継承されていることは間違いない。ソ連は、現在、経済改革と民族問題で苦しんでいる。去年（一九八九年）十一月にベルリンの壁が崩壊し、十二月のマルタ会談で東西冷戦は終結した。ロシア人は、冷戦に敗れたとは考えていない。これは決して負け惜しみではない」

「それじゃ、どう考えているのか」

「時代の転換の徴《しるし》をロシア人は正確につかんだ。そして、人類が背負うべき苦悩を、自らが率先して背負っていると考えている」

「一種のメシア思想というわけか」

「そうだ」

セリョージャは、「民族学研究所では、これまで手をつけていなかった、ウクライナ人、ベラルーシ人に関する政治民族学研究に本格的に取り組むようになった」と言った。

一九八九年九月の民族問題に関するソ連共産党中央委員会総会の結果、中央委員会に民族問題部が設けられた。しかし、ブレジネフ時代に「ソ連における民族問題は最終的に解決した」ということになっているので、民族問題について仕事で扱った経験がない。中央委員会の官僚には、民族問題がどういうものなのかが、理論的にも、皮膚感覚としてもわからない。また、ソ連政府にも民族問題を担当する官庁がない。そこで、民族学研究所が実質的には、中央委員会民族問題部の頭脳としての機能を果たしていた。

セリョージャは、サハロフ、エリツィン、アファナシエフなどの急進改革派に対しては批判的だ。同時に党派的立場からゴルバチョフを守るつもりもない。ソ連共産党は官僚集団なので、そこで建前として掲げられているイデオロギーが偽物であるということも自覚している。現状で、重要なのは「自分の頭で考えることだ」という単純な結論にセリョージャは至った。ソ連崩壊後、セリョージャに、「マサルとの意見交換が、ソ連崩壊について僕が事前に確信をもつようになるうえでとても役に立った」と言われた。

セリョージャがもっとも恐れたシナリオは、ロシアで、排外主義的ナショナリズムが出現することだった。ナショナリズムは「敵のイメージ」から生じる。例えば、沿バルト三国が独立し、少数派に転落したロシア系住民が差別されるようになる。その様子は、当然、ロシアで報じられるようになる。そうなると多くのロシア人が「よくも俺たちをコケにしやがったな」という気持ちを抱くようになる。そうして、「ロシア人によるロシアを実現しよう」という運動が起きる。ロシア人に排外主義が生まれると、国内の民族的少数派が強力な反露感情を抱くようになる。そうなるとソ連領域全体で、終わることのない民族紛争が始まる。

「ソ連型共産主義は、民族を超克することができるという神話を作ろうとした。レーニンやスターリンは、それが神話であるということを最初からわかっていた。民族を超克するソビエト国民という神話が、ソ連帝国を維持するために有益だから、活用したということなのだろうか」と私は尋ねた。

「それはちょっと違う。レーニンやスターリンは、ソビエト国民の形成は可能と考えた。そして、事実、ソビエト国民は形成されたのだと思う。外国で、『あなたは何人か？』と聞かれたロシア人、グルジア人、アルメニア人などは、特に抵抗感をもたずに『私はソビエト人です』と答えた。要はロシア人、グルジア人などという意識とともに、複合アイデンティティーとしてソビエト国民という観念は成立していたと思う。ソビエト国民という形で、ソ連型の市民社会ができたと考えてもいい」とセリョージャは答えた。

ソ連における複合アイデンティティーは実に面白い。バクー事件後、アゼルバイジャンの知識人と話していて感じたことであるが、同胞を殺害したソ連軍をこの知識人は憎んでいる。しかし、同時にユーリー・ガガーリンが世界初の有人宇宙飛行を行ったことについては、自らの誇りと考えている。ドストエフスキー、トルストイ、チェーホフなどのロシア文学も、「われわれの遺産」と考えている。同時に自らはムスリムであるという自己意識をこの知識人はもっている。特に興味深いのは、レールモントフに対する評価である。例えば、『現代の英雄』を読めば、ムスリムの山岳諸民族は、野蛮で、無知蒙昧か、あるいは飲んだくれのように描かれている。レールモントフはコーカサス諸民族を支配する側のまなざしで見ている。ところが、一九八九年末時点でアゼルバイジャンの知識人はレールモントフも「われわれの遺産」と考えていた。もちろん、現在のアゼルバイジャン人は、もはやロシアとの連続性をそれほど強く感じないので、レールモントフはもとより、ドストエフスキー、ガガーリンも「あちら側の人」と考えていることと思う。一九九〇年一月のバクー事件をきっかけにアゼルバイジャン人の自己意識が変化したのだ。

人間のアイデンティティーが、大きく変化するときは、何もないところから新しい意識が引き出されてくるのではない。複合アイデンティティーのうち、いままでは眠っていた要素が、ある契機で引き出されてくるのである。そのなかで、民族という要素を中心にある人間集団のアイデンティティーを組み立てると、それは必ず排外主義への道を開く。排外主義から、流血と民族浄化までの距離は、それほど離れていない。

セリョージャは、ロシア人、ベラルーシ人、ウクライナ人が明確な民族意識をもたないことが、ソ連を維持するために決定的に重要と考えた。

「ソ連が帝国であると、西側のソビエト学者は言うけれど、それは半分あたっている。一九一七年の社会主義革命という形態でロシアは近代化を行った。そこでは、近代の国民国家を超克するソビエト国家が建設された。しかし、ソ連を建国した当事者の意識とは別に、ソ連は近代以前のロシア帝国を継承するものだった」とセリョージャは言った。

「それでわかった」と私は答えた。「ロシア帝国時代、ロシア人は、大ロシア人（いわゆるロシア人）、小ロシア人（ウクライナ人）、白ロシア人（ベラルーシ人）に分かれるが、分離しているのではなく、一体の民族であるというアイデンティティーを保全することが重要だということをセリョージャは強調したいんだ」

「そういうことだ。だから、ガリツィアのナショナリズムが高まりウクライナがソ連から分離する動きを示すようになると、ソ連は崩壊する。それはソ連の崩壊にとどまらず、ロシア自体の解体につながる」

「沿バルト三国とともにガリツィアだけが独立してしまえばよいではないか」

「そのシナリオは多分、ないと思う。ガリツィアの民族主義者は、ロシアによって占領されているウクライナ全域を独立させようと考えているからだ。ガリツィアの独立だけでは満足しない。ヒトラーとスターリンの取り引きでソ連領に編入された沿バルト三国とモルドバについて、できるだけ早く独立の道筋を整えることだ。そして、ソ連の核となるロシア、ウクライナ、ベラルーシの東スラブ三兄弟を固めることだ」

「どうやればそれができるか」

「率直に言って、問題がどこにあるかはわかっているんだが、有効な処方箋が書けない。かつてレーニンは『帝国主義の全般的危機』という評価をしたが、ソ連体制は『全般的危機』に陥っている。もはや東欧の社会主義体制は崩壊し、資本主義への道を歩んでいる。ロシアだけがその流れから逃れられるというのは幻想だ。しかし、そのようなごく単純なことを、この国家を指導する中央委員会の官僚が理解していない」

「ゴルバチョフは理解しているのだろうか」

「この前、ゴルバチョフはソ連大統領（一九九〇年三月十五日に人民代議員大会で選出）になったけれども、ソ連共産党書記長にとどまった。『社会主義から資本主義へ』という流れをゴルバチョフは理解していない。だから、今後もジグザグが起きる」とセリョージャは深刻そうな面持ちで言った。

ウクライナについては、ソ連共産党中央委員会とKGBが全力をあげてガリツィアの民族主義が拡大しないように対策を講じた。強圧的な姿勢ではなく、むしろユニア教会の活動を認め、ウクライナ語強化やウクライナの歴史の見直しについて、ガリツィアの民族主義者の見解を取り入れるという融和策をソ連当局はとった。沿バルト三国と異なり、ウクライナではナチス・ドイツの侵攻によって、大量の住民が殺害され、拷問、レイプ、略奪の被害にあった。従って、ウクライナ人の草の根レベルで「ドイツ人よりはロシア人のほうがはるかにマシである」という意識が共有されていた。カナダから来訪する民族主義活動家の極端に反ソ的、反露的な言説も、ガリツィアのリボフやイワノ・フランコフスクでは影響力をもったが、ウクライナの首都キエフではほとんど影響をもたなかった。ウクライナの民族エリートたちは、主権カードを用いて、できるだけ多くの経済利権をウクライナにもってくることを考えていた。

ソ連の混乱は意外な方面からやってきた。一九九〇年十一月にグルジア情勢が急速に悪化したのである。

†

一九九〇年十月二十八日のグルジア最高会議選挙で、反共産党系の「自由グルジア円卓会議」が圧勝した。そして、「円卓会議」の指導者ズビアド・ガムサフルディア（一九三九〜一九九三）がグルジア最高会議議長に就任した。ガムサフルディアは、最高会議議長就任直後に、歴史的にグルジア民族に所属した土地をグルジア人の手に戻すという口実で、南オセチア自治州とアジャール自治共和国を廃止すべきであるという演説を行った。まさに排外主義そのものであるが、グルジアの民族主義者はそれを支持した。そして、ガムサフルディアは同年十一月二十三日、数万人の支持者を引き連れ、南オセチア自治州の州都ツヒンバリで行進と集会を行った。グルジア政府によれば、「平和的行進」ということだったが、自動小銃で武装した数百名のガムサフルディア親衛隊が同行し、オセチア系住民と衝突、死傷者を出した。

この事件を契機に、グルジア人とオセチア人の間で、内戦が始まったのであるが、当時、モスクワでは正確な情報を得ることが難しかった。私は、何度もグルジアと南オセチア自治州に出張することを試みたが、ソ連外務省から許可が下りなかった。ただし、ただごとではない事態がグルジアで進捗していることがうかがわれた。もっともマスメディアの関心は、ソ連からの分離独立傾向を強めるリトアニアにソ連軍が軍事介入する可能性があるか否かに向けられていて、グルジアに対する関心はそれほど高くなかった。

同年十二月十二日、グルジア最高会議は、南オセチア自治州の州都ツヒンバリと隣接するジャバ地区に非常事態を宣言した。正確にいうと、この時点で、グルジア政府は南オセチア自治州を廃止していたので、ツヒンバリはもはや州都ではなかった。

実は十二月九日に南オセチア自治州は、自治州の共和国への再編とグルジアからの離脱を目指して、南オセチア自治州最高会議の選挙を行った。これに対してグルジア最高会議は、十一日、南オセチア自治州の廃止を決定し、選挙を無効にした。ここから、グルジアと南オセチアの対立は非和解的様相を帯びてきた。

民族学研究所のコーカサス研究は、世界でも最高水準に属する。特に、コーカサス部長をつとめるセルゲイ・アルチューノフ博士は、日本語にも堪能な「歩く百科事典」と言われる人物だった。アルチューノフ先生は、父がアルメニア人、母がロシア人であるが、生まれはグルジアのトビリシである。私は、アルチューノフ先生の研究室を頻繁に訪れて、グルジア情勢について、情報を収集した。

アルチューノフ先生は、「民族問題を理解するためには、まず、民族主義者が、過去の歴史的断片をどのようにつなぎ合わせ、どのような神話を作っているかについて、理解することがたいせつである」と言う。

グルジアの民族主義者の見解によれば、歴史的にグルジアは紀元前六世紀から国家を有しており、一八七八年にロシアに併合されるまでは、国家を喪失したことはなかったと考える。せっかく、一九一八年にグルジア国家の独立を回復したのに、一九二一年に赤軍が侵攻し、ふたたびロシア（ソ連）の占領下に置かれてしまったのだと。もっとも、ソ連体制下、グルジア出身のスターリンがソ連共産党書記長として、また、グルジア西部、メグレリア地方出身のベリヤが秘密警察長官をつとめ、権勢を誇ったことなど、グルジア人にとって都合がよくないことは、忘れてしまう。要はこのような歴史認識が、史実に照らして客観的に妥当であるか否かよりも、グルジア人の大多数が主観的に「これが歴史の真実だ」と思っているという事実が重要なのである。

コーカサスは、北コーカサス（ロシア領のチェチェン、イングーシ、ダゲスタン、北オセチアなど）とトランスコーカサス（グルジア、アルメニア、アゼルバイジャン）に分かれる。トランスコーカサスではグルジア人だけが正教徒である。アゼルバイジャンはイスラーム教のシーア派（イランと同じ十二イマーム派）、コーカサスの山岳民族は、オセチア人を除いてイスラーム教のスンニー派（シャフィイー法学派）である。オセチア人もともと他の山岳民族と同じスンニー派だったが、十八世紀後半から十九世紀半ばに、ロシアがコーカサス地域を征服する過程で、ロシア正教に転宗した。イスラーム教からキリスト教に民族が集団で転宗するという事例はめずらしい。正確な統計はないが、オセチア人の九割以上がキリスト教徒で、ムスリムは一割を切っている。アルメニア人もキリスト教徒であるが、五世紀のカルケドン公会議で異端とされた単性論派の流れを引く教派なので、グルジア正教やロシア正教とは基本教義や儀式を異にする。

ソビエト政権が成立するまで、コーカサス地域においては、宗教的帰属が政治においても重要な意味をもっていた。正教という共通の傘をもつロシア人、グルジア人、オセチア人は、基本的に良好な関係を保っていた。帝政時代にロシアは、グルジア人、オセチア人をコーカサス経営の尖兵として、最大限に活用した。この伝統は、ソ連時代にも引き継がれた。グルジア人は、ソ連共産党中央委員会、政府、秘密警察、内務省、軍、教育機関のいずれにおいても強力なロビーをもった。オセチア・ロビーも中央委員会、秘密警察、内務省で強力だった。

「それでは、いつ頃から、グルジア人の対露感情が悪化したのか」と私は尋ねた。

アルチューノフ先生は、「本格的な悪化は、つい最近で、去年（一九八九年）の春からだ」と答えた。

私が、「というと、トビリシ事件が転換点になったのですか」と尋ねた。トビリシ事件とは、一九八九年四月九日、トビリシのグルジア最高会議建物前で集会を行っていた住民とソ連軍の間で衝突が発生し、住民側に十九人の死者が発生した事件である。

アルチューノフ先生は「確かにトビリシ事件が転換点だったけれど、それには背景がある。佐藤さんは、トビリシ事件とアブハジア問題の関連について、どう理解しているか」と述べたので、私は「どのような内的連関があるか、よくわからないので、教えてください」と答えた。

8　境界線上の人間

アルチューノフ先生は、私に「グルジアもしくはアブハジアに行ったことがありますか」と尋ねた。

私は、「グルジアにもアブハジアにも、何回か出張を試みたのですが、（ソ連）外務省が旅行許可を出しませんでした」と答えた。

ソ連時代、モスクワの赤の広場から四十キロ以上離れる場合は、四十八時間前までにソ連外務省に旅行登録を行う必要があった。制度上は登録制とされていたが、実際は許可制だった。民族紛争が激しくなると、トランスコーカサス（グルジア、アルメニア、アゼルバイジャン）、沿バルト三国（リトアニア、ラトビア、エストニア）への旅行は許可されないことが多くなった。

「そうでしょうね」とアルチューノフ先生は答えた。

私は、「ただソチを旅行したとき、民族衣装を着たアブハジア人を見たことはあります」と答えた。

一九八七年十二月、私がまだモスクワ国立大学でロシア語を研修しているときのことだった。日本大使館の研修生仲間と黒海沿岸のリゾート地として有名なソチ（クラスノダル地方）を訪れたことがある。ソチはアブハジアと隣接している。

市の中心の公園の横にヘリポートがあって、そこからヘリコプターに乗って街を見た。ソチは海岸まで山が迫っている。日本でいうと伊豆半島のような雰囲気だ。そして、日本から移植したみかん（マンダリン）の樹が丘陵に生えている。ちょうどみかんの実がなっている時期で、緑の葉の間から見える橙色のみかんがとても印象に残った。ヘリコプターがヘリポートにもどってくると、公園の隅で人だかりがしている。私は好奇心をおさえきれなくなって覗いてみた。そうすると玄関マットのような灰色とも焦げ茶色とも形容できない厚手の布でできた服を着た父子が立っている。アメリカのKKK（クー・クラックス・クラン）が着るような、三角頭巾がついたマントを着ている。ロシア人や東ドイツ人（当時ソチには東ドイツの団体旅行客がよく訪ねてきた）の観光客が写真を撮っている。

私たちに同行していた観光ガイドが、「アブハジア人の親子です。普段は山に住んでいるのですが、こうして降りてきて民族服姿の写真を撮らせて小遣いかせぎをしているのです」と言った。

私は、アブハジア人の親子の姿を見て、胸がわしづかみにされるような思いがした。外務本省で研修生をしていた一九八五年の夏、同志社大学時代にロシア語を教えてくれた渡邉雅司先生の勧めでアブハジア人作家ファジリ・イスカンデルの『牛山羊の星座』

を読んだことがある。ちょうど翻訳が出たばかりだった。山羊と牛をかけあわせた生産性の高い「牛山羊」なる新種をめぐる騒動を描いていた。アブハジアののどかな風景と、遺伝子操作によってどのような品種でも作り出せるというソビエト的構築主義のミスマッチをユーモラスに描いた作品でとても気に入った。そのアブハジア人が、民族衣装を着て、子供まで見せ物にして小遣い銭を稼いでいる姿が哀れだった。

私はこのときの感想をアルチューノフ先生に率直に話した。

アルチューノフ先生は、私の話を注意深く聞いた後に、「そうでしょう。アブハジア人はとても厳しい境遇に置かれています。去年（一九八九年）の国勢調査でも、アブハジア自治共和国に居住するアブハジア人は十八パーセントに過ぎません。グルジア人が半数近くになりました。アブハジア人はこのままだと民族が消滅してしまうのではないかという強い危機意識をもっています」と言った。そして、アブハジア情勢とトビリシ事件の関係について、アルチューノフ先生は以下のような説明をした。

アブハジアは一八一〇年にロシア帝国に併合された。アブハジア人にはロシア人に協力的な人々もいれば、徹底的に戦う人々もいた。ロシアの支配を潔しとしない人々は、オスマン（トルコ）帝国に亡命した。アブハジア人の多数派はロシア正教徒で、残りはスンニー派のムスリム（イスラーム教徒）である。ムスリムの方が出生率が高いので、中長期的にはイスラームの影響が強まるであろうが、アブハジア人は民族としての結束が強いので、宗教の差については、情勢分析をする上でそれほど関心を払う必要はない。

アブハジアは黒海に面し、風光明媚なので観光地としての開発が行われた。この過程でグルジア人とロシア人の入植が進んだ。一九七〇年代には、首都のスフミ市でも人口の過半数をグルジア人が占めるようになった。地名がアブハジア語からグルジア語に変更され、道路標識、住所もグルジア語で表記されるようになった。

一九八五年にゴルバチョフがソ連共産党書記長に就任した。一九八七年頃から、グラースノスチ（公開性）が重視されるようになり、デモクラツィザツィヤ（民主化）というスローガンが叫ばれるようになった。そのような状況でアブハジア人は、自己の言語と文化の保全を訴え、地名、住所等のアブハジア語表記の回復を求めた。これに対して、グルジア人が激しく反発した。グルジア政府も、アブハジアに居住するグルジア系住民の感情に配慮して、優柔不断な態度をとった。アブハジア人の要求を認めるとも認めないとも言わない曖昧政策をとったのである。

このような状況を背景に一九八九年三月、民間団体であるアブハジア人民戦線がアブハジア自治共和国のグルジアからロシアへの帰属替えを要求するに至った。アブハジア自治共和国のアブハジア人幹部も人民戦線の要求を支持した。この出来事を契機に、アブハジア人、グルジア人の過激分子が義勇軍を組織し、バスやトラックに猟銃を背負った若者たちが乗りこんで対峙するような事態に至った。

これと同時に、数万人がグルジアの首都トビリシ市の政府建物前に座り込み、グルジア政府に対してアブハジアに強硬な措置をとるようにと訴えた。

グルジア政府は、住民の激しい感情に当惑して、態度表明を行わなかった。このような政府の姿勢に住民は苛立ちを強め、共産党政権の打倒を訴えるようになった。グルジア政府の力では数万人のデモ隊を解散させることはできなくなった。そこでトビリシに駐留するトランスコーカサス軍管区のソ連軍が出動した。ソ連軍には、治安出動の経験がなかった。実弾は配布されなかったようである。ソ連軍は、催涙ガスと空砲による威嚇でデモ隊を解散させることができると誤算した。しかし、暴徒化したデモ隊はソ連軍に襲いかかった。ソ連軍は、工兵用シャベルで応戦した。先が尖った工兵用シャベルは、ナイフのように鋭利で、殺傷能力がある。その結果、ソ連政府の公式発表でも十九名の死者がでた。

「トビリシ事件以後、グルジアは国土の実効統治ができないようになっています。実は沿バルト三国よりもグルジア情勢の方がずっと深刻です」とアルチューノフ先生は言った。

私は「現場を取材したグルジア人のジャーナリストから、女子学生がソ連軍兵士によってシャベルで腹を裂かれて殺されたという話を聞きました。写真も見せられましたが、不鮮明で、男か女かも、死体がどういう状態になっているかもよくわかりませんでした」と言った。

「佐藤さん、トビリシ事件で、状況は質的に変化したと思います。ただ、ここでゴルバチョフがグルジアにモスクワの中央直轄統治を導入して、グルジア人とアブハジア人の流血が起きないようにすれば、グルジアの解体を防ぐことができたかもしれません。しかし、スフミ事件以後、アブハジア人とグルジア人はもはや共生できないような状態になっています」とアルチューノフ先生は淋しそうに言った。

スフミ事件とは一九八九年にトビリシ大学スフミ分校の開設問題をめぐって発生したグルジア人とアブハジア人の間の本格的な武装衝突である。アブハジア自治共和国の首都にグルジア語の高等教育機関ができると、グルジア化が決定的になるとアブハジア人が危惧を強めているにもかかわらず、同年四月のトビリシ事件以後、統治能力を失ったグルジア政府が無為無策であったため、民族紛争の激化を阻止できなかった。東京外国語大学の高橋清治教授はスフミ事件についてこう記す。

〈1989年7月、アブハジア（アブハーズ）自治共和国の首都スフミSukhumiで発生した、アブハジア人とグルジア人の衝突事件。アブハジア大学のグルジア部を基礎に、トビリシ大学分校を分離設置するというグルジア政府の決定をめぐる対立が、直接のきっかけとなった。両勢力の対立はアブハジア各地、西グルジアの隣接地区に波及し、衝突の続発、武装対峙の状況を生んだが、その背景には永年のアブハジア問題があった。アブハジア自治共和国のグルジア共和国離脱とロシア連邦共和国への編入を要求するアブハジア人の運動は、1957年以来繰り返されており、78年の大集会に対してはブレジネフ（著者註＊ソ連共産党書記長）が中央委書記を派遣し文化的・経済的な状況改善策を約している。一方で、80—81年にはアブハジア自治共和国内のグルジア人への抑圧、差別への抗議運動もグルジアで起こった。事件前の状況としては、ペレストロイカの中で88年6月全連邦党協議会（著者註＊第19回ソ連共産党全党協議会のこと。全党協議会は共産党大会に準じる意思決定機関である）幹部会あてに出された《アブハジア書簡》（グルジアからのアブハジアの離脱などの要求）、89年3月の大集会など、アブハジア人の運動が高まっていた。これに対してアブハジア自治共和国内で多数を占めるグルジア人（1989年45・7％、アブハジア人は17・8％）は離脱運動に反発し、両民族の関係が緊迫した。こうした状況で起こったスフミ事件は民族衝突の口火を切り、その後激しい武装対立にエスカレートしていった。〉（高橋清治「スフミ事件」『世界民族問題事典』平凡社、一九九五年、五六四〜五六五頁）

グルジア・アブハジア対立は、南オセチア自治州に波及した。ロシア人、グルジア人、オセチア人はコーカサス地域における正教を信仰する民族で、お互いの関係は基本的に良好だったが、それが一九八九年に崩れ、現在に至っているのだ。

「ゴルバチョフ政権は、諸民族の反乱を抑え込むことができるのでしょうか」と私は尋ねた。

アルチューノフ先生は、「ソ連共産党には民族政策はありませんよ。ソビエト国民（советский народ、ソベーツキー・ナロード）の形成に失敗しました。ソ連共産党はその他の処方箋をもっていないので、事態を傍観しているしかありません」と答えた。

「今後、どうなるのでしょうか。ソ連は解体するのでしょうか」

アルチューノフ先生は、少し考えてから言った。

「沿バルト三国がソ連から離脱することは、避けられないと思います。それから、モルドバがルーマニアと合同する可能性があります。モルドバはソ連が人為的に創り出した民族です。モルドバ語はルーマニア語をキリル文字で表記しただけの同一言語です。ただし、チャウシェスク政権が崩壊した後、ルーマニアの社会経済状態が相当悪化している。いまのルーマニアにモルドバを併合するだけの体力はないかもしれません。そうするとモルドバが独立するというシナリオもでてきます。いずれにせよ十年のスパンで見た場合、沿バルト三国とモルドバがソ連にとどまっている可能性は少ないと思います」

「ウクライナとベラルーシはどうでしょうか」

「ウクライナとベラルーシはソ連にとどまります。それにカザフスタンもとどまると思います。その他の中央アジア諸国も、中国、インド、イランなどとの提携を深めるよりは、ロシアとの関係を重視すると思います。問題はトランスコーカサスです。グルジアがソ連から分離することになるとアゼルバイジャン、アルメニアも独立します。そうするとソ連の原加盟国であったウクライナとベラルーシがソ連を離脱する可能性が生じます」

一九二二年にソ連は、ロシア連邦、ウクライナ共和国、ベラルーシ共和国、ザカフカース（トランスコーカサス）連邦の四カ国の同盟（連邦）条約によって結成された。その後、ザカフカース連邦が、グルジア、アルメニア、アゼルバイジャンの三国に分離したのである。グルジア人、アルメニア人、アゼルバイジャン人の民族意識を超克するトランスコーカサス人という意識が生まれなかったので、ソ連の枠内での国民国家を建設するという道を選択した。ここにそもそもの問題があった。

国民国家の主体は、血の神話にもとづく民族と法的な契約共同体である市民社会を巧みに結合させることによって生まれる。ソ連の場合、市民社会はソビエト社会という形で変形されて存在していた。そしてソビエト社会に対応するソビエト国民が存在するとされた。それは、さまざまな民族の差異をつつみ込む巨大な傘でもあった。ソ連は、非対称的な連邦制を採用した。モスクワ市、スベルドロフスク州、沿海地方などの地理的区分においては、民族的差異を無視したソビエト国民が主体とされた。これに対して、エストニア共和国、タタールスタン自治共和国、ユダヤ自治州、ヤマロ・ネネツ自治管区などの民族名を冠した区分においては民族が主体とされた。この民族単位内においては、法的な契約共同体である共和国民、自治共和国民、自治州民、自治管区民を形成するという努力はほとんど行われなかった。文化面を中心に民族（エスニック）教育が進められた。一九八〇年代末に、ソビエト国民がソ連帝国の統合原理として機能しなくなったとき、民族文化が政治性を帯びるようになり、排外主義的なエスノ・ナショナリズムが生まれた。それが暴力的な爆発を引き起こしたのがナゴルノ・カラバフ問題をめぐるアルメニア人とアゼルバイジャン人の抗争であり、グルジア人とアブハジア人、グルジア人とオセチア人の武装衝突だったのである。

「アルチューノフ先生、ハプスブルク（オーストリア・ハンガリー）帝国が分解したように、ソ連から国民国家が生まれてくるのでしょうか」

「それはないと思います。ソ連の版図から、国民国家が生まれるとしても、それはエスノ・ナショナリズムに基づく国家になるでしょう。そうすると、ナゴルノ・カラバフで生じた民族紛争と民族浄化が起きます。これはソ連地域にとどまらず、世界を混乱に陥れることになると思います」

「先程、先生は、十年のスパンで見た場合、沿バルト三国とモルドバがソ連から離脱する可能性が高いとおっしゃいましたが、リトアニア、ラトビア、エストニアの場合、エスノ・ナショナリズムによる国家独立ということになるのでしょうか」

「確かに、沿バルト三国ではその可能性があります。その場合、人口の八十パーセントをリトアニア人が占めるので、リトアニアにおいては、エスノ・ナショナリズムでの国家建設を強行することができるでしょう。しかし、エストニアではエストニア人の占める割合は総人口の六割強、ラトビアでは五割強です。この両国では、ロシア系住民と相当はげしい軋轢が生じるでしょう。それから、モルドバでは、ロシア人とウクライナ人が東部の沿ドニエステル地方に集中して住んでいます。南部のベンダーシュ市付近にはガガウズ人（トルコ系の正教徒。十八～十九世紀にオスマン帝国による正教徒迫害が起きたので、ロシアの庇護を求めて現在のモルドバに移住）が集中して住んでいます。モルドバ人とこれらの民族の軋轢が強まります。私がソ連からの離脱に十年くらいかかると言ったのは、それくらいの期間があれば、これらの共和国でも、西欧の市民社会に近い国民が形成されると思うからです」

実際には、アルチューノフ先生の予測は外れ、この話をしている一九九〇年十二月から九カ月後の一九九一年九月にソ連が沿バルト三国の独立を承認することになる。そして同年十二月にはソ連が崩壊し、十五の連邦構成共和国が主権国家になる。もっともこのようなシナリオを予測していた者は一九九〇年十二月の時点では、世界に一人もいなかったと思う。

そして、アルチューノフ先生は、これまで私が誰からも聞いたことがないようなことを言った。

「佐藤さん、私がいちばん心配しているのは、今後のロシアの動向です」

「どういうシナリオがあり得ますか」

「いちばんよいシナリオと、いちばん悪いシナリオを述べましょう。いちばんよいシナリオですと、ロシアはブラジルのような国になります」

「ブラジルのような国とはどういうことですか」

「民主的な憲法があり、一応、法治国家の体裁を整えています。ブラジリア、サンパウロなど都市の富裕層の生活は、欧米諸国と遜色がありません。知的エリートもそこそこいます。しかし、貧富の差が大きく、都市にはスラムがある。また、先住民族は経済的に立ち後れ、ひじょうに貧しい生活をするようになります。構造的に社会の下層や、先住民族から生まれた子供たちには社会的に上昇する可能性がまずありません。それから、直接の軍政が敷かれるようなことはありませんが、政治に軍隊が一定の影響を与えます。このような状況で、ロシアは経済成長を遂げていきます」

「マルクス主義はどこにいってしまうのでしょうか。労働力の商品化を廃棄して、新たな社会主義的生産関係をつくろうとしたソ連の実験の遺産はどこにいってしまうのでしょうか」

「ソ連体制にマルクス主義が根づいたことは、実はいちどもなかったのだと思います。ここにあった政治体制は確かに資本主義ではなかった。しかし、戦時体制型の動員経済です。ソ連国家は、革命直後の干渉戦争や、大祖国戦争のときのナチス・ドイツのような外敵による脅威が迫っているときは、国民の自発性を発揮させることができた。それ以外の状況では、ソ連人は国家や社会から、収奪することだけを考えるようになった。ソ連体制が生き延びることができたのは、一九七〇年代にオイルショックがあって、石油価格が高騰したからです。資源を切り売りすることで、これまで何とか国民を養うことができたが、もうそれもできなくなった。ソ連は既に生命力を使い果たした。ソ連の版図に生きている諸民族はそのことに気づいているのです。このような状況で、ロシアがどのように復興するかが鍵を握ります。いわゆる開発独裁の方向で、国民の能動性を引き出すことができれば、それが最良のシナリオです」

アルチューノフ先生の話を聞いても、ロシアがブラジル型の発展モデルをとることが、なぜ最良のシナリオなのか私にはわからなかった。

「欧米型の民主主義がロシアに根づく可能性はありますか」

「ありません。それは日本に欧米型の民主主義が根づかないのと同じです。ロシアはそれ自体として完結した世界です。ロシア独自の論理をもたないと、この広大なユーラシア地域を単一国家に統合することはできません」

「ロシアはその本性において帝国だということでしょうか」

「そういってもいいでしょう。ただし、帝国という言葉ではなく、連邦（федерация、フェデラツィヤ）という言葉をロシアの政治エリートは用います。この連邦も英語のフェデレーション（federation）とは異なります。ロシア的な連邦です」

「どう異なるのでしょうか」

「それは、この連邦が非対称的な連邦で、民族単位を必ずもつことです。そして、この民族単位の中では、そこを故郷とする土着の民族はほんの少しだけ、優遇されます」

アルチューノフ先生は、「ほんの少しだけ」をロシア語で「チュッチ、チュッチ（чуть чуть)」と表現した。微小の差異を示すときに使う言葉だ。

「要するに、ロシア国家内で、法が均等に施行されないということですね」

「そうです。民族単位においては、連邦法と異なる基準で問題が処理されるということです。民族単位においては民族の伝統、慣習、掟が尊重されるということです」

「帝政ロシアの民族政策と似ていますね」

「帝政ロシアだけではありません。ソ連に入ってからも、『民族問題が最終的に解決された』と宣言される一九七〇年代までは、このような政策がとられていました」

ロシアに欧米型の市民社会を形成することは不可能なので、帝国の遺産を創造的に発展させよとアルチューノフ先生は言うのだ。先生は続けた。

「大ロシア人（著者註＊ウクライナ人、ベラルーシ人と区別した狭義のロシア人のこと）には、少数民族の、複雑な感情がわからない。歴史的に差別されていた人々の感情がわからないんです。わからないから無意識のうちに、ときには善意でとても残酷なことをする。それから、少数民族が身を守ることができるのは、故郷の土地をもつことによってです。ロシア人には『少数民族の気持ちがわからない』ということだけをわかってもらえればよいのです」

前にも述べたように、アルチューノフ先生は、民族学人類学研究所の「歩く百科事典」といわれる知の巨人だ。「日本人の生活慣習」に関する研究で博士号をとっている。ロシア語、英語、ドイツ語、フランス語、グルジア語、アルメニア語などで論文を書いたり、学術発表を行うことができる。その他、インドの少数民族言語、コーカサスの少数民族言語、極北圏のイヌイット人の言語を解読することもできる。沖縄語の文法構造やアイヌ民族の歴史に関する基礎知識を私はアルチューノフ先生から教わった。話をしていると、民族にとらわれないコスモポリタン（世界市民主義者）のような感じがする。アルチューノフという姓自体は、ロシア化したアルメニア人のものだ。

私は勇気を出して、「先生は、民族としてどのような自己意識をもっていますか」と尋ねた。

「私の父はアルメニア人で、母はロシア人です。生まれ育ったのはグルジアのトビリシです。母語はグルジア語とロシア語になります。私は基本的にはロシア人であるという意識をもっています。しかし、ときどきアルメニア人であるという意識や、コーカサス人であるという意識がでてくることがあります」

「何語で思考していますか」

「普段はロシア語です。特に学術的な作業をするときはロシア語です。しかし、人生について考えるときはグルジア語で考えていることも多い。私自身は複合アイデンティティーをもっています。そして、そのときどきの状況で、その複合アイデンティティーのどれかがでてきます。このことは生粋のロシア人やアルメニア人には理解しにくいのだと思います。

私は、日本の外交官とお付き合いしたのは、佐藤さんが初めてです。しかし、一九六〇年代から日本の学者や文化人、ジャーナリストたちとはさまざまなお付き合いをしてきました。佐藤さんは他の日本人と比較して、ソ連の民族問題に対する洞察力や理解力が深い。率直に言いますが、それは、佐藤さんに沖縄人の血が流れているからだと思います。ちょうど私にアルメニア人の血が流れているのと同じです。しかも、佐藤さんの先祖は琉球王国時代の支配層に属していますね」

「私の母は、久米島という離島の出身です」

「琉球王国によって植民地にされていた宮古島や石垣島の周辺の島ですか」

「違います。沖縄本島から真西に百キロくらい行ったところにある中国の福建省との中継地点にあたる島です。首里王府から久米島は優遇されていました。琉球王国時代、母の一族はこの島で統治に責任をもつ地頭代をつとめていました」

「私の父は、アルメニアの貴族でした。母方は商人でした。帝政ロシア時代、母方の伯父が、日本や中国に頻繁に航海し、そのときの話を子供の頃から聞いて、東洋学者になりたいと思ったのです。ソ連体制の教育には限界があると両親が考え、学校教育以外に家庭教師を私につけました。家庭教師から学んだ外国語や歴史、文学の知識がその後、とても役に立ちました。しかし、私がいろいろなことに知的好奇心をもったのは、やはり私がロシア人、アルメニア人のいずれにも同化できない境界線上の人間だからです。境界線上の人間は何かを判断するときに、他の人よりも多くの情報を必要とします。佐藤さんの知的好奇心の強さも、境界線上の人間に特徴的なものと思います」

「確かにそう言われると、思い当たる節があります」と私は答えた。

アルチューノフ先生に指摘され、私は自分が周縁的なところに位置しているということを自覚した。周縁的であることの原因は、私の母親が沖縄出身であるということだけではない。私が、日本では圧倒的少数派であるキリスト教という宗教を選び、しかも神学というきわめて少数の者しか関心をもたない知に惹きつけられたのも、周縁にいることを好む私の性格からだ。マルクス主義にしても、主流派の講座派（日本共産党系）ではなく、非主流派の労農派に惹かれた。また、新左翼系学生運動のシンパとして、官僚になるなどというのは唾棄されるべき選択であるはずなのだが、それに惹きつけられた。知的好奇心の強さと境界線上にいることを好むという性向の間には、確かにアルチューノフ先生がいうように何か関係があるのかもしれない。

私は、「アルチューノフ先生、ブラジル型というのは決して魅力的なシナリオには見えません。しかし、それよりも悪い可能性もあるのですか」と尋ねた。

「あります。佐藤さん、ロシアでファシズムが生まれる危険があります」

私は、聞き違いではないかと耳を疑った。

「ロシアでナチス運動のようなものが生まれると先生は考えておられるのですか。人種神話はロシアには無縁と思います。それこそロシア国家が内側から崩れます」と聞き返した。

「佐藤さん、ナチズムとファシズムは別のものです。私が言っているのはイタリアでムッソリーニが展開したファシズムです。国家神話を形成して、それに対して国民を動員する。要するに『ロシアのために一生懸命努力している者が真のロシア人だ』というスローガンで、国民を束ねていこうとします」

「共産主義も動員型の政治を行ったではないですか。ファシズムとどう違うのでしょうか」

「共産主義には、世界革命を実現してプロレタリアートを解放するという普遍的目標がありました。ファシズムにはそのような目標がない。ロシア人の生存だけが目的となります。そして、周辺世界と常に軋轢をつくり出すことによって国民を動員する。ロシア人の生活は戦争と背中合わせになります」

「ファシズムの兆候が、実際にあるのでしょうか」

「アルクスニス大佐（ソ連人民代議員）が展開する〝ソユーズ（連邦）〟の運動は典型的なファシズム運動です。アルクスニスたちは、マルクス・レーニン主義を排除して、ソ連を生き残らせることを考えている。そのためには西側社会からの脅威、欧米文明から流入した自由主義原理によってソ連人の連帯感が崩れていくことに危機意識を表明しています。それから、ソ連の領土保全を強調し、北方領土について交渉すること自体に反対している。あの動きは、共産主義ではなくファシズムに近い」

「私はアルクスニス大佐とは親しくしています。言行が一致し、人間として信頼できる人物と思います。そしてアルクスニス大佐は知に対する畏敬の念をもっています」

「佐藤さん、ムッソリーニも知識人でした。問題は人間の知性や品性ではありません。束ねていくという形の政治は、必ず排除の論理に立ちます。その結果、異論派に対する弾圧が起きる。知識人にとってファシズムは不愉快な現象です。それよりは限定的ではあっても、民主主義が担保されているブラジル型の権威主義体制が、大多数の国民の生活を安定させると思います」

「先生は、もはや共産主義者であることをやめたのですか」

「やめました。私は共和党に党籍を移動しようと考えています」

共和党とは、ソ連共産党の一党独裁体制が解体され、ロシアに生まれた小政党の一つで、科学アカデミーの研究所や大学に勤務する知識人を中心とする政党だ。

「ロシアに欧米型の民主主義が定着することはないのですが、知識人の役割として民主主義的な価値を実現することを主張するのが、私の役割分担だと思うのです」とアルチューノフ先生は述べた。

†

セリョージャやアルチューノフ先生が予測したように、一九九一年に入るとソ連の民族紛争は急速に深刻さを増した。特に一月十三日未明にビリニュスで発生した「血の日曜日」事件が情勢を質的に転換した。この日、リトアニア共和国の首都ビリニュスのテレビ塔周辺で、独立派系住民とソ連軍が衝突し、十四名が死亡し、百四十四名が負傷した事件である。私は事件の直後にビリニュスに飛び、独立派、ソ連派、双方の幹部と接触し、情報収集と情勢把握につとめた。

さらにビリニュス事件の一週間後、一月二十日の深夜から二十一日の未明にかけて、ラトビア共和国の首都リガでも、ソ連派と独立派の衝突が起きた。ソ連内務省の特殊部隊がラトビア共和国内務省を占拠し、その際、銃撃戦が発生し、五人が死亡したのである。

これまで、中央アジアやトランスコーカサスの民族運動は、暴力的な衝突に発展しやすいのに対して、沿バルト三国では、法秩序を遵守する異議申し立て運動が行われているので、ソ連当局も流血が発生することを極力回避するようにしているという神話が存在していたが、それが完全に崩れた。

ゴルバチョフ大統領は、力によってソ連体制を維持する方向に舵を切った。このことはゴルバチョフが二月二十六日にベラルーシの首都ミンスクで行った演説において、端的に示された。ゴルバチョフはこう強調した。

〈「体質的に右翼の性格を持つ政治勢力が左翼政党に固有の闘争手法を身につけたのだ。彼らは、人民代議員大会、最高会議という合法的な政治の場を通じ権力を奪取することができなかった。それがわかると、彼らはネオ・ボリシェヴィキ戦術と呼ばれる手法に訴えることを決意した。具体的には、国家構造を破壊し、デモ、集会、さらにはストライキを行ない、他の政治運動が乱調をきたすような心理的雰囲気を作り出すことだった。今振り返ってみると、ここ数週間はこの手法のピークの時期だったことがわかる。バルト諸国で発生した不測の事態、さらに社会秩序の強化に関する連邦政権の活動（先に述べた犯罪・汚職取り締まり措置のことを私は念頭においている）を歪曲した形で取り上げ、『独裁が近付いている』と叫び声をあげ、大統領の辞任を要求し、違憲的な形での政治闘争を呼びかけたのだ」〉（ミハイル・ゴルバチョフ『ゴルバチョフ回想録』下巻、新潮社、一九九六年、六〇五頁）

ゴルバチョフを刺激したのは、エリツィン・ロシア最高会議議長の動きだった。ビリニュスでの「血の日曜日」事件に現れたゴルバチョフの強硬路線への傾斜に反発して、二月十九日、エリツィンはテレビインタビューでゴルバチョフの退陣を要求した。これ以降、改革派のゴルバチョフ離れが加速した。

そして、政権を打倒しようという動きを暴力装置（ソ連軍、内務省国内軍、ＫＧＢ）を背景にゴルバチョフは封じ込めようとした。

三月十七日には、ソ連邦の維持に関する国民投票が行われた。このときの設問は、「あらゆる民族に属する個人の権利と自由が完全に保障された平等の主権を有する共和国による刷新された連邦としてのソビエト社会主義共和国連邦の維持が必要と考えるか」というものであった。各連邦構成共和国が平等の主権を有する「刷新された連邦」という未来の理念型に対する評価が求められたわけであるから、この国民投票がソ連の現状に対する是非を問うたものとはいえない。ゴルバチョフは、〈あの国民投票ではソ連国民の七六％が、またロシア国民の七一・三四％が連邦存続に「ダー（著者註＊賛成）」と答えたのだ〉（前掲書、六一一頁）という。しかし、その九カ月後、一九九一年十二月にソ連は崩壊してしまうのである。

ゴルバチョフは、一九九一年四月十六〜十九日に日本を訪問するが、この頃がゴルバチョフにとって政権最大の危機だった。四月二日の物価値上げを契機に、ゴルバチョフ政権に対する不満が一挙に高まった。守旧派のソ連共産党幹部が私に「ヤナーエフ・ソ連副大統領とシェイニン・ソ連共産党書記が、ゴルバチョフを追放し、全国に非常事態を導入して、ソ連の維持を図る計画がある」と耳打ちしたのもこの頃だった。

アルクスニス大佐を中心とする「ソユーズ」に所属するソ連人民代議員グループがゴルバチョフ大統領の辞任を求める動きを本格化した。ウクライナ、レニングラードなどの地方共産党組織がゴルバチョフの責任を追及し、ソ連共産党書記長からの辞任を求めるソ連共産党中央委員会総会の開催を要求した。

ゴルバチョフは、左右から挟撃された。しかし、老獪なゴルバチョフはこの状況を逆手にとった。「左右両極がゴルバチョフ打倒の一点で一致し、政権転覆をすれば、その後には独裁政権が到来する」というキャンペーンを、タス通信社のセルゲイ・コレスニコフ政治論評員に展開させ、エリツィン支持勢力に揺さぶりをかけた。その結果、エリツィンがゴルバチョフに歩み寄った。四月二十三日にゴルバチョフと九連邦構成共和国（ロシア、ベラルーシ、ウクライナ、アゼルバイジャン、カザフスタン、キルギス、ウズベキスタン、タジキスタン、トルクメニスタン）が国内情勢安定のための共同声明に署名した。もちろん、エリツィンも署名した。四月二十四〜二十五日に開かれたソ連共産党中央委員会総会では、ゴルバチョフ批判が相次いだ。そこでゴルバチョフは賭けにでる。二十五日に「私は書記長の職を辞任しよう」と啖呵を切ったのだ。

〈政治局員たちは、書記長辞任の発言を撤回してほしいと私を説得にかかった。「御免だね」と言って、私は自分の執務室に引き上げた。残った政治局員たちは討議を続けた。

（中略）

それから一時間半が経過した。総会は再開され、政治局は、私が自ら提案したソ連共産党書記長辞任の案件を議事から削除するという提案を行なった。裁決の結果、圧倒的多数（反対十三、保留十四）で提案は可決された。

このあと、状況はいくぶん好転した。〉（前掲書、六二三頁）

ゴルバチョフは、改革派を引き寄せることに成功し、権力基盤が中央委員会総会前よりも強化されたように見えた。しかし、それは幻想だった。ゴルバチョフのペレストロイカ路線を放置しておくとソ連が崩壊するという苛立ちをソ連共産党中央委員会とソ連政府の守旧派が強めたのである。そして、それは一九九一年八月十九日のクーデターにつながっていく。この日の早朝、私は大使館の同僚からの電話で、ゴルバチョフが健康上の理由で執務不能になったので、ヤナーエフ副大統領が大統領代行に就任し、非常事態国家委員会が創設されたという情報を知った。大使館に出かける前に、何人かのロシア人に電話をした。そのうちの一人がセリョージャだった。セリョージャは、民族問題に関して、ソ連共産党中央委員会民族問題部、KGB、内務省から頻繁に意見を求められている。今回の事態に関するセリョージャの意見を聞きたいと思った。ベルが十回以上鳴ったところで、オリガ夫人が電話をとった。

「マサルです。朝早く済みません。テレビでも流れていますが、ゴルバチョフ大統領が健康上の理由で執務不能になったので、ヤナーエフ副大統領が大統領代行に就任しました」

オリガが「なんてことなの！（Ничего себе! ニチェボ・セベー！）」と叫んだ。ロシア人がほんとうに驚いたときに口にする言葉だ。そしてオリガは「セリョージャ、セリョージャ」と夫の名前を連呼した。

しばらくして電話口に出てきたセリョージャに、私は早口でまくしたてた。

「セリョージャ、これはクーデターなのだろうか。ゴルバチョフは生きているのだろうか」

「マサル、慎重に判断することだ。通信が遮断されていないのは不思議だ。そう、三日間様子を見た方がいい。そうすれば状況がわかる」

セリョージャの話を聞いて、とにかく多面的に情報を集めることが先決だと私は思った。

9　もう一度マルクスへ

セリョージャが言った「三日間様子を見た方がいい」という言葉は、私の胸に強く響いた。大使館に行くと、政務班員の大多数は、「ついにソ連の本性が現れた。ゴルバチョフは既に殺されている。クーデターは成功した」という話をしていた。私は、クーデターの成否はとりあえず括弧の中に入れておいて、クーデター派、反クーデター派から詳細に情報を集めた。

クーデター派のイリイン・ロシア共産党第二書記が、クーデター二日目の一九九一年八月二十日の午後一時過ぎに、スターラヤ・プローシャジ（旧い広場）にあるロシア共産党中央委員会で私と面会する時間を作ってくれた。これは破格の取り扱いだった。イリインはこれはクーデターではないと強調した。八月二十日に新連邦条約が署名されることになっていた。ソ連は、「ソビエト社会主義共和国連邦（Союз Советских Социалистических Республик）」ではなく「ソビエト主権共和国連邦（Союз Советских Суверенных Республик）」になる。ロシア語の略称はСССР《エスエスエスエル》であるが、国名から社会主義が外される。非マルクス主義的なソ連ができるわけだ。

イリインは「われわれがペレストロイカを進めるのは、社会主義国家ソ連を強化するためで、それを解体するためではない。この連邦条約が調印されれば、ソ連はもはやソ連ではなくなってしまう。われわれはゴルバチョフ抜きでペレストロイカを推進することにした。だから、これはペレストロイカ政策の継続であり、決してクーデターではない」と強調していた。

イリインは真剣だった。興奮した私はぞんざいな言葉遣いになった。「ゴルバチョフは生きているの」と質したのに対し、イリインは「生きている」とはっきり答えた。ゴルバチョフが病気で執務不能になり、ヤナーエフ副大統領が大統領代行に就任したというのが公式発表だ。「端的に聞くけど、殺されたんじゃないか」と私は質した。

「違う。生きている。基本的に元気だ」

「病名は何か」

「ラジクリートだ」

私は、ラジクリート（радикулит）という単語の意味がわからないので、記憶に焼き付け、大使館にもどってから辞書を引くと「ぎっくり腰」のことだった。

イリインは、非常事態国家委員会、ソ連共産党中央委員会の連名による「ソ連国民へのよびかけ」というＡ４判四、五枚の書類を見せてくれた。ボールペンや鉛筆でさまざまな加除修正が加えられた書類のコピーだった。イリインは、「明日の『ソビエツカヤ・ロシア』（ロシア共産党中央機関紙）に、この声明文が掲載されればわれわれは勝利する」と言った。私は「必ず掲載されるでしょう。僕はあなたたちの勝利をあらかじめお祝いしたらよいのだろうか」と言った。すると、イリインは深刻な面持ちで、「いや、状況は単純ではない。いわゆる民主派の策動を許してしまった。これはわれわれが勝つか奴らが勝つかという次元ではなく、ソ連邦が生き残るかどうかという死活的問題なんだ。民主派の策動を許してしまったので、どうなるかわからない。佐藤さん、明日の『ソビエツカヤ・ロシア』を見れば状況を正確に予測できる」と強調した。翌二十一日の『ソビエツカヤ・ロシア』に声明文は掲載されていなかった。この日の夜、ゴルバチョフが軟禁されていたクリミア（ウクライナ）のフォロスからモスクワに戻り、非常事態国家委員会関係者は逮捕された。セリョージャが言ったとおり、三日間で情勢の帰趨は明白になった。

その後、史上初の社会主義国家は、急速に崩れていった。クーデターが失敗した後、リトアニア、ラトビア、エストニアは、独立への動きを加速した。同時にモスクワでは、ゴルバチョフ・ソ連大統領を長とするソ連とエリツィン・ロシア大統領を長とするロシアの二重権力状態が発生した。ロシアは、北方領土問題を解決しようと日本政府に働きかけを始めた。私は、沿バルト諸国との国交樹立交渉、ソ連・ロシア内政の分析、日本からやってくる代表団のアテンドなどで、それこそ明け方の五時頃に帰宅し、八時過ぎには出勤するような日々が続いた。セリョージャとは、情報収集の関係で、民族学研究所を訪れて、何回か話をしたが、腰を落ち着けてソ連崩壊について議論をする機会はなかった。

一九九一年十一月末、大使館の同僚から、「佐藤さん、白眼が黄色くなっているような感じがします。医務官に診てもらった方がいいのではないでしょうか」と言われた。モスクワをはじめ医療事情がよくない国の大使館には医務官と看護師が派遣されている。医務官は私を診察して、「疲れがたまっていて、肝臓にダメージがきているのだと思う。ここではきちんとした検査ができないので、東京に帰った方がいい」と言われた。どうしても終えなくてはならない仕事を片づけ、東京に戻り、医者に行くと「脂肪肝が若干あるが、それほど深刻ではない。ただし、疲労が蓄積しているので、ゆっくり休養したらよい」と言われた。そう言われれば、一九八六年六月に日本を発った後、帰国したのは一九九一年三月の一回だけだった。それも外交文書を運搬する外交伝書使（クーリエ）として、一週間、日本に滞在しただけだった。十分、体調を整えて戦線に復帰することにした。この年の末にソ連は崩壊した。

一九九二年一月末、私はロシア連邦という資本主義国家で仕事を再開した。ソ連科学アカデミー民族学研究所は、ロシア科学アカデミー民族学人類学研究所と改称されていた。

二月初め、日本酒やちょっとした日本の土産をもって、私はセリョージャのアパートを訪れた。セリョージャが砂糖とイースト菌で造った自家製ウオトカ（サマゴン）を飲みながら、いろいろな話をした。「民族学研究所もソ連崩壊の煽りを食って、たいへんな騒動だ」とセリョージャは言った。最初、私は研究所がソ連共産党中央委員会と緊密な関係をもっているので、政治的粛清に巻き込まれたのではないかと思ったが、そうではなかった。エリツィン大統領は、民族問題でソ連が崩壊したことを真剣に受け止め、ロシアではその轍《てつ》を踏まないように民族関係国家委員会（省に相当）を設置することにした。そして、チシュコフ所長が委員会議長（閣僚）に転出することになった。セリョージャも次官として招かれたが、断ったという。

「セリョージャ、せっかくの機会じゃないか。是非、次官になったらいい」

「嫌だ。僕は、学問を続けたい。この時期に政治の世界に足を踏み入れると、学問の世界にはもどれなくなってしまうような気がする。それにチシュコフがいなくなったあと、研究所の面倒を見なくてはならない。特に機関誌の『ソビエト民族学（Советская этнография）』を『民族評論（Этническое обозрение）』と改称して、脱イデオロギー化した高度の学術誌にしなくてはならない。この仕事に僕は従事したい」

「副所長職は続けるのか」

「チシュコフからグボグロ副所長を所長代行に任命するので、僕は副所長にとどまって、グボグロを支えて欲しいと頼まれた」

「学術書記のポストはどうなるのか」

「共産党組織がなくなったから、自動消滅だよ。結局、僕は最後までソ連共産党籍をもっていた。僕が離党するよりも先に党の方がなくなってしまった」と言って、セリョージャは笑った。

二月二十七日、大統領令によって、チシュコフは民族関係国家委員会議長に任命された。役所はモスクワ市南部の旧共産党地区委員会の建物に設けられた。セリョージャ夫人のオリガも民族関係国家委員会の会計課に勤務することになった。チェチェン、トゥバ、タタールスタンなどにロシアから分離する動きがあらわれた。チシュコフたちのチームは、チェチェンを除いて、これらの分離傾向を封じ込めることに成功した。さらに、グルジアと南オセチア自治州の内戦を中止させ、エリツィン・ロシア大統領、シェワルナゼ・グルジア国家評議会議長と、北オセチア共和国、南オセチア自治州の代表者との間で和平協定を一九九二年六月に締結する下準備をしたのもチシュコフ・チームだった。

しかし、チシュコフは、さまざまな困難に直面するようになった。いちばん厄介だったのは、民族問題担当のスタロボイトワ大統領顧問との対立だった。スタロボイトワはもともとソ連科学アカデミー時代の民族学研究所に勤務していた。研究テーマはコーカサスの民族問題だった。アルチューノフ教授の同僚である。しかし、ナゴルノ・カラバフ紛争で、スタロボイトワは極端にアルメニア寄りの姿勢を示した。ナゴルノ・カラバフ自治州を直ちにアゼルバイジャンからアルメニアに移管せよというのだ。アルメニア系のアルチューノフ先生ですら、「そんなことをしたらコーカサス戦争が勃発する」と心配した。チシュコフ所長は、スタロボイトワの提言が、学者の枠を超えた政治的煽動であると厳しく批判した。スタロボイトワは研究所を離れ、アカデミー会員でソ連異論派の指導者であるサハロフ博士に接近した。そして、一九八九年にアルメニアからソ連人民代議員に立候補して当選した。一九九〇年にはロシア人民代議員にも当選し、民族問題に関するエリツィン最高会議議長の顧問に就任した。そして、エリツィンがロシア大統領になった後は、民族問題担当大統領顧問に就任した。一九九一年八月のクーデター事件のときは、エリツィンとともにホワイトハウス（当時の最高会議・政府ビル、現ロシア政府ビル）に籠城した。ちなみに、一九九二年十一月、大統領顧問から解任され、その後は親欧米の急進改革派の立場から政権に批判的な態度をとるようになった。一九九八年十一月二十日深夜、サンクトペテルブルクの自宅（アパート）の前で、スタロボイトワは自動小銃と拳銃によって狙撃され、即死した。政治的暗殺、彼女が関与していた企業の利権をめぐるマフィア間の抗争に巻き込まれて殺されたなど諸説があるが、犯人は逮捕されず、いまだ真相は闇の中だ。

チシュコフの民族政策の基本は、ソ連時代、強く保障されていた民族的自治単位の権利を弱め、地理的単位に再編していくことであった。ソ連は、主権をもつ連邦構成共和国による「同盟（ソユーズ、Союз）」という建前をとっていた。ソ連憲法においても連邦構成共和国は「同盟」から離脱する権利をもっていた。それがソ連崩壊につながったとチシュコフは考え、ロシア連邦内の共和国（旧自治共和国）の離脱傾向を押しとどめることが、ロシア国家を保全するために必要と考えた。従って、共和国の権利を極力文化的内容にとどめ、分離傾向を促進する共和国のナショナリズムを抑制しようとした。

タタールスタン、チェチェン、トゥバの民族エリートはチシュコフを大ロシア帝国主義者であると批判した。スタロボイトワもこの流れに乗って、チシュコフは大ロシア帝国主義者であると同調した。しかし、スタロボイトワの民族政策は、ロシアを市民社会を基礎とする共和国に再編することによって、究極的に民族の権利を個人の人権に帰結させることなので、チシュコフ批判の意図がどこにあるかがわからなかった。そして、そのことをセリョージャに質した。

「マサル、これは政策の問題じゃない。人的確執だ」

「エリツィンに対する影響力争いということか」

「その要素もある。エリツィンは、同じ課題を複数の部下に与えて忠誠心競争をさせる癖がある」

「そんなことをすると官僚機構が崩れる。かえって大統領の権力基盤が弱くなるのではないだろうか」

「それはそうだ。むしろ強すぎる官僚機構の壁を打破するためには、官僚機構内部を反目させて大統領への忠誠心競争をさせることが適当とエリツィンは考えている」

「それは正しい選択なのだろうか」

「短期的にエリツィンに属人的権力をつけるという観点では正しい。ただし、中長期的にこのようなことをしているとロシア国家が弱体化する。しかし、現在、チシュコフとスタロボイトワの間で起きている抗争は政策とは何の関係もない。基本はスタロボイトワのチシュコフに対する恨みだ。スタロボイトワはナゴルノ・カラバフ問題で、チシュコフによって研究所から追放されたと考えている。それだから、その恨みをここで晴らして、チシュコフを失脚させようとしている」

「スタロボイトワはエリツィンの側近だから、チシュコフは失脚するのだろうか」

「僕は失脚しないと見ている。エリツィンが、ゴルバチョフに対抗する急進改革派の政治家として台頭したときに、周囲に名の通った学者を置いておく必要があった。それがスタロボイトワだった。権力を握ったエリツィンにとってスタロボイトワにかつてのような重要性はない。大統領顧問はスタッフが数名いるだけで、実働部隊をもたない。チシュコフが議長をつとめる民族関係国家委員会には数百名の実働部隊がある。それだから現実の政策に対して与える影響はチシュコフの方が圧倒的に強い。スタロボイトワは、私怨からチシュコフの主張にはすべて反対するという態度で、それが他の民族問題専門家にも透けて見えているので、影響力は限定的だ」

確かにセリョージャの言うとおりで、その後の民族政策は、チシュコフの計画に沿って進められた。しかし、それは思わぬところで頓挫してしまう。その結果、一九九二年十月十五日にエリツィン大統領によってチシュコフは民族関係国家委員会議長から解任された。

対立はコサック問題をめぐって起きた。既にソ連時代末期にコサックはロシア人やウクライナ人とは異なる独自の民族として認められた。このコサックに自動小銃くらいの軽武装を許して、国境地帯やコーカサス地域の治安維持にあたらせようという提案をチシュコフは、「内戦を引き起こす危険性がある」として、却下した。これにコサック団体が反発した。これらの団体にはコサックを自称するマフィア関係者も多数いた。コサックに武装が認められれば、マフィア組織も合法的に武器を所持することができる。コサックのロビーの中心となったのがシャフライ副首相だった。シャフライはブルブリスの補佐をして、ソ連崩壊のシナリオ描きに参加した一人だ。ソ連崩壊後、シャフライは自らがコサック民族出身であると名乗るようになった。そして、コサックだけでなく、タタール人、チェチェン人、イングーシ人など少数民族の権利をモスクワの中央政府はもっと認めるべきであると、チシュコフと正面からぶつかる主張をした。シャフライはエリツィンに最も近い側近であり、ソ連解体と新生ロシア建国の功労者だ。闘っても勝ち目はないと考えたチシュコフは辞表を提出した。エリツィンは辞意を受け入れ、解任に関する大統領令を公布した。チシュコフはその年の十一月、民族学人類学研究所長に復帰した。

一九九二年の年の瀬にセリョージャから「相談がある」と電話がかかってきた。私は研究所に出向き、副所長室で話をした。セリョージャは、「疲れたので、少し休暇を取りたい」と言う。チシュコフが所長にもどってきたので、この機会に二年くらい研究所を離れたいと言うのだ。

「研究所をやめてしまうのか。せっかくその若さで副所長になったのに、ここで科学アカデミーから飛び出してしまうのはもったいない」

「いや、研究所から出ることなんか考えていない。学術休暇制度を利用しようと思う」

とセリョージャは言った。

学術休暇制度とは、研究員が博士論文を準備するときに研究所から給与をもらいながら、三年を限度に、研究所への出勤や共同研究への参加を免除される制度だ。ロシアの学位制度は日本とは異なる。大学が五年制で、卒業するためには、日本の大学院修士論文くらいの分量の卒業論文を三本提出しなくてはならない。ロシアの大学院は三年制だ。大学院修了時に提出する博士候補論文は、日本の博士論文に相当する。従って、ロシアの博士候補の学位はイギリスやアメリカの基準ではPh.D（博士）になる。ロシアの博士論文は、一昔前のドイツにおける大学教授資格論文（Habilitationsschrift）に相当する。

「博士論文を書くつもりか」

「そのつもりだ」

「テーマは何にするのか」

「ソ連崩壊についてだ。ソ連を崩壊させたイデオロギーについて分析してみたい」

「それは面白い、是非やってみたらいい。経済的基盤は大丈夫か。研究所からの給与では生活していくことができないだろう」

「それが偶然の機会で、何とかなりそうなんだ」とセリョージャが答えた。

チシュコフの後任の民族関係国家委員会議長にはシャフライが就いた。そして、民族関係国家委員会の建物には、コサック兵士が寝泊まりするようになり、役所なのか民兵組織の兵舎なのかよくわからなくなってきた。また、シャフライは自分が連れてきた人々を幹部に据えた。オリガは会計課の課長代理をつとめていたが、シャフライが連れてきた尊大な新しい会計課長と性格が合わなかった。そこで新興の商業銀行に転職した。給与は民族関係国家委員会の二十倍もある。これでセリョージャの研究を支える財政基盤ができたことも博士論文作成に踏み切る動機になった。

「いいことだと思う。僕もセリョージャの博士論文を読んでみたい」と私は答えた。

ロシア人には、日本人には真似できないような集中力がある。セリョージャは、民族学人類学研究所の図書館、ロシア国立中央図書館などに通いつめ、ソ連崩壊に関する文献を読みあさった。セリョージャは、英語とドイツ語でも学術文献を読みこなす力がある。エレーヌ・カレール＝ダンコース、リチャード・パイプスなどソ連時代は禁書扱いされていた書籍、また理論面については、ハンス・コーン、カール・ドイッチュからベネディクト・アンダーソン、アーネスト・ゲルナー、アンソニー・スミスなどの研究書を読みあさった。

私は平均すれば二週間に一回くらいセリョージャと会った。ソ連がなぜ崩壊してしまったかということは、私にとってもとても興味があるテーマだ。そこには歴史の流れがあったし、また、さまざまな個性豊かな人間の織りなすドラマがあった。その中心人物であるエリツィンを私はいつも観察していた。また、ソ連崩壊のシナリオを描いたブルブリスとも、セリョージャとこの話をした一カ月後の一九九三年一月に知り合い、その後、親しく付き合うようになる。ソ連擁護の側で動いたイリイン・ロシア共産党第二書記、アルクスニス空軍予備役大佐は親しい友人だ。しかし、大きな渦に近づき過ぎ、個性豊かな人々に対する私自身の感情移入や嫌悪感があるために、ソ連崩壊という歴史的出来事の姿を大づかみでとらえることができなかった。また、それを理論的に整理することもできていなかった。セリョージャとの対話を通じ、「ソ連は自壊した」ということを私は確信するようになった。

マルクス主義に民族政策はなかったこと。レーニンとスターリンの思想は、民族問題を含め、連続性が高いこと。ヨーロッパにおける社会主義革命の展望がなくなったため、ボリシェビキは中央アジアとコーカサスのムスリム（イスラーム教徒）を味方につけ、そのためにマルクス主義とイスラームの奇妙な融合が生じたこと。二級のエリートが、支配権を握るために、ナショナリズム・カードを弄ぶという一般的傾向があること。そして、このカードは、社会・経済情勢が不安定なときには大きな効果をあげること。これらは、セリョージャの研究を通じて、私が理解したことである。

セリョージャのアパートは、一九六〇年代に建設されたフルシチョフ式住宅だ。日本の団地によく似ている。日本式に表現すると2Kだ。十二畳くらいの居間と八畳くらいの寝室がある。それに二畳強のキッチンと風呂とトイレがついている。コンパクトで使いやすい住宅だ。セリョージャは初婚だが、オリガは再婚だ。警察学校に通っているオリガの前夫との娘イーラがいた。オリガの前夫は商業銀行幹部になり豊かな生活をしているので、娘の養育費はきちんと送金していた。寝室は、イーラの部屋でもあった。寝室には、ベッドくらいの大きさがあるドイツ製の大きな冷凍庫が置かれていた。冷凍庫に肉、ハム、サラミソーセージ、ブルーベリー、アイスクリーム、バターなどの食料品を保存してあるので、仮にモスクワで食糧危機が発生してもジャガイモさえ確保できるならば、ここに保存した食品で半年は生き延びることができる。セリョージャもモスクワから百数十キロメートル北に菜園つきのダーチャ（別荘）をもっているので、そこでジャガイモやキュウリ、トマトを育てていた。また、友人と豚を数頭飼っていた。豚を潰して、自家消費用の肉を確保する。そして、この豚肉を親族や研究所の友人に配る。もちろん対価はとらない。そうすると、しばらくたつと、友人が玉子や鶏肉、あるいは鮭の燻製をもってきてくれる。お互いに助け合うのだ。このようにして、ロシア人は知識人を含め、ソ連崩壊後、自力で生き残る努力をしていた。誰も国家に頼らなかった。ソ連崩壊後に生まれたロシア国家に、国民の生活を保障する力がないことを誰もが自覚していたからだ。

「セリョージャ、どこで博士論文を書いているんだ」

「コンピューターでの打ち込みは、居間の机でしているが、草稿は台所で書いている」

「台所に机が入るのか」

「机は入れていない。調理台を兼ねている小さなテーブルと椅子がある。そこで草稿を書くと、作業がいちばん進む」

その話を聞いて、オリガが声をあげて笑って、「セリョージャが本や資料を台所に大量に持ち込むので、冷蔵庫の扉を開くことができないのよ」と言った。オリガは離婚してセリョージャに嫁ぐときにプードル犬をつれてきた。バーシャという名前の雌犬だ。セリョージャにすっかりなついている。セリョージャが台所で論文の草稿を書いていると、本や書類の山の間にバーシャがずっと座っている。「僕がきちんと勉強しているか、バーシャが監視しているんだ」とセリョージャは言っていた。

セリョージャは思ったよりも早く博士論文の構想をまとめた。一九九三年八月のことと記憶している。セリョージャは博士論文の草稿のコピーを渡してくれた。ソ連崩壊を理解するために、九つの論点を押さえておかなくてはならないというのがセリョージャの考えだった。

第一に、ソ連はひじょうに窮屈な全体主義体制だったということだ。ソ連体制は帝政ロシアとの連続性が高い。ソ連のような国家がロシアにできるのは、歴史的必然だった。仮にロシアがマルクス主義を採用しなくても、共産主義を掲げないソ連のような国家が生まれた蓋然性が高い。

第二に、ペレストロイカ直前のソ連は、さまざまな問題を抱えていたが、崩壊の危機に瀕していたわけではないということだ。危機という概念は、ペレストロイカが進捗する過程で、ペレストロイカのプレイヤーたちが用いたものである。経済状況が壊滅的であったということも証明されていない。

第三に、ソ連国民の最大限の要求は、経済改革、イデオロギー面、文化面での自由化、個人のイニシアチブがより多く発揮できるような変革だったこと。

第四に、ソ連社会は、欧米流民主社会に転換する準備ができていなかったことだ。さまざまな歴史的経緯をもち、多くの文化類型に属する民族を包含するソ連帝国に欧米民主社会のモデルを移入するとおおきな軋轢をもたらすことは明白だった。さらにペレストロイカ期に唱えられた「民主主義」は抽象的概念で、しかもロマン主義的だった。従って、民主化というスローガンにより、国民の間に革命がおきてもおかしくないという心理的変化が生じた。

第五に、ソ連には「社会主義的連邦主義」という名での排外主義が存在したことだ。連邦主義というのは口先だけだったのだ。従って、ペレストロイカによって自由化が進むと民族復興現象があちこちで見られるようになった。

第六に、ゴルバチョフのペレストロイカが、ソ連の全体主義体制を維持するため部分的改革を行うという誤った選択をとったことだ。自由民主主義的な急進派も、民族主義的・分離主義的急進派も、社会的基盤はもっていなかった。しかし、ソ連体制で社会が受動的になっていたので、急進的な政治勢力の影響が社会基盤よりもはるかに大きくなった。

第七に、ロシアでネオ・ボリシェビズムという保守主義的傾向と、連邦構成共和国の反共主義的な自民族中心主義が、ともにゴルバチョフの政策に対して不満を高め、政権打倒を試みたことだ。ロシアにおいては、ネオ・ボリシェビズム、連邦構成共和国では自民族中心主義者が権力奪取を試みた。

第八に、エリツィン・ロシア大統領が果たした独自の役割だ。ロシアでの権力奪取を容易にするために、エリツィンは、連邦構成共和国の自民族中心主義者や分離主義者との連繫を強めた。

第九に、一九九一年十二月のソ連崩壊は、客観的必然性をもつものではなく、エリツィン派と連邦構成共和国の民族排外主義者との同盟によって起きたものであることだ。

私は、セリョージャの言うことを一つずつ丁寧にメモをとった。そして、感想を述べた。

「最初の八つの指摘には僕も同意する。しかし、最後の結論が異なる。エリツィンたちと連邦構成共和国の自民族中心主義者を結びつける必然性がメタのレベルであると僕は確信している。ゴルバチョフではない指導者がソ連共産党の書記長になっても、ソ連は自壊することになったと思う」

「ソ連が自壊したという点については、僕も同意見だ。しかし、回避する手段はあったと思う。ソ連崩壊の教訓から学び、ロシアの崩壊を防ぐように僕たち民族学者は全力を傾注しなくてはならない」とセリョージャは言った。

それから一カ月も経たないうちに、ロシア国家は崩壊の危機に瀕した。一九九三年九月二十一日、エリツィンは段階的憲法改革に関する大統領令一四〇〇号を公布し、超法規的に現行憲法を停止し、議会（ロシア人民代議員大会、ロシア最高会議）を解散した。これに反発したハズブラートフ最高会議議長、ルツコイ副大統領たちはホワイトハウスに籠城した。エリツィン側の武装警官隊がホワイトハウスを囲み、電気、水道、ガスを遮断し、兵糧攻めを始めた。十月三日、今度は最高会議側の武装した暴徒が銃撃や放火を始めた。武装警官隊の自動小銃や拳銃には実弾が入っていなかった。そのためホワイトハウスは解放された。ルツコイ副大統領は、テレビ局、通信社を武装占拠し、権力を奪取せよと呼びかけた。モスクワ北部のオスタンキノ・テレビ塔付近で銃撃戦が起き、一時、テレビ局がホワイトハウス側に占拠された。

十月四日、エリツィン大統領は戦車でホワイトハウスを攻撃した。激しい銃撃戦が展開され特殊部隊アルファがホワイトハウスに突入し、四日夕、ハズブラートフ、ルツコイたちを逮捕した。ホワイトハウスの上半分は、火災の煤で真っ黒になった。

六日午後七時、ホワイトハウスを制圧した後、エリツィン大統領が初めてテレビ演説をした。エリツィンは、ハズブラートフとルツコイが、武装蜂起によって「血なまぐさい共産・ファシズム独裁」を目論んだと厳しく非難した。そして、内戦を防ぐためには力を行使するしかなかったと国民に理解を求めた。今回の騒擾に武器をもって参加した者と煽動者は法の厳格な裁きを受けると言ったが、「意見の違いはあっても、犠牲者となった人々は皆ロシアの子供だ」とエリツィンは述べた。そして、一九九三年十二月十二日に新憲法制定に関する国民投票、国家院（下院）の選挙を予定通り実施すると宣言した。エリツィンの瞳には涙があふれ、声もうわずっていた。一九九一年八月のクーデター未遂事件のときにもエリツィンが涙を見せたことはなかった。

この演説から三日後の十月九日土曜日、午前中モスクワ国立大学哲学部での授業を終え、学生たちと昼食を済ませた後、私は、セリョージャの家を訪ねた。そして、モスクワ騒擾事件について、セリョージャの意見を聞いた。話し始めるとセリョージャの目から涙が溢れた。そして、「ロシア人は実に無力な馬鹿者だ」と言った。そして、「すべて最初からやり直しだ」と続けた。

「何をやり直すというのか」

「国作りだ。近代的な国家作りだ。後発帝国主義国であるロシアは近代化のために共産主義革命を行った。そこでマルクス主義を用いた。しかし、資本主義批判を中心に組み立てられたマルクス主義をロシア人は理解できなかった。資本主義を知らないのだから、仕方がないことだ。ソ連が崩壊し、去年（一九九二年）、年率二千五百パーセントのインフレに直面して、店の棚に商品が溢れていても、カネがないのでモノを買うことができないという状況を初めて知った。失業、ホームレスがどういうものか、皮膚感覚で理解した」

「しかし、共産主義に逆戻りすることはない」

「それはそうだ。共産主義をロシア人は心底嫌っている。社会民主主義も共産主義の亜流なので勘弁して欲しいということだろう」

「しかし、この社会的格差を是正することは誰もが望んでいるだろう」

「それは、確かだ。それに、今回のモスクワ騒擾事件を受けて、国家体制の強化を望んでいる。国家機能による経済的格差是正と社会秩序の維持が政治の基本目標に据えられるとどういう政治体制になるだろうか。想像してみて欲しい」

「……」

「ファシズムだ」

セリョージャは吐き捨てるように言った。

「セリョージャは、エリツィンがムッソリーニのようなファッショ指導者に変貌すると見ているのか」

「そうじゃない。エリツィンは民主改革派を基盤にソ連体制を壊すことで、自らの権力基盤を構築した。エリツィンがファシズムに向かうといちばんの支持基盤を壊してしまう。今回、ホワイトハウスに籠城したルツコイ、ハズブラートフは反共主義者だ。エリツィンに対抗する原理を地政学に求めた」

「地政学とは、ユーラシア主義のことか」

ユーラシア主義とは、ヨーロッパとアジアにまたがるロシアは、固有の空間を形成しているので、そこには独自の発展法則があるという考え方だ。

「そうだ。ユーラシア主義がロシアのファシズムに発展する危険性がある。いまではない。いまから十年後、いや十年では少し早いかもしれない。十五年から二十年くらい経ったときにロシアがファッショ国家になる危険があると僕は本気で心配している」

そう言った後、セリョージャは台所に行った。「オリガがいないので、これくらいしかないけれど」と言って、チーズとカルバサ（サラミソーセージ）の塊、キュウリの塩漬け、黒パン、そして小麦から作った「プシェニチュナヤ・ウオトカ」をもってきた。ジャガイモから作ったウオトカと較べて、すっきりした飲み口だ。あっという間にウオトカを一本飲み干した。セリョージャはデカンタに入ったサマゴン（密造ウオトカ）をもってきた。夕方になって、オリガがもどってきた。夕食にペリメニ（シベリア餃子）を御馳走になった。その日は、日付が変わるまで、マルクス主義がロシアに与えた影響について話し合った。私は、高校生時代にマルクス主義に触れたことや同志社大学神学部での学生運動について話した。ロシア人にこのようなことを話したのは初めてのことだった。セリョージャは、「まるで十九世紀のロシア・インテリゲンチアの世界のようだ」と私の話を面白がって聞いた。

「レーニンとスターリンは一体の関係にある。この前、マサルは、メタの立場から見ればソ連の自壊が必然となると言っていたよね」

「覚えている」

「メタということならば、結局、ソ連が崩壊したのは、レーニンとスターリンがマルクスに敗れていく過程だったのだと思う。権力闘争の背後に人間を回復しようとする動きは確かにあった。ただそれが民族意識とどう絡み合っていったのかが、よく見えない」とセリョージャは言った。

私にはソ連解体のシナリオを描いたブルブリスの顔が浮かんだ。初期マルクスが『経済学・哲学草稿』で述べた人間を疎外から解放するという観点から、スターリン主義によって疎外されたロシア人を解放しようとロシアの知識人は努力した。民主改革派の知識人は、反共を旗印にかかげたが、その反共の根拠は人間を疎外から解放しようとする初期マルクスの理論であったというのがブルブリスの見立てだ。確かにブルブリスの発想は疎外革命論だ。

私はセリョージャに、ソ連崩壊後の「ショック療法」という名の新自由主義政策によって「純粋な資本主義」がどれだけ残酷な結果を国民にもたらすかを知ったという話をした。そして、日本には宇野経済学という独自のマルクス経済学があり、『資本論』から、労働力の商品化によって人間を疎外しながら生き残る資本主義の強さを見事に描き出しているという話をした。

「ロシアの標準的知識人は『資本論』を読んでいない。僕は一回だけ通読したが、いまマサルが言った問題意識はもたなかった」

「それはそうだ。セリョージャは労働力の商品化がなされていない社会主義社会に住んでいたのだから、資本主義の論理が皮膚感覚としてわからなかったのは当然だ」

「確かにソ連では労働力の商品化はなされていないが、経済外的強制、要するに暴力によって脅された強制労働はあった」とセリョージャが言うので、二人で声をたてて笑った。セリョージャは、「ロシアの資本主義を理解するために『資本論』をもう一度読み直してみる」と言った。

セリョージャは真顔になって、「頼みがある」と言った。私は、「何か」と尋ねた。

「モスクワ大学の学生たちを助けてやって欲しい。マサルのことだから、経済面では学生たちの面倒をよく見てやっていることと思う。ほんとうはロシア国家がやらなくてはならないが、その負担をマサルに負わせて申し訳ないと思っている。感謝している」

「学術書の要約や僕の口述原稿の整理を頼んだりしてアルバイト代を払っているので、僕も裨益《ひえき》している。礼を言われる話じゃないよ」

「いや、そう言いながら学生たちを支える仕事をマサルが作ってやっていることはよくわかるよ。僕が頼みたいのはそのことだけではなく、講義の内容についてだ」

「具体的にどうすればいいのか」

「今日、ここで話したマルクスに関する話をしてほしい。初期マルクスの疎外論の話、日本人独自の『資本論』の読み解きについてだ」

「モスクワ大学哲学部にはマルクス主義については僕より詳しい教授が何人もいる」

「そのほとんどが、反共政治学者になった。あるいはマルクス主義者だった過去については頬被りして、実証研究を行っている。あるいは時代錯誤、旧態依然としたソ連時代の理論を繰り返している。すべての学者に共通しているのが自信を喪失していることだ。

このままでは、次世代のロシアのエリートたちからマルクス主義の知識が欠落してしまう」

「しかし、僕はマルクス主義者ではないし、マルクス主義哲学について体系的に教える準備もしていない」

「学生たちには、マルクスの著作をひもといてみたいという意欲をもたせれば十分だ。今日、マサルが僕にした話を大学でもしてもらえば、学生たちは知的好奇心をもつ」

「わかった。やってみる。しかし、ソ連崩壊後のロシアで、かつてマルクス・レーニン主義の理論的中心であったモスクワ国立大学の哲学部において、資本主義国の外交官である僕がマルクスについて講義するのか」

「それが歴史の弁証法だ」と言ってセリョージャは笑った。そして、「ファシズムに対する耐性をつけるためには知的訓練が必要だ。その意味でマルクスの知的遺産が重要だ」と言った。


セリョージャが言うとおり、もう一度マルクスへ立ち返る必要があると私は思った。早速、次回から大学の授業で、初期マルクスの宗教批判や、宇野弘蔵の経済学方法論の紹介を行おうと思った。家に着いたのは深夜の一時過ぎだったが、本棚から、新潮社版の『マルクス・エンゲルス選集第一巻　ヘーゲル批判』と『宇野弘蔵著作集第九巻　経済学方法論』（岩波書店）を取りだし、私は講義ノートを作り始めた。

〈完〉

あとがき

人生について「もし」で始まる仮定をしてもあまり意味がない。しかし、思考実験としては面白い。

二〇〇二年五月十四日に私は勤務中の外交史料館（東京都港区麻布台）で、東京地方検察庁特別捜査部の検事によって背任容疑で逮捕された。そして、東京拘置所の独房に五百十二日間勾留された。背任に偽計業務妨害が加えられ、起訴され、一審、二審で懲役二年六月（執行猶予四年）の有罪判決が言い渡された。私は往生際がわるいので、最高裁判所に上告し、このあとがきを書いている二〇〇九年六月一日現在、裁判が続いている（著者註＊二〇〇九年六月三十日、上告が棄却され有罪が確定した）。

もし鈴木宗男疑惑の嵐に巻き込まれなかったならば、既に二回目のモスクワ勤務を終えていたと思う。その勤務では、内政情報の収集、分析とともに、クレムリン（大統領府）、ホワイトハウス（首相府）、連邦議会へのロビー活動に加え、SVR（対外諜報庁）との連絡が業務に加わっていたと思う。

情報活動をする際に、学者としての顔をもっていることはとても便利だ。恐らく、大使館の参事官あるいは公使として勤務するとともにモスクワ国立大学哲学部客員教授兼ロシア科学アカデミー民族学人類学研究所客員研究員という肩書きももって仕事をしたであろう。ＦＳＢ（連邦保安庁）からは、「佐藤優、余計なことをするなよ。ソ連崩壊直後の混乱期とは違うからな」と警告をときどきうけながら、クレムリンの高官を通じ、「ＦＳＢがうるさいので何とかしてくれ」と頼み込んでいただろう。また、ＳＶＲの知り合いたちは、ＦＳＢ幹部に「まあいいじゃないか、あいつをあんまり絞めると、東京で俺たちが仕事をやりにくくなる」と言って、裏で助けてくれたと思う。

今回、『甦る怪物《リヴァイアタン》』（本文庫名は『甦るロシア帝国』）の原稿を整理しながら、モスクワ大学での私の教え子たちはどうなっているかと考えた。アルベルトは、レーナと二人で、タタールスタンで仲良く生活しているのだろうか。きっと子供も二人くらいいるだろう。教育大学の教授になって、哲学を学生たちに教えているのだろうか。アフガン戦争の体験を、次世代のエリートにアルベルトはどのように伝えているのだろうか。

父親がＦＳＢ幹部のナターシャ・タイガチョワは元気にしているだろうか。大学院に進んだが、うまく教職を見つけることができただろうか。それとも気が変わって専業主婦になったのだろうか。美人で抜群にもてたけれども、父親が秘密警察高官だと知るとインテリ男は逃げていくだろう。

ナターシャ・ツベトコワはどうしているだろうか。未婚の母となって、安定した生活ができているのだろうか。ニキータももう十四歳だ。ナターシャのことだからきっととても教育熱心だろう。しかし、いわゆる「お受験」スタイルではなく、パステルナークやアフマートワなどの詩をニキータに暗唱させ、文学的感覚を息子につけようとしているのではないだろうか。失踪した父親は見つかったのであろうか。弟のセリョージャは、バウマン工科大学を卒業して、技師になったのだろうか。

また、この作品には少ししかでてこないが、リガ出身のワロージャはどうしているだろうか。ワロージャは、イルクーツク出身のレーナと学生結婚していたが、一九九四年に離婚してしまった。その後、二人とも私の授業にでてきたが、隣の席に座ることも、言葉を交わすことも一度もなかった。ワロージャはドイツ語が抜群にできた。カール・バルトとハイデッガーの関係を研究するといって大学院に進んだ。すべて順調にいっていると思ったが、二〇〇二年一月、モスクワ大学哲学部主催の国際学会でビノクーロフ教授（専任講師から教授に昇進していた）から聞いたところだと、「ワロージャは心身に変調を来してリガに帰った。精神病院に入院したという連絡があったが、その後の消息はわからない」ということだった。いったいどうしたのだろうか。よい研究者になると思っていたのに。

このように学生一人ひとりの顔が思い浮かぶ。

私が宗教史宗教哲学科で教えた学生は、全体で四十名ほどになる。もう一度、私がモスクワで勤務していたならば、そのうちの何人かと、クレムリン、政府、議会で出会い、仕事の関係ができたであろう。私は、「君たちはロシアの愛国者となれ。そのためにプロテスタント神学の知識が必要だ。なぜなら、プロテスタンティズムの内在的論理を押さえておけば、欧米人の思考がわかるからだ。そして欧米人の内在的論理をつかんで、それに対抗することができる強いロシアをつくるのだ。君たちはそのために不可欠の人材だ」と強調して授業を行っていた。私は、欧米人の発想を理解するが、あくまでもロシアの大地に足をおろした、土着のインテリを養成することを真剣に考えていた。

その様子を見て、本書に登場したモスクワ大学のポポフ助教授、ビノクーロフ専任講師、民族学研究所のチシュコフ所長、チェシュコ副所長は、異口同音に「マサルは、ロシアの少数民族出身の教師みたいだ。外国人とは思えない」と言っていた。

種明かしをすると、こういう教育方針にも、私なりの思惑があった。私は、学生たちに北方領土問題の重要性を理解してもらいたかったのだ。当時、ロシアは困難な状況に置かれていた。ロシア人は自信を失っていた。そういう状況で、資本主義国である日本の外交官が、ドイツ、スイス、チェコの神学について教鞭をとりながら、同時にロシアの宗教哲学者の内在的論理について講義する。すぐれた神学者、宗教哲学者はいずれも同胞に対する強い愛情をもっている。こういうことについての講義はロシア人学生の琴線に触れる。それと同時に、私は日本が北方四島の返還を本気で考えていることについて、ていねいに説明した。学生たちは、実証主義的な訓練ができていて、しかも正義感が強い。問題は、北方領土問題を見るときにロシア人インテリの実証主義のスイッチがきちんと入るかどうかだ。そのためには、日本の外交官が、目に見える形で、ロシア国家を強化するために大学で教育する実績をつくっておくことが必要と考えた。学生とアルクスニス空軍予備役大佐、ブルブリス元国務長官などさまざまな政治エリートとの会食の機会をつくり、政治の世界の現実について生の話を聞かせるとともに、そこでは必ず北方領土問題の議論をするようにした。学生たちは、徐々に日本政府の立場を理解するようになっていった。

北方領土問題を解決するためにロシア科学アカデミー民族学人類学研究所に理解者をつくることも重要だ。現在も、民族問題に関してこの研究所はもっとも権威がある。北方領土問題でロシアが日本に対して譲歩すると、国内の民族問題にどのような影響があるか、ロシア人の民族意識にどれくらい反発が生じるかについて、クレムリンはかならず民族学人類学研究所の意見を求める。書面のこともあれば、所長と専門家を呼んで、事情を直接聴取することもある。それだから、私はこの研究所との関係構築に特別の力を注いだのである。

日本人外交官としては初めてモスクワ大学で教鞭をとり、また民族学研究所にも大学院生として籍を置くことになった。その結果、ロシアの要所に、通常の外交官がもたないようなネットワークをもつようになって、クレムリンや連邦議会に自由に出入りできるようになった。日本外務省は、そのような私をロビイストとして活用するとともに、唯一の外交族議員であった鈴木宗男衆議院議員との関係でも私をうまく用いることで、外交政策を円滑に進め、外務省の予算、定員を確保しようとした。鈴木氏の政治力がついてくると、私は内閣総理大臣へのアクセスも可能になった。中堅官僚が総理の御下問に直接答えるような状況ができると、役所の秩序が崩れる。しかし、当時の私は、自分の専門家としての能力が総理に評価されたことを嬉しく思うだけで、地雷原を踏みつつあることに気づかなかった。二〇〇一年四月、小泉純一郎内閣が成立し、田中眞紀子氏が外務大臣となった時点で、私の周辺は地雷だらけになった。そして、翌二〇〇二年二月に鈴木宗男疑惑という形で、地雷が連続して爆発し、私は外交の現場から排除された。再び日露関係が動こうとしている。しかし、日本のロシア政権中枢への食い込みは弱い。それをどう強化するかという観点からも、本書の内容が役に立つはずだ。

しかし、人間万事塞翁が馬ということわざのように、人脈が深くできると、今度は思わぬところで足をすくわれる。マルクスが唱えた弁証法をもう少し深く研究していれば、私もきちんと深読みができて、国策捜査に巻き込まれなかったかもしれない。ただし、事件に巻き込まれていなければ、こうやってソ連崩壊を思想的に掘り下げる作業もできなかったであろう。この作業は知的刺激に富み、とても楽しかった。その意味では歴史の弁証法に感謝しなくてはならないのであろう。

二〇〇九年六月一日

佐藤　優

プーチン論　甦った帝国主義者の本性──文庫版のための増補

ソ連崩壊からちょうど二十年になる。七年八カ月のモスクワ勤務を終えて、帰朝したのが一九九五年四月一日のことだから、ロシア語を日常的に話す環境から離れて十七年近くになる。それでも私はときどきロシア語で夢を見る。

特にモスクワ国立大学哲学部宗教史宗教哲学科で私の講義を熱心に聞いていた学生たちのことをよく夢に見る。この学生たちと教室やカフェ、レストランで、さまざまな議論をする情景が夢に出てくると、私はロシア語で考え、話をする。

二〇一一年になってから、ラトビアのリガ出身のワロージャが何回か夢に出てきた。私の講義に一九九二年九月から一九九五年二月まで、ずっと熱心に出席した学生だ。ドイツ語が抜群にでき、神学的センスのとてもよい学生だった。最近見た夢の中で、ワロージャは、「佐藤先生は、本の中でアルベルトやナターシャについては書いているが、僕のことについてはほとんど触れていないじゃないですか」と抗議する。私は、「そんなことはない。君についてだって、アルクスニス大佐のところで書いたじゃないか。君がロシアのファシズムの可能性について鋭い質問をしたことについて、きちんと記録に残しているじゃないか」と反論する。「佐藤先生、あの書き方では、僕の考えが伝わりません」とワロージャは言う。私は、どう書いたかについて記憶を整理する。

〈私とアルクスニスのやりとりを聞いていて、ワロージャが質問した。

「ビクトルは、ソ連は維持したいが、共産党体制は崩したかったということですか」

鋭い質問だ。ワロージャは、アルクスニスと同郷のリガ出身だが、民族的にはロシア人である。ドイツ語に堪能で、フッサールとハイデッガーをよく読み込んでいる。

「今はじめて気づいたが、そういう整理をすれば、わかりやすい。ワロージャの言うとおりだ」

「それでは、非共産化したソ連、あるいはソ連解体後のロシアでもいいのですが、それをどうやって維持していくことができると考えますか」

「それは私にもよくわからないが、神話が必要だと思う。ロシア人を束ねていく神話だ。ロシア人は〝ここにある〟という存在概念ではなく、〝成っていく〟という生成概念でとらえるべきだと思う」

「ビクトルがおっしゃることはわかります。しかし、それはイタリア・ファシズムや、初期ナチズムの、例えばSA（突撃隊）の思想に近いんじゃないでしょうか」

アルベルトが、「ワロージャ、大佐殿に対して、ファシストやナチスと呼ぶのは失礼だぞ」と少しウオトカが回っているせいか、大声で言った。

私はすかさず、「黙れ、アルベルト！　それは政治的レッテル貼りの話じゃない。真面目な思想の話だから、最後まできちんと聞きなさい」と少し大きな声で言った。

アルクスニスが、「確かにファシズムやナチズムに近い発想なのかもしれない。ただし、私は地政学にはとても大きな魅力を感じる。地政学を基本に誰もが〝ロシア人になっていく〟という認識をもたなくては、ロシアは内側から壊れてくると思う。それに私たちは、ナチズム、ファシズムに関する知識があまりに欠如している。それは君たちインテリに期待したいんだけれど、共産主義時代の偏見を抜きにして、ナチズムとファシズムの姿について、きちんと調べて本にして欲しい。そこからロシアが生き残るために必要な思想を摑みたいのだ」と言った。〉（本書、一一一～一一三頁）

本に書いたのはここまでだったが、ワロージャがアルクスニスに、「まだ、頭の中で厳密に整理しているわけではないのですが、僕は作業仮説を持っています」と言った。それから二人の間で、こんなやりとりがあった。

「ワロージャ、君の作業仮説を聞かせてくれ」

「僕はユーラシア主義がロシアのファシズムだと考えます」

「ピョートル・サビツキーやニコライ・トルベツコイを指すのか」

「そうです。特にサビツキーが重要と思います」

ユーラシア主義とは、一九二〇年代から三〇年代にかけ、ソ連から亡命したロシア人知識人が提唱した思想だ。ヨーロッパとアジアにまたがるロシアは、ユーラシアという空間によって規定された独自の法則を持つ小宇宙であるという考え方だ。ワロージャはさらに話を続けた。

「サビツキーは、レーニンによって追放されました。しかし、スターリン体制になってから、ソ連の国家イデオロギーはユーラシア主義になったと思います。スターリンは、レーニン主義とソ連という概念を構築しました。レーニン主義を作り出すことによって、マルクス主義とソ連を断絶させたのです。そして、ユーラシア主義を密輸入したのです」

「そうすると、スターリンは、自分の思想と近いが故にユーラシア主義者を弾圧したと君は考えるのか」

「僕はそう考えています。ナチスのイデオロギーは、地政学と人種主義が混交しています。これに対して、ユーラシア主義には人種主義的要素はありません。ロシア帝国の主体は、正教徒のスラブ系諸民族だけでなく、ムスリムのペルシャ系、チュルク系の諸民族、さらに仏教徒のモンゴル系諸民族、アニミズムやシャーマニズムを信じるシベリアや極北の先住民族です。ここで重要なのは、ロシア国家のために努力するという姿勢です。イタリア国家のために献身する者がイタリア人であるというムッソリーニのファシズムと、ソビエト愛国主義はとても近いと思います」

「ワロージャ、君の考えは面白い。是非、研究者になって、ユーラシア主義とファシズムの関係について研究して欲しい」とアルクスニスは言った。

ワロージャは、「僕は成績が良くないので、大学院には進学できません」と答えた。

このやりとりを聞いていて、ワロージャがよく本を読んでいるだけでなく、自分の頭できちんと考えていることがわかった。

†

アルクスニスとの会食があった翌週、私はワロージャを「赤の広場」横のメトロポール・ホテルのカフェに呼び出して話をした。

ところで帝政ロシア時代には、モスクワの至る所にカフェや一杯飲み屋があった。モスクワ大学の学生やインテリたちは、カフェや一杯飲み屋で謀議を繰り返し、それが革命に発展した。一九三〇年代にスターリン体制が確立するとロシア全土から、長居ができるようなカフェや一杯飲み屋がなくなってしまった。この種の場所が、体制に対する不満分子が集まる場所となることをソ連当局が恐れたからだ。ちなみにエストニア、ラトビア、リトアニアは、ソ連体制に組み込まれたのが遅かったので、カフェや小さなレストランが残った。そして、このような場所が、ソ連からの分離独立を求める活動家たちが集まる場所になった。

ソ連時代末期に大改装されたメトロポール・ホテルには、帝政時代にあったカフェが復活した。ただし、コーヒー一杯の値段が五ドル（当時のレートで約五百五十円）もする。私は一九九二年九月からモスクワ大学で教鞭を取った。この年のインフレ率は年二千五百パーセントを超えた。インフレが最も激しかったときは、五ドルがモスクワ大学教授の給与に等しかった。従って、普通のロシア人がこのカフェを使うことは、経済的理由から不可能だった。このカフェには生クリームのケーキがある。ソ連時代、モスクワのケーキはすべてバタークリームだった。生クリームのフルーツケーキをロシア人はとても珍しがった。

　私はワロージャにエスプレッソコーヒーと苺のケーキをとった。ワロージャは、「リガ（ラトビアの首都）には、生クリームのケーキを出す喫茶店がある。とてもなつかしい」と言ってケーキを食べた。私はワロージャに「この前、アルクスニス大佐も言っていたように、君は大学院に進んで、研究職を目指すといい」と話しかけた。ワロージャは、「難しいと思います」と答え、少し間を置いて、話を続けた。

「理由は三つあります。第一は、成績がよくないことです」

「成績？　確か君はラトビア共和国で一番か二番だっただろう。それにドイツ語もよくできる。僕のゼミでも一番優秀な学生だ。大学院に合格できないなんて、あり得ない」

「いや、ほんとうに成績がよくないんです。心理学と哲学史が三なんです」

　ロシアの大学は、五段階の絶対評価である。二以下だと成績不良で退学になる。確かにモスクワ大学では、成績に三が一つでもあると大学院に進学することはできない。ただし、こういうときにも「奥の手」がある。教授会がワロージャの心理学と哲学史の単位取得を取り消し、同じ課目の追試験を行い、よい成績をつけるというやり方だ。一、二年生のときには研究に強い関心を持っていなかった学生が、四、五年生になってから強い学習意欲を示すようになることがある。こういう学生が研究者としての資質があると教師が認めると、「奥の手」を使って、単位取り消し、追試験というコースになる。

私は非常勤講師なので教授会メンバーではないが、哲学部宗教史宗教哲学科のヤブロコフ学科長とは親しくしている。また、ポポフ助教授ならば私の友人なので、事情を話せば力を貸してくれるだろう。ちなみにモスクワ大学は五年制、大学院は三年制だ。大学院を修了し、論文審査に合格すると博士候補学位が授与される。博士候補学位は、米国の大学の基準では、Ph. D（博士）として扱われる。実際、米国の大学での博士論文の水準がロシアの博士候補論文で要求される。

「わかった。心理学と哲学史については、僕がヤブロコフ先生に頼んで追試験できるようにする。しかし、どうしてそんなひどい成績を取ったんだ。先生と言い争ったのか」

ロシアでは、大学の試験は大部分が口頭だ。それだから一夜漬けの対応ができない。

「心理学はまったく興味がなかったので、そもそも勉強をしていませんでした。試験の前には友だちのノートを借りて、一夜漬けをし、口頭試問にもきちんと答えることができたのですが、欠席が多かったので三にされたのだと思います」

「心理学の講義は複数あるよね」

「あります」

「それでは追試験では、別の先生にあたるように工夫しよう。哲学史はどこで失敗したのか。哲学史の知識は君の頭にきちんと入っている。なぜこういう結果になったのか」

「試験のときに教授と論争をしました」

「試験を担当したのは、うちの学科の先生だった？」

「違います。祖国哲学史学科の先生です」

「試験は真理を追究する場ではない。単位を取るための手続きだ。ときには論争を楽しむ教師もいるが、だいたいの教師は学生に批判されると腹を立てる。今度はうまくやることだ。うちの学科の教授で、哲学史の講義を担当している人がいるだろう」

「いません」

「それじゃ、ポポフ先生に頼んで、度量の広い先生を紹介してもらうといい。ポポフ先生には僕が根回ししておく」

「どうもありがとうございます」

私は、「これで、最大の問題は解決できた。ワロージャが大学院に進学できないと考える二番目の理由は？　経済問題か」と私は尋ねた。

「そうです。いまの経済状態では、学業を継続できません。働かなくてはなりません」

当時のモスクワ大学は授業料は完全に無料で、寮費も奨学金で十分まかなえる額だった。ただし、奨学金が遅配になり、また激しいインフレによる物価上昇で、学生の生活は困窮していた。

「奨学金は三、四カ月遅れています。もっとも寮費は滞納しても黙認されます。寮の食堂では、おいしくはありませんが、安い値段で食事が提供されています。ただ、お金がまったくないと生活ができません」

「一カ月に米ドルでいくらあれば生活できる？」

「五ドルあれば何とかなります」

「リガの御両親からの仕送りの可能性は？」

「まったく期待できません。両親とも軍需産業で仕事をしていました。ソ連崩壊で、工場が閉鎖され、会社も解散したので、失業しています。家庭菜園でジャガイモや野菜を作って何とか生活しています。家にある物を切り売りすることで、最低限、必要になる現金を手に入れているという状態なので、とても仕送りを頼むことはできません」

「ラトビア政府は、反ロシア政策をとっているので、御両親はたいへんじゃないのか」

「普通の国民は、ロシア人もラトビア人も同じくらい生活が苦しく、生き残るのに必死なので、民族的反目をしている余裕がありません。もう少し、経済的に余裕がなければ民族意識も高揚しません」

「わかった。月五ドルならば、僕が何とかしよう。それには書籍代は含まれているか」

「いいえ。書籍代はソ連時代からほとんど上がっていません。一ドルあれば必要な本はすべて買うことができます」

確かにソ連崩壊後も書籍の値段は、二年くらい上がらなかった。もっとも書籍の流通システムが崩壊したので、モスクワで刊行された書籍を地方都市で購入することが難しくなった。その隙間を縫って、本の闇商人があちこちに現れるようになった。モスクワ中心部のカリーニン通り（現在は新アルバート通りと改称）に面した「ドム・クニーギ（本の家）」の前には百人を超える闇商人が路上に本を広げ、商売をしていた。路上販売は市の許可が必要だが、誰も許可を取っていない。しかし、当局も闇商人を一切取り締まらなかった。私は、これまで入手が難しかった文学書や哲学書を闇商人から相当数買った。闇商人は外国人相手には本の値段を相当ふっかけてきた。それでも一冊一ドルを超えることはほとんどなかった。本の闇屋になったのは、ソ連崩壊で共産党が解散されたため職を失った旧共産党職員（アパラチキ）や給与遅配で生活が成り立たなくなった学校教師が多かった。この人たちは本に関する知識があるので、闇商人として成功するのだ。

ソ連時代、書籍を含め、商品はすべて国定価格で、値段が商品に刷り込まれていた。一九九二年一月二日から価格が自由化され、書店も書籍価格を自由につけることができるようになった。しかし、すでに刷り込まれた価格を物価にスライドして値上げすることは、誰もしなかった。市場の需要と供給によって価格が変動するというメカニズムが皮膚感覚としてロシア人に受け入れられなかったからである。私はこの状況を利用して、「ドム・クニーギ」で大量の本を買った。特に印象に残っているのがメガ（ＭＥＧＡ）と呼ばれる新版の『マルクス・エンゲルス全集（Marx-Engels Gesamtausgabe）』だ。旧ソ連と旧東ドイツの共同編纂で、厳密なテキストクリティークがなされ、詳細な註がついている。全一一四巻の計画だったが、半分も刊行されないうちにソ連が崩壊してしまった。一九七五年から刊行が始まったが、一冊二万五千円もしたので、購入は諦めた。同志社大学神学部の図書室は、この本が揃っていたので、学生時代に熱心に読んだ。「ドム・

クニーギ」で、私は一冊十円足らずでメガを買った。また、「ドム・クニーギ」は、委託本コーナーを充実させた。市民が本を持ち込んで、販売を委託する。書店は販売価格の一割を手数料として徴収する。ここで私は、神学書、哲学書や帝政ロシア時代の稀覯本、さらにソ連時代に科学アカデミーの研究所が部内使用のために刊行した非公開資料を大量に買い付けた。こういう状況だったので、ワロージャも月に一ドルあれば、学術書を好きなだけ買うことができた。

私は、「さあ、これで追試験と経済問題は解決した。これで大学院進学の障害はなくなったはずだ」とワロージャに言った。

「佐藤先生、もう一つ深刻な障害があります」

「何だ」

「レーナのことです」

レーナとは、エレーナの愛称だ。ワロージャは、レーナと学生結婚している。二人は宗教史宗教哲学科の同級生で、大学一年生のときに結婚した。ちなみに、ソ連時代、学生結婚は珍しくなかった。モスクワ大学の場合、夫婦寮が用意されていたので、住居の問題はない。二人の奨学金を合わせれば、ぜいたくはできないが、普通に暮らしていくことは十分出来た。

「レーナが大学院進学に反対しているのか」と私は尋ねた。

「そうです。レーナは、ロシアのアカデミズムにはもはや展望がないと考えています」

「それじゃどこに展望があると考えているのか」

「ビジネスです。大学を卒業してすぐに銀行に入った方がいいと僕に言います。それで、外国為替のディーラーになるのが現実的な選択だと考えています」

その話を聞きながら、私はレーナから、二カ月くらい前に「誰にも言わないでくれ」と内密の相談を受けたことを思い出した。「株式投資をしたいので、元手になる千ドルを貸して欲しい。利潤の半分を佐藤先生に渡す」という話だった。私は、理由を二つあげて断った。第一は、外交官はウィーン条約で商業活動から隔離されているので、こういう儲け話に荷担することはできないという理由だ。第二は、担保なく他人から借金をして投資をし、利潤を得るというゲームを始めると、思想が変容し、哲学専門家となる上で障害になるという理由だ。私は、「生活費が足りないならば、翻訳や教材作成のアルバイトをつくる」と言ったが、レーナは、「生活費は、ワロージャが佐藤先生からもらった翻訳のアルバイトで十分足りています。ただ私は、いまロシアでは国営企業が民間に転換する過渡期なので、着実に上がる株を買えば、数千ドルは簡単に稼げると思うのです。現にモスクワ大学でも、株で数千ドル稼いでいる学生はいます。こうしてお金をまとめて稼いでおけば、ワロージャが佐藤先生に経済的に迷惑をかけることはなくなるので、原資となる千ドルを貸して欲しいとお願いしているのです」と食い下がってきた。私は、「僕は君たちを含め、僕が教えている学生の生活費や書籍代は応援する。しかし、投資や経済活動には協力しない。それは、学生の仕事は金儲けではなく、勉強だからだ」とはっきり言った。するとレーナは、「わかりました。この話はもうしません。不愉快な思いをさせて済みませんでした」と詫びた。もっともレーナから「誰にも言わないでくれ」と釘を刺されていたので、私はこの話をワロージャにはしなかった。

私は、ワロージャに「ビジネスの道に進みたいと本気で思うならば、それでもいい。しかし、君には哲学的な素質がある。僕は率直に言って、そちらを伸ばした方がいいと思う。僕がいつまでモスクワにいるかわからない。モスクワ大学での研修を終えて僕が大使館で勤務を始めてからもう五年になる。通常、外交官の任期は二～三年なので、いつ東京に帰れという命令が出てもおかしくない。ただし、モスクワにいる限りは、僕は全力をあげて君を応援するので、経済的なことは一切心配しないでよい」と伝えた。ワロージャは「わかりました。僕も勉強を続けたいです」と答えた。

私は、ヤブロコフ学科長に根回しをした。ヤブロコフ学科長もワロージャには研究者としての資質があると考えていたので、話は順調に進んだ。当時、ワロージャは三年生だった。ワロージャとこの話をしてしばらくして、モスクワ騒擾事件があった。この事件に遭遇したとき、普段、涙を見せないロシア人たちも涙を流した。あのときにロシア人は人間の原罪を感じたのだと思う。

†

モスクワ騒擾事件後、初めての私の授業は一九九三年十月九日（土）午前のことだった。まだホワイトハウスの上半分が煤で真っ黒になっているときだった。この日の講義で、私は新約聖書「ローマの信徒への手紙」でパウロが述べた内在する罪の問題を取り上げた。

〈では、どういうことになるのか。律法は罪であろうか。決してそうではない。しかし、律法によらなければ、わたしは罪を知らなかったでしょう。たとえば、律法が「むさぼるな」と言わなかったら、わたしはむさぼりを知らなかったでしょう。ところが、罪は掟によって機会を得、あらゆる種類のむさぼりをわたしの内に起こしました。律法がなければ罪は死んでいるのです。わたしは、かつては律法とかかわりなく生きていました。しかし、掟が登場したとき、罪が生き返って、わたしは死にました。そして、命をもたらすはずの掟が、死に導くものであることが分かりました。罪は掟によって機会を得、わたしを欺き、そして、掟によってわたしを殺してしまったのです。こういうわけで、律法は聖なるものであり、掟も聖であり、正しく、そして善いものなのです。

それでは、善いものがわたしにとって死をもたらすものとなったのだろうか。決してそうではない。実は、罪がその正体を現すために、善いものを通してわたしに死をもたらしたのです。このようにして、罪は限りなく邪悪なものであることが、掟を通して示されたのでした。わたしたちは、律法が霊的なものであると知っています。しかし、わたしは肉の人であり、罪に売り渡されています。わたしは、自分のしていることが分かりません。自分が望むことは実行せず、かえって憎んでいることをするからです。もし、望まないことを行っているとすれば、律法を善いものとして認めているわけになります。

そして、そういうことを行っているのは、もはやわたしではなく、わたしの中に住んでいる罪なのです。わたしは、自分の内には、つまりわたしの肉には、善が住んでいないことを知っています。善をなそうという意志はありますが、それを実行できないからです。わたしは自分の望む善は行わず、望まない悪を行っている。もし、わたしが望まないことをしているとすれば、それをしているのは、もはやわたしではなく、わたしの中に住んでいる罪なのです。それで、善をなそうと思う自分には、いつも悪が付きまとっているという法則に気づきます。「内なる人」としては神の律法を喜んでいますが、わたしの五体にはもう一つの法則があって心の法則と戦い、わたしを、五体の内にある罪の法則のとりこにしているのが分かります。わたしはなんと惨めな人間なのでしょう。死に定められたこの体から、だれがわたしを救ってくれるでしょうか。わたしたちの主イエス・キリストを通して神に感謝いたします。このように、わたし自身は心では神の律法に仕えていますが、肉では罪の法則に仕えているのです。〉(「ローマの信徒への手紙」七章七～二五節)

私は、アフガン帰還兵のアルベルトに聖書のこの箇所を声に出して読むように言った。アルベルトの声が途中から震えてきた。そして、「わたしは、自分のしていることが分かりません。自分が望むことは実行せず、かえって憎んでいることをするからです。」という箇所にさしかかったところで、声を出して泣き、読み進めることができなくなってしまった。ナターシャやレーナも声を出して泣き、他の学生たちの目も涙であふれた。

私が聖書の続きを読んだ。それから、こんな講義を行った。
《十月四日のエリツィン大統領によるホワイトハウスの砲撃は、必要だったと僕は考える。力を行使しなくては、内乱が起きた。そして、この騒擾はモスクワにとどまらず、ロシア全土に拡大した。暴力の拡大は、暴力によって抑えるしかない。これが政治の現実だ。しかし、それは暴力を是認することではない。この機会に、人間の根源悪について考えなくてはならない。

悪は確実に存在する。パウロが偉大なのは、それを人間の罪と結びつけたことだ。悪は、アウグスティヌスが言うような、「善の欠如」などという生温《なまぬる》いものではない。悪は悪として自立している。十月四日、ホワイトハウスに籠もっていた人々も、命がけでロシア国家と国民を守ろうとしていた。エリツィン側もそうだ。僕は双方に親しい友人がいる。殺し合わなくてはならないような理由はどこにもない。しかし、殺し合いに向かう流れを誰も阻止することができなかった。

この問題は、神学的考察を加えなくては理解できない。そこで今日は、いつもの講義内容から離れて、カール・バルトの『ローマ書講解』について扱う。バルトは、新約聖書のギリシア語原典を参照しながら、「ローマの信徒への手紙」に関し、独自の訳をつくった上で解説を行う。翻訳とは、解釈である。僕が君たちにコイネー（共通）・ギリシア語（新約聖書で用いられているギリシア語）の勉強をきちんとしろというのは、聖書を自分の力で解釈することができなくては、知識人としてキリスト教に対峙することができないからだ。それじゃ、バルトの「ローマの信徒への手紙」七章一八〜二〇節に関する記述を読み上げる。

〈一八―二〇節　第二の確認事項。というのは、わたしの内に、すなわち、わたしの肉の内には、善が宿っていないことをわたしは知っているからである。というのは、その意欲はわたしにあるが、正しいことを実行することができないからである。というのは、わたしは自分の望んでいる善は行なわないで、望んでいない悪は、これを行なうからである。しかし自分の望んでいないことを行なうかぎりは、それを実行しているのはわたしではなく、わたしの内に宿っている罪である。

「わたしの内に、すなわち、わたしの肉の内には、善が宿っていないことをわたしは知っている」。この知識は、宗教的人間の本質の中にある第二のものであって、あの第一のもののうちに、またその第一のものと共にただちに与えられている。「わたしの内には、善はない」。ここにおいて、われわれはもう一度啓示を担う者たちの「優れた点」(三・一―二〇［引用者註＊「ローマの信徒への手紙」三章一〜二〇節の意味］)に突き当たる。すなわち、かれはそのような者として、もともとまさにそのことを知ることができるし、知っているべきなのである。まさにかれらこそがだ。〉(カール・バルト［小川圭治・岩波哲男訳］『ローマ書講解　上』二〇〇一年、平凡社ライブラリー、五二六頁)

ここでバルトが言っていることが、君たちは理解できるか。もう一度、バルトの宗教観について整理しておこう。バルトの宗教観は、フォイエルバッハやマルクスと基本的に同じだ。宗教は、人間が神について考えることだ。従って、宗教は人間の願望が投影されたものになる。こういう宗教は、キリスト教が禁止する偶像崇拝に陥る危険が常にある。バルトは、人間が神について考える宗教ではなく、神が人間について何を語っているか、すなわち神の啓示に虚心坦懐に耳を傾けることを訴えた。これがバルトによる神の再発見だ。この神の再発見とともに現代神学は始まった。ここまではいいね。》

学生たちは頷いた。私は話を続けた。

《この先で、マルクスとバルトの考え方は大きく離れていく。マルクスは、宗教は幻影なのだから、宗教自体を批判の対象にすることは意味がないと考えた。それだから宗教を生み出すような社会を批判し、社会構造を変えていく必要があると考えた。別の表現をすると人間から社会に関心が移動していった。

これに対して、バルトは、人間は宗教から逃れることができないと考えた。人間は、人間の能力によって理解することができる事柄を超えた外部について知ろうとする。それは人間が死を意識する動物だからだ。そこから宗教は必然的に生じる。非宗教的な人間はいない。自らの宗教性を理解する人間と、理解していない人間がいるだけだ。この点で、人間が本質において宗教的であるとしたロシアの宗教哲学者ベルジャーエフの洞察は正しい。しかし、宗教をベルジャーエフのように肯定的にとらえてはならないと僕は考える。宗教はあくまでも人間の側からのアプローチなので虚偽の意識だ。どんなに優れた宗教であっても、宗教には嘘が含まれる。神から離れていく要因がある。

バルトは、宗教ではなく、啓示を神学に甦らせようとした。しかし、宗教を抜きに人間が啓示について語ることはできない。結局、虚偽の意識である宗教を通じて、啓示について知るというアプローチしかない。このとき人間は、自らのアプローチによって神を知ると思っているが、実際は逆である。神が人間に自らを知らせるのである。しかし、人間は神を知るために、宗教という誤った道具以外、使うことができる道具がないのだ。人間は神ではない。しかし、神について知らなくてはならない。人間と神の間には、いかなる共通性もない。それだから、原理的に人間は神について語ることができない。しかし、人間は、特に教会の説教壇に立つ人間は、神について語らなくてはならない。バルトは、このような状況にキリスト教徒は置かれていると考えた。それだから、「不可能の可能性」という表現で神について知ろうとした。》

私は、「君たちは、僕が言っていることの意味がわかるか」と学生たちに問いかけた。数人が「わかります」と答え、残りの学生たちも首を縦に振った。私は講義を続けた。

《宗教は、人間中心主義に転化しやすい。人間中心主義をヒューマニズムと言い換えてもいい。今回、モスクワで生じた悲劇も、神学的視座に立つと、ヒューマニズムによる社会改革という思想がもたらした帰結だ。エリツィンも、大統領に敵対したルツコイ

（副大統領）やハズブラートフ（最高会議議長）も、この武力衝突が起きるまでは自分たちの陣営が絶対に正しいと信じていた。その前提には、人間の力で、理想的な社会を建設することができるという考えがある。僕はこういう考え自体が、ソ連型共産主義の残滓《ざんし》だと思っている。死を正面から見据えれば、ヒューマニズムに依拠することはできないはずだ。現代プロテスタント神学の特徴は、アンチ・ヒューマニズムの立場を取ることだ。この観点で、バルトは宗教改革者ルターの遺産を継承している。バルトのテキストを読み進める。ここでルターが述べていることを注意深く聞いて欲しい。

〈イエス・キリストにおける神の啓示もまた、人間をこの恐ろしい秘義へと導き入れずにはおかない。この啓示は、すべての啓示中の啓示そのものであるから、まさにこの啓示こそそうせずにはおかない。「愛するパウロは、罪の中に留まっていたくないと願っていたが、その中に留まらざるをえない。わたしも他のより多くの者たちも罪から免れていたいと願っているが、どうしてもそうはならない。われわれはそれを静めるのだが、罪に陥り、ふたたび立ち上がって、日夜絶えまなくそのことで苦しみ、自分を打つ。しかしわれわれはこの肉の中に留まっており、この悪臭を放つ袋を首にかけている間は、それは本当に消え去ることは全くないであろうし、また無力になってしまうこともないであろう。われわれは、それを無力にしようと努力するかも知れないが、古いアダムは、墓に入るまでは生き続けようとする。要約すれば、神の国は奇妙な国であり、どのような聖者もここでは〈全能の神よ。わたしはあわれな罪人であることを告白します。どうか、古い負い目を数え上げないで下さい〉と言うより他はないであろう。……罪を犯さず、また感じもしない者はキリスト者ではない。もしそのような者がいるならば、それは反キリスト者であり、真のキリスト者ではない。したがってキリストの国は罪のただ中にあり、そこに潜んでいる。というのは、キリストは、ダビデの家の中に罪を置いたからである」（ルター）。〉（前掲書、五二六〜五二七頁）

パウロやルターが言うように、「罪の中に留まっていたくないと願っていたが、その中に留まらざるをえない」というのが人間の実情だ。ここで重要なのは、罪の中に留まっていることを自覚している人とそうでない人がいることだ。エリツィンは、自分が罪の中に留まっていることを今回の騒擾事件が勃発した瞬間に自覚した。直感的に「これは罪だ」と思ったのだ。

エリツィンには、ヒューマニスト、アンチ・ヒューマニストの双方の要素がある。人間、政治家には、双方の要素が必要だ。なぜなら、国家であるとか社会、経済は、理性を基本とした設計主義的、構築主義的アプローチで、ぎりぎりのところまで、人間の力で作り上げることを考えなくてはならない。この作業を最初から放棄して、超越的なものに依存するのは間違っている。それは、人間が作った偶像に帰依してしまうことに他ならない。人間は神から与えられた自由を、責任を持って行使しなくてはならない。

この責任ということを突き詰めて考えると、それはアンチ・ヒューマニズムになる。ロシア語で、責任はオトベツトベンノスチ（ответственность）だ。要するに神からの呼びかけに答える（ответ）ということだ。人間の力が及ばない外部を認めなくては、責任という概念はでてこない。責任の背後に超越性が控えている。これが罪の自覚になって表れる。罪は悪を作り出す。それだから、現実の政治は、悪の中で行われなくてはならない。この意識を持たないで、理想的な社会を構築しようとすると、その社会には悪が内在する。ソ連社会が崩壊したのも、内在した悪が臨界を超えたからだ。ソドムとゴモラの崩壊に似ている。

　ここで究極的なものと究極以前のものを分けて考えることが必要だ。永遠の命や神の国は究極的なものだ。ただし、究極的なものには、究極以前のものを通じてしか到達することができない。政治はまさに究極以前のものなのである。政治を迂回して、永遠の命や神の国に至ることは不可能だと僕は考えている。それだから、キリスト教神学が第一義的に問題にしないとならないのは、死後の世界というたぐいの彼岸の出来事ではなく、いまここで進行している此岸《しがん》の出来事だ。このことを、パウロはギリシア語のサルクス（σαρξ）という言葉で説明した。ロシア語だとプローチ（плоть、肉）になる。肉についてのバルトの考え方を見てみよう。

〈したがってここでは、制限するものとしての「しかしわたしは」（七・一四）が、宗教的人間が本来知っていることに対抗して現われることもない。というのは、あの「すなわち、わたしの肉の内には」は制限ではなく、かれが、まさにかれが自分自身に対して行なわなければならない告発の尖鋭化だからである。わたしは肉なのだ。それがこの言葉の意味である。われわれは「肉」が何を意味するのか（三・二〇）を覚えている。それは認定されていない、そして（人間から、まさに宗教的人間から見れば）、究極的に認定できないこの世性である。肉とは、関係を失った相対性、虚無性、無意味《ナンセンス》のことである。それがわたしなのだ。金銭的人間、享楽的人間、権力的人間が自分のことをそう言わなければならないのではない（どうしてかれもまた、そう言うべきなのか、どうしてかれもまた、そう言うことができるのか。かれが自分自身について知っていることが、神の怒りより大きい神の憐れみから発する光線なのかも知れないではないか）。むしろ、神に聖別された者、現実的な、真剣な、真の宗教的な体験をした人、預言者、使徒、宗教改革者、神の聖《きよ》さと憐れみの一致が全く個人的な問題、実存問題となっている人こそがそう言わなければならないのである。「なぜわたしを善いと言うのか。一人の者、すなわち、神のほかに善い者はだれもいない」（マルコ福音書一〇・一八）。そしてそれを言うのはイエスである。したがって、われわれが霊についてのわれわれの知識（七・一四）から出発してただちに出会う洞察、すなわち、神と、わたしが現にそれであるところの人間とは一緒になることはないとの洞察は、もしかするとあまりに性急な悲観論的考え方に基づいていたのではない。そうではなくて、われわれがその場合に経験に即して確認することとは、主題的事実《ザッヘ》の論理に対応している。神についての知識と共に、人間についてのこのような知識が措定されるのであって、それ以外のものではない。〉（前掲書、五二七～五二八頁）

肉というのが、人間の制約条件だ。人間の此岸性は、人間が肉であるという現実から出発する。この現実を冷静に見つめなくてはならない。金や欲望や権力にとらわれている者は、自らが肉であるということを自覚することができない。「神に聖別された者、現実的な、真剣な、真の宗教的な体験をした人、預言者、使徒、宗教改革者、神の聖さと憐れみの一致が全く個人的な問題、実存問題となっている人」であるからこそ、自らが肉であるという限界について自覚することができる。神は肉である人間に対して呼びかける。肉とは、抽象的な意味ではない。おのれの具体的な肉体、具体的な肉欲という意味だ。神がイエス・キリストという具体的な肉になるという受肉ということが、キリスト教の特徴だ。僕は受肉論がキリスト教的な社会倫理の基本と考える。

イエス・キリストは、一世紀のパレスチナに現れた。それは、当時のパレスチナが、人間の歴史における最も悲惨な状態に置かれていたからだ。まさに神はそのひとり子を人間の最も悲惨な状況における、最も深い深淵にまで降ろしてきたのである。それだから、すべての人間が救われる可能性を持つようになった。ここで人間の苦難が自由に転換していくのだ。この転換点は、歴史において何度も繰り返される。イエスが神そして周囲の人間たちとの具体的関係で示されたことの中に、神の啓示はすべて示されている。イエスの出来事を関係の類比において読み解いていくことが死活的に重要になる。イエスの出来事は、一世紀のパレスチナで起きた一回限りの出来事である。一回限りの出来事であるからこそ、普遍性を持つ。この逆説を理解しなくてはならない。

キリスト教神学では、人間の歴史において起きる事柄のすべてがイエスの生涯において先取りされていると考える。イエス・キリストの出来事を類比的にとらえることが重要になる。新約聖書に書かれている事柄が、いまここで再現されている。その意味で、モスクワ騒擾事件によって、われわれにとってイエス・キリストが現実にこの歴史を支配していることを知ることができる。人間が、自らが望んでいる善を行わないで、悪を行っているという現実が、一九九三年十月のモスクワで可視化された。僕はこの現実を、バルトを補助線にすれば読み解くことができるのではないかと考えている。バルトはこう述べる。

〈「というのは、その意欲はわたしにあるが、正しいことを実行することができないからである。というのは、わたしは自分の望んでいる善は行なわないで、望んでいない悪は、これを行なうからである」。わたしの意欲は、わたしの中にない善をわたしに想起させる。しかしそれはわたしの意欲だけである——もちろんその意志は、律法の神的性格についてのわたしの知識（七・一四）と同一である。というのは、神的なことを望むことなしには、わたしはそれを知ることもできないからである。「その意欲はわたしにある」。しかし意欲とは何であるか。それはまさに、努力すること、欲求すること、要求すること、問うこと、求めること、願うこと、戸をたたくことである。それは、すべての牧会と説教の、約束に満ちた究極の言葉であり、すべての時代のすべての真理の証人たちによって、絶えず新しい高揚と変化と強調を伴って、息もつかずに繰り返され、更新されてきた。おそらく、それほど息もつかずに語られてきたのは、その意味が驚くほど単純であるからであり、また、この単純なことが、宗教的現実の内部では、事実究極の言葉であることは、驚くほど明瞭だからである。これが役に立たなければ、いったい何が役に立つというのだろうか。だから、それは疑いもなく役に立つ。〈神を求めよ〉という標語は、いつも変わらず注意深く耳をかたむける聞き手を見出すであろう。それはまさに人間の耳がなお聞くことのできる究極のことだからである。そして確かに、率直に意欲する者、率直に神を求める者の数は、過去においても現在においても、表面的な観察において見えているであろうよりは、無限にはるかに、大きいからである。いったいだれがだれに対して、この正直な意欲を否認してよいだろうか。おそらくわたしもまた神を求める者であろう。「その意欲はわたしにある」。もちろんそれはありうる。しかし、このことを確認することによっておそらくわたしが逃げ込みたいと考える宗教的避難所は、「わたしが行なうことを望まない」(七・一六)と書かれている別の避難所と同様、不十分なものである。というのは、そこでは行なわないことにかかっているように、ここではわたしが非常に喜んで確認するであろうわたしの内の善の存在に対しては、すべては行なうことに、つまり「正しいことを実行すること」にかかっているであろうから。そして今や、もっとも正直な、もっとも深い、もっとも徹底的な意欲が、一貫して「正しいことを実行する」という栄冠を与えられるとはかぎらないという疑問の生じる余地はない。〉(前掲書、五二九〜五三〇頁)

ここで重要なのは、罪の中にある人間が、なぜ善を行おうとする意欲を持つことができるかだ。この意欲は、人間に内在しているのではない。外部からの力によって喚起される意欲だとバルトは考えている。意欲はあっても、それを貫き通す力が人間にはない。しかし、人間は善を行う努力を続けなければならない。それが徒労に終わることは決してない。なぜならば、人間の生は、自分のためにあるのではなく、神の栄光に奉仕するためにあるということがバルトの前提になっているからだ。

この点に関して、バルトはカルバンを継承している。神に仕えるということは、人間と神との関係、それは同時に人間と神によって作られた他の人間との関係において表れる。善は他の人間との関係において、なされるのである。人間の力によって、善を作ることはできない。しかし、人間は善を作らなくてはならない。この弁証法的緊張関係を理解することが必要だ。恐らくエリツィンはこの弁証法的緊張関係を理解している。それが今回の武力鎮圧につながったのだと僕は見ている。》

ここでワロージャが、「佐藤先生は、今回のエリツィン大統領による暴力が神学的に是認されると考えるのでしょうか」と尋ねた。

「この問題への態度表明から逃げてはいけない。今日の講義の冒頭で述べたけれども、僕は是認されると考える。これ以上の流血、混乱と悪を防ぐためには、力の行使はやむを得なかった。しかし、ここで流れた血に対して、エリツィンは責任を負わなくてはな民に対して責任を負わなくてはならない。エリツィンは神に対して責任を負うと同時に、ロシア国らないというのが僕の考えだ。政治力学でこの問題を解決することはできない。ロシア国家を統合する超越性にエリツィンは踏み込まざるを得なくなる」と答え、私は講義を続けた。

《ここで、僕たちはもう一度、キリスト教会の歴史について振り返ってみる必要がある。キリスト教はそもそもローマ帝国による弾圧を受けた宗教だった。ペトロもパウロも殉教したと伝えられている。キリスト教は決して、反国家的ではなかった。しかし、国家に超越的な価値を付与することをキリスト教徒は拒否した。われわれは、国家による支配を逃れることはできない。それと国家に超越性を認め崇拝することは、本質的に異なる。国家は究極以前のものである。究極以前の、人間によって造られたものを拝むことは、キリスト教が禁止している偶像崇拝に他ならない。この基本線をキリスト教神学は絶対に崩してはならないと僕は考える。しかし、三一三年のミラノ勅令によって、コンスタンティヌス帝はキリスト教を公認した。ここから、国家と教会の癒着が始まった。それによって、キリスト教が国家イデオロギーに吸収されてしまう危険が生じた。この危険をバルトは自覚している。国家によって公認された教会、此岸の力と結びついて、自らが正しいと考えているキリスト教は、疎外されているとバルトは考えた。以下のバルトの言説に注意深く耳を傾けて欲しい。

〈われわれはもう一度、そこでは全くあの誠実な意欲に事欠かなかったキリスト教の教会史や精神史という墓地跡のことを考えてみたい。たとえばエレミヤの「行為」と、かれと対立した偽預言者たちの「行為」とを区別するものは何であるか。コンスタンティヌスにおいて頂点に達する古代キリスト教の「成功」と（非神学的な関心を持つ歴史家がそれについて述べるところを聞くべきであるが）ミトラ教やキュベレ教の同時代における「成功」とを区別するものは何であるか。ヴィッテンベルク、チューリッヒ、ジュネーブの宗教改革者たちの「成功」を、ローマの教皇たちや優れて宗教的なバベルの塔の建設者たちの「成功」とを区別するものは何であるか。シストの聖母像の、多くの賛嘆を受けた目に秘められた内的敬虔の「実行」と、エル・グレコの聖母像の目が語っているかつて例のない信心に凝り固まった「実行」とを区別するものは何であるか。人間のすべての行為そのものは、一つの梯子の段ではないのか。せいぜいのところ、それらすべては、全く別な行為の比喩にすぎないのではないか。主がそれを成功させる場合のその誠実さそのものは、われわれが――望むことができ、時にはそれで満足したいと願うあの正直な意欲と全く同じものではないこと、また、この正直な意欲から、主が成功させるあの成功へ至る道について、われわれは、その道が断絶する路線、常に繰り返して断絶する路線であって、絶対にその目標に到達しない路線であるということ以外には何も知っていないということは明らかではないのか。〉（前掲書、五三〇～五三二頁）

東ドイツの牧師ギュンター・ヤコブが「コンスタンティヌス帝以降の時代」という表

現で、共産主義体制下のキリスト教の状況について説明した。バルトもフロマートカも「コンスタンティヌス帝以降の時代」の到来を歓迎した。教会が国家から切り離された方が、キリスト教本来の機能を果たすことができる。キリスト教徒は、現代社会においては、一人の市民として、この社会に関与する。そこで、特定のキリスト教的立場というものは存在しない。キリスト教徒であるということは、この社会の中で、祈りながら、そして、働きながら、生きていくことだ。そして、直面する個々の問題について、イエス・キリストとの類比を考えながら生きていくことであるというのが、僕がバルトやフロマートカから学んだことだ。そのときの基本になるのが、さっき聖書で読んだ「わたしは自分の望む善は行わず、望まない悪を行っている」というパウロの告白を、自分自身の事柄として受け止めることだ。それでは、今日の講義の核心になる部分について、バルトはどう考えているか、学んでいこう。

〈「というのは、望んでいる善は行なわないで、望んでいない悪は、これを行なうからである」。これが、宗教的人間が、まさにかれこそが、かれの意志の外で、そもそもいったい何を行なうことができるのかとの問いに答えなければならない時の答えである。したがって、ここでもまた、否、善を望むわたしの意欲をも、善と混同することはできないと答えなければならない。というのは、善は、どこまでも現実性を求め、意志されるだけでなく、実行され、行なわれることを求めるという性質を持っているからである。しかしわたしは善を行なわないで、わたしの望まないあらゆる種類の悪は行なう。そしてもう一度わたしは問わなければならない。耐えられないような仕方で、同時に意欲する者と実行しない者の両方でなくてはならないわたし、また率直な意欲を持ちながら、善は——かれの内にはないとの事実をただ思い出させることができるだけであるわたし、このわたしとはだれなのかと。〉(前掲書、五三一〜五三二頁)

キリスト教徒は、外部からの力によって、善を知ることができる。しかし、善を行うことはできない。それどころか、自分が望んでいない悪を行う。それは人間が罪を負っているからである。このような人間の罪の構造をキリスト教徒は自覚している。ここでバルトが優れているのは、罪を自覚しているということで、自らの罪を免罪することはできないという現実だ。むしろ、神の前で、罪を自覚しているが故に、キリスト教徒は、罪を自覚していない無神論者よりも重い責任を負うのである。バルトはこう述べる。

〈「しかし自分の望んでいないことを行なうかぎりは、それを実行しているのはわたしではなく、わたしの内に宿っている罪である」。したがって、わたしの意欲から見れば、「正しいことを実行すること」はできない(七・一八後半―一九)。それゆえに、何が行なわれるかという決定的な視点に帰らなければならない。それに対する答えは、「自分の望まないことをわたしは行なっている」というのである。したがってわたしの誠実な善を望む意欲がわたしのことをもしかして正当化しているとか、ましてわたしの悪を望まない誠実な意欲がわたしのことを正当化している(七・一六―一七)ということは問題にもならない。むしろ、この箇所を二度目に読んでみれば、〈それを実行するのはわたしではない〉という自分自身についてのわたし自身の判決が確認された。わたしは締め出され、壁に押しつけられて、わたしの家の中で事実実行されることをただ傍観していなければならないのである。わたしの善意志を引き合いに出すことは、罪がわたしの中に宿っている――ということの承認以外何を意味しているだろうか。罪が行なうのである。罪が実行するのである。罪がやり遂げるのである。しかしそれはやはり、わたしにとって責任免除ではなく、むしろまさに、わたしが自分で下した判決に他ならない。というのは、わたしは、どのような根拠によって、実行するそのわたしと、そのわたしが実行することを望まないそのわたしとの非同一性を主張すべきだというのだろうか。現実は、宗教の現実もまた、一人の人間を知っているだけであり、そしてそれがわたしであり、他のだれでもない。そしてこの一人の者が、明らかに望んでいながらそれを実行せず、望まないのに実行しながら、罪の家の四つの壁に取り囲まれて住んでいる。かれの罪とは、まとめて言えば、宗教的体験の現実が告げ知らせる事実のことである。〉（前掲書、五三二〜五三三頁）

今回のモスクワ騒擾事件も、神学的には「われわれがキリスト教徒として、やるべきことをやらなかった」という怠惰の問題としてとらえるべきだ。怠惰は罪である。》「怠惰は罪である」という結論を述べ、私は講義を終えた。

†

授業が終わってから、アルベルトと婚約者のレーナ、ワロージャ、ナターシャが、

「もう少し佐藤先生と話をしたい」と言うので、私は四人を連れて、「北京ホテル」のレストランに行った。学生たちの質問は、エリツィン大統領をはじめとするロシア指導部が、モスクワ騒擾事件を契機に人間の罪を見つめ直しているかということに集中した。「僕はエリツィンが自分自身の罪を認識していると思う。その上で、人間の原罪についても真剣に考えている。君たちも十月六日夜の大統領テレビ演説を見たことと思う。あのときエリツィンは泣いていた。僕はあの涙はほんものだと思う。エリツィンは『意見の違いはあっても、犠牲者となった人々は皆ロシアの子供だ』と述べた。これは政治家の発言ではない。むしろ、教会指導者の発言だ。憎しみの論理とは別の位相で、今回の問題を解決しようとしている。ただし、政治的対立を超えたところにエリツィンは自らを置いている。これがロシアの民主主義にとって、よいことなのかどうかは、僕にはまだ判断できない」と私は述べた。

「カエサルパピスム（皇帝教皇主義）の危険があると佐藤先生は考えるのですか」とアルベルトが尋ねた。カエサルパピスムとは、ビザンチン（東ローマ）帝国で、皇帝が同時に教会の最高指導者となったシステムを指す。皇帝は、国家制度だけでなく、人間の内面も指導するという考え方だ。帝政ロシアは、カエサルパピスムを継承した。レーニンやスターリンにもカエサルパピスムの傾向があった。

「アルベルト、とてもいい質問だ。僕自身、結論がよく見えない。多分、エリツィン自身が内部で引き裂かれるような感情を持っているのだと思う。エリツィンは、一方で欧米型民主主義システムをロシアに導入することが必要であると考えている。十二月に新議会の選挙と新憲法制定に関する国民投票がある。いずれも欧米型民主主義を指向している。新憲法が採択され、ロシアは大きく変化する。あの大統領演説の原稿は、ブルブリスが書いた。そして、国民投票にかけられる新憲法草案も、ブルブリス・チームがつくったものだ。ロシアは大きく変化する。ブルブリスは、現在のロシアには三つのカテゴリーのエリートがいると強調していた。ブルブリスは僕にこんな説明をしていた。モスクワ騒擾事件が起きる前に聞いた話だけど、現在でも通用する見方だ」と私は述べて、甲高く早口のブルブリスの口調をまねて、学生たちにやりとりを披露した。

ブルブリス「いいか、マサル、よく聞け。第一が共産全体主義体制のエリートだ。この連中は、確かにソ連体制の中で、政治や経済のシステムの動かし方を知っている」

佐藤「(一九九一年八月にクーデターを起こした)非常事態国家委員会に所属した人々は、第一カテゴリーに含まれるのでしょうか」

ブルブリス「そうだ。しかし、こういった守旧派の連中だけではない。現下ロシアの中央政府の官僚や工場の幹部たちのほとんども、第一カテゴリーに含まれる。この連中は、新しい時代に適合する意思も能力も持たない。時間の経過とともに死に絶えていくエリートだ。しかし、このエリートの力に頼らずにロシアが生きていくことはできない。だからわれわれも第一カテゴリーのエリートと妥協をしなくてはならない。旧勢力との妥協がロシアの改革を失速させる原因になっている。しかし、こういう旧体制のエリートよりも、ロシアの再建にとって支障となっているのが、第二カテゴリーのエリートだ」
佐藤「どういうエリートでしょうか」
ブルブリス「エリツィンとの個人的関係、あるいはソ連崩壊期に民主化運動に参加したために、急速に階級的上昇を遂げた連中だ」
佐藤「階級的上昇？」
ブルブリス「そうだ。階級的上昇だ。地方の共産党組織の中堅幹部やインテリで、ソ連体制の中ではモスクワで活躍する可能性がなかった連中だ。偶然のエリートと呼んでもいい。この偶然のエリートは、ソ連体制の中で政治や経済のシステムを動かしたことがない。国家を運営するエリートとしての基礎体力に欠ける。そうかといって、新しい時代に適応する能力もない」
佐藤「偶然のエリートがこれから知識を身につけて、能力を向上させることはできないのでしょうか」
ブルブリス「非現実的だ。四十歳を超えた偶然のエリートが、新しい時代に適応する能力を身につけることはできない。そこで重要なのは第三カテゴリーになる未来のエリートだ」
佐藤「未来のエリート？　どういう人たちなのでしょうか」
ブルブリス「マサル、君はいくつだ」
佐藤「三十三歳です」

ブルブリス「キリストが死んだのと同じ年齢《とし》か」

佐藤「そうです」

ブルブリス「新しいエリートというのは、まさに君の世代だ。現在二十代から三十代で、政治、経済、学術などについて、現在進行形で新しい知識と経験を吸収している若者だ。この連中が十〜二十年後にロシアの中枢で活躍するようになる。そのときにロシアは生まれ変わる。この過程を確保するのが、俺たちの仕事だ。狼から仔羊を守らなければならない」

佐藤「狼？　仔羊？　どういう意味でしょうか」

ブルブリス「第一カテゴリーのエリート、第二カテゴリーのエリートは狼だ。お腹を一杯にしておかないと、今は無力で成長過程にある第三カテゴリーのエリートを食べてしまう」

佐藤「そうすると、ゲンナ（ブルブリスの名ゲンナジーの愛称）は、第三カテゴリーのエリートの代表として、奮闘しているということですね」

ブルブリス「こら、お世辞を言うな。俺は第二カテゴリーのエリートだ。エリツィンと同郷で、民主改革運動で活動しなければ、俺がロシア国家の中枢で活動することもなかった。その意味で、俺は偶然のエリートの一人だ。この偶然のエリートというのが実に質《たち》が悪い。これまで低いレベルの生活をしていて、突然、権力を握ったので、その権力への執着心が、ソ連時代のエリートたちよりも強い。根強い腐敗体質がある。そして、自らが手にした権力を手放そうとしない。この連中が権力を手放さない限り、ロシア国家は近代化しない」

学生たちは、私の話を注意深く聞いた。

「そうすると第三カテゴリーのエリートである私たちは、ロシアの未来に対して大きな責任を持つことになるのですね。しかし、この苦しい状況に私たちは耐えられるかしら」とナターシャが言った。ナターシャの父親は、MB（保安省。KGB［ソ連国家保安委員会］第二総局の後身、FSB［連邦保安庁］の前身）の将校だということは、この前、アルクスニス大佐との会食のときに初めて知った。

「ナターシャも生活がたいへんなの。お父さんはノメンクラトゥーラ（特権階層）じゃないの。KGB幹部は、大統領府や首相府に新しいポストを得るか、銀行の幹部になっているわよ」とレーナが言った。ナターシャは、「私の父は、ロシア国家が苦しいときだからこそ、いまの職場に留まらなくてはいけないと言っている。ただし、生活は考えられないほど苦しくなった。私も週三回、アルバイトをしている。そうでないと学業を続けることができない」と自分が置かれている状況について説明した。

「ナターシャ、どこでアルバイトをしているの」と私は尋ねた。ナターシャは、「銀行で事務仕事をしています。給与は月に三十ドル相当のルーブルでもらいます。私は十ドルもあれば十分生活ができるので、残りは母に渡しています。両親は喜んでいます。会社は父のコネではなく、大学を辞めて銀行に勤めている友人の紹介で見つけました。大学を辞めて正社員になれば月に二百ドル払うと言われているのですが、私は勉強を続けたいので、正社員になるつもりはありません」と答えた。私は、ナターシャに「正しい選択をしていると思う」と言った。

このやりとりを聞いてワロージャが「日本の外交官としての正しい選択と、僕たち若いロシア人の将来について真剣に考えているときの佐藤先生の正しい選択の間に対立や矛盾はないのですか」と尋ねた。

私は、「いい質問だ。対立や矛盾がまったくないと答えることはできない。ちょっと考えさせてくれ」と言って、しばらく沈黙した。そして、こう続けた。

「まだ十分に言語化できないのだけれど、こんなことを考えている。僕には三つの顔がある。一つ目は日本の外交官としての顔だ。ここで僕は日本の国益を体現している。僕の給料は日本政府から出ている。資本主義社会では、金を払う人のために一生懸命になって仕事をしなくてはならない。だから、日本政府の命令があれば、仮に腹の中で『これは間違えているな』と思っても、僕はそれに従わなくてはならない」

「僕は軍隊にいたから、佐藤先生の気持ちはよくわかります。軍人も外交官も服務規律は基本的に一緒だと思います。僕もアフガニスタンでの匪賊《ひぞく》討伐はほんとうに嫌だった」とアルベルトが言った。

「僕の場合、不愉快だとか理不尽だとか思う上司の命令がときどきあるけれども、自分の良心に反すると思うような状況に直面したことは、幸い、まだない」

「もし、良心に反する命令があればどうしますか」とアルベルトが尋ねた。

「良心に従い、命令を拒否すると答えたいところだけれど、そうはならないだろう。むしろ、自分の行動を誤魔化す口実をどこかから見つけてくると思う。それでもし、ほんとうに耐えられないような事態に遭遇したときはどうなるか。正直に言うけれども、その場になってみないとわからない」と私は答えた。

ちなみに、二〇〇二年五月、鈴木宗男事件に連座して、東京地方検察庁特別捜査部に逮捕され、東京拘置所のかび臭い独房に閉じ込められて連日、取調室で検察官の取り調べを受けているときに、北京ダックを食べながらアルベルトたちと話したこの情景が何度も脳裏に浮かんでは消えた。

「二つ目は、知識人としての顔だ」と言って、私は話を続けた。

「レーニンは知識人は階級であると規定したが、僕はこの規定は正しいと思う。知識人には、国家を超えた共通の言語がある。君たちはロシアの知識人だ。だから僕と君たちは、プロテスタント神学については教師と学生の関係だけれども、ロシア語やこの国の情勢については、君たちが教える側で、僕が教えられる側だ。教師と生徒の関係が逆転している。しかし、知識人としては対等だ。ロシアの歴史を見ても、大学生や大学を中退した知識人が歴史の中で果たした役割は大きい」

「大きいといっても、それは歴史を混乱させる役割ではないのでしょうか」とワロージヤが疑問を呈した。

「そうじゃないと思う。歴史を混乱させ、破壊した青年知識人の名が記憶されるのは、珍しいからだ。それよりもはるかに多くの若者が歴史を建設する役割を果たした。僕は、君たちに新しいロシアの建設者になって欲しい。数年後には、君たちは社会に出る。ロシアの未来は君たちにかかっている。僕はもうそろそろ、東京に戻ることになると思う。しかし、ロシアを専門とする外交官なので、再びモスクワに勤務することになると思う。その頃、君たちも三十代になって、家庭を持っているだろう。そして、ロシアの青年エリートとして、第一線で働いていることと思う。そのとき君たちと再会することを、僕は今から楽しみにしている」

私の話を聞きながら四人は深く頷いた。

「三つめの顔は何ですか」とナターシャが尋ねた。

「キリスト教徒としての顔だ。ところで、君たちのうち、教会で洗礼を受けたのは？」と私が尋ねると、アルベルト、レーナ、ナターシャが手を挙げた。

「ワロージャは、洗礼を受けていないのか。君はずっと前から信者だと思っていた」

「僕は、神はいると思っています。しかし、キリスト教の人格神という考え方がどうもしっくりこないのです。むしろ、神を現存在（Dasein）としてとらえるべきと思うのです。自己中心的な態度から解放され、他者を共同存在と認めるような本来的実存を神と考えるということならば、僕にも理解できます」

「要するにハイデッガーの存在論の視座に立つということだね」と私は念を押した。

「いや、ハイデッガーよりは、もっと弁証法神学に近いと思います。今日の佐藤先生の話も、本来的実存という枠組みで再整理することもできます」

「それは確かにそうだ。しかし、本来的実存というアプローチでは、最終的に決断主義になってしまう。確かにバルトを決断主義的に読むことは可能だ。しかし、それは神学的な読み方ではない。もっとも、これは立場設定の問題だから、どちらが正しいとは言えないけどね。まあそれはいい。僕はキリスト教徒だけれども、誰かに『キリスト教の洗礼を受けた方がいい』と勧めたことは一度もない。キリスト教は、他人に勧められたから受け入れるというものではない」

「モスクワではプロテスタントの宣教師が熱心に布教をしています。こういうプロテスタンティズムの活動についてどう思いますか」とアルベルトが尋ねた。

「僕はこういうファンダメンタリスト（根本主義者）の活動に対しては批判的だ。アメリカやスカンディナビア諸国、あるいは韓国の宣教団は、ロシアのキリスト教に対してあまりに無知だ。ロシアには、正教だけでなく、バプテスト、ペンテコステ、メノナイトなどのプロテスタント教会も無視できない影響を持っている。これらのキリスト教はロシアに土着化している。また正教から派生したモロカン教も、土着のキリスト教だ。ロシアの伝統的キリスト教から学ぶという姿勢が欠けたファンダメンタリスト系の宣教団の活動は、文化帝国主義そのものだ。フロマートカは、第二次世界大戦後、キリスト教に関する情報は世界の隅々にまで行き渡っているので、宣教団は活動を止めるべきだと言った。僕もそう思う。キリスト教を文化帝国主義の道具として使うべきではないと思う。揺るぎなき信仰を持つ人は、控え目に行動する」

「日本大使館にキリスト教徒は何人いるのですか」とレーナが尋ねた。

「詳しく調べたことはないので、はっきりしたことは言えないけれど、六十数名の大使館員のうち、二〜三人だと思う。外交官夫人でキリスト教の洗礼を受けている人はもう少し多いかもしれない。日本のキリスト教人口は、人口の一パーセント程度だから、平均よりは多いと思う。キリスト教徒が日本のエリート層に占める比重が高いからだ。もっとも大使館でキリスト教が話題になることはない」

「神学部出身で外交官になった人は、何人くらいいるのですか」とさらにレーナが尋ねた。

「昔のことはよくわからないが、現役では僕一人だけと思う」

「神学部出身で嫌な思いをしたり、疎外感を味わったことはありませんか」とワロージャが尋ねた。

「そういう経験はまったくない。そもそも僕が神学者として何を考えているか、大使館の同僚はまったく無関心だ。その意味で、君たちの方が、大使館の同僚よりも、僕が何を考えているかについて、よく知っている」と答え、私は笑った。

†

学生たちと別れた後、私はロシア科学アカデミー民族学人類学研究所のセルゲイ・チェシュコ副所長と無性に話をしたくなった。そこでの話については、本書で記した。

〈十月九日土曜日、午前中モスクワ国立大学哲学部での授業を終え、学生たちと昼食を済ませた後、私は、セリョージャ（引用者註＊セルゲイの愛称）の家を訪ねた。そして、モスクワ騒擾事件について、セリョージャの意見を聞いた。話し始めるとセリョージャの目から涙が溢れた。そして、「ロシア人は実に無力な馬鹿者だ」と言った。そして、「すべて最初からやり直しだ」と続けた。

「何をやり直すというのか」

「国作りだ。近代的な国家作りだ。後発帝国主義国であるロシアは近代化のために共産主義革命を行った。そこでマルクス主義を用いた。しかし、資本主義批判を中心に組み立てられたマルクス主義をロシア人は理解できなかった。資本主義を知らないのだから、仕方がないことだ。ソ連が崩壊し、去年（一九九二年）、年率二千五百パーセントのインフレに直面して、店の棚に商品が溢れていても、カネがないのでモノを買うことができないという状況を初めて知った。失業、ホームレスがどういうものか、皮膚感覚で理解した」

「しかし、共産主義に逆戻りすることはない」

「それはそうだ。共産主義をロシア人は心底嫌っている。社会民主主義も共産主義の亜流なので勘弁して欲しいということだろう」

「しかし、この社会的格差を是正することは誰もが望んでいるだろう」

「それは、確かだ。それに、今回のモスクワ騒擾事件を受けて、国家体制の強化を望んでいる。国家機能による経済的格差是正と社会秩序の維持が政治の基本目標に据えられるとどういう政治体制になるだろうか。想像してみて欲しい」

「……」

「ファシズムだ」

セリョージャは吐き捨てるように言った。

「セリョージャは、エリツィンがムッソリーニのようなファッショ指導者に変貌すると見ているのか」

「そうじゃない。エリツィンは民主改革派を基盤にソ連体制を壊すことで、自らの権力基盤を構築した。エリツィンがファシズムに向かうといちばんの支持基盤を壊してしまう。今回、ホワイトハウスに籠城したルツコイ、ハズブラートフは反共主義者だ。エリツィンに対抗する原理を地政学に求めた」

「地政学とは、ユーラシア主義のことか」

ユーラシア主義とは、ヨーロッパとアジアにまたがるロシアは、固有の空間を形成しているので、そこには独自の発展法則があるという考え方だ。

「そうだ。ユーラシア主義がロシアのファシズムに発展する危険性がある。いまではない。いまから十年後、いや十年では少し早いかもしれない。十五年から二十年くらい経ったときにロシアがファッショ国家になる危険があると僕は本気で心配している」〉（本書、三七九〜三八一頁）

ここまで原稿を書き進めていて、私はなぜ最近、ワロージャの夢をよく見るのかがようやくわかった。『甦るロシア帝国』では、「午前中モスクワ国立大学哲学部での授業を終え、学生たちと昼食を済ませた後」と簡潔に記したが、ワロージャが外部の力を借りて私の無意識に「佐藤先生、あのとき僕たちは重要な話をしたじゃないですか」と働きかけたのだ。

その後、ワロージャはレーナと離婚した。離婚した後も二人は私の授業に出席し続けたが、決して隣に座ることはなかった。また二人は決して言葉を交わさなかった。追試験の結果、ワロージャは心理学と哲学史の評価も五になった。教授陣もワロージャを高く評価していた。ワロージャにプロテスタント神学を本気で勉強させることを教授会は考えて、私に助力を求めた。一九九五年四月一日から東京の外務本省で勤務するようにという内示を受けていた私は、この年の二月にスイスのジュネーブを訪れ、世界改革派教会連盟総幹事をつとめていた旧知のミラン・オポチェンスキー教授に会って、モスクワ大学哲学部宗教史宗教哲学科の現状と、ワロージャについて話をした。ミランは、「マサル、ロシアにプロテスタント神学の知識を持った若い世代のエリートが育つことはとても重要だ。ワロージャが洗礼を受けていないならば、キリスト教徒と非キリスト教徒の対話プログラムから奨学金をつけることができる。もちろん往復の航空券も準備する。ワロージャが大学を卒業すれば、ドイツかスイスのプロテスタント神学部の大学院に二〜三年間受け入れる手配をする」と全面協力を約束してくれた。ミランとのやりとりを私は、ワロージャ、ヤブロコフ学科長、ポポフ教授に伝えた。

東京に戻った後、私はあえてモスクワの日本大使館に勤務していたときにできたロシア人との人脈を遮断した。私が東京からロシアの要人と直接連絡をとるようになると、大使館の人脈構築や業務遂行に悪影響が生じると考えたからだ。一九九六年四月にモスクワで原子力安全サミットが行われ、その関係で橋本龍太郎首相が訪露することになった。その準備で私はモスクワに三週間近く出張することになった。その機会に、久しぶりにポポフ教授と会った。学生たちの消息を尋ねると、アルベルトはレーナと結婚し、二人とも大学院に進学して、イスラームとキリスト教の関係について研究しているということだった。大学院修了後は、故郷のタタールスタン共和国に戻り、地元の大学で教鞭を執るだろうという話だった。ナターシャは、大学の助手に就職した。教授の仕事を手伝いながら、博士候補論文の準備をしているということだった。ポポフには「地元レーナは、卒業後、故郷のイルクーツクに帰ったということだった。ワロージャと別れたでビジネスを始める」と言っていたそうだ。「それで、ワロージャはどうしていますか」と尋ねると、ポポフの顔が曇った。「少し調子が良くないので、一年休学している。来年は大学院に進学すると思う。マサルは心配しないでいい。僕たちで何とかする」と答えた。

日本に帰ってからしばらくするとレーナから手紙が届いた。イルクーツクの消印だった。科学アカデミーの研究所を退職した両親と商店を経営し、そこそこの生活をしているという内容だった。ポポフが、「佐藤先生がレーナのことを心配していた」という連絡をしたので、私を安心させようと思って、手紙を書いたようだ。しかし、ワロージャの消息については、何も書いていなかった。離婚したパートナーについては、思い出したくないので何も記さなかったと私は理解した。

その後、私がワロージャについて、詳しい情報を得たのは、それから六年後のことだった。〈二〇〇二年一月、モスクワ大学哲学部主催の国際学会でビノクーロフ教授（専任講師から教授に昇進していた）から聞いたところだと、「ワロージャは心身に変調を来してリガに帰った。精神病院に入院したという連絡があったが、その後の消息はわからない」ということだった。〉（本書、三八七頁）

†

ソ連崩壊から二十年の間にロシアは大きく変化した。一九九九年の大晦日にエリツィン大統領は、プーチン首相を大統領代行に指名するとともに、任期前に辞職した。元KGB第一総局（対外諜報担当、現在のSVR［対外諜報庁］の前身）の中佐だったウラジーミル・プーチンは、エリツィンとの個人的関係で登用された、ブルブリスの定義によると、第二カテゴリーすなわち偶然のエリートだ。二〇〇〇年三月の大統領選挙で当選した。プーチンは二期八年間、大統領をつとめた。二〇〇八年三月の大統領選挙で当選した、一九六五年九月生まれのドミトリー・メドベージェフは、ソ連崩壊時に二十六歳、大統領就任時に四十二歳の、ブルブリスが言うところの第三カテゴリー、未来のエリートのはずだった。確かにメドベージェフは、ソ連時代と断絶した、欧米の政治、経済、学術的な成果を吸収した新しい世代のエリートだ。

しかし、ソ連崩壊後二十年を経て、国際秩序は大きく変化した。自由、民主主義、市場原理が人類共通の価値観となって、グローバリゼーションが進むという幻想は、すでにエリツィン時代に崩れた。一九九九年秋からの第二次チェチェン戦争によってロシアはイスラーム原理主義過激派の国際テロリズムの脅威に直面するようになった。プーチン時代に、ロシア人は、テロに対抗する強い権力者を求めるようになった。その結果、欧米諸国とロシアの間で、チェチェンにおける人権問題をめぐって、深刻な軋轢が生じた。しかし、二〇〇一年九月十一日に米国同時多発テロが発生した後、欧米諸国とロシアの間で国際テロリズムに対抗する統一戦線が形成された。米国は、国境を越えるアルカイダ型の国際テロ組織との戦いのみならず、アフガニスタン、イラクにおける戦争に深入りし、国力を消耗させた。その間に中国が急速に国力をつけ、航空母艦建造計画を本格化し、海洋覇権を獲得しようとしている。政治、経済、軍事の分野で中国は、国際社会で確立されている既存のゲームのルールを一方的に変更しようとする挑戦者としての姿勢を鮮明にしている。ＥＵ（欧州連合）では、ギリシア、イタリアなどの財政危機が深刻化し、世界恐慌の懸念が語られるようになった。このような状況で、世界は十九世紀末から二十世紀初頭を彷彿させる帝国主義的傾向を強めている。

二〇一一年九月二十四日、モスクワで行われた与党「統一ロシア」の大会において、二〇一二年三月の大統領選挙に、メドベージェフではなく、プーチンを推薦することが決定された。憲法が改正されたので、次期大統領の任期は、六年に改められた。同じ人物が三回続いて大統領に就任することは憲法で禁止されている。プーチンが大統領に当選することは確実視されている。従って、二〇二四年までプーチン政権が続く可能性が高い。メドベージェフ大統領は、新政権下でとりあえず首相に回ると見られている。

この決定がなされてから、ロシアは国家政策の帝国主義的再編を急速に進めている。その顕著な例が、同年十月四日付、露高級紙『イズベスチヤ』に掲載された「ユーラシアのためのあらたな統合計画――今日生まれつつある未来」と題する論文（以下、プーチン論文と略す）である。

ロシア憲法に基づけば、国家戦略、外交・安全保障政策の策定は、大統領の専管事項である。首相は、経済政策の策定と経済活動の指導、監督を行う。これまでプーチン首相は、大統領と首相の棲み分けを極力浸食しないように配慮していた。しかし、プーチン論文は、国家戦略、外交の領域にかなり踏み込んでいる。この論文を読んだロシア政治エリートは、プーチンがロシア国家の長であることを事実上、宣言したと受け止めている。プーチン論文を分析すると、ロシアの国家戦略が手に取るようにわかる。プーチンは、論文の冒頭でこう宣言する。〈二〇一二年一月一日に、ロシア、ベラルーシ並びにカザフスタンの単一経済空間という最重要の統合計画が始まる。この計画は、過大評価でなく、三国のみならず、ソ連後の空間におけるすべての国家にとって、歴史的道しるべになる。〉

プーチンは、ユーラシア同盟について、自由貿易体制を旧ソ連地域に導入するというようなオブラートに包んだ発言をしない。ユーラシア同盟が、域外との間に障壁を作る関税同盟であることを明確にする。世界経済の危機を、帝国主義的な経済ブロックを創設することによって乗り切ろうとするのがプーチンの国家戦略なのである。

二〇〇八年のリーマン危機を、プーチンは世界経済の構造転換ととらえる。プーチン論文では、〈今日、二〇〇八年に発生した世界的危機が構造的性格を帯びていることは明白である。今日、われわれはそれが激しく再発しているのを見る。問題の本質は、蓄積された地球規模の不均衡である。グローバルな危機後の発展モデル策定がきわめて難しくなっている。例えば、ドーハ・ラウンドは、事実上、停止し、ＷＴＯ（世界貿易機関）内部にも客観的な困難がある。自由貿易と開かれた市場の原則自体が深刻な危機に直面している。〉と強調されている。そして、地域的な経済統合によってしか、危機を克服できないという認識を示す。プーチンはこれを「下からの（снизу、スニーズ）」アプローチと名づける。

国際社会を分析するプーチンの視座は、主流派経済学（いわゆる近代経済学）に基づくものではない。マルクス経済学の国家独占資本主義論の影響を強く受けている。プーチンをはじめ一九七〇年代にＫＧＢ第一総局で、インテリジェンス・オフィサーとしての基礎教育と訓練を受けた人は、国家独占資本主義論を徹底的に叩き込まれた。レーニンの帝国主義論は、資本主義が発達すると金融資本が中心的役割を担うと考えた。そして、資本と国家が結びつき、経済ブロックを作り、植民地の再分割を求めて、必然的に戦争が起こると考えた。それだから、帝国主義国の侵略戦争を内乱に転化して、革命を起こすべきだとレーニンは主張した。

これに対して、一九六〇年代からソ連で展開された国家独占資本主義論では、「戦争をすることができない帝国主義」という概念が用いられた。既に東西両陣営が核兵器を保有しているので、それが本格的な体制戦争の抑止効果を持つとソ連の学者たちは考えた。また、帝国主義国間でも、戦争という手段を取ると、社会主義陣営の後押しを受けた共産主義者、社会主義者が反戦運動を展開し、それが革命に発展する可能性がある。そこで、革命を阻止するために、国家と独占資本が手を握り、国家独占資本主義が成立する。その結果、先進資本主義国では、国家機能が強化されるとソ連の学者は主張した。資本の論理に従って、労働者に対する搾取が強まると、革命が起きる危険があるので、それを予防するために、国家が資本に介入して、格差是正政策や社会福祉政策を行うのである。また、帝国主義国間の経済的矛盾も国家が乗り出すことによって、調整を図る。

米ソ両体制間、帝国主義諸国間の戦争は想定しがたいというのがソ連政治エリートの共通認識になった。仮に戦争が起こるとしても、それはアジア、アフリカ、中南米の局地戦にとどまり、主要国間の戦争はありえないので、それだから、ソ連としては、米国、西欧、日本などの帝国主義国と平和的共存が可能であると考えた。

一九八〇年代後半、ソ連は、米国、西欧、日本が世界の帝国主義の三つのセンターであると規定した。プーチンの世界観は、これに少し変更を加え、二十一世紀の世界に、ロシア、米国、EU、中国、日本の五つの帝国主義センターがあり、その均衡によって国際関係が成立しているというものである。

それでは、プーチン論文の具体的内容を見てみよう。プーチンは、ロシア、ベラルーシ、カザフスタンの三国間では、関税が完全に撤廃されたことを強調する。プーチンは、〈二〇一一年七月一日から、三国の国境から商品の移動に対する監視が撤廃された。（中略）現在、われわれは関税同盟から、単一の経済空間に向けた歩みを始めている。一億六千五百万人以上からなる、単一の法令と資本、サービス、労働力の自由な移動をともなう巨大な市場が形成されつつある。〉と強調する。そして、〈かつてヨーロッパ人は、欧州石炭鉄鋼共同体から完全なEUの段階に至るまで四十年を必要とした。関税同盟と単一経済空間の形成は、ECやその他の地域的共同体の経験から学んでいるので、はるかに早くなる。われわれは、ECなどの地域共同体の強い面と弱い面を知っている。これは、過ちを避け、さまざまな官僚主義的障害が出現することを防止する上での利点だ。〉と指摘する。そして、プーチンは、関税同盟と単一経済空間にキルギスとタジキスタンが参加することを想定していると述べる。その上で、より高いレベルの統合形態であるユーラシア同盟（Евразийский союз、エヴラジスキー・ソユーズ）の創設を提案する。

そして、ユーラシア同盟の特徴として、プーチンは、以下の四点を強調する。

〈第一に、これはいかなる意味においてもソ連の復活を意味するものではない。既に過去に置き去られてしまったものを復活したりコピーしたりしようとするのは軽率だ。しかし、新たな価値観に基づく政治的、経済的基盤の上での緊密な統合が時代の要請である。

われわれは、現代世界の極の一つとなることができ、ヨーロッパと躍動的なアジア太平洋地域の間で効率的な「連結体（связка、スビャースカ）」の役割を演じることができる巨大な超国家的統合体のモデルを想定している。〉

このプーチンの主張の基本になる思想がユーラシア主義だ。ロシアは、ヨーロッパとアジアの双方にまたがるユーラシア国家なので、独自の秩序と発展法則を持つという考え方だ。プーチンは、ソ連のようにユーラシア諸国を政治的に併合することは求めないが、ロシアを核とする共同圏をユーラシアに形成しようとしている。これは大東亜共栄圏と親和的な発想だ。チェシュコが、モスクワ騒擾事件直後に述べていた「ユーラシア主義がロシアのファシズムに発展する危険性がある」という懸念が、あれから十八年経って現実になったのだ。

〈第二に、ユーラシア同盟は、ある意味で今後の統合過程の中心になる。それは、関税同盟、単一経済空間という既存の機構の段階的融合によって形成されるであろう。

第三に、ユーラシア同盟とCIS（独立国家共同体）を対立させるのは誤りだ。それぞれの機構は、ソ連後の空間において、自らの場所と役割を持っている。〉

〈第四に、ユーラシア同盟は、開かれた計画である。われわれは、他のパートナー、まずCIS諸国が参加することを歓迎する。その際に、われわれは、焦ることも、あるいは同意を求めることも意図していない。独自の長期的国益を考えた国家の主権的決定でなければならない。〉

ロシア政治エリートの帝国観の基本は、緩衝国家（バッファー）を設けることである。現時点でCISに加盟しているのは、ロシア、ベラルーシ、カザフスタン、キルギス、タジキスタン、ウズベキスタン、アルメニア、アゼルバイジャンの八カ国である。ロシアが帝国の中心であるとすると、ユーラシア同盟は、拡大された帝国である。現時点で、この拡大された帝国には、ベラルーシとカザフスタンが参加しているに過ぎない。近未来にキルギスとタジキスタンがこれに加わる。プーチンは、それ以外のCIS諸国を無理にユーラシア同盟に参加させてもロシアの国益に貢献しないと考えている。現時点でユーラシア同盟に参加する意向を表明していないCIS諸国にとって、この同盟が魅力を持つような仕組みを作り出すことを先行させることを考えている。

さて、エリツィン時代から、ロシア、ベラルーシを核にCIS諸国の統合を強化する計画は何度も採択されたが、実効性が担保されなかった。ただし、今回、プーチン首相は本気でユーラシア同盟に向けた流れを作り出そうとしている。二〇一一年十月十八日、プーチンの出身地であるサンクトペテルブルクでCIS首相級会合が行われ、自由貿易圏創設に関する合意文書に署名した。同十九日、ロシア国営ラジオ「ロシアの声」（旧モスクワ放送）は本件についてこう報じた。

〈CISに自由貿易ゾーン誕生に向け大きな一歩

十八日、CIS諸国の首相達は、CIS首相評議会会議（引用者註＊首相級会合のこと）を総括し、独立国家共同体の枠内に自由貿易ゾーンを創設することに関する条約に調印した。

これに先立ち、会議で発言したプーチン首相は「重要なのは、共同体の枠内の貿易経済関係において新しい基礎が作られるという点だ」と指摘し、次のように続けた

――

「CIS諸国が、自由経済ゾーン創設に関する条約に調印したのは一九九四年のことだった。しかし、ロシアを含め多くの国々が文書を批准しなかった。それゆえ、事実上、条約は機能しなかった。新しい文書の作成作業は、ほぼ九年間行われたが、二〇

○九年から『大変集中的な形』で、それが続けられた。
条約は、調印国間の貿易経済関係の法的基盤の簡素化を規定し、現在共同体圏での自由貿易体制を定めている一連の多国間合意及び約百もの二国間合意に代わるものとなる。」

ＣＩＳ首相評議会では又、ＣＩＳ諸国内での通貨調整や通貨管理政策の基本的原則についての合意や、二〇二〇年までの鉄道輸送の戦略的発展のコンセプトに関する決定にも調印がなされた。十八日には全部で、二十八もの文書の調印が行われた。〉
(http://japanese.ruvr.ru/2011/10/19/58955591.html)

プーチンは、過去にＣＩＳ諸国が締結した協定を、実効性が担保されるものに再整理したのである。十月二十三日、「ロシアの声」が報じた「ユーラシア同盟　理論から実際へ」と題する以下の論評が、プーチンの意図を的確に説明している。

〈最近のプーチン首相の演説のなかでは、特に旧ソ連地域での関係の強化が中心テーマとなっている。独立国家共同体（ＣＩＳ）の政府首脳らは、ＣＩＳの枠内での自由貿易ゾーンに関する条約に調印した。

プーチン首相は自らが大統領に返り咲く可能性について、けっして自らが望んだものではない、と語っている。というのも、国の指導者というものは膨大な量の仕事をこなさなくてはならず、大きな責任を背負わなくてはならないからだ。しかし、事を始めたからにはそれを最後までやり通さなくてはならないと述べた上で、大統領としての目的は、ロシア国民の生活を向上させるため、新しい現代的な基盤のもとにロシア経済を段階的に発展させ、多角化させることだとしている。

最近、西側のメディアを中心に、二〇一二年の大統領選挙後のロシアが大きく変貌してしまうのではないか、という憶測が流れている。あたかもメドヴェージェフ大統領が国の「人道化」を推し進めてきたかのような捉え方がなされており、特に刑法と懲罰システムの改革においてそうだったとされている。一方で、西側ではプーチン氏が「強圧国家」の支持者であるかのように描かれている。プーチン氏はこの点について、ロシアの戦略的発展の問題に関しては、両者の立場が一致しており、政治における急激な変化はあり得ない、と指摘している。

またプーチン氏によるユーラシア同盟の提案が、西側ではソ連の復活をめざす帝国主義的な考えであるとされていることについては、すでに存在しているロシア、ベラルーシ、カザフスタンによる関税同盟、および統一経済圏を基盤とするものであることを指摘し、各国の主権は完全に維持されると述べている。

サンクトペテルブルグで開かれたＣＩＳ政府首脳会合でプーチン首相は、「ユーラシア経済同盟には大きな将来性がある。我々はそのような統合プロジェクトを一貫して実現していくつもりだ。」と述べ、続けて次のように語っている。

「最初に我々は関税同盟を創設しました。来年一月一日からは統一経済圏のメカニズムがスタートします。それに向けて、法制度に関する抜本的な整備が必要です。いまでのようなペースで今後も作業を進めれば、二〇一五年を目途にユーラシア同盟に移行することが出来るでしょう。それはビザ制度を含む統合に向かうことです。」

　またＣＩＳの潜在力を発揮するということも忘れられてはいない。ＣＩＳ各国の首脳は十八日、自由貿易ゾーンについての条約に調印し、これについてはプーチン首相自身も驚きを隠せないでいる。これによって参加国の間で流通する商品の価格が抑えられ、生産における協力も可能となる。この条約は二〇一二年一月に発効する予定で、各国経済の競争力を向上させることとなるだろう。〉(http://japanese.ruvr.ru/2011/10/23/59200771.html)

　メドベージェフ大統領が、人権を尊重する民主主義者で、プーチン首相が専制君主型の帝国主義者であるという欧米の一部にある見方は間違っている。メドベージェフもプーチンも、本質において帝国主義者だ。世界が帝国主義的な経済ブロックに再編されつつあるという基本認識は、メドベージェフ、プーチンを含むロシア政治エリートの間で共通している。ユーラシア同盟で用いられる共通語（リンガ・フランカ）はロシア語だ。この観点から、言語帝国主義政策をメドベージェフ大統領が展開している。二〇一一年十月十七日、「ロシアの声」が報じた以下のニュースが興味深い。

〈露大統領：ロシア語は国際語および民族間交流語
ロシアのドミトリー・メドヴェージェフ大統領は十七日、モスクワで開かれている世界ロシア人同胞会議で歓迎の挨拶を行い、ロシア語が現在、国際語および民族間交流語となり、全世界的遺産の鮮やかでユニークな構成要素であることを指摘した。
世界ロシア人同胞会議は十七日から十八日にかけてモスクワで開催されており、海外でのロシア語の位置や、グローバルおよびリージョナルな観点からのロシア語の地位について協議される。
また大統領はロシア語が、世界に広がる数百万人のロシア人社会と歴史的な祖国であるロシア本国との連絡を保つための、実際的なツールとなっていると指摘した上で、「皆様方の活動と積極的な立場が、文化、教育、マスコミの分野でのロシア語空間を発展させている。優先課題のなかには、ロシア語の教育に対する支援やロシア文化・伝統の普及が含まれており、その基礎となっているのは、いつでも高い精神性と道徳的理想だ。」と述べている。〉(http://japanese.ruvr.ru/2011/10/17/58848764.html)

ロシアが、外国におけるロシア語の普及を強化しようとする意図は二つある。

第一は、数百万人に及ぶ在外ロシア人（その中にはロシア国籍を持たない者も含まれる）のロシア本国への帰属意識を強化することだ。

第二は、旧ソ連諸国における実用言語としてのロシア語の地位を高めることだ。旧ソ連では、ロシア語と民族語の二言語政策を推進した。ソ連崩壊後に独立した各国は、民族語を公用語にし、脱ロシア語政策を推進し、英語の普及を図った。しかし、沿バルト三国（リトアニア、ラトビア、エストニア）を除き、英語は普及しなかった。同時にロシア語力も落ちている。ウズベク語、カザフ語、タジク語、アルメニア語、ウクライナ語などでは外国の情報が入手しにくい。これは経済協力や人的交流の障害になる。ここに目をつけて、ロシアはこれら旧ソ連諸国が外国の情報を得る道具としてのロシア語の価値を強調している。ロシアは翻訳大国なので、ロシア語を習得していれば、欧米で流通している最新情報を入手することができる。ロシア語の普及が経済成長に資する環境を最大限に活用し、ロシアは言語帝国主義政策を積極的に推進している。ユーラシア同盟の影響力が拡大すれば、実利的観点からロシア語を習得する人々がＣＩＳ諸国に拡大する。そのための環境整備をロシアは今から行おうとしている。

さて、プーチン論文で明らかになったユーラシア同盟の戦略的意図は、ロシアが二十一世紀の国際関係において、一つの極を形成し、〈ヨーロッパと躍動的なアジア太平洋地域の間で効率的な『連結体』の役割を演じること〉であった。この観点から、ロシアは、日本のＴＰＰ（環太平洋経済連携協定）の参加に関して強い関心をもっている。ロシアはＴＰＰを自由貿易体制とは見ていない。アジア太平洋地域における経済ブロックの創設と見ている。

日本も帝国主義センターの一つである。ロシアから見ると、日本にはこれまで二つの広域帝国主義圏を創設する可能性があった。第一が、日中を核とする東アジア共同体という経済ブロックだ。第二が、TPPという日米を核とする経済ブロックだ。

外交政策に関して、メドベージェフ大統領とプーチン首相の最大の差異は、中国と日本をめぐるバランスだ。メドベージェフ大統領は、反日感情が強い。二〇一〇年十一月の横浜における日露首脳会談でメドベージェフ大統領が菅直人首相に対して胸襟を開くことができなかった。そのような伏線がある中で、二〇一一年二月七日の「北方領土の日」に菅首相がメドベージェフ大統領の国後島訪問について「許し難い暴挙」と述べた。これに対して、メドベージェフ大統領が過剰反応し、日露関係の悪化をもたらした。外交において、首脳間の個人的ケミストリー（化学反応）が、悪い方向に作用した典型例である。そのため「敵の敵は味方」という発想で、メドベージェフ大統領は北朝鮮の金正日国防委員会委員長に接近した。

外交は大統領の専管事項なので、メドベージェフが大統領職にある限り、北方領土交渉の進展は望めなかった。その意味で、次期大統領にメドベージェフではなくプーチンが就任することは、日本の国益に適う。もっともプーチンが大統領に返り咲いた後、メドベージェフ首相が就任することになると、日本にとって面倒な状況が生じかねない。プーチン首相は日本へのLNG（液化天然ガス）の供給に積極的だが、メドベージェフが首相になると、種々のサボタージュが行われる可能性が排除されないからだ。
さらに、メドベージェフは、中国を普通の国と認識している。これに対して、プーチンは、ロシアにとって最大の脅威は中国であると認識している。プーチンは、勢力均衡外交の文法に通暁している。私のところに、二〇一一年春からプーチン周辺から頻繁にシグナルが送られてくる。そのシグナルによると、プーチンは野田佳彦政権が、TPPに参加する方向で舵を切ったことを歓迎している。なぜなら、TPPが日米(軍事)同盟を、経済面で一層深化することになるからだ。深化した日米同盟の上に、ロシアが提携し、中国を牽制するというのがプーチンの基本戦略と私は見ている。

†

ソ連崩壊から二十年を経て、ロシアは帝国として完全に甦った。そして、この帝国は、ユーラシア同盟という名称で非共産主義的なソ連を形成しようとしている。過渡期のエリートであったはずのプーチンが変貌し、新しい時代を担う帝国主義的指導者となった。この帝国主義政策をソ連崩壊時に二十代、三十代だった、ブルブリスの言うところの第三カテゴリーのエリートが、四十代、五十代になった今、下支えをしている。『甦るロシア帝国』で私が描いたあの知識人たちが、二十一世紀のロシア帝国の屋台骨となっているのだ。私のモスクワ大学での教え子たちは、エリツィン時代の、あの混乱期に、苦しい状況に流されず、必死で知識を身につけるとともに祖国ロシアを心から愛した。あいう若者たちがいれば、国家は甦るのだ。

現下の日本は危機的状況にある。しかし、その危機はソ連崩壊後のロシアと比較すれば、はるかに生温い。それだけに危機意識が薄い。本書を日本の大学生に是非読んでもらいたい。そして、ロシア人の祖国、学問、さらに超越性に対する真摯な姿勢から学んで欲しい。そこから日本の復興を、類比の方法を用いて学んで欲しいのである。

さて、二〇〇七年四月二十三日、エリツィンは、心臓疾患による多臓器不全でモスクワの病院で死去した。享年七十六だった。二〇一一年二月一日、エリツィンの記念碑が建立されたことについて、「ロシアの声」はこう報じた。

〈ロシア初代大統領ボリス・エリツィン氏の生誕八十年によせて

エカテリンブルグでは一日、ロシア初代大統領ボリス・エリツィン氏を称えた記念碑の除幕式が執り行われた。

除幕式に出席したメドヴェージェフ露大統領は、「現在のロシアは、同国の初代大統領エリツィン氏に対し、国家の歴史の中で最も困難な時期に改革の道からはずれることなく先へ進んだことに対して感謝しなければならない」との考えを表明した。

エリツィン氏を称えた記念碑の除幕式は、同氏の生誕から八十年に合わせて執り行われた。高さ十メートル、白の大理石でつくられている記念碑は、はじめの一歩を踏み出すエリツィン氏の姿を表している。メドヴェージェフ大統領は記念碑について、ロシア初代大統領の優れた資質である決断力と意思の強さが表現されていると指摘し、次のように語った。

「ボリス・エリツィン氏は自国を愛しており、彼自身が同国の一部となっていた。エリツィン氏は非常に勇敢で、決断力のある人物だ。彼は常に自分の立場を貫こうと努力した。これは簡単なことではないが、一定の状況の中では極めて重要だった。我々の国が、非常に困難な時期を乗り越え、新たな国家体制の基礎が置かれた非常に複雑な時期を耐え抜くための助力となったのは、まさにエリツィン氏のこの性格が有していた力なのだ。」

大統領は、エリツィン氏の時代にロシア発展の基盤が築かれたとの考えを表し、それは経済市場、現在の政治システム、国民投票で承認された憲法などであると指摘、その結果、問題はあるものの、発展し、先へと進む現在のロシアがあるとの見解を表明した。

エリツィン氏のニーナ夫人は記念碑の除幕式で、同氏の人生の大部分はエカテリンブルグ（当時のスヴェルドロフスク）と関連を持っていると指摘した。二人はこの地で知り合い、恋に落ち、その後、五十年間を共に暮らしたと述べ、次のように語った。

「ボリス・ニコラエヴィチ・エリツィンは、自身の全てを仕事に捧げました。彼はエカテリンブルグ、そしてモスクワで活動し、全てを心を込めて行いました。ですから、心臓がもうこれ以上は耐えることが出来なくなってしまったのでしょう。私は今、彼がもっと長生きするために何か出来ただろうかと胸を痛めながら考えています。恐らく、私は何もできなかったでしょう。彼は全てを自分の活動に捧げました。彼は、そのような性格の持ち主だったのです。彼が奉仕した活動は一つ。ロシアを自由で民主的な国にするというものです。」

エリツィン氏は、ロシアの成功と繁栄を純粋に願っていた。ニーナ婦人《ママ》は、エリツィン氏にとってロシアは全てであり、彼はロシアを非常に愛していたと語っている。エリツィン氏は最後に、「ロシアを大切にするように」との言葉を大統領に残した。この言葉には、非常に多くの意味が含まれている。〉(http://japanese.ruvr.ru/2011/02/01/42352476.html)

私の教え子たちも「ロシアを大切にするように」という言葉を胸に抱きながら、一生懸命に生きていた。

本書の文庫化にあたっては、文藝春秋の飯窪成幸氏、渡辺彰子氏にたいへんにお世話になりました。深く感謝申し上げます。

二〇一一年十一月二十七日、曙橋の自宅にて　佐藤優

お断り：本稿における役職や肩書きは出来事が起きた時点のものとしました。ユー

ラシア同盟に関する記述については、『中央公論』二〇一一年十二月号に掲載された拙稿「中国包囲網を目論むロシア」の一部を加除修正の上、用いています。

『カラマーゾフの兄弟』ドストエフスキー（原卓也訳［全３冊］新潮文庫、1978）
『巨匠とマルガリータ』ミハイル・ブルガーコフ（水野忠夫訳『世界文学全集　第１集　５』河出書房新社、2008）
『プロメテウスの墓場　ロシア軍と核の行方』西村陽一（小学館文庫、1998）

４　ソ連科学アカデミー民族学研究所

『世界民族問題事典』梅棹忠夫監修（平凡社、1995）
『スターリン全集』全13巻（スターリン全集刊行会訳　大月書店、1952-53）
『レーニン全集』全45巻・別巻２（マルクス＝レーニン主義研究所訳　大月書店、1953-69）
『イワン・デニーソヴィチの一日』アレクサンドル・ソルジェニーツィン（木村浩訳　新潮文庫、1963）
『ガン病棟』上下　ソルジェニーツィン（小笠原豊樹訳　新潮文庫、1971）
『収容所群島』全６巻　ソルジェニーツィン（木村浩訳　新潮文庫、1975-78）
『ソルジェニーツィンの闘い』ジョレス・メドヴェージェフ（安井侑子訳　新潮選書、1974）
『想像の共同体——ナショナリズムの起源と流行』ベネディクト・アンダーソン（白石隆・白石さや訳　リブロポート、1987）
『『経済学批判』への序言・序説』マルクス（宮川彰訳　新日本出版社、2001）
『ゴルバチョフ回想録』上下　ミハイル・ゴルバチョフ（工藤精一郎・鈴木康雄訳　新潮社、1996）

５　エトノクラチヤ

『民族とナショナリズム』アーネスト・ゲルナー（加藤節監訳　岩波書店、2000）
『世界大百科事典』（平凡社　ネットで百科版）

６　バクー事件

『レフ・グミリョフ：運命と理念』セルゲイ・ラブロフ（［モスクワ］アイリス・プレス、2007）

８　境界線上の人間

『牛山羊の星座』ファジリ・イスカンデール（浦雅春訳『現代のロシア文学６』群像社、1985）

９　もう一度マルクスへ

『ヘーゲル批判』（『マルクス・エンゲルス選集　第１巻』城塚登他訳　新潮社、1957）
『経済学方法論』（『宇野弘蔵著作集　第９巻』岩波書店、1974）

書名リスト：著者が本文中で言及した主なもの（初出のみ掲載）

1 モスクワ大学哲学部

『対話　教会と平和』アレクサンドル・ポポフ、佐藤優（［モスクワ］若きロシア社、1993）
『プロテスタント神学の転換点　付録　ドストエフスキー論』ヨゼフ・フロマートカ著　佐藤優監修（［モスクワ］プログレス、1993）
『マルクス・エンゲルス選集』全16巻（大内兵衛・向坂逸郎監修　新潮社、1956–62）
『資本論』カール・マルクス著　フリードリヒ・エンゲルス編（向坂逸郎訳［全4冊］岩波書店、1967）
『宇野弘蔵著作集』全10巻・別巻1（岩波書店、1973–74）
『イギリスにおける労働者階級の状態』エンゲルス（武田隆夫訳『マルクス・エンゲルス選集　第2巻』新潮社、1960）
『ローマ書講解』上下　カール・バルト（小川圭治・岩波哲男訳　平凡社ライブラリー、2001）
『共産党宣言』マルクス、エンゲルス（大内兵衛・向坂逸郎訳　岩波文庫、1951）
『レーニン主義の諸問題』ヨシフ・スターリン（［モスクワ］外国語図書出版所、1948）
『経済学・哲学草稿』マルクス（城塚登・田中吉六訳　岩波文庫、1964）
『なにをなすべきか？』ウラジーミル・レーニン（村田陽一訳　大月書店国民文庫、1971）
『ドイツ・イデオロギー』マルクス、エンゲルス（廣松渉編訳／小林昌人補訳　岩波文庫、2002）

2 アフガニスタン帰還兵アルベルト

『教会教義学』バルト（吉永正義他訳［全36冊］新教出版社、1959–95）
『謀略——現代に生きる明石工作とゾルゲ事件』大橋武夫著（時事通信社、1964）
『罪と罰』フョードル・ドストエフスキー（江川卓訳［全3冊］岩波文庫、1999–2000／工藤精一郎訳［上下］新潮文庫、1987など）

3 閉鎖核秘密都市出身の女子学生

“A Practical English Grammar” 4th ed.A. J. Thomson, A. V. Martinet, Oxford UP, 1986（邦訳：『実例英文法』第4版　江川泰一郎訳　オックスフォード大学出版局、1988）
『破滅と復活（Doom and Resurrection）』フロマートカ（邦訳：『破滅と再建』ジョセフ・ロマデカ　土山牧羔訳　創元社、1950）

人名索引

（数字は主に登場する章）

初出　「文學界」二〇〇七年十月号〜二〇〇八年十二月号
単行本　二〇〇九年六月　文藝春秋刊
『甦る怪物〔リヴィアタン〕　私のマルクス　ロシア篇』を
文庫化にあたり改題しました。

文春文庫

甦《よみがえ》るロシア帝国《ていこく》

定価はカバーに
表示してあります

2012年2月10日　第1刷
2022年11月15日　第3刷

著　者　佐藤《さとう》　優《まさる》
発行者　大沼貴之
発行所　株式会社　文藝春秋

東京都千代田区紀尾井町 3-23　〒102-8008
TEL　03・3265・1211㈹
文藝春秋ホームページ　http://www.bunshun.co.jp

落丁、乱丁本は、お手数ですが小社製作部宛お送り下さい。送料小社負担でお取替致します。

印刷・大日本印刷　製本・加藤製本
Printed in Japan
ISBN978-4-16-780203-5